Es ist Sommer in der südkalifornischen Stadt Corona del Mar. Die beiden Freundinnen Mia und Lorrie Ann sind unzertrennlich. Doch als Lorrie Anns Vater stirbt, weiß Mia nicht, was sie für ihre Freundin tun kann. Und dies ist nur der erste von vielen schweren Schicksalsschlägen, die Lorrie Ann treffen werden … Jahre später steht sie plötzlich wieder vor Mias Tür: barfuß, hungrig und vom Leben gezeichnet. Und Mia kann nicht verstehen, wie das Leben ihrer scheinbar makellosen Freundin so aus dem Ruder laufen konnte. Kann es sein, dass sie Lorrie Ann nie wirklich gekannt hat?

Rufi Thorpe wuchs in Kalifornien auf und studierte in New York Literatur und Kreatives Schreiben. Ihr erster Roman »Ein Sommer in Corona del Mar« war nominiert für den International Dylan Thomas Prize und den Flaherty-Dunnan First Novel Prize. Rufi Thorpe lebt mit ihrem Mann und zwei Söhnen in Kalifornien.

RUFI THORPE

EIN SOMMER IN CORONA DEL MAR

ROMAN

Aus dem Englischen
von Beate Brammertz

btb

Die Originalausgabe erschien 2014 unter dem Titel
»The Girls from Corona del Mar« bei Alfred. A. Knopf, New York.

FSC
www.fsc.org
MIX
Papier aus verantwortungsvollen Quellen
FSC® C014496

Verlagsgruppe Random House FSC® N001967

1. Auflage
Deutsche Erstveröffentlichung April 2017

Umschlaggestaltung: semper smile, München, nach einem Entwurf
von Sonzogno Publishing House
Umschlagmotiv: © Maria Cecilia Azzali
Satz: Uhl + Massopust, Aalen
Druck und Einband: GGP Media GmbH, Pößneck
mr · Herstellung: sc
Printed in Germany
ISBN 978-3-442-71471-1

www.btb-verlag.de
www.facebook.com/btbverlag
Besuchen Sie auch unseren Literaturblog www.transatlantik.de

Für Simone

KAPITEL EINS
Der beste Tee der Welt

»Du musst mir einen Zeh brechen«, erklärte ich. Lorrie Ann und ich sonnten uns auf der winzigen umzäunten Terrasse meiner Mutter auf dünnen Handtüchern, die direkt auf den heißen, rissigen Steinplatten ausgebreitet waren. Wir hatten uns jeweils den Saft einer Plastikzitrone aus dem Supermarkt ins Haar gequetscht und hofften inständig, blonder zu werden, immer blonder, die Augen geschlossen gegen das grelle Licht der Sonne. Der Wind trug einen Hauch von Jasmin zu uns herüber.

In unserer kleinen kalifornischen Neunzigerjahre-Siedlung gab es kein Mädchen, das perfekter war als Lorrie Ann Swift, und zwar nicht so sehr, weil sie außergewöhnlich gewesen wäre, sondern weil sie auf eine Art gewöhnlich war, die uns alle übertraf. Ihre Eltern liebten sie, und sie liebte ihre Eltern. Genau genommen war es sogar schwierig, zu ihr nach Hause eingeladen zu werden, derart zogen sie ihre eigene Gesellschaft der anderer vor. Selbst ihr älterer Bruder teilte seine CD-Sammlung mit ihr und gab ihr Tipps fürs Brustschwimmen, statt sie höhnisch zu verlachen oder sie mit dem Fahrrad zu rammen, wie ältere Brüder es für gewöhnlich tun.

Unsere Eltern war fast alle aufgrund einer Verkettung verheerender Fehlentscheidungen in dem verschlafenen Küstennest Corona del Mar gelandet. Die südkalifornischen Immobilienpreise, die während der gesamten Achtzigerjahre den Anschein erweckt hatten, ungebremst in den Himmel zu klettern, waren jäh zusammengebrochen, und viele Väter waren nun Hausmänner, die ihre Zeit zu gleichen Teilen der Flasche und der Couch widmeten, einen Eisbeutel über den Augen, während sich ihre Ehefrauen abkämpften, um zertifizierte Zahnhygienikerinnen zu werden. Ein Mädchen, Miranda, hatte eine Mutter, die tagsüber in Disneyland schuftete und dann die ganze Nacht hindurch von zu Hause aus als Hellseherin für eine Telefon-Hotline arbeitete. »Man verdient sogar noch besser als beim Telefonsex«, berichtete Miranda eines Nachmittags, während wir zuckerfreies knalloranges Jell-O-Brausepulver aus winzigen Tassen leckten. Ich erinnere mich auch noch, dass sie vier extrem alte Rottweiler besaßen, von denen zwei keinerlei Kontrolle mehr über ihre Blase hatten.

Zumeist hatten unsere Eltern angenommen, das Leben wäre selbsterklärend und dass sie es, aufgeweckt und eifrig, wie sie waren, ohne Probleme meistern könnten. Dieser Glaube, der Glaube an ihre eigene Tauglichkeit, ließ sie allmählich im Stich und wurde, zumindest im Fall meiner Mutter, von einem Interesse an allem Okkulten und einer anhaltenden Vorliebe für Rotwein ersetzt. Teils wurden die Babyboomer als optimistisch bezeichnet, aber meiner Ansicht nach waren sie einfach nur weich und geradezu unbedarft. Sie konnten weder kochen noch nähen oder ihre eigenen Scheckbücher in Ordnung halten. Sie hatten Schwierigkeiten beim Öffnen der Post. Sie bekamen Kopfschmerzen, sobald sie Pfadfinderinnentreffen leiteten, setzten sich auf Klappstühle, rieben sich mit den Fingern über die Nasenrücken und versuchten, nicht in Tränen darüber auszubrechen, als wie langweilig und hart sich das Leben entpuppt hatte, während um sie herum aufgedrehte kleine Mädchen vor Lachen schrien, da eines von ihnen in Kacka getreten war.

Lorrie Anns Eltern hingegen verloren nie den Glauben. Sie lebten in einer anderen, besseren Welt. Sie gingen jeden Sonntag zur Kirche. Sie liehen sich jeden Freitagabend Horrorklassiker aus, und selbst Lorrie Anns älterer Bruder, damals sechzehn, blieb zu Hause, um sich die Filme mit ihnen anzuschauen, während sie Pizza bestellten und in der winzigen Zweizimmerwohnung, in der sie zu viert wohnten, Popcorn zubereiteten. Ihr Vater Terry hatte einen Ohrring (eine große goldene Kreole wie ein Pirat) und trug zu Elternsprechstunden in der Schule einen mit Seide gefütterten Zylinder. Er war ein christlicher Rockmusiker. Lorrie Anns Mutter Dana arbeitete als Erzieherin und sammelte Zwerge: Keramik- und Holzzwerge jeglicher Größe und Form, die auf dem Boden und auf Tischen und Regalen standen, mit dem Rücken zur Wand, die stumpfen Augen auf die Zimmermitte gerichtet.

Ganz gewiss wäre Lorrie Ann niemals so dumm gewesen, sich in der zehnten Klasse von einem Jungen schwängern zu lassen, den sie nicht einmal sonderlich mochte, davon war ich überzeugt. Genau das hatte ich nämlich getan. Und dennoch war es Lorrie Ann, die mich im Frühling, als ich fünfzehn wurde, zu meiner Abtreibung begleitete und die mir half, alles zu organisieren. Sie war schon sechzehn und hatte einen Führerschein, aber ich brauchte sie nicht nur als meine Fahrerin. Ich brauchte sie, mit all ihrer Güte und spröden Steifheit, damit sie mir verzieh. Indem sie sich an meinem Vorhaben beteiligte, gab sie mir in gewisser Weise ihre Zustimmung.

»Kannst du nicht einfach behaupten, du hättest deine Tage? Warum muss ich dir den Zeh brechen?«, fragte Lorrie Ann, die Augen hinter den staubigen Gläsern der Sonnenbrille verborgen, die sie sich von ihrer Mutter geliehen hatte.

»Wer verpasst ein Meisterschaftsspiel, weil er Krämpfe

hat?«, gab ich zu bedenken. Einen Termin in der Frauenklinik zu ergattern war ein Albtraum gewesen. Es war unmöglich, ihn zu verschieben, und ich bezweifelte stark, tags darauf Softball spielen zu können. Ich wollte, dass Lorrie Ann mir den Zeh brach, damit ich meinem Trainer eine echte und schwerwiegende Verletzung vorweisen konnte. Außerdem betrachtete ich den gebrochenen Zeh auf eine verquere Art als den Preis für die Abtreibung an sich, als Möglichkeit, mir selbst zu versichern, ich sei immer noch ein anständiger Mensch – es war die Bestrafung, die das Böse wiedergutmachen sollte. Obwohl ohne jegliche Religion erzogen, war ich allein dank meines Naturells im Grunde Katholikin.

»Sag einfach, du bist krank!«, beharrte sie.

»Ich lüge nicht gern, und mit der Geschichte komme ich so nah wie möglich an die Wahrheit heran.«

Lorrie Ann sah mich niedergeschlagen an. »Du bist verrückt«, sagte sie. »Du lügst ständig.«

»Ja, und ich hasse es. Alles wird gut. Wir betrinken uns, und du bringst es einfach hinter dich.«

Es ergab intuitiv und symbolisch gesehen unglaublich viel Sinn, die wunderschöne, unschuldige und gutherzige Lorrie Ann zu zwingen, mir den Zeh zu brechen und mich für meine Abtreibung zu bestrafen. Für uns hatte Lorrie Anns Familie etwas Magisches an sich, und diese Magie färbte auf Lorrie Ann ab. Sie verlieh ihren honigblonden Haaren einen goldenen Schimmer und ließ das Ozeanblau ihrer Augen noch intensiver leuchten. Ihre Stupsnase wirkte elegant, statt nur ein Hinweis auf ihre irische Abstammung zu sein. Diese Magie war der Grund, weshalb es süß und nicht bescheuert war, dass Lorrie Ann das letzte Mädchen in der sechsten Klasse war, das sich die Beine noch immer nicht rasierte. Ich denke, wir alle waren neidisch auf diesen goldenen Flaum ihrer Beinbehaarung, der Lorrie Anns Waden wie ein Hauch von Feenstaub bedeckte. Warum sah es an ihr so wunderschön aus und so hässlich und beschämend an unseren eigenen schwerfälligen kleinen Schienbeinen? Warum sah Lorrie Ann so schick aus in ausgelatschten Keds und Shorts, die ihr einen Tick zu klein waren? Warum war es bezaubernd, wenn sie vor Lachen laut prustete?

Ja, wir waren eifersüchtig auf sie, und dennoch hassten wir sie nicht. Sie wurde noch nicht einmal von uns aufgezogen, uns streunenden und durchgeknallten Mädchen aus Corona del Mar, die wir gesalzene Erdnüsse und Orangenlimonade klauten, Unmengen an Lipgloss und Kraftausdrücken benutzten, uns Töchtern falscher Hellseherinnen und frisch zertifizierter Punktionskräfte.

Und dann, als es kurz nach dem Highschoolabschluss anfing, dass Lorrie Ann schreckliche Dinge zustießen, waren wir alle schockiert. Es war wie eine skurrile, postmoderne Version des Buches Hiob. Wir waren versteinert, wie gelähmt, und nicht einmal zu solch traditionellen Gesten in der Lage wie einen Auflauf vorbeizubringen oder zumindest angemessen zu schweigen. Die Geschichte von Lorrie Ann wurde zu etwas, das uns im Halse stecken blieb und uns zum Verstummen brachte, während wir nervös unsere Berufswahl trafen und mit großem Zweifel und Aberglauben einwilligten, die Männer zu heiraten, in die wir verliebt waren. (Alle unsere Eltern waren geschieden – wie sollte es uns also gelingen, keine Angst zu haben? Alle unsere Eltern, außer natürlich Lorrie Anns.)

In gewisser Hinsicht machte mich Lorrie Ann zu der Frau,

die ich bin, denn meine Persönlichkeit formte sich als eine gleichartige, entgegengesetzte Reaktion zu dem, was sie war, genau wie sich ihre Persönlichkeit, da bin ich mir sicher, durch mich herausbildete. Menschen tun solche Dinge. Sie teilen Eigenschaften untereinander auf, als müsse die Realität, um überhaupt beherrschbar zu sein, klassifiziert, etikettiert und abgeheftet werden. Bis zum heutigen Tag hält meine Mutter sich für die Kluge und ihre Schwester für die Hübsche, obwohl ihre Schwester einen Doktor in Meeresbiologie hat und meine Mutter Visagistin wurde. Für mich war meine Freundin Lorrie Ann die Gute, und ich war die Böse. Sie war wunderschön (geradezu skandalös, wie ein Gemälde von Vermeer), ich hingegen sexy (mit dreizehn bedurfte es nichts weiter als einer Tonne kirschfarbenem Labello). Wir waren beide schlau, aber Lorrie Ann auf die nachdenkliche Art, wohingegen ich gewieft war, sie ernst und ich verschroben. Während sie sentimental war, war ich sarkastisch. Normalerweise können Mädchenfreundschaften in Kartons voller Postkarten und abgerissener Eintrittskarten verstaut werden, doch was mich und Lorrie Ann verband, ließ sich nicht so leicht in eine Schublade stecken.

Und so fuhren wir am folgenden Wochenende zur Frauenklinik in der Neunzehnten Straße in Costa Mesa, ich bekam meine Abtreibung, und dann aßen wir anschließend in einem In-N-Out. Mir war so schlecht, dass es das Beste gewesen wäre, einfach nach Hause zu fahren und mich auf dem Sofa zu verkriechen, wie damals in der Grundschule, wenn ich krank war. Ein Heizkissen und eine Handvoll Schmerztabletten wären himmlisch gewesen. Aber ich wollte mir nicht eingestehen, dass ich bemuttert werden wollte. Ich wollte tough sein, entsetzlich gelangweilt von dem, was mir gerade widerfahren war, damit es vielleicht tatsächlich an Bedeutung verlieren würde, wenn ich nur so tat, als wäre es belanglos. Als ich das In-N-Out vorschlug, hatte Lorrie Ann keine andere Wahl, als mich dorthin zu fahren. »Bist du sicher?«, fragte sie. »Wie fühlst du dich?«

»Mir geht's klasse«, sagte ich, und Lorrie Ann lachte nervös.

Doch nachdem wir bestellt hatten und mit dem Essen, das keiner von uns wollte, auf der brütend heißen Steinbank saßen, schien es uns die Sprache verschlagen zu haben, und ich wusste, wollten wir weiterhin richtige Freundinnen bleiben, müsste ich einen Weg finden, sie hereinzulassen, ihr einen Einblick in jene kalten und grell erleuchteten Minuten zu geben, die ich gerade ohne sie erlebt hatte.

»Die Krankenschwester hatte einen Schnurrbart«, sagte ich schließlich. Ich rief mir ihr Gesicht ins Gedächtnis, das während der ganzen Prozedur über mir geschwebt hatte – so hatten sie es immer genannt, »die Prozedur«. Der Ausdruck in ihren Augen war schwer zu deuten. Es war kein Mitleid, aber gleichzeitig war es auch keine Verurteilung. Da gab es keine unverhohlenen Gefühle, und dennoch war ihr Gesicht ehrlich und offen. Auf einmal wusste ich es: Die Krankenschwester hatte auf dieselbe gleichgültige Art zu mir herabgesehen, wie man sein eigenes Gesicht im Spiegel betrachtet – hatte es gemustert, als gehöre es gar nicht einem anderen Menschen.

»Ich glaube, sie hat mich gehasst«, sagte ich. »Oder sie hat das alles gehasst: Abtreibungen und junge Mädchen, die sich samstags einer unterziehen. Oder vielleicht war ihr auch langweilig. Vielleicht war ihr während meiner Abtreibung bloß langweilig. Das ist komisch, nicht? Dass es das Größte,

Angsteinflößendste und Schlimmste ist, das mir je widerfahren ist, und für sie war es nichts weiter als ein normaler Arbeitstag.«

»Es tut mir so leid«, sagte Lorrie Ann, legte ihre Pommes weg und schnippte sich das Salz von den Fingern. »Mir geht ständig durch den Kopf, dass ich wünschte, ich wäre an deiner Stelle dort gewesen, dass ich es für dich hätte tun können, damit du es nicht tun musst.« Sie stand den Tränen nahe, was mir eine echte Hilfe war. Würde sie weinen, könnte ich es nicht tun, und es war leichter, sie zu trösten als mich selbst.

»Eigentlich war es gar nicht so schlimm«, erklärte ich. »Irgendwie halten sie das alles von einem fern. Sie verstecken es vor einem. Vielleicht wäre es besser, wenn sie es nicht täten, wenn man es sehen müsste, wenn man es wüsste. Ganz ehrlich, ich hatte Besuche beim Zahnarzt, die auf der Schmerz- und Ekel-Skala viel schlimmer waren.«

Lorrie Ann sah mich an, dann lachte sie leise. »Du Lügnerin!«

Anschließend fuhren wir zu mir, wo meine Mutter blöderweise zu Hause und blöderweise betrunken war. Das Schlimmste an meiner betrunkenen Mutter war, wie sentimental sie dann wurde. »Ich liebe euch Mädchen so sehr«, flüsterte sie, während sie uns die Brauen zupfte und sich ihre eigenen Augen mit Tränen füllten. »Ihr seid so wunderschön.«

Ich erinnere mich, dass ich wie ein abgestochenes Schwein blutete und den Nachmittag über eine Binde nach der anderen verbrauchte, während sie uns einer Gesichtsbehandlung unterzog und der Ventilator jedes Mal leise klickte, sobald er eine träge Runde im Wohnzimmer hinter sich gebracht hatte. Ich musste lügen und behaupten, ich hätte meine Tage, um meine ständigen Toilettenbesuche und meine Zerstreutheit samt glasigem Blick zu erklären. Ich spürte, dass Lorrie Ann sich Sorgen um mich machte, und versuchte mir, sobald uns meine Mutter den Rücken zuwandte, ein Lächeln abzuringen, mit den Schultern zu zucken und ihr lautlos mitzuteilen, dass es mir gut ginge. Doch je mehr ich darauf beharrte, alles wäre in Ordnung, desto panischer wurde ich innerlich, was schließlich in einer sonderbar schläfrigen Beklemmung gipfelte.

Meine Brüder waren wie erschlagen von der Hitze und lümmelten auf den Ledersofas. In Wirklichkeit waren sie meine Halbbrüder, gezeugt von meinem neuen Stiefvater Paddy. Mein richtiger Vater war abgehauen und lebte in San Francisco das glamouröse Leben eines Autoverkäufers, wo ich ihn einmal im Jahr besuchte, normalerweise für zwei oder drei Tage, obwohl wir meist schon am Ende des ersten Tages völlig erschöpft von dem Versuch waren, nett zueinander zu sein. Mein Vater fühlte sich nie wie Familie an, nicht wie meine Brüder. Sie waren damals fünf und sechs, nackt, abgesehen von ihren Superman-Unterhosen. Die samtige Bräune ihrer Haut hob sich gegen das schwarze Leder ab und schien zu glühen.

»Dieses Serum hat einen leichten Peelingeffekt«, informierte uns meine Mutter und lallte dabei nur leicht. Sie war Visagistin für Chanel, und mein ganzes Leben bestand aus einer Aneinanderreihung von Gratispröbchen: winzige Cremedosen, die mir als Talisman in die Hand gedrückt wurden, um Gefahren abzuwenden.

Den ganzen Nachmittag und Abend warteten Lorrie Ann und ich: dass unsere neuen Gesichter zum Vorschein kamen, dass meine Mutter endlich das Bewusstsein verlor, dass meine

Brüder zu Bett gingen (damals liebten sie immer noch *Goodnight Moon* – Gott, was für ein langweiliges Buch! Gute Nacht dies, Gute Nacht das, wieder und immer wieder). Schließlich, lang nach Mitternacht, schlichen Lorrie Ann und ich uns mit einem Hammer bewaffnet auf die kleine Terrasse.

Ich erinnere mich, dass Lorrie Ann an ihren Fingernägeln kaute. Ihre Mutter Dana, die ihr diese Angewohnheit abgewöhnen wollte, hatte ihr die Nägel mit einem Mittelchen bestrichen, das den verstörenden Namen *Hoof Hands* trug. Doch Lorrie Ann gestand mir heimlich, dass sie den bitteren Geschmack mochte und es ihr gefiel, den Lack abzuknabbern, der wie Batteriesäure auf ihrer Zunge schmolz, nur um ihre Mutter anschließend anzuflehen, ihre Nägel wieder mit dem Zeug einzupinseln.

»Ich kann das nicht, Mia«, sagte Lorrie Ann, legte den Hammer weg und begann augenblicklich, an ihren Nägeln zu kauen.

»Verdammt, mach schon!«, rief ich. Wir waren beide sehr, sehr betrunken. Meine Mutter hatte begonnen, Wein im Tetra Pak zu kaufen, seit mein Stiefvater von dem italienischen Restaurant gefeuert worden war, in dem er gearbeitet hatte. Angeblich wollte er jetzt Friseur werden.

»Ich kann einfach nicht«, wiederholte Lorrie Ann und brach in Tränen aus.

»Na schön«, sagte ich, »du verdammtes Baby!« Ich erinnere mich, dass der Nachthimmel klar war, es vor Sternen nur so wimmelte. Ich schnappte mir den Hammer und ließ ihn so fest ich nur konnte auf meinen Zeh hinabsausen.

Und nun zu dem Thema, wie ich überhaupt erst schwanger geworden war: Ich gehörte zu dem, wie es schien, unglaublich kleinen Prozentsatz an Mädchen, die beim Verlust ihrer Jungfräulichkeit geschwängert werden. In meinem Fall war sein Name Ryan Almquist, und er hatte, als ich um ein Kondom bat, mit Bestimmtheit erklärt, dass es erst am Ende zum Einsatz käme. Wir waren in seinem Van, in dem es nach Surfbrettwachs und Schimmel roch, eine Kombination, die nicht gänzlich unangenehm war.

»Am Ende?«

»Ja, du Dummerchen«, sagte er und küsste mir den Hals.

Da ich wusste, dass der Zweck eines Kondoms darin bestand, alle Spermien aufzufangen, und dass dies definitiv am Ende geschah und demzufolge auch das Ende vom Sex bedeutete, erschien mir die Behauptung nicht sonderlich abwegig. Im Nachhinein und insbesondere nachdem ich bemerkt hatte, dass ich schwanger war, schämte ich mich entsetzlich für meine eigene Naivität.

Ich wäre noch wütender gewesen, hätte ich geglaubt, dass Ryan mich absichtlich belogen hätte, aber ich war so gut wie sicher, dass er tatsächlich ein solcher Vollidiot war. Das war immerhin teilweise der Grund, weshalb ich ihn ausgesucht hatte, um mit seiner Hilfe meine Unschuld zu verlieren. Lorrie Ann hatte mir geduldig zugehört, als ich ihr meine Beweggründe erläutert hatte, obwohl ich wusste, dass sie nicht überzeugt war: Eine von uns beiden musste es als Erste hinter sich bringen, erklärte ich, und das konnte ebenso gut ich sein. Ryan war (a) harmlos, (b) heiß und (c) stolzer Besitzer eines Vans. Außerdem besuchte er eine andere Highschool, weshalb sich der Klatsch auf ein Minimum reduzieren würde.

»Willst du den Menschen, mit dem du so etwas tust, denn nicht lieben?«, hatte Lorrie Ann gefragt.

»Nein«, sagte ich. »Denn was, wenn es wehtut und schrecklich ist und es damit endet, dass man etwas Peinliches tut und weint oder blutet oder furzt oder so was in der Art? Es ist besser, es mit jemandem zu tun, der einem gleichgültig ist.«

»Ich denke, ich würde es lieber mit jemandem tun, den ich liebe«, sagte Lorrie Ann leise.

»Nun, für dich mag das eine Option sein«, erwiderte ich, »aber wen sollte ich mit diesem schwarzen Herzen schon lieben?«

Lorrie Ann und ich rissen häufig Witze darüber, dass mein Herz nichts weiter als ein kleiner dunkler Stein war, der schmerzhaft in meiner Brust steckte und stumpf wie Grafit oder Kohle schimmerte.

»Ich liebe nicht mal meine eigene Mutter!«, rief ich dann, während sich Lorrie Ann vor schallendem Gelächter den Bauch hielt.

»Tust du schon«, sagte sie dann wie immer.

»Nein«, japste ich atemlos, lachend, »wirklich, tu ich nicht.«

Viele, viele Jahre später, in Istanbul, machte ich mir immer noch Sorgen, mein Herz bestünde tatsächlich aus Stein. Da war Franklin, ein Gastdozent an der UMich, der mich in die Keilschrift einführte, die allererste Schrift, die jemals erfunden worden war, sein Spezialgebiet, und er war es, der erstmals den Wunsch in mir hervorrief, mein Herz wäre aus etwas anderem gemacht: flauschiger Häschen-Essenz vielleicht oder Elfenstaub oder Nougat oder welch zartes Fleisch ein Durchschnittsmädchen eben besitzen mochte.

Keilschrift war mir nie zuvor untergekommen. Mein Fachgebiet war die Altphilologie, insbesondere Latein. Doch im Frühling 2005 entschlossen wir uns, gemeinsam eine Übersetzung des gesamten Inanna-Zyklus zu versuchen, einer Sammlung uralter Lieder, die die Geschichte der sumerischen Göttin Inanna nacherzählen. Als Dozentin der Altphilologie war ich bereits einem Haufen Göttinnen begegnet. Im Grunde war mein Entschluss, griechische und römische Literatur und Kultur zu studieren, wohl dem Midlife-Crisis-Kauf meiner Mutter von *Goddesses in Everywoman* zuzuschreiben. Ich erinnere mich immer noch, wie ich das zerfledderte Taschenbuch in der Badewanne las, während mein Bruder Alex gegen die Tür hämmerte, um hereinkommen und aufs Klo gehen zu können. Die Götter faszinierten mich: ihre Amoralität, ihre Launenhaftigkeit, ihre Mordlust. Doch selbst in all meiner Lesewut, bei der unzählige Bücher unser Apartment wie die Rückenpanzer von Käfern übersäten, selbst an der Universität, diesen sieben anstrengenden Jahren, in denen ich mich allmählich an die Jahrgangsspitze hocharbeitete, war mir niemals eine Göttin wie Inanna begegnet. Sie war ein echter Rockstar. Sie trickste ihren Vater aus, sodass er ihr im Suff all seine Weisheit übertrug, die sie anschließend ihrem Volk als Geschenk übergab. Sie heiratete einen Sterblichen und krönte ihn zum König. Und dann, als sie alles hatte, als ihr die ganze Welt zu Füßen lag, keimte in ihr ein Hunger nach dem Tod, und sie pochte darauf, allein in die Unterwelt zu wandeln, wo sie getötet und dann wiedergeboren wurde.

Niemand zuvor hatte den gesamten Inanna-Zyklus veröffentlicht. Ihre Geschichte war noch immer unbesungen, wartete beharrlich in jenen Lehmtafeln, die mit keilförmiger Schrift überzogen waren, jenem Schriftsystem ohne jegliche Satz- oder Leerzeichen zwischen den Wörtern, das mich an die filigranen Muster auf ukrainischen Ostereiern erinnerte. Nur winzige Auszüge waren während der vielen vergangenen Jahrhunderte in Aufsätzen veröffentlicht worden, weshalb wir im Herbst 2006 das Stipendium und die Fördermittel bekamen und gemeinsam nach Istanbul reisten, um an der ersten zusammenhängenden Übersetzung des vollständigen Inanna-Zyklus zu arbeiten.

Vor Franklin hatte ich noch nicht einmal von Inanna gehört. Franklin erklärte, dass es dafür einen Grund gäbe. Als die Fragmente, die etwa viertausend Jahre unentdeckt in der Ruinenstätte Nippur gelegen hatten, 1889 gehoben wurden, teilte man die Beute gleichmäßig zwischen der Universität von Pennsylvania, die die Ausgrabung finanziert, und dem Istanbuler Museum für altorientalische Kunst auf, das die Ausgrabung überhaupt erst bewilligt hatte. Doch niemand las die Tafeln, während sie sortiert wurden, weshalb sie einfach nur gerecht aufgeteilt und zu ihrem jeweiligen Ziel verladen wurden. Und so kam es, dass sich die Hälfte der Tontafeln, auf denen Inannas Geschichte stand, in Istanbul befand und die andere Hälfte in Philadelphia und niemand bisher den ganzen Zyklus gelesen hatte.

In Istanbul war es nun meine Aufgabe, Franklins holprige Übersetzung in etwas zu verwandeln, das Amerikaner auch wirklich lesen wollten. Und währenddessen verliebte ich mich in eine Göttin, die für Tausende von Jahren in Vergessenheit geraten war. In unserem Wohnblock gab es ein kleines Mädchen namens Bensu, was so viel wie »Ich bin Wasser« bedeutete. Es wohnte in der Wohnung unter uns und war vielleicht fünf, hatte einen geschürzten Schmollmund, riesige grüne Augen, die aussahen, als wären sie aus einem künstlich hergestellten Smaragd geschnitten, und eine Zunge, die hübsche kleine Sätze in Englisch oder Türkisch herauspresste, als wäre die Kleine ein Spielzeug, das von einem multikulturellen

Idealisten erschaffen worden war. Und wegen der Arglosigkeit, die ich auf sie projizierte, überraschte mich die Verdorbenheit von Bensus Einfällen immer wieder aufs Neue.

»Nur eine Minute«, sagte Bensu an mich gerichtet. »Nur zehn Sekunden.«

Was Bensu wollte, war, dass ich im Treppenhaus stehen blieb, meine Tüte mit den Lebensmitteln absetzte und so tat, als würde ich Tee aus dem Plastikschuh einer Puppe trinken. Sie besaß kein Teeservice, weshalb sie mit den Schuhen ihrer größten Puppe vorliebnahm. Sie goss den Tee in die Schuhe, indem sie kunstvoll ein Nadelkissen neigte, das ihrer Mutter gehört haben musste.

Manchmal gab ich nach und dann auch wieder nicht. Doch wenn ich es tat, hob Bensu ihren Puppenschuh und lächelte mich mit einem Zwinkern in den Augen an. »Mein Tee ist sehr gut, nicht wahr?«

»Ja, Bensu«, sagte ich. »Was gibst du hinein, dass er so gut schmeckt?«

Bensu nippte langsam an der Luft in dem Puppenschuh. »Das ist ein Geheimnis.«

»Wie unfair!«

»Selbst wenn ich dir das Geheimnis verraten würde« – Bensu seufzte, müde und gleichzeitig geduldig –, »würde es dir nicht gelingen, ihn so lecker zu machen wie ich, denn ich mache den besten Tee der Welt.«

»Der ganzen Welt?«, fragte ich. »Wow! Das ist unglaublich.«

Bensu nickte bescheiden und nippte erneut an ihrem Puppenschuh. Mit jäher Inbrunst griff sie nach meinem Knie. »Keine Sorge«, sagte sie, und ihre riesigen smaragdenen Augen funkelten, als wären sie von innen angestrahlt, »ich bin sicher, irgendjemand wird dich trotzdem heiraten. Auch wenn dein Tee nicht sehr gut ist.«

»Mein Tee ist nicht sehr gut?«, fragte ich.

Bensu schüttelte traurig den Kopf. Mein Tee war so schlecht, dass er sie traurig stimmte.

»Es wird sehr schwierig werden, aber wir werden einen Ehemann für dich finden«, verkündete Bensu.

»Was ist mit Franklin?«

Bensu kannte Franklin, meinen Freund, der mit mir zusammen einen Stock höher wohnte.

»Es tut mir leid, aber er wird bestochen.«

»Bestochen?!«

»Ja, deine Mutter hat ihn bezahlt, damit er so tut, als wäre er in dich verliebt.«

»Warum sollte sie das tun?«

»Weil sie Mitleid mit dir hat wegen deinem Tee.«

Diese Art gerissener Grausamkeit, die in jedem ganz kleinen Mädchen lauert, kannte ich noch nicht, als ich aufwuchs und meine kleinen Brüder mit großzog, die zu jener Zeit mehr wie Tiere als wie Kinder waren: perfekte, goldene kleine Tiere. Löwenbabys. Doch selbst die fünfjährige Bensu spürte, dass mit mir etwas nicht stimmte, das mich daran hinderte, einen Partner zu finden.

War Lorrie Ann jemals so grausam gewesen? Ich weiß es nicht mehr. Ich kann es einfach nicht sagen. Ich kann nur für mich selbst sprechen, das Mädchen, das ihrer Mutter einmal buchstäblich ins Gesicht spuckte, das Mädchen, das einen Jungen zum Vögeln aussuchte, weil er dumm war, das Mädchen, das einmal ihren zweijährigen Bruder ekelhafterweise mitten auf den Mund küsste, nur um zu sehen, wie es sich anfühlte: ja, ja, ja! Ich war und bin furchtbar und gemein. Ganz bestimmt habe ich fiese Dinge gesagt, als ich fünf war. Ehrlich gesagt erinnere ich mich, meiner Babysitterin unverfroren erklärt zu haben, dass unser Hund jeden begatten wolle, nur sie nicht, und dies wohl daran läge, dass sie hässlich sei.

Und dennoch suchten die Unglücksgeier nicht mich, sondern Lorrie Ann heim, verdunkelten den Vorhof ihres Hauses und klopften mit den modrigen, blutverkrusteten Schnäbeln gegen die Scheiben ihrer Fenster. »Wach auf, kleines Mädchen!«, kreischten sie. »Wir haben noch etwas für dich!«

KAPITEL ZWEI

Vergessene Welten, sowohl die unsichtbare als auch die physikalische

Wenn man es ganz genau nimmt, müsste ich wohl anmerken, dass sich die Tragödie bereits in der elften Klasse unverhohlen für Lorrie Ann zu interessieren begann, doch zu jener Zeit wirkte alles so glamourös, dass wir kein angemessenes Maß an Mitgefühl zeigen konnten, sondern stattdessen fast eifersüchtig auf sie waren. Ein volles Jahr nach meinem Entjungferungs-Debakel und der anschließenden Abtreibung kam Lorrie Anns Vater Terry bei einem Motorradunfall ums Leben.

Da ihr Vater kurz nach dem Aufprall starb und der andere Fahrer (eines knallblauen 1984er Toyota Pick-ups) betrunken war, wurde nie eindeutig geklärt, was genau geschehen war. »Ich hab ihn nicht gesehen. Ich hab ihn verdammt noch mal nicht gesehen!«, beharrte der Pick-up-Fahrer. Er war direkt vor Terrys Maschine, die vierzig Meilen die Stunde fuhr – fünf Meilen unter dem Tempolimit –, links abgebogen. Es war mitten am Nachmittag. Niemand konnte sich einen Reim darauf machen, warum der Pick-up-Fahrer Terry nicht hatte sehen können, einen großen Mann auf einer großen Harley. Selbst sturzbetrunken hätte der Fahrer ihn sehen müssen – das einzige Fahrzeug auf der Gegenfahrbahn.

»Ich hab ihn verdammt noch mal nicht gesehen«, wiederholte der Mann an Dana gerichtet im Wartezimmer des Krankenhauses, als könnten diese Worte etwas für sie tun. Ich wartete mit Lorrie Ann ebenfalls in jenem Raum. Wie zwei nervöse Vögel hockten wir auf den Stühlen, allzeit bereit aufzuspringen und loszufliegen. Zu jenem Zeitpunkt wussten wir noch nicht, dass Terry es »nicht geschafft hatte«. Wir warteten auf den Arzt, um zu erfahren, was los war.

»Hab ihn verdammt noch mal nicht gesehen.« Ich erinnere mich an den Ausdruck in Danas Gesicht, während sie den Mann betrachtete, der immer noch betrunken und höchstwahrscheinlich bereits verhaftet war, den man aber wegen seiner eigenen Verletzungen in die Notaufnahme eingeliefert hatte. Die Polizeibeamtin an seiner Seite, eine pummelige Frau mit trübsinnigen Augen und einem scharfen Parfüm, trat von einem Bein auf das andere, als wollte sie ihn gleich abführen. Doch Dana sah ihn nur mit jener niedergeschlagenen Nachsicht an, als wäre er ein Kind, das sie bat, sein vollgerotztes Taschentuch zu nehmen.

»Ich weiß, dass Sie ihn nicht gesehen haben«, sagte sie mit einer Anmut, derer meine Mutter niemals fähig gewesen wäre. Meine Mutter hätte eine abfällige Bemerkung gemacht und dann geweint.

Die gesamte Familie war natürlich am Boden zerstört und trauerte auf eine wunderschöne Art, wie es nur perfekt glückliche Familien können. Als Tori Stephensons kleiner Bruder Graham an Leukämie starb – wir waren gerade in der achten Klasse –, hatte sich ihre Mutter bei der Leichenfeier betrunken und in eine Pflanze übergeben. Auf dem Weg zum Wagen hatte ihr Toris Stiefvater Rex eine Ohrfeige verpasst, die einen riesigen roten Handabdruck auf ihrer Wange hinterlassen hatte.

Dana und Lorrie Ann und ihr Bruder Bobby übergaben sich weder in eine Pflanze, noch weinten sie zu laut oder versäumten es, überhaupt nicht zu weinen, oder verpassten sich

Ohrfeigen oder taten sonst irgendetwas, das nicht absolut das Richtige gewesen wäre. Lorrie Ann sah auf wunderbare Weise schön aus in ihrem schwarzen Kleid – ein einfaches Baumwollteil, das ihr zu einer geradezu abnormal langen Taille verhalf, als hätte sie viele Sommer in einem Cirque du Soleil zugebracht. Ihre abgekauten Fingernägel, purpurn und blutig, unterstrichen nur ihre langgliedrigen, eleganten Hände. Der schwarze Eyeliner, den meine Mutter bei ihr aufgetragen hatte, ließ sie wie ein Hotot-Zwergkaninchen aussehen, eines dieser reinweißen Tiere mit schwarzen Ringen um die Augen, die so verängstigt waren, dass sie regelrecht erstarrten, wenn man mit der Hand in ihren Stall fasste, während ihre winzigen Herzen mit der ungestümen Wut eines Kamikazepiloten hämmerten. Lorrie Ann war nach dem Tod ihres Vaters von genau dieser wilden Verletzlichkeit durchdrungen, sodass es fast schmerzhaft war, sie anzusehen.

Wenn ich ehrlich bin, war ich beleidigt, da ihre Traurigkeit mich irgendwie auszuschließen schien. Ich hatte mir vorgestellt, wie wir beide gemeinsam weinten, hatte mir ausgemalt, wie ich sie trösten würde. Wir hatten bisher jede Tragödie gemeinsam durchgestanden, selbst die kleinsten und lächerlichsten. Stattdessen war sie nun hinter mehreren Schichten Glas verborgen. Es machte mich rasend. Ich war siebzehn; ich hatte einen kleinen schwarzen Stein als Herz; was kann ich sonst noch sagen? Doch Lorrie Ann war es, die einen schweren Verlust erlitten hatte.

Terry war in hohem Maße der Lebensinhalt der gesamten Swift-Familie gewesen. Es war ihm und der Liebe zu ihm und seinem Traum, Musiker zu sein, geschuldet, dass sie an allen Ecken sparten, sich nichts gönnten und in dem winzigen

Zweizimmerapartment wohnten. (Lorrie Ann hatte einen Teil des Wohnzimmers hinter den Bücherregalen für sich beansprucht, Bobby war auf den Balkon gezogen und schlief selbst bei Regen in einem Zelt.) Dana arbeitete getreulich als Kindergärtnerin, was schlecht bezahlt wurde, aber eine Tätigkeit war, die sie liebte, und Terry spielte sporadisch, wenn auch lukrativ, als Studiomusiker, verfolgte ansonsten Vollzeit seine eigenen musikalischen Projekte. Sie schätzten sich außerordentlich glücklich, der Art von Arbeit nachgehen zu können, an die sie von ganzem Herzen glaubten.

Seine Band *Sons of Eden* hörte sich trotz ihres Namens nicht sonderlich christlich an. In keinem einzigen ihrer Lieder kam Jesus vor. Aber andererseits ging es auch nicht um Sex, Drogen und Alkohol, was an und für sich bei einer Rockband sehr bemerkenswert ist. Terry wollte seine Religion niemandem mit Gewalt aufdrängen. Er wollte lediglich ein anständiger Mensch sein, der gleichzeitig Musiker war. Es störte ihn, dass so viele Rockstars einer moralisch verwerflichen Spezies angehörten. Warum in aller Welt nahmen die Leute einen Musiker ernster, wenn er besoffen war? Warum sollte das seine Musik »authentischer« machen? Und dennoch schien es so zu sein. Terry erfuhr diese sonderbare Form der Diskriminierung tagtäglich am eigenen Leib. »Selbst wenn du nicht besoffen bist, versuch so zu singen, als wärst du es«, hatte der Manager einer Plattenfirma ihm einmal geraten.

Doch Terry tat es nicht, und seine raue stimmliche Offenbarung und sein technisch brillantes Gitarrenspiel brachten ihm ein paar kleinere Plattenverträge ein, die kaum jemals für einen Geldsegen sorgten, jedoch für ein kreatives Aushängeschild und einen greifbaren Beweis für seine Familie, dass all ihre geleisteten Opfer die Mühe wert waren.

Ich erinnere mich, wie maßlos es mich ärgerte, dass er für Lorrie Ann Lieder schrieb. Wir besuchten einmal ein Sommer-Festival, wo seine Band auftrat. Es war ein herrlicher Tag, erfüllt von Zuckerwatte und Sonnenbrand und Corn Dogs. Bobbys Freund Tio war dort, und ich redete mir ein, Tio würde sich irgendwie in mich verlieben und zu dem Entschluss gelangen, dass der Altersunterschied von sechs Jahren zwischen uns völlig belanglos wäre. Beide Jungs waren nachsichtig mit uns und ließen es zu, dass wir ihnen überallhin folgten, ohne uns das Gefühl zu geben, als würden wir ihnen wie Schafe hinterherlaufen. Es war wundervoll. Und genau in dem Moment, als die Sonne unterging, betraten die *Sons of Eden* die Bühne, und Terry leitete ihren Auftritt mit den Worten ein: »Dieses Lied ist für meinen Engel, mein kleines Mädchen, meine Lorrie Ann.«

Und dann sang er das allerschönste Lied, das ich jemals gehört hatte, mit einem sonderbar surrealen Text, dem ich kaum folgen konnte, in dem Lorrie Ann als eine Art barfüßiger Engel beschrieben wurde, der im südkalifornischen Bussystem herumfuhr, den obdachlosen Schizophrenen und fetten kleinen Kindern und Frauen Trost spendete, die in Angst lebten, ihre Ehemänner könnten sie nicht mehr lieben. Der Refrain ging folgendermaßen: »Get back into the bus, Lo-Lola/Get back into the bus, Lo-Lola!«

Nie zuvor in meinem Leben hatte mich eine so schreckliche Eifersucht gepackt.

Und nun, als Terry starb, ging für die Swifts eine Ära zu Ende. Sie blieben weiterhin in dem Zweizimmerapartment wohnen. Lorrie Ann ging weiterhin zur Highschool. Bobby besuchte weiterhin das Community College, aber seine ultimativen Pläne wurden immer vager und vager. Jetzt lebten sie alle in einer unhaltbaren Situation, umgeben von viel zu vielen Zwergen, die keinerlei Daseinsberechtigung hatten. Im wahrsten Sinne des Wortes hatte ihr Leben seine Musik verloren, seinen Rhythmus. Ohne Terry hörten sie allmählich auf, sich freitagabends gemeinsam Horrorfilme anzuschauen und Familienausflüge zum allerersten McDonald's in Downey zu unternehmen.

Das Allerschlimmste war vielleicht, dass Lorrie Ann gänzlich das Singen aufgab. Sie war immer eine talentierte Sängerin mit einer süßen und natürlichen Sopranstimme gewesen, wie eine jener Folksängerinnen aus den Appalachen. Ihre Stimme war von kristallklarem Klang, der einem das Herz erzittern ließ, als wären die Noten Weingläser, die fielen, jedoch nie den Boden berührten. Sie hatte es geliebt, mit ihrem Vater komplexe Harmonien zu singen. Er hatte ihr sowohl die sechssaitige als auch die zwölfsaitige Gitarre beigebracht, und es hatte sich gezeigt, dass sie außergewöhnlich talentiert war. Soweit ich weiß, hörte sie vollständig auf zu üben, wobei ich nicht sagen kann, ob sie vielleicht wieder anfing, nachdem ich aufs College gegangen war.

Alles veränderte sich so schnell. Und Terrys Tod war nur der Anfang, das allererste Pochen der Unglücksgeier an Lorrie Anns Fensterscheibe. Im Laufe der folgenden Jahre kamen immer mehr von ihnen, wippten mit ihren verbrannt aussehenden Köpfen, die Haut an ihren Gesichtern rot und rau, als ob sie sich schälte.

Im Grunde hörte das Corona del Mar, in dem Lorrie Ann und ich aufwuchsen, genau in dem Moment auf zu existieren, als wir von dort wegzogen. Man kann natürlich immer noch dorthin fahren, doch man wird nur junge Frauen vorfinden, die in Lululemon-Yogahosen ihre Bugaboo-Kinderwagen schieben und ihre postnatale Bauchstraffung zur Schau stellen. Die Spielplätze sind von kleinen Jaydens und Skylers überschwemmt. Die alten Bungalows wurden abgerissen und durch Mini-Villen mit Doppelgaragen ersetzt. Immer teurere Restaurants mit »Amerikanischer Küche« wurden entlang des Highways eröffnet, und schicke Boutiquen vertrieben den Großteil der rätselhaften Orientteppich-Läden, die einst dieses Stück des Pacific Coast Highways gesäumt hatten.

Doch als Lorrie Ann und ich jung waren, war Corona del Mar halb leer, irgendwie verfallen, von wundervollen Düften erfüllt. Immer lag Jasmin in der Luft oder der weniger aufdringliche, grünere Geruch von Jasmin-Nachtschatten oder der fast feindliche, pfeffrige Duft von Bougainvillea. In einfach jedem Graben und auf jedem Grünstreifen breitete sich mit erschreckender Beharrlichkeit Hexenfinger aus, und man konnte seine Stiele abbrechen und mit Wasser auf die Gehsteige schreiben, geheime Botschaften, von der heißen Sonne unsichtbar gemacht wie Geheimtinte. Es gab Büschel von irgendeiner sauren gelben Pflanze, die man kauen konnte, während man am Highway entlangschlenderte, den Rucksack über die Schulter geworfen, sodass er auf und ab hüpfte und in einem zufriedenstellenden Rhythmus gegen den Rücken klatschte, auf dem Weg zur Chevron-Tankstelle, wo man eigentlich eine Dose Dr Pepper kaufen wollte, aber stattdessen einen Kaugummi klaute. Es gab fast keine Autos, fast keine Menschen. Man spazierte auf Bürgersteigen, die so leer waren und glänzten wie transparentes Skizzenpapier!

Es war ein wahrhaft irrealer Ort, und ich denke, keiner von uns hatte die Absicht, für immer dort zu bleiben. Es gab in der Umgebung keine Jobs, die Häuser waren zu klein und zu teuer. Wir konnten uns nicht vorstellen, dort unser restliches Leben zu verbringen. Selbst unsere Eltern hegten den Plan, von dort wegzugehen, an einen vernünftigeren Ort, irgendwann einmal.

Aber dennoch, damals im Frühjahr von Terrys Tod hatten wir nicht den blassesten Schimmer, wie schnell wir Corona del Mar verlieren würden. Wir dachten, oder zumindest ich dachte, Terrys Tod wäre einfach ein weiterer all jener aufregenden Schicksalsschläge, die uns widerfuhren, ein Höhepunkt des Plots, der von den Schreibern im Vorfeld geplant war, um Anlass für gute Dialoge und neue romantische Verflechtungen zu liefern. Ich hatte das Gefühl, wir wären nur ein paar Ziffern von 90210 entfernt, und ehrlich gesagt hasste ich den Terrys-Tod-Handlungsstrang, weil er Lorrie Ann in den Mittelpunkt rücken ließ, und sie war immer im Mittelpunkt!

Wann war ich an der Reihe? Wann, wann, wann?

Waren meine Gedanken während dieser Zeit zugleich vorhersehbar und enttäuschend, so waren Lorrie Anns zweifellos interessanter. Mir waren nur flüchtige Blicke in das Labyrinth ihrer Gedankengänge gestattet, und so war ich gezwungen, ihre innere Welt durch logische Schlussfolgerungen und genauestes Beobachten zusammenzufügen.

Ich wusste bereits, dass Lorrie Ann eine sonderbare Vorliebe für moralische Werte hatte. Ein einfaches Beispiel: Als wir *Betty und ihre Schwestern* lasen, war ihre Lieblingsfigur Beth. Ich hatte schon etwas vorausgelesen und wusste, was in dem Buch passieren würde. (Wir lasen Bücher häufig gemeinsam, und ich las meistens schneller und hängte sie ab, sodass wir es uns zur Gewohnheit machten, nur ein Taschenbuch zu kaufen, das ich in zwei Hälften riss, sobald ich die Mitte des Buchs erreicht hatte, um ihr den Anfang zu geben und für mich das Ende zurückzubehalten.)

»Du kannst Beth nicht am liebsten mögen«, erklärte ich ihr. »Such dir jemand anderen aus.«

»Aber Beth ist meine Lieblingsfigur!«, beharrte Lorrie Ann.

»Du solltest Jo mögen«, sagte ich. »Beth ist bescheuert.«

»Ist sie nicht. Sie ist die Einzige, die sich wirklich für die Soldaten und den Krieg interessiert. Sie strickt ständig Socken und solches Zeug. All die anderen Mädchen sind einfach nur irgendwie egoistisch.«

Ich reckte den Hals, um zu ihr hochzuschauen. Lorrie Ann lag ausgestreckt auf ihrem schmalen Bett, über das sich ein Baldachin aus einem weich fließenden, bauschigen Moskitonetz mit pinken Schleifen ergoss, die preiswerte Variante eines jeden Mädchentraums, den ihre Mutter ihr erfüllt hatte. Ich saß mit dem Rücken gegen die Längsseite der Matratze gelehnt, das Gesicht abgewandt von Lorrie Ann, sodass es etwas wehtat, als ich den Kopf verdrehte, um sie anzublicken. Ihr Gesicht war für mich verkehrt herum, und ihr Mund sah aus wie der Mund eines furchteinflößenden Monsters, obwohl ihre Zähne hübsch und gerade waren. (Meine Zähne waren es nicht. Sie litten an einem »Engstand«. Einmal hatte ich eine Zahnspange, aber dann passierte eine Katastrophe, und wir sahen uns nicht mehr imstande, sie uns leisten zu können, und ich bekam stattdessen einen herausnehmbaren Retainer, den ich sofort verlor.)

»Beth stirbt«, sagte ich.

»Nein, tut sie nicht«, beharrte Lorrie Ann, felsenfest überzeugt, ich würde sie nur auf den Arm nehmen.

»Doch. Blätter vor. Sie stirbt.« Ich reckte immer noch ungelenk den Hals, um in ihr umgedrehtes Gesicht sehen zu können. Lorrie Ann biss sich auf die Lippe, und dann – das war so typisch für Lorrie Ann, dass es mich fast zum Kotzen brachte – schwieg sie beharrlich.

»Du glaubst mir nicht?«, fragte ich.

»Dann stirbt sie eben«, sagte Lorrie Ann. »Sie ist trotzdem meine Lieblingsfigur.«

Man konnte ihr diesen Unsinn einfach nicht austreiben.

Es war dasselbe beim Tod ihres Vaters gewesen. Weil sie an eine Vielzahl unwahrer und unvereinbarer Dinge glaubte, erging sich ihre innere Welt in räumlich eigentümlichen, escheresquen Widersprüchen, die dazu führten, dass sie in endlosen und logisch unlösbaren Endlosschleifen verharrte.

Wenn es einen Gott gab, dann hatte das Leben eine tiefere Bedeutung.

Und wenn das Leben eine tiefere Bedeutung hatte, dann mussten die Dinge aus einem bestimmten Grund geschehen.

Und wenn die Dinge aus einem bestimmten Grund geschahen, dann sollte ihr Vater sterben.

Und wenn ihr Vater sterben sollte, dann gab es etwas, das sie daraus lernen sollte.

Aber da war nichts, was man daraus lernen konnte. Da war verdammt noch mal nichts, was man daraus lernen konnte! Außer vielleicht, dass der Typ, der den Pick-up fuhr, ein echter Idiot war, ein Versager, ein Nichtsnutz, ein Scheißkerl, der den Tod verdient hätte, weil er einen der besten Menschen auf dem Gewissen hatte, den ich kannte, den Vater eines Mädchens, das es verdient hätte, wenn ihr Daddy sie eines Tages zum Traualtar geführt hätte. Fast ununterbrochen gab ich mich den Fantasien hin, den Fahrer des Pick-ups aufzuspüren und ihn zu vergiften oder Bienen in seinem Apartment freizulassen oder einen Eispickel durch seine Augenhöhle in sein Gehirn zu treiben.

Ich mag gelegentlich eifersüchtig auf Lorrie Ann gewesen sein, aber sie gehörte mir. Die Swifts gehörten mir. Dieser Kerl hatte kein Recht, sich so dumm, so verschwenderisch, so geschmacklos in ihr Leben einzumischen.

Wie dem auch sei, Lorrie Ann fing während dieser Zeit an, sich zu sorgen, dass ihnen ihr Vater womöglich als eine Art Bestrafung genommen worden war. Wenn es einen Grund für seinen Tod gab, war sie vielleicht der Grund. All das war ein klassischer Fall wie aus dem Lehrbuch, ich weiß, aber damals hatten weder ich noch Lorrie Ann solche Lehrbücher gelesen.

Und so wurde sie zur Vegetarierin. Sie gab sich bewusst Mühe, nicht mehr zu tratschen, und weigerte sich, über meine Witze über die arme Brittany Slane zu lachen, deren flaumiges, dünnes Babyhaar nie dichter geworden war und die bei der geringsten Provokation vehement erklärte, sie sei eine direkte Nachfahrin von Abraham Lincoln. Sonderbarerweise schloss Lorrie Anns neuartiger Wunsch nach Tugendhaftigkeit Dinge wie Zigaretten nicht mit ein, die sie immer noch mit mir rauchte, Camels, die ich von meiner Mutter stibitzte und die wir hinter dem Handballfeld im Grant Howald Park pafften, während wir gelben Löwenzahn zwischen unseren Fingern zerrieben. Vielmehr begriff ich allmählich, dass die Zigaretten eine Form von Selbstkasteiung waren, ähnlich einem Büßerhemd.

Es war nicht so, dass Lorrie Ann ein langweiliger Gutmensch wurde. Es war nicht so, als wollte sie perfekt sein oder geliebt oder anerkannt werden. Nein.

Sie wollte etwas viel Gefährlicheres. Sie wollte Sinn. Und

sie glaubte, sie könnte ihn erfahren, wenn sie sich strikt an Regeln hielt.

Den Rest ihres Lebens würde Lorrie Ann bedauern, mir nicht den Zeh gebrochen zu haben. Sie würde sich ewig daran erinnern, wie ich den Hammer herabsausen ließ, zu fest und zu heftig, sodass mein kleiner Zeh nicht nur brach, sondern zu einem fleischigen Brei zermalmt wurde, flachgedrückt wie eine zerquetschte Weintraube, während der Beton des Innenhofs darunter Risse bekam und glitschig wurde vor Blut. Sie dachte: Ich hätte ihr den Zeh so viel besser brechen können. Sie dachte: Welcher Makel steckt in mir, der von dem schönen Schein von Gutherzigkeit übertüncht wird? Und was sollte man tun, wenn das Gute so doppelzüngig war und von dir mit sechzehn verlangte, in einem Hinterhof einen Hammer zu schwingen, begleitet vom Bellen der Seelöwen und dem Donner der Brandung, genau unter einem Schlafzimmerfenster, wo zwei kleine Jungen auf einem Durcheinander aus Luftmatratzen schliefen, ihre goldenen Arme und Beine makellos und weich wie Wildleder, mit geschlossenen Lidern, die vor ahnungslosen Träumen zuckten, deren innerster Kern ob der Zukunft all dessen summte, was ihnen widerfahren würde, den Männern, zu denen sie reifen würden, den Dingen, die sie wollen und tun und vögeln und wissen und schmecken würden?

Diese Fragen würden für Lorrie Ann noch dringlicher werden, als sie zwei Jahre später, kurz nach unserer Highschool-Abschlussfeier, feststellte, dass auch sie schwanger war.

KAPITEL DREI
Entscheidungen über Entscheidungen

Wirklich, wie hoch ist die Wahrscheinlichkeit? Zwei Highschool-Freundinnen, die beide innerhalb von zwei Jahren schwanger werden. Beide mit derselben schwierigen Entscheidung konfrontiert. Und dennoch bin ich mir nicht sicher, ob ich ein einziges Mädchen aus unserer Heimatstadt kenne, das nicht zu irgendeinem Zeitpunkt während der Highschool oder des Colleges dasselbe durchmachte. Nein, wir waren keine statistische Anomalie, sondern die verstörende Norm.

Unsere Beratungslehrer hatten uns gezeigt, wie man ein Kondom überstreifte, und wir benutzten sie fleißig. Abgesehen von mir – ich stelle in diesem Fall eine Ausnahme dar. Doch Lorrie Ann tat es. Und das Kondom riss.

Sie haben uns nie erzählt, wie oft das passiert. Oder dass das Kondom dort unten manchmal abhandenkommen kann, wie die abgestreifte Haut einer Schlange, und man seinen Partner bitten muss, dessen Finger länger als seine eigenen sind und der einen besseren Winkel hat, es von dort herauszufischen, wo es sich in einer Ecke der Zervix versteckt. Wir wussten nicht einmal, dass unsere Zervix Ecken besitzt! Und ganz sicherlich wussten wir nicht, wie wir es einzuschätzen hatten und ob die Männer uns die Wahrheit sagten, wenn sie behaupteten, es habe sich »nicht anders angefühlt«, sie hätten nichts bemerkt, sie hätten natürlich sofort aufgehört, hätten sie irgendetwas gespürt.

Und natürlich existierte kein Plan B. Unser ganzer Plan war Plan A gewesen, und Plan A waren Kondome, denn die Pille war so retro und konnte uns nicht vor Aids schützen, von dem wir insgeheim überzeugt waren, absolut jeder wäre unwissentlich infiziert. Ohne Kondom hätten wir nicht einmal mit einer Nonne Sex gehabt. Derart fest war uns das eingebläut worden.

Und so geschah es, dass Lorrie Ann befruchtet wurde, just am Ende der zwölften Klasse, von einem jungen Mann namens Jim Swanson, der zweiundzwanzig Jahre alt und schon das ganze Jahr über ihr Freund war.

»Liebst du ihn?«, fragte Dana in ihrer gewohnten Ehrlichkeit und blinzelte sie durch ihre marineblaue Mascara an. Dana war eine jener Frauen, die während der Sechzigerjahre angefangen hatten, marineblauen Eyeliner und Mascara zu benutzen, dann feststellten, dass es ihnen stand, und diese Gewohnheit einfach nie abgelegt hatten. Sonderbarerweise hatten wir sie deshalb nie verurteilt, ebenso wenig wie keiner von uns jemals ihre Zwerge in Frage gestellt hätte. Heutzutage, da bin ich sicher, hätte schon allein die schiere Anzahl an Zwergen in ihrem Apartment das Eingreifen irgendeiner Art von Realityshow nach sich gezogen, doch zu jener Zeit hielt es jeder für absolut normal.

Dana und Lorrie Ann saßen auf der hölzernen Treppe, die hinauf in ihr winziges Zweizimmerapartment führte, und aßen Eis am Stiel. Diese Unterhaltung sowie zahllose andere wurden mir nacherzählt, als wir in jenem Sommer all ihre unterschiedlichen Optionen durchgingen, wie Detektive, die ein unlösbares Verbrechen aufzuklären versuchten, eindringlich verschwommene Nahaufnahmen unbekannter Verdächtiger auf Überwachungsbändern prüften und wiederholt die Wortwahl unserer spärlichen Zeugen analysierten.

»Ich bin mir nicht sicher«, gestand Lorrie Ann. »Aber ist das wirklich die Frage?«

»Was sollte sonst die Frage sein?«, fragte Dana und knabberte mit den Schneidezähnen an der Spitze ihres Kirscheises.

Lorrie Ann dachte über Jim nach. Er hatte viele bewundernswerte Eigenschaften. Als er jünger war, hatte ihn schreckliche Akne geplagt, weshalb er jetzt, obwohl er muskulös und gut aussehend und allseits beliebt war, nicht eingebildet oder anmaßend wirkte. Er liebte seine Mutter. Er hatte einen passablen Job als Souschef in einem Restaurant in Costa Mesa. Er trank, jedoch nicht so exzessiv, dass er Dummheiten beging. Er war nicht aufs College gegangen, aber er war clever: hatte immer eine schlagfertige Antwort auf den Lippen, konnte Menschen lesen, Hunde erziehen, Autos reparieren. Er war ein guter Tänzer. Er wusste, wie man ein Kompliment machte. Er hatte ein unglückseliges Tattoo: den Namen Celia in kursiven Buchstaben auf dem linken Bizeps. Sie war in der Highschool seine Freundin gewesen. Aber er hatte vor, es mit dem Tattoo einer Mondsichel oder der Strichzeichnung einer Schildkröte zu überdecken. Er mochte Schildkröten wirklich. Da stand eine kleine Sandsteinstatue von einer auf dem Fensterbrett in seinem Apartment genau neben seinem Futon, wo die Befruchtung stattgefunden hatte.

Das Problem für Lorrie Ann, das wir immer und immer und immer wieder durchgingen, lag nicht in Jim begründet, sondern in dem Baby selbst. Meiner Ansicht nach liebte Lorrie Ann ihn nicht. Ihrer Ansicht nach spielte das keine sonderlich große Rolle. Niemand, einschließlich Dana, war in der Lage, diesem Gedankengang vollständig zu folgen.

»Aber kann man nicht lernen, jemanden zu lieben?«, fragte Lorrie Ann. »Ich meine, was ist mit arrangierten Ehen?«

»Nun, das ist keine arrangierte Ehe, und es ist deine Entscheidung, und du wirst dich später schlecht fühlen, wenn du dich jetzt falsch entscheidest«, sagte Dana. Ihr Tonfall war nicht grausam. Seit einer Woche führten sie nun schon jeden Abend dieselbe Unterhaltung, und jedes Mal war ihre Mutter zu einer anderen Schlussfolgerung gekommen. An dem einen Abend sollte Lorrie Ann das Baby behalten und Jim heiraten. Am anderen sollte sie das Baby wegmachen lassen und nach Berkeley gehen. Es war alles so schrecklich verworren. Ein Teil dessen, was es so verworren machte, war Berkeley: das Stipendium, der Reiz von San Francisco, das Gefühl des Entkommens aus Corona del Mar.

»Ich will wahrscheinlich nur sagen: Er ist ein guter Kerl, er liebt mich, er ist bereit, mich zu heiraten. Und das ist eine ganz andere Situation, als wäre es irgendein One-Night-Stand gewesen.« Lorrie Ann kratzte mit den Zähnen über das orangefarbene Eis am Stiel, was winzige Eisflocken in ihren Mund rieseln ließ.

»Das stimmt«, erwiderte ihre Mutter.

»Und als Mia ihre Abtreibung hatte«, hörte ich sie in Gedanken sagen, obwohl sie diesen Teil des Gesprächs natürlich vor mir verschwieg, und vielleicht fand es auch nie so statt, »keine Ahnung. Ich hatte immer das Gefühl, als würde sie es bereuen. Ich will nichts bereuen.«

Bereute ich etwas?

Ich rede nicht gern darüber, und ich habe sogar Franklin angelogen, als er mir diese Frage stellte. Ich log ihn unverblümt an, als wir an einem Sonntagmorgen in unserem

Apartment in Istanbul im Bett lagen, pappsatt und benommen von viel zu vielen Bananenpfannkuchen. »Es war die beste Entscheidung, die ich jemals getroffen habe.«

»Kein Bedauern?«, fragte er.

»Nein«, sagte ich, glitt mit dem Finger über Franklins Oberarm und staunte über das komplizierte Geflecht aus orangefarbenen Sommersprossen, das seine Haut von Kopf bis Fuß bedeckte. Aus der Ferne sah er einfach nur irgendwie orange aus, doch aus der Nähe betrachtet waren die Sommersprossen eine Welt voller bizarrer Details, bei denen mir ganz schwindlig wurde. Mir erschienen die Sommersprossen wie eine Art Schutzpanzer, hinter dem er sich verschanzen konnte, der ihn vor der Welt abschirmte, eine schimmernde Barriere ohne jedes Gewicht, ein Zauber.

Und dennoch belog ich ihn.

Spürte ich das Unrecht, die schreckliche Verletzung eines uralten Edikts, als ich die ersten zarten Bewegungen in mir verlor? Beweinte ich den Tod des Kindes, von dem ich fest überzeugt war, es sei ein Mädchen, eine Tochter des Mondes, so wie ich, wie Inanna? Natürlich tat ich es.

Verbrachte ich meine Zeit in Yale, ja, in fucking Yale!, wo ich in all meinen Kursarbeiten Bestnoten bekam, mich in tote Sprachen verliebte, lernte, ich selbst zu sein und die Frau, zu der ich jedes Recht hatte, verbrachte ich diese Zeit damit, zu trauern und meine Entscheidung zu bereuen? Natürlich nicht.

Ich arbeitete jahrelang hart, in Yale aufgenommen zu werden. Ich war Präsidentin des Französisch-Clubs und blamierte mich schrecklich, indem ich Baskenmützen trug, die mir überhaupt nicht standen. Ich belegte Volleyball, Basketball und Softball, obwohl ich klein und im Sport weder ein

Naturtalent noch sonderlich koordinativ war. Ich lernte gewissenhaft auf Prüfungen, die schwachsinnig und von geradezu schmerzhafter Einfältigkeit durchdrungen waren.

Und sie nahmen mich auf. Sie nahmen mich auf, und ich wurde zu der, die ich bin, und der Preis dafür war ein Baby, das nie geboren wurde. Das war der Preis, und ich bezahlte ihn.

Und dennoch, als Lorrie Ann die Entscheidung traf, das Baby zu behalten und Jim zu heiraten, waren alle völlig überrascht. Es war eine so offensichtlich dumme Idee. Und Lorrie Ann war kein dummes Mädchen.

Und der Gedankengang, weshalb Lorrie Ann Jim letztlich heiratete, verlief in etwa so:

Die Frage lautete nicht: Würde eine Heirat mit Jim sie glücklich machen? Sondern: Darf man ein ungeborenes Kind töten? Oder noch wichtiger: Darf man ein ungeborenes Kind töten, nur weil man den Traum hat, in San Francisco ein Beatnik zu werden?

Fast sofort entschied sie, dass man es wohl nicht tun sollte. Sie spürte instinktiv, wenn sie ein ungeborenes Kind tötete, um in San Francisco Spaß zu haben, dann würden ihr zur Strafe schreckliche, schreckliche Dinge widerfahren. Immerhin war ihr der Vater genommen worden, nur weil sie Salami gegessen und über die Flaumhaare der armen Brittany Slane gelacht hatte. Nun denn, wenn man das Baby nicht töten durfte, sollte man es dann zur Adoption freigeben oder es selbst großziehen?

Das war der echte Knackpunkt für Lorrie Ann. Während sie über all diese Fragen nachgrübelte, hatte sie »Kinder zur Adoption« gegoogelt. Da waren Hunderte von ihnen, allesamt kleine schwarze Jungs. Sie zeigte sie mir eines Nachmittags in der Stadtbibliothek. Die Beschreibungen von ihnen waren herzzerreißend, und noch Wochen später wurde sie von dem nervösen Lächeln der Kleinen heimgesucht. »Renaldo ist acht Jahre alt und sucht nach einem warmen Zuhause. Er hat gewisse Probleme bei der Aggressionsbewältigung, ist jedoch in Therapie und hat gute Noten in der Schule. Seine Mutter ist zurzeit inhaftiert und sein Vater …«

Es folgte eine Seite nach der anderen. Durch ihre Recherche wusste Lor zwei Dinge. Nummer eins: Ihr Baby würde sofort einen Platz finden, weil es weiß war. Und Nummer zwei: Es gab eine Armee kleiner schwarzer Jungen, die auf die erdenklich schlimmste Art aufwuchsen, ungeliebt, unbemerkt, wütend und arm. Sie fragte sich, wann diese Kinder aufbegehren würden. Sie fragte sich, ob dies sonst noch jemand kommen sah. Sie fragte sich, falls sie für die Jungen beten sollte, würde das irgendetwas ändern, würden sie es spüren auf ihren verschlissenen Matratzen, in ihren Pflegefamilien, in ihrer Angst, die durch ihre Adern strömte, unter kratzigen Decken und dem bedeckten Mond.

Ich hatte nicht gewusst, was ich ihr entgegnen sollte, während wir, geblendet von der grellen Sonne, die Stadtbibliothek verließen. Mein Instinkt war törichterweise nicht, hinauszumarschieren und diese Jungen zu beschützen, sondern Lorrie Ann davor zu schützen, dass sie zu viel über sie wusste.

»Wie kann das immer so weitergehen? Wie kann es sein, dass niemand diese Jungs will? Sind sie etwa keine Menschen?« Lorrie Ann raufte sich buchstäblich die Haare. Ich führte sie zum Kiosk an der 76-Tankstelle, wo ich uns 5th-Avenue-Schokoriegel kaufte.

»Die Sache ist die«, sagte ich, »im Moment kannst du nichts dagegen tun, richtig? Also ist es besser, jetzt zu arbeiten, aufs College zu gehen, jemand zu werden, der Macht hat, der helfen kann. Richtig? Ich meine, ist das nicht der einzige Weg? Nur … nur … versuch, im Moment nicht über diese Jungs nachzudenken.«

Doch wo ich herzlos und intellektuell war, war Lorrie Ann ein Ausbund an Sentimentalität.

»Ich könnte es nicht ertragen, dass sie sich jemals so ungewollt fühlt«, sagte sie. (Instinktiv spürte sie, dass das Baby in ihr ein Mädchen war.)

»Aber du hast doch gesehen«, argumentierte ich, den Mund voll mit Schokoriegel, »sie würde sofort adoptiert werden. Es wäre nicht so wie bei diesen Jungs.«

»Aber fühlen sich nicht alle adoptierten Kinder ungewollt?«

»Das glaube ich nicht«, sagte ich, und mir wurde schwindlig, geblendet von dem grellen weißen Licht des Bürgersteigs und Lorrie Anns perfekter weicher Haut.

»Nun, das sollten sie aber. Sie waren nicht gewollt. Sie wurden weggegeben. Sie sind dumm, wenn sie sich nicht ungewollt fühlen.« Und dann begann sie in einem mühsamen Prozess, die gesamte Schokoladenschicht ihres 5th-Avenue-Riegels stückchenweise abzutragen, die sie dann separat aß. Erst, wenn der Erdnussbutterkern vollständig bloß lag, verleibte sie ihn sich ein, und selbst dann nur in winzigen, hauchzarten Bissen.

Nein, sie würde das Baby nicht weggeben. Das konnte sie einfach nicht. Das würde sie nicht tun. Und nun, wo sie das Baby behalten würde, wäre es dann für das Ungeborene besser, einen Vater zu haben oder lieber keinen?

Da sie Terry auf eine solche Art geliebt und verloren hatte, wie sollte sie nun keinen Vater für ihr Kind wollen?

Jim war ein guter Mensch, weshalb es gut wäre, ihn im Leben des Kindes zu wissen. Es wäre etwas anderes gewesen, wäre Jim weniger gut gewesen, wäre er gemein oder verschlagen gewesen, doch er war ein anständiger Kerl. Und sie spürte, es wäre einfacher, wenn sie und Jim verheiratet wären.

Und so heiratete sie ihn.

An dem Tag, an dem sie schließlich die Entscheidung fällte, arbeitete Jim in seinem Restaurant, einem kleinen gehobenen Italiener, wo er das Wort »Amuse-Bouche« gelernt hatte, das er auszusprechen liebte, immer und immer wieder, ohne jeden Sinn, an die Haut ihres Halses geflüstert, nur um sie zum Lachen zu bringen. Er war töricht und kindisch, und aus irgendeinem Grund war Lorrie Ann hingerissen. Er hatte sie angerufen, weil der Küche das Babypuder ausgegangen war. Das Restaurant befand sich in einem alten umgebauten Privathaus, dessen Küche nicht ordentlich belüftet war, und mit angeschalteter Fritteuse und angeschaltetem Herd und angeschaltetem Ofen herrschten dort drinnen manchmal über 38 Grad, und die Jungs, bei all ihrem Stehen und Herumrennen, litten immens an wund gescheuerten Hoden und Hintern, was sie damit zu bekämpfen versuchten, sich Unmengen an Babypuder in die Hosen zu schütten. Lorrie Ann war mit dieser Gepflogenheit vertraut (es war unmöglich, die weißen Puderflecken auf Jims Kochhose zu übersehen), und als er sie nun anrief und erklärte, sie hätten kein Babypuder mehr, wusste sie, dass es eine ernste Angelegenheit war, und hielt sofort an der nächsten Apotheke, um ihm eine Flasche zu kaufen.

Zaghaft steckte sie den Kopf durch die Hintertür der Küche.

»Deine Süße ist hier, Jim«, sagte der Salat-Typ, als er sie sah. Sie winkte ihm mit der Flasche Babypuder zu. »Du bist meine Retterin!«, rief er.

Jim trat um die Kücheninsel und in den kleinen Korridor. »Da ist eine wunderschöne Frau in meiner Küche!«, sagte er mit roten Wangen. Wegen der drückenden Hitze in der Küche schwitzte Jim ununterbrochen bei der Arbeit, was seine Haut unnatürlich sauber und weich wie die eines Babys erstrahlen ließ. Außerdem roch er deswegen nach Mäusen, woran Lorrie Ann anfangs Anstoß genommen hatte, was ihr nun jedoch einen erotischen Kitzel entlockte. Es war mir unangenehm, solche Einzelheiten zu hören, aber es ist eines der Dinge, die ich einfach nicht aus meinem Gedächtnis streichen kann, selbst jetzt nicht, nach all den Jahren.

»Ich habe dir Babypuder mitgebracht«, sagte Lorrie Ann. Sie war zu nervös, um in der Küche zu sein, und wusste nicht, ob sie eintreten sollte, ob das überhaupt erlaubt war. Sie wollte Jim nicht in Schwierigkeiten bringen.

Er nahm ihr die Flasche aus der Hand, stellte sie auf ein Regal und drehte sich dann zum Salat-Typen um: »Ich geh raus und rauche eine Zigarette. Bin in fünf Minuten zurück.«

Draußen war selbst die Sommerhitze eine Erleichterung von der Temperatur, die in der Küche herrschte. Jim wischte einen von Spinnweben überzogenen Getränkekasten ab, auf den Lorrie Ann sich setzen konnte, während er rauchte.

»Du leuchtest wirklich von innen. Es heißt immer, schwangere Frauen strahlen, aber viele von ihnen tun es nicht. Einige kriegen ganz viele Pickel und sind hässlich.«

Solche Komplimente machten Lorrie Ann ganz verlegen, sie senkte den Kopf beim Lachen. Einmal hatte Jim ihr gesagt, sie habe so hübsche Augen, und sie würden ihn an

Dentyne-Kaugummi erinnern, »als würden sie nach Pfefferminze schmecken, könnte ich sie kauen.« Sie fand seine plumpe Ehrlichkeit charmant. »Dadurch bedeuten seine Komplimente mehr«, erklärte sie mir, »weil sie wirklich von Herzen kommen.«

»Aber«, hatte ich eingeworfen, »er stellt sich vor, deine Augäpfel zu essen.«

»Na und?«

Damals folgte ein Schweigen zwischen den beiden, peinlich und gleichzeitig vertraut. Lorrie Ann hoffte fast, es würde für immer währen. Es gefiel ihr, nicht reden zu müssen. Manchmal war es ihre Lieblingsbeschäftigung, Jim nach der Arbeit um elf zu treffen, mit ihm auf seinem Futon zu liegen und fernzusehen. Meistens den Kochkanal und manchmal Tiersendungen. Dabei konnten sie einfach nebeneinanderliegen, zwei winzige Welten, getrennt und doch im Einklang.

»Ich versuche echt nicht, dir Honig ums Maul zu schmieren«, sagte Jim schließlich. »Ich will wirklich, dass du nach Berkeley gehst. Ich würde umziehen, verstehst du? Du müsstest die Sache nur um ein Jahr verschieben. Oder du könntest dich an der UCI bewerben. Wir würden das schaffen.«

Lorrie Ann suchte in seinem Gesicht nach einem Anzeichen, dass er die Worte nicht ernst meinte. »Meine Mom sagt, Kinder zu haben ist dasselbe, als würde eine doppelte Portion Anziehungskraft auf dir lasten«, gab sie zu bedenken. »Es ist doppelt so schwer, sich zu bewegen, doppelt so schwer, Dinge auf die Reihe zu bekommen.«

»Ich mag deine Mom«, sagte Jim. Das entsprach der Wahrheit. Dana und er kamen prächtig miteinander aus. Es tat Lorrie Ann beinahe weh, dass Jim alles so furchtbar richtig machte. Verdiente er nicht, das zu bekommen, was er wollte?

Verdiente er es nicht, glücklich zu sein? Und er sagte, sein ganzes Glück wäre, sie zu heiraten. Dies brachte die Gleichung in ihrem Kopf völlig aus dem Gleichgewicht. Auf der einen Seite der Waagschale lag das Leben eines ungeborenen Kindes, Jims Glück und das Wissen, das Richtige zu tun, und auf der anderen Seite lag das Kaffeetrinken in San Francisco und das Fahren auf diesen furchteinflößenden Straßen, die so steil waren, dass es einem vorkam, als wäre das Auto auf einer Achterbahnfahrt. Bilder von sich in dieser Stadt hatten sich ihr eingebrannt: von all den Dingen, die sie dort tun würde, der Person, zu der sie dort heranwachsen würde. Ein Leben voller Bücherläden und Schnittblumen und winziger Glasflaschen, die auf Fensterläden drapiert wären, und Straßenbahnwagen und allem, was sie wollte.

»Ich liebe dich«, log Lorrie Ann. (War es eine Lüge? Ich konnte es nicht mit Bestimmtheit sagen. Ich konnte ihre Liebe für Jim nicht nachvollziehen, weshalb ich Frieden schloss mit Lors Entscheidungen, indem ich annahm, ihre Gefühle für ihn wären entweder geheuchelt oder ein Trugbild, aber vielleicht waren sie es nicht. Vielleicht liebte sie ihn mit demselben urinstinktischen Teil, der sich nicht von dem Baby trennen konnte.)

»Ich liebe dich auch«, sagte Jim, »aber das weißt du. Lorrie Ann, lass uns ehrlich sein. Du könntest mit Sicherheit einen Kerl finden, der zehnmal besser ist als ich. Aber du würdest nie einen finden, der dich mehr liebt als ich.«

Und das war es, was die Sache entschied. Es war wie ein Zweig, der in ihr brach, oder so stellte ich es mir zumindest vor. Es muss unausweichlich gewesen sein, ein geradezu physikalisches Erlebnis, diese Entscheidung. Und schrecklich irrational, denn andernfalls könnte ich ihr sie nie verzeihen.

Wie konnte es sein, dass ich diese unglaublichen schmalen Straßen und Bücher und Cafés so viel mehr für sie wollte als sie selbst? Doch sie stand auf, packte ihn und zog ihn in seiner verschwitzten Kochuniform fest an sich. »Ja«, sagte sie in seine Schürze.

»Ja? Ganz sicher?«, fragte Jim.

»Ja«, sagte Lorrie Ann. Und Jim schlang die Arme um sie, presste sie an sich, sodass ihre Füße vom Boden abhoben, und dann sprang er ungestüm auf und ab, sie immer noch an seine Brust gedrückt, und kreischte und jauchzte vor Freude. Er ließ sie los, öffnete die Küchentür und schrie dem Salat-Typen zu: »Das wunderschönste Mädchen der Welt hat eingewilligt, mich zu heiraten!«

Der Salat-Typ kam auf sie zu und steckte den Kopf aus dem Türrahmen. »Echt?«, fragte er Lorrie Ann.

Sie nickte verlegen.

»Heilige Scheiße«, sagte er.

»Kannst du das glauben?«, fragte Jim, den Salat-Typen an den Schultern packend.

»Du bist ein verdammter Glückspilz«, sagte der Salat-Typ.

»Das bin ich.« Jim riss ihn an seine Brust. »Ich bin der glücklichste Glückspilz der Welt.«

Alles war ein wenig übereilt, da Lorrie Ann heiraten wollte, bevor man ihr die Schwangerschaft ansah, doch es gelang ihnen, im Gemeindezentrum eine richtig gute Party auf die Beine zu stellen, auf der die noch lebenden Mitglieder von *Sons of Eden* einen letzten gemeinsamen Auftritt hinlegten und alle etwas zu Essen mitbrachten. Lorrie Ann sah so zauberhaft schön aus, dass es eine Weile den Anschein hatte, sie könne womöglich recht haben und dass vielleicht wirklich etwas in Jim steckte, das niemand außer ihr sah, und dass vielleicht wirklich alles wundervoll werden würde. Es war unvorstellbar, dass Lorrie Ann etwas Schlimmes widerfahren könnte. Sie hatte einfach das gewisse Etwas. Ich erinnere mich, wie sie beim Hochzeitsempfang, genötigt von Jim und dem Bassisten von *Sons of Eden*, eine alte Kitty-Wells-Nummer sang: »If Teardrops were Pennies«. Ich erschauderte, als ich ihre Stimme hörte, ein hauchzarter silberner Glockenton in der schweren Abenddämmerung dieses kalifornischen Augusts, doch als die Zeit voranschritt und die Jahre verstrichen, fragte ich mich verwundert, ob Lorrie Ann womöglich ihren eigenen Fluch besungen, all das prophezeit hatte, was später tatsächlich eintreten sollte.

In Istanbul, während ich mit Franklin das sumerische Epos von Inanna übersetzte, dachte ich häufig an meine alte Freundin.

Inanna singt:

Mein Vater gab mir das Me:
Er gab mir die Kunst der Prostitution.
Er gab mir die Kunst der unverblümten Rede.
Er gab mir die Kunst der Verleumdung.
Er gab mir die Kunst der Macht.
Er gab mir die Kunst der Heimtücke.
Er gab mir die Kunst der Aufrichtigkeit.
Er gab mir das Plündern von Städten.
Er gab mir das Tönen der Wehklage.
Er gab mir das Frohlocken des Herzens.

Inanna singt immer weiter über die verschiedenen *Me*, ein sumerisches Konzept, für das es in unserem Kulturkreis keine direkte Entsprechung gibt, sondern am besten beschrieben werden kann als ein Daseinszustand. Ihren betrunkenen Vater brachte sie mit einer List dazu, ihr alles zu geben, alles *Me*: die Kunst des Tischlerns, die Kunst des Schmiedens. Er gab ihr die Kunst des Reisens und die Kunst der sicheren Behausung. Es war das, was mich an Lorrie Ann erinnerte. Das Mädchen hatte das gesamte *Me*, hatte sich selbst als Geschenk hergegeben, sodass alles, was sie tat, einzig und allein ihr gehörte.

Doch ich fragte mich ebenfalls, was mit den Liedern geschieht, die wir singen, nachdem sie fertig gesungen sind.

Was nicht heißen soll, dass ich ihre Ehe mit Jim billigte. Das habe ich nie, und auf all ihren Hochzeitsfotos sind meine Augen schwarz glühende Kohlen. Ich war so wütend, dass ich mich beim Empfang schrecklich betrank und einen Jungen mit dem Namen Garrett in seinem Wagen brutal vögelte, ihn auf der Rückbank ritt, die Hand fest auf seine Nase und seinen Mund gepresst, sein Gesicht auf die Seite und ins Polster gedrückt, damit er mich nicht ansehen konnte.

Die Sache war die: Eigentlich hätte ich ebenfalls nach Berkeley gehen sollen. Das war der Plan gewesen, dass wir beide nach Berkeley gehen und gemeinsam nach San Francisco ziehen würden. Aber ich war nicht genommen worden.

Ich hatte die Bewerbung auf die lange Bank geschoben. Für einen Erwachsenen ist es unmöglich, die Art des Wunschdenkens nachzuvollziehen, zu dem Siebzehnjährige fähig sind, doch aus einem unerfindlichen Grund hatte ich mir die Aufsätze sowohl für Berkeley als auch für Yale für den allerletzten Abend vor dem Anmeldeschluss aufgehoben. Ich hatte Anfang der Woche nichtssagende Bewerbungen für die UCI,

Santa Cruz und UCSD losgeschickt. Vielleicht war ihr Anmeldeschluss früher gewesen, ich weiß es nicht mehr. Doch ich erinnere mich sehr genau, dass ich noch genau eine Nacht hatte, um die Yale- und Berkeley-Aufsätze zu schreiben, die zwei, die mir am wichtigsten waren. (Ich hatte niemandem erzählt, dass ich mich für Yale bewarb, niemandem außer dem Beratungslehrer, der mir erklärte, ich würde meine Zeit vergeuden.)

Ich wartete, bis alle schliefen, dann schlich ich mich mit einem Päckchen Camels meiner Mutter und einem Glas Rotwein auf die Terrasse und verbrachte die nächsten neun Stunden damit, meinen Yale-Aufsatz zu schreiben. Ich erzählte ihnen von dem Horror des French Clubs und meinen Erfolgen im Sport und den vielen Bestnoten und den Collegekursen, die ich bereits im letzten Jahr der Highschool absolviert hatte, und ich erzählte ihnen, dass ich all das nicht getan hatte, um später Geld zu scheffeln oder eine steile Karriere hinzulegen, sondern weil ich überzeugt war, dass es irgendwo dort draußen in der Welt einen Ort gäbe, an den ich gehörte, einen Ort, wo ich nicht das Gefühl hätte, als müsste ich mich hinter der Maske meines Gesichts verstecken, wo sich mein Verstand ausdehnen könnte, anstatt kleingehalten zu werden von dem Ratten-Labyrinth der dumpfen Multiple-Choice-Tests, einen Ort, wo ich gleichaltrige Sinnesgenossen fände, wo unsere Ideen aus uns heraussprudeln und eine Art leuchtendes goldenes Netz gemeinsamer mentaler Energie zwischen uns bilden könnten, genau wie in Platos Dialogen, einen Ort, wo es für niemanden ein Problem wäre, wer ich war, wo ich keine »Klugscheißerin« oder »Besserwisserin« oder »Rechthaberin« wäre, sondern einfach nur klug.

Am Morgen schusterte ich irgendetwas zusammen, das ich

nach Berkeley schickte, etwas, das offenkundig nicht gut genug war.

Wäre ich mit Lorrie Ann zusammen nach Berkeley gegangen, hätte sie sich vielleicht anders entschieden: Berkeley hätte realer gewirkt, hätte eine viel stärkere Anziehungskraft gehabt. Vielleicht war es der Schock, als sie hörte, dass ich nach Yale ging, der Verrat, der sie davon abhielt zu gehen. Ich erinnere mich immer noch an jenen Nachmittag, als ich es ihr erzählte, atemlos, nachdem ich den ganzen Weg bis zu ihr nach Hause und dann geradewegs die Holztreppen hinauf mitten hinein in all die Zwerge gerannt war, den Zulassungsbrief in der zusammengekrampften Faust. Mir war nicht bewusst gewesen, wie sehr ich Lorrie Ann verletzen würde, indem ich ein Geheimnis vor ihr hatte, und noch dazu ein solch bedeutungsvolles. Der Ausdruck auf ihrem Gesicht, als ich ihr davon erzählte, versetzte mir einen plötzlichen Schrecken, als wäre ich jäh vom Bürgersteig getreten, ohne es zu wollen. Doch mich in Yale zu bewerben war für mich etwas so Persönliches gewesen wie Masturbieren. Auf sonderbare Weise war es mir nie in den Sinn gekommen, Lorrie Ann überhaupt davon zu erzählen. Aber ich verließ sie. War die Vorstellung etwa so verrückt, mein Verrat könnte nicht zumindest ein klein wenig dazu beigetragen haben, dass sie es für eine gute Idee hielt, Jims Antrag anzunehmen?

KAPITEL VIER
Ein Wunder

In Yale begann es, dass wir uns auseinanderlebten. Zum einen lag es daran, dass ich nun ganz unausweichlich mitten ins Collegeleben eintauchte: Ich schloss Freundschaften, ich ging aus, ich fand meine Liebe fürs Übersetzen von Latein und Griechisch. (Die spielerische Eleganz, mit der Horaz den Ablativ benutzte, die schrille Hässlichkeit des Griechischen im Gegensatz zu den großartigen Dingen, die sie bedeuteten, als wären zarte Schmetterlinge in fratzenhaften Wasserspeiern aus Stein versteckt!) Alles an Yale war so wundervoll, dass ich mir immerzu wie eine Hochstaplerin vorkam. Manchmal hatte ich das Gefühl, ich wäre die Einzige, die in ihrer Jugend regelmäßig bei *Victoria's Secret* geklaut hatte und die jeden Text zu jedem Lied der *Sublimes* auswendig kannte.

Doch der andere Grund, weshalb wir uns auseinanderlebten, war der, dass es mich deprimierte, mit Lorrie Ann über ihre Schwangerschaft und ihr Leben zu reden. Vielleicht lag es an meiner eigenen Abtreibung, die jegliche Euphorie im Keim erstickte, die ich ansonsten womöglich ihretwegen empfunden hätte. Vielleicht lag es auch daran, dass ich im Stillen dachte, es ihr aber nicht offen sagen konnte, dass sie einen Fehler begangen hatte, dass sie nach San Francisco hätte gehen sollen, genau wie ich nach New Haven gegangen war. Vielleicht lag es bloß daran, dass mich jedes Telefonat in meinem Glauben bestärkte, dass Lorrie Ann gut und ich böse war. Ich verbrachte meine Tage damit, im Studentenwohnheim der Jungen rumzuhängen, Mikrowellenwaffeln mit Sprühsahne zu essen, beim Sex neue Stellungen zu erfinden und Catull zu diskutieren, während Lorrie Ann sich um die Suche nach dem richtigen Kinderwagen und dem passenden Sitz für das Auto ihrer Mutter kümmerte. Ich war es leid, die Böse zu sein, und gelangweilt von ihr, weil sie immer die Gute war. So fühlt es sich also an, wenn man sich auseinanderlebt, dachte ich.

Doch als sie mich anrief, um mir von der Geburt des Babys zu erzählen, wusste ich mit einem Schlag, dass wir uns nicht auseinandergelebt hatten, sondern nur ebenbürtiger und entgegengesetzter geworden und durch diese Symmetrie nur noch tiefer verbunden waren. Das Baby, ein Junge, dem sie den Namen Zachary gaben, war ganz blau auf die Welt gekommen. Die Geburt war schlimm verlaufen. Ein Notkaiserschnitt. Ein Gehirnscan würde folgen, aber erst am nächsten oder übernächsten Tag, wenn das Baby stabiler war. Sie erzählte mir diese Dinge, und dann vermochte keine von uns etwas zu sagen, und das Telefon war mit dem rauschenden Zischen von Lorrie Anns abgehacktem Atem und meinem eigenen schrillen Hyperventilieren erfüllt. Etwas im Universum war beschädigt, und riesige Brocken rasten unkontrolliert durch das Weltall. Ich wollte dieses Unheil mit aller Macht von ihr fernhalten, doch es war bereits geschehen. Es war bereits geschehen, und nichts konnte es rückgängig machen. »Ich bin morgen da«, sagte ich, obwohl ich nicht den blassesten Schimmer hatte, wie ich mir ein Flugticket leisten oder was ich meinen Professoren erzählen sollte. Ich war nicht einmal für Weihnachten nach Hause gefahren, so abgebrannt war ich.

»Okay«, sagte sie.

»Ich bin morgen da«, wiederholte ich.

»Ich glaube dir«, sagte sie. »Du bist morgen hier.«

Wie sich herausstellte, konnte ich bei Delta ein Last-Minute-Ticket mit etwas Bargeld und einer brandneuen Kreditkarte kaufen, und tatsächlich stand ich am folgenden Nachmittag an Lorrie Anns Krankenhausbett. Ich hatte all meinen Professoren einen sonderbaren, überaus vertraulichen Bericht dessen geliefert, warum ich die nächsten zwei Wochen in ihren Kursen fehlen würde, und sie um Nachsicht gebeten. Was ich nicht getan hatte, war meine Wäsche zu waschen, weshalb meine Reisetasche mit schmutziger Kleidung gefüllt war und ich sie in der antiseptischen Sauberkeit des Krankenhauszimmers irgendwie durch den Seesack riechen konnte.

Als ich dort ankam, schlief sie. Es war kein Baby zu sehen, kein Jim, keine Dana: nur Lor, allein in ihrem Krankenhausbett. Ich war mit einem mickrigen Sträußchen Margeriten gekommen, die ich am Flughafen gekauft hatte in dem Irrglauben, ich könnte nirgends sonst Blumen kaufen. Lor sah sonderbar aufgedunsen aus. Ihre Wangen waren pausbäckig, ihr Kinn hatte sich fast verdoppelt, ihr Mund war so geschwollen, dass die Unterlippe eingerissen war. Sie hatte gelbe Ringe unter den Augen. Ihre Haare waren strähnig und fettig. Warum hatte ihr niemand die Haare gewaschen? Sie trug ein Krankenhaushemd, das, wie ich voll Erstaunen registrierte, blutbefleckt war. Warum hatte ihr niemand eines ihrer eigenen Nachthemden mitgebracht? Oder zumindest auf ein frisches Krankenhaushemd bestanden? Ich entdeckte einen zweiten Krug auf dem Nachtkästchen an ihrem Bett, füllte ihn mit Wasser und gab mein Bestes, die welken Blumen geschickt zu arrangieren. Es gab keine weiteren Blumen im Zimmer. Sobald ich Jim sah, würde ich ihn an die Wand klatschen.

Doch als ich Jim endlich sah, war er im Säuglingszimmer und hielt ein winziges Baby in Händen, das ein Abbild von Lorrie Ann war, während ihm Freudentränen das schwitzige, pinkfarbene Gesicht herabströmten. Da ich Lorrie Ann nicht stören wollte, hatte ich die Margeriten neben ihrem Bett zurückgelassen und mich auf die Suche nach dem Baby gemacht. (In Wahrheit verhielt es sich folgendermaßen: Sobald mir die Dinge ausgingen, die ich in Ordnung bringen oder über die ich nachdenken konnte, sie in Ordnung zu bringen, blieb mir nichts weiter übrig, als sie anzusehen, meine Lolola, und dieser Schmerz war schier unerträglich. Ich kannte kein Gegenmittel gegen einen solchen Schmerz, abgesehen von unentwegtem Aktivismus. Das war, was ich immer getan hatte. Du findest deine Mutter bewusstlos im Badezimmer vor? Zieh sie hoch und leg sie ins Bett, während du still in dich hineinlachst, weil die Fliesen ein pinkfarbenes Muster auf ihrer Wange hinterlassen haben, aber um Himmels willen, denk nicht darüber nach, befass dich nicht näher damit, gesteh dir die Erkenntnis nicht ein, wie schrecklich außer Kontrolle dein Leben ist. Meiner Ansicht nach war es das Beste, sich einfach überhaupt keine Gefühle einzugestehen.)

Ich stand auf der anderen Seite der großen Glasscheibe, die das Säuglingszimmer vom Korridor trennte, doch Jim bemerkte mich sofort und hob das Baby in seinen Armen leicht an, damit ich sehen, damit ich das bewundern konnte, was wie ein perfekt normaler kleiner Junge aussah. Jim lächelte und weinte gleichzeitig auf eine Art, die ihm den Anschein eines Vollidioten gab, was aber natürlich auch tief berührend war. Ich war noch nie mit jemandem wie Jim ausgegangen, jemandem, der von Grund auf ein »netter Kerl« war. Zum ersten Mal fragte ich mich verwundert, wie sich das anfühlen würde.

Nachdem er das Baby der Krankenschwester zurückgegeben hatte, trat er auf den Korridor und sagte: »Tut mir leid, das war nur das erste Mal, dass ich ihn füttern durfte. Sie haben ihn eben vom Tropf genommen. Und je mehr er an dem kleinen Fläschchen genuckelt hat, desto mehr habe ich gedacht: Er wird leben! Er wird leben! Es war einfach – oh, Mia!«

Er legte mir einen Arm um die Schultern, während wir den Gang zurück zu Lors Zimmer marschierten. »Wie geht's Lorrie Ann?«, fragte ich.

»Sie ist eine Kämpfernatur. Eine echte Kämpfernatur. Ihr geht's prima.«

Aus seinen Worten hörte ich eher heraus, dass Jim Lorrie Anns stoische Gelassenheit guthieß, als dass es ihr tatsächlich »prima« ging. Mit seinem Arm um mich konnte ich den schwachen Geruch nach Mäusen riechen, über den sich Lorrie Ann beschwert hatte. Sie hatte den Nagel auf den Kopf getroffen: Er müffelte wie ein Hamsterkäfig.

»Er hat andauernd gewürgt, aber ein bisschen hat er geschluckt. Sie meinten, wenn es nicht bald besser wird, müssen sie anfangen, ihn mit der Sonde zu ernähren, und das wollen wir nicht.«

»Er sieht wunderschön aus«, sagte ich. »Er sieht genauso aus wie sie.«

Jim warf mir einen Blick zu. »Das ist lustig. Alle anderen sagen, er sieht aus wie ich.«

Das Baby sah ihm kein bisschen ähnlich. Es war eine Miniaturversion von Lorrie Ann. Hätte Jim so viel Zeit wie ich darauf verbracht, ihre Babyfotos anzusehen, hätte er das gewusst. »Na ja, natürlich hat er auch Ähnlichkeit mit dir«, sagte ich.

Ich verstand allmählich, dass Jims Realität von dominanter Natur war. Durch seinen Willen war es so, dass das Baby genauso aussah wie er. Und durch seinen Willen wurde auch das, was offensichtlich eine Tragödie oder zumindest ein Trauma war, zu einem Wunder umgedeutet. Ihr kleiner Junge hatte überlebt. Alles würde gut werden. Dass Lorrie Ann noch nicht alleine aufs Klo, geschweige denn auch nur aufstehen konnte, dass sie eine zwanzig Zentimeter lange Schnittwunde in ihrer Bauchdecke hatte, dass sie ihr Baby noch nicht länger als zwanzig Minuten im Arm gehalten hatte, all das wurde als irrelevant abgetan.

Als wir in Lorrie Anns Zimmer zurückkehrten, war sie wach, und eine Krankenschwester war an ihrer Seite.

»Mia!«, rief sie.

»Ist das Ihre Freundin? Wollen Sie, dass sie bleibt?«, fragte die Krankenschwester.

»Ja, sie soll bleiben«, sagte Lor.

»Sie, raus«, befahl die Krankenschwester Jim.

»Ja, Ma'am«, sagte Jim und verschwand rücklings aus dem Türrahmen.

»Sie wird mir beim Aufstehen helfen«, erklärte Lor. »Ich bin bisher noch nicht aufgestanden. Ich kann nicht glauben, dass du so schnell herkommen konntest.«

»Na schön«, sagte die Krankenschwester. »Ich werde eine Unterlage hier auf den Boden legen, da Sie stark bluten werden, in Ordnung? Und Sie, Sie nehmen ihre Hände.«

»Ich weiß«, sagte ich. »Ich habe den ersten Flieger bekommen. Ich hatte Glück.«

Die Krankenschwester fuhr Lorrie Anns Bett so weit wie möglich hoch, damit sie in Sitzposition kam, dann half sie Lor, sich umzudrehen und die Füße auf den Boden zu stellen. Mir reichte sie Lorrie Anns Hände.

»Ziehen!«, rief die Krankenschwester, und dann leiser, aber nachdrücklich an Lorrie Ann gewandt: »Sie schaffen das, Sie schaffen das, Sie schaffen das!«

Lorrie Anns Gesicht war mit einem Mal aschfahl und wächsern, nass vor Schweiß. Sie biss sich auf die Lippe, doch als sie es schließlich ganz auf die Beine schaffte, stieß sie ein Jaulen aus, ein verzerrtes kleines Geräusch, das auf schrecklichere Schmerzen schließen ließ, als hätte sie laut geschrien. Ihre Hände drückten meine so fest, dass unsere Knöchel weiß waren. Sie zitterte und versuchte, nach unten zu sehen.

»Nicht hinschauen«, sagte ich, und ihre Augen glitten zur Decke. Blut rann an ihren Beinen hinab und sammelte sich an ihren Füßen.

»Ist das normal?«, fragte ich.

»Ich wische Sie jetzt kurz ab, okay?«, sagte die Krankenschwester. »Das ist völlig normal. Jetzt bringen wir Sie in die Dusche, und Ihre Freundin kann helfen, Sie sauber zu bekommen.«

»Ich glaube, ich falle gleich in Ohnmacht«, flüsterte Lorrie Ann.

»Sie fallen nicht in Ohnmacht«, sagte die Krankenschwester, während sie Lorrie Anns Beine abtupfte und die blutgetränkte Unterlage zusammenfaltete. »Sie sind also ihre Freundin? Haben Sie gesagt, dass Sie hergeflogen sind?«

»Ja, bin ich«, sagte ich.

Die Krankenschwester funkelte mich finster an und gab mir mit einer Handbewegung zu verstehen weiterzureden.

»Es war ein guter Flug«, sagte ich, »aber es war so komisch, wieder in Kalifornien zu sein. In New Haven schneit es. Alles hier fühlt sich so vertraut an, es kommt mir vor, als wäre ich überhaupt nie fort gewesen, und trotzdem habe ich alles so sehr vermisst, dass es beinahe wehtut, wenn ich all die Dinge sehe. Mir sind fast die Tränen gekommen, nur weil ich die Interstate 405 langgefahren bin.«

»Wirklich?«, fragte Lor.

»Oh ja. Und die Beach Boys sind im Leihwagen gelaufen. Ich war ein totales Wrack. Hättest du mich gesehen, du hättest dich totgelacht.«

Die Krankenschwester schob mir den Infusionsständer zu, nachdem sie den Katheterbeutel angehängt hatte. »Passen Sie bloß auf, dass sie sich nicht verheddert«, sagte sie und ging aus dem Weg, damit Lorrie Ann und ich langsam Richtung Badezimmer schlurfen konnten.

Jeder einzelne Schritt, das konnte ich sehen, war für Lor mit unerträglichen Schmerzen verbunden, aber sie schaffte es ins Badezimmer. Die Krankenschwester hatte das warme Wasser in der Dusche aufgedreht, die im Grunde Teil des Raums war, sodass Lor geradewegs in den Sprühnebel spazieren konnte, sobald sie das Krankenhaushemd abgestreift hatte. Während ich die kleinen Schleifen in ihrem Rücken aufband, sagte Lorrie Ann: »Ich habe dich vermisst.«

Ich legte den Mund an ihren Nacken. »Ich habe dich so sehr vermisst, dass es sich anfühlt, als würden meine inneren Organe zerquetscht werden.« Ich konnte den ganz eigenen Duft ihrer Haut riechen, der sich mir wohl in den Tagen meiner Kindheit fest eingeprägt hatte, aber was mir erst jetzt bewusst wurde: Der Geruch war süßlich wie Babypuder und leicht bitter wie Mangold.

»Ich habe solche Angst«, sagte sie. »Ich habe solche Angst, dass das hier normal ist. Dass einem alle Organe im Leib weggedrückt und ein Baby herausgerissen werden kann, und dann wird von einem erwartet, dass man aufsteht und sich duscht. Der Chirurg war nicht nett. Wusstest du das? Dass sie dich unverschämt behandeln, gleich nachdem sie das mit dir angestellt haben? Es ist verrückt. Ich stehe unter starken Schmerzmitteln. Tut mir leid, ich weiß nicht, was ich da rede.«

»Ist schon okay«, flüsterte ich. »Ich wasche dir jetzt die Haare.«

Ich half ihr, die sonderbare Einmal-Netzunterhose herunterzuziehen und diese riesige Binde zu entfernen, die groß wie ein Polster war und kaum geholfen hatte, all das Blut aufzusaugen, sondern einfach zwischen ihren Beinen klemmte wie ein bescheuertes Sofa. Ich spürte, dass es Lorrie Ann sofort besser ging, nachdem wir sie unter die Dusche gestellt hatten. Sie lachte sogar, als ich ihr die Haare einschäumte. »Das fühlt sich so gut an. Ich hätte nie geglaubt, dass sich irgendetwas noch mal gut anfühlen würde.«

Ich versuchte, nicht auf die Klammern zu starren, die bis hoch zu ihrem Bauch gingen, als wäre Lor eine Art abgeheftetes Frankenstein-Dokument. Sie waren weder blutverkrustet noch sonst irgendetwas. Ganz im Gegenteil, es war ihre fein säuberliche Ordentlichkeit, die mich erschütterte, ihre anorganische Regelmäßigkeit.

Ich wurde klatschnass, während ich Lorrie Ann beim Duschen half, doch das kümmerte mich nicht. Den Schaum zu spüren, dick und süßlich riechend in ihren langen Haaren, ihr zu helfen, sich unter dem heißen Strahl zu drehen, ihr zuzusehen, wie sie sich das Gesicht wieder und immer wieder benetzte, einer Ente gleich, die das Köpfchen unters Wasser tauchte, ihr zu helfen, sauber zu werden, damit kein Teil von ihr blutig oder nässend war, all das war sogar noch intimer und befriedigender als Sex.

Nachdem wir sie aus der Dusche geholt hatten, reichte die Krankenschwester mir ein frisches Krankenhaushemd, und wir zogen es ihr über und steckten sie dann ins Bett. In der Sekunde, als ihr Kopf das Kissen berührte, schlossen sich ihre Augen. »Ich schlafe nicht«, sagte sie, »ich muss bloß die Augen zumachen.«

»Na klar«, sagte ich, während ich ihre Haare unter ihr hervorzog, um sie zu kämmen, »lass sie ruhig zu.«

»Ich schlafe nicht«, wiederholte sie, kurz bevor sie einschlief.

»Natürlich nicht«, sagte ich und kämmte weiter.

Das Baby. Zach. Was soll man über das Baby sagen? Er schien dasselbe haarlose, rosafarbene Neugeborene zu sein wie jedes andere gerade auf die Welt gekommene Wesen. Seine Beine waren ein wenig steif, und seine Fäuste immerzu geballt, aber die meisten Babys ballen die Fäuste. Die Steifheit wurde im Laufe der Zeit schlimmer. Dana nannte ihn scherzhaft das Jesuskind, da seine natürliche Haltung stark an die Kreuzigung Christi erinnerte. Doch kurz nach seiner Geburt wirkte er tatsächlich fast völlig normal. Der einzige erkennbare, wirklich erkennbare Unterschied war, dass wenn er aus dem Fläschchen trank, es spritzte und sprudelte und er hustete und keuchte und die Babymilch einfach überall in seinem Gesicht landete. Aber wir fanden es alle irgendwie süß. Ich glaube nicht, dass irgendjemand von uns wirklich verstand, was folgen würde. Nicht wirklich. Nicht einmal, als der Gehirnscan schlechte Neuigkeiten brachte. Die Ärzte machten unschlüssige Handbewegungen: Es war unmöglich vorherzusagen, wie sehr sich Zach erholen würde. Manche Babys mit extremen Traumata entwickelten sich ganz normal, andere mit nur scheinbar kleinen Gehirnschäden wiesen später zerebrale Lähmungen auf. Angesichts einer solchen Fülle doppeldeutiger Aussagen wurde Jims Realität zu unser aller Realität: Ein Wunder war geschehen. Der Junge hatte überlebt.

In Bezug auf die Details, was Lorrie Ann während Zachs Geburt zugestoßen war, wusste ich nicht genug über Geburtswehen und Entbindungen, um intelligente Fragen zu stellen und nachvollziehen zu können, was schiefgelaufen war. Ich wusste, dass sie eingeleitet worden war und die Geburt zum Stillstand gekommen und sie dann ohnmächtig geworden war und ein Notkaiserschnitt durchgeführt werden musste. Das war der Grund, warum ihre Naht senkrecht den Bauch hinaufging anstatt von einer Seite zur anderen. Der einzige Hinweis, den ich im Grunde hatte, wie schlimm die Dinge gewesen waren, kam von Dana.

Wir aßen Chili Fries in der Krankenhauscafeteria. Jim war oben und gönnte sich mit Lorrie Ann ein kleines Nickerchen. Zach war natürlich im Säuglingszimmer. Es gab tatsächlich viel weniger zu tun, als ich mir das vorgestellt hatte, und es war immer noch der erste Tag. An Tag drei würde ich mir völlig nutzlos vorkommen. Doch in jenem Moment fühlte es sich tiefsinnig an, mit Lorrie Anns Mutter im Krankenhaus Chili Fries zu essen. Wahrscheinlich lässt mich das Wort »tiefsinnig« unreif oder egozentrisch wirken, aber ich war unreif und egozentrisch. Ich war erst achtzehn. Ich fühlte mich erwachsen auf eine Art, wie ich es noch nie gewesen war. Es war ein stilles, unübertroffen überwältigendes Erlebnis. Ich wollte unbedingt fähig sein, fähig, Danas Vertraute zu sein, fähig, Lorrie Ann eine wahre Freundin zu sein.

»Ganz ehrlich«, sagte Dana, »Krankenhäuser waren anders, als ich Lorrie Ann und Bobby auf die Welt gebracht habe.«

»Wie meinst du das?«

»Ach, es ist nur so, ich erinnere mich, dass mein Arzt anwesend war, vielleicht nicht die ganze Geburt über, aber zumindest lange Phasen hindurch. Ihr Arzt ist nur gekommen, um die Operation durchzuführen. Ansonsten war da nur diese dümmliche kleine Krankenschwester. Ein süßes Ding, aber kaum älter als zwanzig und nicht sonderlich helle im Kopf.«

Später erfuhr ich von Lorrie Ann, dass die Krankenschwester lilafarbenen Glitzerlidschatten getragen hatte, der sie an *Mein kleines Pony* erinnerte. Das Mädchen hatte sich als völlig unfähig erwiesen, den Wehenschreiber, der um Lors Bauch geschnallt war, dazu zu bringen, irgendetwas aufzuzeichnen. Jedes Mal, wenn Lor im Bett die kleinste Bewegung machte, setzte er aus, und die Schwester stürzte herbei und zog fester, immer fester an dem Gummiband. Von diesem Gurt hatte Lor blaue Flecken und sogar kleine Schnittwunden auf ihrem Bauch, so fest hatte die Schwester an ihm gerissen, und dennoch konnte sie die Herztöne des Babys nicht deutlich ausmachen. Mehrmals musste eine ältere Krankenschwester kommen und übernehmen.

Dana starrte eine Weile ins Leere und stocherte in ihren Chili Fries. »Es kam mir vor, als würde ich mitten in einem Albtraum stecken«, sagte sie schließlich. »Einem Albtraum, in dem alle versuchen, höflich zu sein, und niemand weiß, was er sagen soll.«

Aus irgendeinem Grund flößte mir diese Bemerkung auf eine Weise Angst ein, wie es das keine noch so große Menge von Lors Blut in der Dusche jemals geschafft hätte.

»Der arme Jim ist fest entschlossen, dieses Arschloch von einem Chirurgen zu einem Heiligen zu stilisieren«, sagte Dana trocken. »Ein lieber Junger, aber …«

»Ein wenig zu erpicht darauf, anderen zu gefallen«, vollendete ich ihren Satz.

»Ganz genau«, murmelte Dana, dann schob sie den Teller mit den Chili Fries von sich weg. »Du musst mich aufhalten, bevor ich alles aufesse. Himmel, wie ich Chili Fries liebe.«

Das Verstörendste an dieser Reise war wahrscheinlich, meine eigene Familie wiederzusehen. Ich hatte meiner Mutter nichts von meinem Kommen erzählt. Im Grunde hatte ich nicht einmal wirklich eingeplant, sie zu besuchen. Ich hatte nicht darüber nachgedacht, wo ich wohnen würde, da ich schlicht von der Annahme ausgegangen war, vierundzwanzig Stunden am Tag im Krankenhaus gebraucht zu werden. Als mir Jim und Dana am Ende des ersten Tages deutlich zu verstehen gaben, dass ich »nach Hause« gehen sollte, begann ich mich zu fragen, wo genau dieses Zuhause war. Ich wusste undeutlich, dass ich mit dem Rest auf meiner neuen Kreditkarte ein oder zwei Nächte im Motel wohnen könnte, aber ich konnte mir nicht die ganzen zwei Wochen leisten, die ich eigentlich vorgehabt hatte zu bleiben. Die einzig vernünftige Alternative, die mir blieb, war, in mein eigentliches Zuhause zu gehen. Doch etwas in mir sträubte sich.

Obwohl Lor und ich immer Witze darüber gerissen hatten, dass anstelle meines Herzens ein Stein saß, wusste ich genau, dass das, was ich zu beschreiben versuchte, eine tiefsitzende

Charakterlosigkeit war, eine sonderbare Distanziertheit von der Realität und allen anderen Menschen. Ich konnte jemanden zutiefst lieben und diesen Menschen dennoch tödlich verletzen. Ich musste sogar bewusst, geradezu willentlich versuchen, die Menschen, die ich liebte, nicht zu verletzen. Ich war auf irgendeine Weise schlicht zu frei. Es fiel mir schrecklich leicht, Lorrie Ann nicht zu erzählen, dass ich mich für Yale beworben hatte. Es fiel mir sogar auf eine pragmatische Art leicht, meine eigene Abtreibung zu planen und mir den Zeh zu brechen. Es fiel mir leicht, Lorrie Anns blutverkrusteten und aufgedunsenen Körper zu waschen, ihre lädierten Hüften sanft einzuschäumen.

Doch was nicht leicht gewesen war, selbst für mich, war der Umstand, meine Brüder zurückzulassen. Jeden Tag verbot ich mir auszumalen, was ihnen widerfahren sein mochte. Ich traute meiner Mutter keineswegs zu, dass sie sich fürsorglich um die beiden kümmerte. Sobald meine Gedanken bei Max und Alex waren, wenn ich mich an etwas erinnerte, das sie gesagt oder getan hatten, oder einen Blick, den sie mir häufig zugeworfen hatten, schreckte mein Innerstes zurück, als habe es sich verbrannt. Ich wollte nicht zu meiner Mutter zurück, weil ich Angst hatte, dass ihre Kleidung schmutzig sein könnte, dass meine Mom nicht zu Hause wäre oder, wenn doch, dass sie bewusstlos am Boden läge, dass die beiden mich zu fest an sich pressen und mir flehend zuflüstern würden, so wie damals, als ich weggegangen war, dass ich bitte, bitte bleiben sollte. Wenn das, was ich im Haus meiner Mutter vorfinden sollte, zu schlimm wäre, wäre ich nicht imstande, überhaupt nach Yale zurückzukehren. Ich hatte es einmal tun können, doch selbst ich brächte es nicht über mich, es ein zweites Mal zu tun. All das im Hinterkopf hielt ich in meinem kleinen grünen Leihwagen, dessen Motor so kümmerlich aufheulte wie eine kränkelnde Stechmücke, vor meinem früheren Zuhause.

Doch was ich dort vorfand, war auf eine völlig andere Weise verstörend. Ich drückte auf die Klingel, und mein kleiner Bruder Max, der ältere der beiden, öffnete die Tür. »Es ist Mia!«, schrie er, schlang seine kleinen Arme um mich und drückte sein Gesicht in meinen Bauch. Drinnen roch es nach Spaghetti-Soße. Eine neue Lampe hing im Wohnzimmer. Meine Mutter kam mit einer umgebundenen Schürze aus der Küche. Einer Schürze! Als sie mich küsste, lag nicht einmal der winzigste Hauch von Wein in ihrem Atem.

Wie sich herausstellte, lief ohne mich alles glatt. Alle waren aufgeblüht. Mein Glaube, ich sei der Kitt gewesen, der unsere kleine Familie zusammengehalten hatte, war völlige Illusion gewesen. In Wirklichkeit schienen sie alle viel glücklicher und zufriedener zu sein als damals, als ich noch dort gewohnt hatte. Selbst das Badezimmer war blitzblank, mit einem neuen und wirklich hübschen Duschvorhang, cremefarben mit pinken und braunen Blumen, samtig weich, wie ein Duschvorhang bei reichen Leuten.

Ich hätte weinen können.

Die folgenden Tage waren ehrlich gesagt ein wenig langweilig. Morgens eilte ich ins Krankenhaus, wo ich mehr und mehr den Eindruck gewann, ich stünde im Grunde im Weg. Ich war selten allein mit Lorrie Ann, da Jim und Dana immer da waren. Selbst Bobby kam jeden Tag vorbei und brachte In-N-Out-Burger und Burritos für alle mit. Irgendwann passte mich Jim im Flur vor Lorrie Anns Zimmer ab. »Wie lange wirst du bleiben?«, fragte er.

»Ich dachte, ich hole mir gegen eins etwas zum Mittagessen«, erwiderte ich.

»Nein, ich meinte in Kalifornien.«

»Oh, ich bin für zwei Wochen hier.«

»Zwei Wochen?«, fragte er. »Wow!«

Es folgte eine sonderbare Pause. Ich hörte Dana in Lors Zimmer lachen, und Lor murmelte etwas, das ihre Mutter sogar noch lauter auflachen ließ.

Jim blinzelte mit seinen runden, feuchten kleinen Augen. »Die Sache ist die, Mia, ich bin nicht sicher, ob das die beste Zeit für einen Besuch ist. Lorrie Ann versucht, sich zu erholen, wir haben das Baby, um das wir uns kümmern müssen, es ist einfach nicht die beste Zeit für … Gäste … verstehst du?«

Ich starrte ihn an. »Ich schätze mal, ich sehe mich nicht als Gast, Jim.«

»Okay! Hör mal«, sagte er. »Und bekomm das bitte nicht in den falschen Hals. Lorrie Ann wusste, dass du es in den falschen Hals bekommst. Es ist nur so, wir denken, es wäre leichter, sobald sie entlassen wird und wir nach Hause dürfen, wenn es nur ich, sie und das Baby wären.«

Ich hatte mir bereits ausgemalt, wie ich Dinge für sie erledigte, etwa für sie einkaufen ging, Abendessen kochte oder den Müll für sie raustrug, aber auf einmal erkannte ich, dass Jim zu alldem allein fähig wäre. Immerhin war er Koch und konnte viel leckerere Abendessen zaubern als ich. Jedes Mal, wenn ich es mit einer Paprikaschote zu tun bekam, musste ich nachschlagen, wie ich sie am besten schneiden sollte. Was mir wirklich einen Stich versetzte, war der Umstand, dass Lorrie Ann diese Entscheidung mitgetroffen, aber vorgezogen hatte, nicht mit mir darüber zu sprechen. Ich konnte mir fast bildlich vorstellen, wie sie mit Jim über mich geredet hatte: »*Du* tust es.«

»Okay«, sagte ich. »Kein Problem.«

Im Grunde war es besser, die Rückreise früher als geplant anzutreten: Es blieb weniger Zeit, mich in meine Brüder und ihre samtig weiche Haut zu verlieben, weniger Zeit, mich mit meiner Mutter und ihrer neu erworbenen Häuslichkeit auseinanderzusetzen, weniger Arbeit, die ich in Yale nachholen, weniger Geld, das ich für den Leihwagen ausgeben musste. Doch auf dem Flug zurück nach New Haven fühlte ich mich abgeschoben. Ich wusste, dieser Gedanke war irrational. Sie waren eine Familie. Sie sollten zusammen sein und ihren neuen Sohn feiern, der wie durch ein Wunder überlebt hatte. Doch die Erkenntnis schmerzte, dass ich kein Teil dieser Familie war, dass es von nun an Jim und nicht ich wäre, den Lorrie Ann bräuchte, wenn sie Sorgen hatte. Ich fragte mich, ob die Flugbegleiterin wohl meinen Ausweis sehen wollte, wenn ich einen Scotch bestellte. Unter mir war Amerika nur sichtbar als eine Abfolge grauer und brauner Rechtecke, unzählbar und befremdlich.

KAPITEL FÜNF
Tot, so richtig tot

Nach Yale machte ich meinen Doktor an der UMich und bekam aus Versehen einen Hund. Was heißen soll: In meinem ersten Jahr hatte ich eine Mitbewohnerin, die sich einen Pitbullwelpen zulegte, den sie Space Cake nannte, und die kurz darauf wie vom Erdboden verschluckt war und mich mit dem Welpen und ihrem Anteil der Miete sitzen ließ. Space war blütenweiß, und ihre rosafarbene Haut schimmerte durch ihr glänzend weißes Fell, sodass sie aussah wie ein Ferkel. Ihre Augen waren von einem leuchtenden Rot wie bei einem weißen Kaninchen.

Die Hündin fraß alles Schöne, was ich besaß. Sie verschlang Handys, Designersonnenbrillen, Schuhe. Am meisten liebte sie es, die gebogenen Metallbügel meiner BHs zu erkunden und dann zu entfernen. Ihre Zunge war rosafarben und runzlig und feucht wie eine Vagina. Es war, als besäße man ein kleines, wollüstiges Monster. Sie kroch oft matt herbei, bevor sie sich völlig schlaff in meinen Schoß plumpsen ließ. Ihr Körper roch wundervoll nach Hefe, und in ihren Augen lag eine schreckliche Erkenntnis, als wolle sie mir mit ihren blutunterlaufenen rosafarbenen Augen mitteilen, dass ihr Schicksal völlig in meinen Händen läge und sie kampflos jede Gewalt oder Freude über sich ergehen lassen würde.

Nachdem Space fast ein ganzes Jahr mir gehörte, wurde sie auf der Washtenaw Avenue auf Höhe der Carpenter von einem Auto überfahren. Es war eine belebte Straße und eine, die ich für gewöhnlich mied, doch an jenem Abend hatte ich es eilig, nach Hause zu kommen und mich umzuziehen, da ich ein Date hatte. Es war bereits dunkel. Ich hätte besser aufpassen müssen. Aber ich war abgelenkt. Wir spazierten auf eine andere Frau und ihren Hund zu, im Grunde ein Spiegelbild unserer selbst, und Space blieb plötzlich wie angewurzelt stehen, während ich weiterging und ihr Halsband über ihren Kopf zerrte. Ich spürte das Ziehen, drehte mich um und streckte die Hand aus, gerade als sie sich in den Verkehr stürzte. Sie wurde zweimal getroffen, schaffte es jedoch, schwer hinkend, auf die andere Seite. Ich konnte sie wegen ihres weißen Fells immer noch ausmachen, obwohl es dunkel war. Die Scheinwerfer der Autos glitten wie Stroboskoplichter über sie hinweg. »Space«, schrie ich. »Bleib stehen! Space! Stehen bleiben!«

Doch das tat sie nicht. Sie rannte zu mir. Auf dem Weg wurde sie noch dreimal angefahren und das letzte Mal so schwer getroffen, dass sie von der Straße geschleudert wurde und auf der Seite liegend fünf Meter an mir vorbeischlitterte. Die Frau und ihr Hund, unser Spiegelbild, beobachteten das alles mit blankem Entsetzen. Die Frau hatte die Hand vor den Mund geschlagen. Sie hatte lockiges Haar von der Sorte, das schwer zu bändigen war, ohne dass es sich kräuselte, und der Wind peitschte es ihr um den Kopf. Als ich Space endlich erreichte, bewegte sie sich nicht, doch ihre Augen huschten wild umher. Ich zog sie an den Fußknöcheln weiter von der Straße weg und kniete mich neben sie. Ich versuchte, ihren Kopf auf meinen Schoß zu heben, doch der untere Teil ihres Gesichts fehlte. Sie begann auf eine Art zu zittern, dass ich annahm, sie hätte einen Krampfanfall.

»Sie ist nicht tot!«, schrie ich der Frau zu, die uns beobachtete. »O Gott, sie ist nicht tot!«

Ich hätte alles gegeben, um Space umbringen zu können, aber ich wusste nicht, wie ich es anstellen sollte. Wie hätte ich ihr den großen, breiten Hals brechen sollen? Womit hätte ich sie von ihrem Leid befreien können? Ich hatte nichts weiter als einen iPod und meinen Wohnungsschlüssel. Ich hatte nichts. Das Schlimmste war, wie sehr es mich ekelte, sie anzufassen, als wäre ihr Körper schmutzig. Die ganze Zeit versuchte ich, die Handflächen auf ihren Körper zu legen, ihr zu beteuern, dass ich da sei, dass ich sie liebte, aber sie kam mir so verdorben vor, als wäre sie irgendein x-beliebiges überfahrenes Tier, ein widerlicher Kadaver. Sie war immer noch warm! Aber egal, wie sehr ich es versuchte, konnte ich meine Hände nicht auf ihrem Körper lassen, sondern zuckte immer wieder zurück und schob sie in Fäusten unter mein Gesicht.

»Der Hund meiner Freundin hat gerade Junge bekommen!«, sagte die Frau mit den Locken.

»Ich will keinen Welpen«, erwiderte ich. »Was soll ich jetzt tun? Sie ist zu groß, um sie zu tragen!«

»Ich weiß nicht. Können Sie nicht jemanden anrufen?«, fragte die Frau.

Aber ich hatte niemanden, den ich anrufen konnte. Schließlich hielt eine nette Frau in einem SUV und bot an, mich und Space nach Hause zu fahren. Die Frau hatte eine dieser Sonnenblenden für die Windschutzscheibe, die aus metallisch glänzendem Material sind und wie die Innenverkleidung eines Drehspieß-Backofens aussehen. Ich zog Space' leblosen Körper darauf und hievte ihn dann in den SUV. Wir waren auf dem Weg zum Tierarzt, als Space schließlich zu zittern aufhörte und vollkommen still dalag. Augenblicklich veränderte sich der Geruch im Auto. Nach einer kurzen Rücksprache schlug die Frau die entgegengesetzte Richtung ein und brachte stattdessen mich und den Leichnam meines Hundes zu meinem Apartment.

Vor diesem Ereignis hatte ich den Schrecken des Todes nicht begriffen. Für mich waren die Dichter und Schriftsteller, die über den Tod schrieben, ein wenig melodramatisch. Ich für meinen Teil freute mich auf den Tod. Ich war neugierig, ob es noch irgendetwas anderes gäbe. Ob ein helles Licht oder der Himmel oder die Hölle oder einfach gar nichts folgen würde. Ich dachte, es wäre irgendwie cool, das herauszufinden, und ich machte mir keine Sorgen, dass ich sterben würde, sobald die Zeit reif wäre, und dass es dann in Ordnung wäre. Vor Space verstand ich auch keine Zombie-Filme oder was Vampire so furchteinflößend machte. Ich verstand nicht, wie unglaublich tot tote Dinge waren.

Am Abend von Space' Tod rief ich den einzigen Menschen an, den ich in einer solchen Situation anrufen konnte.

Sie hob nach dem dritten Klingelton ab.

»Hi Mia, was gibt's?«

Mit bebender Stimme erzählte ich ihr die Geschichte. »Und jetzt kann ich nicht aufhören, es vor meinem geistigen Auge zu sehen, immer und immer wieder, wie in Endlosschleife. Ich bin nicht melodramatisch. Ich kann die Bilder nur einfach nicht verdrängen. Weißt du, was ich meine?« Im Hintergrund hörte ich Schreien, das Schreien eines Kindes.

»Nein«, sagte Lorrie Ann auf eine Art, von der ich wusste, dass es nicht für mich, sondern für Zach bestimmt war. »Hör mal«, sagte sie, »Jim kommt morgen früh heim, und das Haus ist ein totales Schlachtfeld. Es ist verrückt. Der Sergeant von

Rear D hat mich vielleicht vor einer halben Stunde angerufen.«

»Rear D« war das Rear Detachment, also die Gruppe Soldaten, die in der Heimat auf ihren Einsatz warteten. Jim war während meines letzten Jahres in Yale der Armee beigetreten, weshalb ich allmählich den ganzen Fachjargon kannte. Sie wohnten auf dem Stützpunkt Fort Irwin in San Bernardino, einem der abgelegensten und trostlosesten Armeestützpunkte, inmitten der Mojave-Wüste. Lorrie Ann sprach von dieser Isolation häufig in einem Tonfall, der eine regelrechte Hetzjagd implizierte, was mich immer wieder verblüffte. Jim war nicht eingezogen worden, er hatte sich freiwillig gemeldet. Ich hatte nicht sonderlich viel Mitgefühl für den Jim-Armee-Entschluss übrig.

Anscheinend hatte er es getan, damit sie eine Krankenversicherung für Zach hatten, dessen Zerebralparese, wie sich herausstellte, fast jedes Mal als noch schlimmer diagnostiziert wurde, sobald sie ihn zum Arzt brachten. Als er zwei Jahre alt war, hatten Lorrie Ann und Jim bereits mehrere hunderttausend Dollar Schulden. Jim verdiente zu viel, um für Medicaid in Frage zu kommen, aber keine private Krankenversicherung nahm sie auf. Ich will damit nicht sagen, dass ihre Beiträge unmenschlich hoch gewesen wären, sondern dass die Versicherungen einfach nein sagten. Jims Restaurant, das von einem Privatmann geführt wurde, bot seinen Angestellten keine Krankenversicherung. Weshalb er und Lorrie Ann mächtig in Schwierigkeiten steckten, bis Jim auf die brillante Idee kam, der Armee beizutreten.

Wenn man Lorrie Ann fragte, hatte er sich geradezu märtyrerhaft für seine kleine Familie geopfert, aber ehrlich gesagt hätte er sich einfach einen Vollzeitjob bei einer großen Restaurantkette suchen können, die ihren Angestellten eine Versicherung zahlte. Verflucht noch mal, er hätte einen Job bei Starbucks annehmen können! (Lorrie Ann war so unglaublich sauer auf mich, als ich ihr diese Alternative unterbreitete, dass ich übers Telefon die Spucke fliegen hörte, als sie darüber schwadronierte, wie gut die Krankenversicherung der Armee sei und wie sehr die Armee sich um sie kümmere und wie billig das Essen auf dem Stützpunkt und wie toll ihre kostenlose Wohnung und wie naiv es von mir sei, das mit einer Arbeit bei Starbucks zu vergleichen. Ja, wollte ich schon einwerfen, aber bei Starbucks muss man zumindest keine Menschen umbringen. Doch das sagte ich nicht – wie hätte ich das auch tun können?)

Wahrscheinlich, das war zumindest meine Vermutung, schloss sich Jim der Armee an, weil sie aufregend, edelmütig und gewalttätig wirkte und ihn noch dazu aus ihrem klaustrophobisch kleinen Haus holte, wo Zach sich mehr und mehr weigerte, Jims Hoffnungen gerecht zu werden, die er für ihn hatte, und wo sich Lorrie Ann allmählich in eine einfältige Heilige verwandelte. Sie hatte angefangen zu bloggen. Kein Scherz. Lorrie Ann hatte angefangen, eine erschreckend abstruse Mischung aus Auflaufrezepten, den neuesten Informationen über Zachs Operationen und eigenartigen Gedichten zu posten, die andeuteten, Zach sei ein von Gott gesandter Engel, der sie und Jim die Schönheit der Aufopferung lehrte. An manchen Tagen war es nichts weiter als ein unheimlicher Einzeiler: Zachs Leben ist wichtiger für diejenigen um ihn herum als für ihn selbst.

»Es tut mir leid«, sagte ich zu Lorrie Ann. »Ich habe bloß jemanden gebraucht, mit dem ich reden kann.« Space' Leichnam lag auf meinem Balkon. Was sollte ich nur mit ihm tun?

Am Morgen würde ich wohl den Tierarzt anrufen und fragen, ob sie Einäscherungen vornahmen oder ob ich mich an das Veterinäramt wenden müsste. Bisher hatte ich mich noch nie auf ordnungsgemäße Weise einer Tierleiche entledigt. Als unsere Haustiere damals in meiner Kindheit gestorben waren, hatte uns meine Mom aufgetragen, sie in Schuhkartons zu legen, und war dann mit ihnen herumgefahren, bis wir eine Baustelle mit einem Müllcontainer fanden.

»Ich weiß«, sagte sie, »ich weiß, es ist hart, wenn ein Haustier stirbt.«

»Aber wenn du keine Zeit hast …«, verstummte ich in dem schamlosen Versuch, ihr ein schlechtes Gewissen einzureden. Sie war meine einzige Freundin! Natürlich hatte ich in Yale und selbst an der UMich viele Freunde gefunden, doch sie waren Lass-uns-ein-Bierchen-im-Pub-trinken-Freunde und keine Mein-Hund-liegt-tot-auf-dem-Balkon-Freunde.

Lorrie Ann seufzte. »Mia«, sagte sie. »Ich weiß, du willst das jetzt nicht hören, aber … es ist bloß ein Hund. Ich weiß, im Moment fühlt es sich wie etwas Großes, Tiefgründiges an, das Wesen der Sterblichkeit und all das, aber es fühlt sich nur groß und tiefgründig an, weil es gerade passiert ist, ich meine buchstäblich gerade. Morgen wird es sich schon nicht mehr so groß anfühlen, und in ein paar Monaten wird es zu einer belanglosen Nichtigkeit geschrumpft sein. Also, versteh mich nicht falsch, aber hol dir ein Bier und leih dir einen Film aus oder was auch immer.«

Ich bin sicher, dass mir die Augen wie in einem Cartoon aus dem Kopf ploppten. Lorrie Ann hatte nie, einfach noch nie etwas so Gefühlloses zu mir gesagt. Lorrie Ann war immer die Nette gewesen – das war ihre Rolle, dass sie einfühlsam war und süß und lieb und mich Mia-Bär nannte. Noch schlimmer war, dass das, was sie sagte, nur zu gut mit dem eisigen, metallischen Klang der Wahrheit harmonierte. Ich würde mich bis in alle Ewigkeit daran erinnern, wie sich Space' lebloser Körper in meinen Armen angefühlt hatte, aber irgendwann würde die Erfahrung schrumpfen, bis sie sich in die Reihe der anderen Begebenheiten meines Lebens einfügte.

»Ich muss Schluss machen«, sagte sie. »Tut mir leid, dass ich dir nicht weiterhelfen kann.«

Als Jim während seines zweiten Einsatzes getötet wurde, machte ich gerade Urlaub in Rom. Einer meiner Latein-Professoren war mit einer Frau verheiratet, deren Familie enge Beziehungen zum Vatikan hatte und mir irgendwie Zutritt zur Vatikanischen Apostolischen Bibliothek verschafft sowie eine zauberhafte, wenn auch etwas heruntergekommene Wohnung auf der Piazza Barberini angemietet hatte.

Es war Dana, die mich anrief, um mir von dem Unglück zu erzählen.

»Die Beerdigung ist nächste Woche«, sagte sie. »Und natürlich bist du herzlich eingeladen, bei uns oder Lorrie Ann zu wohnen. Deine Mutter ist nach Fontana rausgezogen, nicht wahr?«

Ich zögerte. Mir blieben nur noch zwei weitere Wochen in Rom. Ich hatte keine rechte Lust, eine Woche abzuknapsen und den ganzen Weg zurück nach Kalifornien zu fliegen. Und rein praktisch betrachtet, wäre ein solches Last-Minute-Ticket unglaublich teuer, und ich war Doktorandin. Ich hatte meinen Vater wegen des Geldes anbetteln müssen, um überhaupt nach Rom fahren zu können.

»Ich weiß nicht, ob ich es schaffe«, sagte ich. »Ich bin in Rom.«

»Ich weiß, dass du in Rom bist. Wie um alles in der Welt glaubst du, hätte ich dich sonst anrufen können?«

»Natürlich«, sagte ich. Genau in diesem Moment löste sich ein Stück Tapete und schälte sich mit einem schweren, feuchten Schmatzen von meiner Wohnzimmerwand. Ich beobachtete, wie es sich hin- und herwiegte, auf der anderen Seite des Zimmers herabbaumelte. »Es ist nur so, es ist eine wirklich richtig große Sache, dass mein Professor all das in die Wege geleitet hat, und ich kenne sie im Grunde nicht gut genug, um es ihnen zu erklären, und ich will nicht, dass er denkt, ich würde ihn verarschen, und außerdem weiß ich nicht, ob ich das Geld für ein Flugticket habe.«

»Ich bezahle das Ticket«, sagte Dana.

Ich war perplex. Es war nicht nur so, dass ich für Jims Beerdigung nicht nach Kalifornien zurückkehren *wollte* – ich *wusste* aus irgendeinem Grund schon, dass ich es nicht tun würde.

»Okay«, sagte ich. »Aber das ist zu viel. Das ist zu großzügig.«

»Mach dich nicht lächerlich«, sagte sie. »Bobby soll heute Abend online gehen.«

Mitten in der Nacht meiner Zeit rief mich Dana zurück, um mir zu erklären, dass sie nicht den blassesten Schimmer gehabt hatte, wie teuer ein Flug von Rom nach L. A. wäre und dass es ihr leidtäte – sie könnte es sich einfach nicht leisten.

»Keine Sorge«, beruhigte ich sie. »Das habe ich mir schon gedacht. Last-Minute-Flüge sind unglaublich teuer.«

»Ich weiß, du hast ihn nie gemocht«, sagte Dana, »aber er war ein guter Junge.«

Es war drei Uhr früh, und ich hatte das Licht nicht eingeschaltet, als ich ans Telefon ging. Ich blinzelte in die Dunkelheit. »Das weiß ich. Er war ein echt guter Kerl«, sagte ich.

»Er hat sie geliebt«, sagte Dana mit bebender Stimme. »Und er hat seinen kleinen Jungen geliebt.«

»Das weiß ich.«

»Nun, dann gute Nacht«, sagte sie. »Es wäre schön, wenn du Lor anrufen könntest.«

»Natürlich«, sagte ich. »Ich wusste nicht, ob sie ... bereit ist zu reden oder ...«

»Sie ist bereit«, sagte Dana und legte auf.

Sobald das Telefongespräch beendet war, hatten sich meine Augen ein wenig an die Dunkelheit gewöhnt, und ich fühlte mich weniger desorientiert und war in der Lage, den schwachen Umriss meiner weißen Vorhänge auszumachen, den verschnörkelten Rahmen meines Bettgestells, die schwarze Keramiklampe auf dem Tisch. Eine Welle der Erleichterung brach über mir zusammen. Ich musste nicht fahren. Ich musste keines dieser winzigen Würstchen essen, die in Barbecuesauce schwammen. Ich musste nicht die anderen Soldatenfrauen umarmen, die einer Gehirnwäsche unterzogen worden waren, um solche Vorfälle stillschweigend hinzunehmen, und die mir zuflüsterten: »Sie ist so tapfer.« Und vor allem musste ich dort nicht wie eine Idiotin stehen, während Lor sich immer weiter von mir distanzierte, abgeschottet hinter Glasscheiben des Kummers. Doch ich wusste, eigentlich müsste ich fahren, ich sollte einen Weg finden, es zur Beerdigung zu schaffen.

Stattdessen verbrachte ich den folgenden Tag in meinem Apartment, trank zwei Flaschen Wein und ging dann bei Anbruch der Dunkelheit nach draußen, wo ich so viel Gelato aß, bis ich mich übergab.

Ich rief Lor am nächsten Tag an, doch ich bekam nur ihre Voicemail zu hören. Sie rief nicht zurück. Ich vermutete, sie sei beschäftigt, bedrückt, was auch immer. Ich rief sie noch einmal an, sobald ich zurück in den Staaten war, und erneut meldete sie sich nicht. Da wusste ich, dass sie sauer auf mich war, unbeschreiblich, unsäglich sauer, weil ich nicht zur Beerdigung gekommen war. Ich schrieb ihr eine lange, lange E-Mail, entschuldigte mich, versuchte zu erklären, und sie schrieb mir eine knappe Antwort zurück. Es sei in Ordnung, sie verstehe. Aber ich wusste, dass es nicht in Ordnung war und sie nicht verstand. Wer könnte es schon verstehen? Ich hatte mich schrecklich benommen. Selbst mir war das bewusst.

Weshalb es mir an Weihnachten ein echtes Anliegen war, sie zu besuchen.

Sie wohnte in Costa Mesa. Nach Jims Tod war fast die gesamte »Todesprämie« (welch gruseliger Ausdruck!) zum Abbezahlen ihrer Schulden verwandt worden, und obwohl sie in den folgenden Jahren weitere 400 000 Dollar erhalten würde, hatte sie dieses Geld bereits dem Inkassounternehmen zur Verrechnung überschrieben, sodass sie nun pleite, aber zumindest schuldenfrei war. Nach Jims Tod durfte sie nur sechs Monate auf dem Stützpunkt wohnen bleiben, und es war Zachs Sozialarbeiter, Mr Kawabata, der ihnen zu Hilfe gekommen war und ihnen eine Bleibe vermittelt hatte, einen Wohnkomplex mit günstigen Mieten für Menschen mit Behinderungen.

Zuerst war ich verblüfft, weil die Lage wirklich gut war, eine hübsche Gegend, aber nachdem ich geparkt hatte und vor ihrer Haustür stand, wurde mir allmählich bewusst, dass dies ein trauriger Ort war. Es gab Pflanzen auf den Veranden, doch sie waren allesamt abgestorben. Winzige verschimmelte Grills waren zu sehen, die mit Lachen von Regenwasser gefüllt waren. Ausgebleichte und schmutzige amerikanische Flaggen hingen schlaff von Miniaturfahnenstangen herab, von denen die Farbe längst abgeblättert war. Mehrere Hunde bellten mich an, während ich mir einen Weg zu Lors Tür bahnte.

Als ich auf der offenen Veranda wartete, nachdem ich an der Türklingel geläutet hatte, in diesem angespannten Moment vor dem Trubel aus Küssen und Umarmungen und nichtssagenden Komplimenten, realisierte ich zum ersten Mal, dass Jim tot war. Sein Tod war für mich mit einem Schlag real. Ich hatte es natürlich gewusst. Ich hatte ihn sogar beweint, in dem Glauben, jene zwei Flaschen Wein samt riesigem Eisbecher seien meine Ehrerbietung an ihn gewesen. Doch er war mir nie toter vorgekommen als in jenem Moment, kurz bevor sich die Tür öffnete. Tot auf dieselbe Art, wie Space tot gewesen war. Wirklich und wahrhaftig tot. Mein Herz begann zu rasen. Meine Freundin hatte hier gewohnt, all die Zeit über, während der Jim tot gewesen war, mit einem behinderten Kind ohne Geld. Wie allein Lorrie Ann all das durchgestanden hatte, erschütterte mich. Mein eigener Egoismus und mein Versagen, nicht für sie da gewesen zu sein, waren überwältigend und ließen mich die Augen schließen, wie man das zu tun pflegt, um einen Anflug von Übelkeit zu unterdrücken.

Als Lorrie Ann die Tür aufmachte – ihr Lächeln war riesig und offenherzig und genau so, wie ich es in Erinnerung hatte –, roch ich mit einem Mal Haschisch. Wir umarmten uns, und sie bat mich herein und zeigte auf ein Sofa, das bereits von einem nahöstlich anmutenden Mann belegt war, der vor einer großen Wasserpfeife hockte. Ihm fehlten beide Beine vom Knie abwärts, und an ihrer Stelle waren faszinierende metallene Vorrichtungen angebracht, die aussahen, als wären sie von der NASA konstruiert worden. Es hätte mich nicht überrascht, wenn er über Autos und Ponys hätte springen können, so beeindruckend sahen sie aus. Er hatte hüftlange, offene schwarze Haare, die wie ein dunkler Spiegel schimmerten, und eine dicke Silberkette hing ihm um den Hals, von der ein silbernes Mini-Skelett baumelte. Zachs Rollstuhl stand in der Ecke, so angeordnet, als wäre es ein Sessel, der die Sofagarnitur vervollständigte. Ich konnte die Augen nicht von ihm abwenden – Zach war wunderschön. Er hatte Lorrie Anns Nase, elfenhaft und zart, ihre ozeanfarbenen Augen, ihre Haut, weiß und samtig wie schwere Schlagsahne.

»Das ist Arman«, sagte Lorrie Ann mit einer Handbewegung in Richtung des Mannes, der auf der Couch saß. »Er wohnt nebenan.«

»Hi«, sagte ich und fühlte mich mit einem Mal so befangen wie schon seit Jahren nicht mehr. Schlief Lorrie Ann etwa mit diesem Mann? Das war unmöglich. Jim war erst seit sechs Monaten tot. War es in Ordnung, in Gegenwart eines Kindes Haschisch zu rauchen? Würde mir etwas von dem Pot angeboten werden, und wenn ja, wollte ich mich hier zudröhnen? Seit meinem ersten Studienjahr war ich nicht mehr so unfähig gewesen, nonverbale Kommunikation zu deuten, oder so unsicher, was meine eigenen Wünsche betraf.

Mir war nicht ganz wohl bei der Sache, mich neben Arman aufs Sofa zu setzen, weshalb ich vor dem Couchtisch in die Knie ging, meine Tasche fest an mich gedrückt. Ich sah Zach an und versuchte dann, ihn in seinem Rollstuhl in der Ecke nicht anzustarren. Er trug einen Weihnachtspullover mit Bommeln. Er wirkte so viel kleiner als sechs, und er war dürr, spindeldürr. Seine Lippen waren ein wenig mit Spucke bedeckt und glitzerten, rot und geschwungen – die Lippen einer Frau im Gesicht eines Jungen.

»Kann ich dir etwas zu trinken bringen?«, fragte Lorrie Ann. »Bier? Milch? Ich glaube, ich habe nichts anderes als Bier und Milch.«

»Bier, bitte.«

Lorrie Ann verschwand in die Küche und ließ mich mit Zach allein, der still war, aber ununterbrochen den Mund öffnete und wieder schloss, sowie Arman, der nichts sagte und mich in keiner Weise zur Kenntnis nahm. Ich blickte mich um. Da war ein kleines Bücherregal, das geradezu niedergedrückt wurde von dem, was ich sogar aus der Ferne als eine ausgefallene Sammlung von Büchern erkannte. Ich sah mehrere populärwissenschaftliche Sachbücher, Stephen Hawking und solches Zeug, aber auch *Tausendundeine Nacht*, ein paar Mystery-Romane, eine Ausgabe von *Licht im August* und einen Gedichtband von Rumi sowie mehrere Bücher über Kabbala. Ich bemerkte, dass der Teppich in Wirklichkeit aus drei verschiedenen Teppichen mit unterschiedlichem Muster bestand, allesamt dünn und rau, von der Sorte, die in Grundschulen verlegt werden. Sie waren an den Nähten mit fein säuberlichen Streifen Klebeband zusammengefügt. Außerdem zeugte ein eindeutiger Geruch davon, dass es irgendwo im Haus eine Katze gab. An der Wand hing ein großer, billig gerahmter Magritte-Druck: Der von einem Mann samt Melone und einem Gesicht, das, falls er denn tatsächlich eines besitzt, von einem frei schwebenden Apfel verdeckt wird.

Lorrie Ann kehrte mit drei Dosen Bud Light zurück.

Sie kniete sich leichtfüßig neben mich, während sie die Bierdosen verteilte, und dann saßen wir beide auf dem Boden, das Gesicht Arman zugewandt. »Es ist so schön, dich zu sehen!«, sagte sie in einem sonderbaren Singsang und lächelte mich an, aufgekratzter als eine bescheuerte kleine Pfadfinderin. War sie immer noch sauer auf mich? War sie überhaupt jemals sauer auf mich gewesen?

»Es ist auch schön, dich zu sehen«, sagte ich, »und gleichzeitig seltsam.«

»Seltsam?«, fragte Lorrie Ann.

Ich nickte. »Ja, es ist seltsam. Ich glaube, ich habe erst richtig verstanden, wie tot Jim ist, als ich eben an der Tür geklingelt habe, und dann kam mir: ›Verdammt, er ist tot, ich meine so richtig tot.‹« Hastig verfiel ich in eine Art perversen Wahrheitsmodus, der einen Abwehrmechanismus darstellen sollte, tatsächlich aber höchst unwirksam war »Das klingt jetzt fürchterlich, aber was ich meine, ist, dass wenn man auf der anderen Seite der Welt ist, es eher so wirkt wie etwas, das in einem Roman passiert, verstehst du, und wir wohnen jetzt schon so viele Jahre wirklich weit voneinander entfernt, dass du das irgendwie für mich bist, außer wenn ich dich sehe, dann bist du auf einmal so schrecklich real, und das macht Jims Tod real, und jetzt habe ich das Gefühl, als bekäme ich keine Luft, weil alles zu real für Worte ist.«

Lorrie Ann sah mich einen Moment nachdenklich an, als wäre ich ein Edelstein, den sie durch eines dieser winzigen Okulare begutachtet. Dann sagte sie: »Ich verstehe genau, was du meinst. Die meiste Zeit des Jahres bist du für mich bloß eine Figur in einem Buch, das ich lese. Und dann, wenn du auftauchst, denke ich: O Gott, das ist *sie*! Das ist *sie*! Das Mädchen, das ich kannte, als ich ein kleines Kind war. Meine Freundin.«

Sie nickte, lächelte mit feuchten Augen, und ich dachte: Sie vergibt mir. Sie versteht mich. Vielleicht war es das, was ich am meisten an Lor liebte, nichts an ihr selbst, sondern der schlichte Umstand, dass sie mich immer zu verstehen schien.

»Und es tut mir leid«, sagte ich, »aber diese Wohnanlage ist deprimierend. Es gefällt mir ganz und gar nicht, dass du hier lebst. Ich weiß, ich sollte lügen und sagen, es ist süß, aber es stimmt mich einfach nur traurig. Wenn du schon ohne Jim leben musst, wünschte ich, es wäre in einem Haus mit einem weißen Lattenzaun drum herum.«

Lorrie Ann lachte. »Hier ist es deprimierend. Das ist es. Und ich bin wirklich scheißarm«, sagte sie. »In meiner Kindheit dachte ich, ich wäre arm, aber das hier! Himmel! Aber schuldenfrei! Ich kann dir nicht sagen, was für eine Erleichterung es ist, nicht dreimal am Tag von zwölf verschiedenen Krankenhäusern angerufen zu werden. Im Vergleich dazu ist Armut ein Zuckerschlecken.«

Arman hob sein Bud Light, und er und Lorrie Ann stießen mit ihren Dosen an. »Wer ist arm, wenn er geliebt wird?«, fragte er, und ich realisierte dumpf, dass er Oscar Wilde zitierte. Wer war dieser Kerl?

»Weißt du, Mia«, sagte Lorrie Ann, »eigentlich mag ich meinen Job als Kellnerin. Nur falls du dich dann besser fühlen solltest.«

»Halt die Klappe, du Lügnerin, kellnern ist schrecklich, und das weißt du. Es ist ein entsetzlicher Job, der einen umbringt und bei dem du die Leute am liebsten ohrfeigen würdest. Ich habe auch schon mal gekellnert. Du kannst mich nicht zum Narren halten.«

Lorrie Ann lachte schallend. »Du warst einfach nicht dafür geeignet, nicht wahr?«

»Nein«, sagte ich.

»Nun, mir gefällt es. Ich bin wie ein Ackergaul. Was ich tue, ist so körperlich. Ich tue nichts weiter, als Dinge durch den Raum zu bewegen, aber nur über eine ganz kleine Entfernung. Es ist sonderbar. Außerdem denken die Menschen, es wäre von Bedeutung. Ich kann sie glücklich oder traurig machen, allein durch die Art, wie ich den Gegenstand, etwa einen Teller oder eine Tasse, durch Raum und Zeit bewege.«

Insgeheim dachte ich, sie würde sich selbst belügen und versuchen, metaphysische Erhabenheit in einer Arbeit zu finden, die in Wirklichkeit unsäglich langweilig und anstrengend war.

Arman grunzte und stopfte erneut die Bong.

»Vor allem«, sagte sie, »mag ich es, weil es so unpersönlich ist. Niemand weiß, was ich denke. Ich muss es niemandem erzählen. Und so gleicht das Innere meines Kopfes fast einem dieser wunderschönen Privatgärten.«

Ihre Augen waren nun von etwas erfüllt. Es war so offenkundig, dass sie etwas dachte, und was auch immer es war, das sie dachte, schien gewaltig und magisch und bedeutungsvoll zu sein. Es ließ den Wunsch in mir aufkommen, ich könnte in ihren Kopf klettern. Als wäre das Innere von Lorrie Ann der interessanteste Ort der Welt, ein wahrhaftes Shangri-La. Wie schaffte sie das? Und war ihr bewusst, was sie da tat?

»Das nehme ich dir verdammt noch mal nicht ab«, sagte ich schließlich.

»Gut so«, sagte Arman und hob sein Bier, um mit mir anzustoßen.

»Danke. Ja, das ist Mist, Lorrie Ann. All das hört sich für mich nach Bockmist an, den du dir ausgedacht hast, um dich besser zu fühlen, weil dein Job in Wirklichkeit entsetzlich ist.«

Lorrie Ann lachte, wild und laut. »Vielleicht hast du recht.«

Genau in diesem Moment begann Zach, schreckliche Geräusche von sich zu geben, würgende, erstickende Geräusche, und Lorrie Ann rutschte auf dem Hintern zu ihm, streckte sich und steckte ihm die Finger in den Mund, wo sie nach irgendetwas suchte, während sie sich weiter mit uns unterhielt. »Trotzdem bereue ich nichts. Rein gar nichts. Es ist es einfach nicht wert, irgendetwas zu bereuen.«

»Hm«, sagte ich, »vielleicht.«

»Ich bereue alles«, sagte Arman. »So ziemlich jede einzelne Entscheidung, die ich jemals in meinem Leben getroffen habe.«

»Das ist wirklich blöd«, sagte ich.

Arman nickte. »Hm«, sagte er, »ich treffe wirklich Scheißentscheidungen. Also ist es gerechtfertigt, sie zu bereuen.«

»Ich bin zu egoistisch, um schlechte Entscheidungen zu fällen«, erklärte ich.

»Es ist demnach gar keine Tugend?«, fragte Lorrie Ann, die offensichtlich beruhigt war, dass Zach nicht erstickte, und ihm nun mit einem Spucktuch über den Mund wischte. »Deine Fähigkeit, gute Entscheidungen zu treffen, ist demzufolge deinem kleinen schwarzen Herzen geschuldet?«

»Ja, so könnte man es sagen.«

»Ich weiß nicht, dein Leben klingt so aufregend«, platzte es schwallartig aus Lorrie Ann heraus, »ich stelle mir vor, wie du über den Campus spazierst, dein Kopf voll mit all diesen überschäumenden Ideen und Texten, und ich meine … ich weiß, dass ich nicht wirklich weiß, was du tust, dass ich es mir nicht einmal annähernd vorstellen kann, weshalb du mich für dumm halten musst … aber ich stelle mir vor, wie du in … in dieser großen Bibliothek sitzt, wie eine dieser großen Bibliotheken in einer Geschichte von Borges oder so was in der Art, eine unendliche Bibliothek, in der das Wissen der gesamten Menschheit steckt. Dieser Gedanke macht mich glücklich.«

Der Großmut ihres Geistes ließ mich Lor mit offenem Mund anstarren.

»Noch ein Bier?«, fragte sie genau in dem Augenblick, als Arman mir die Bong hinhielt.

KAPITEL SECHS
Unfälle passieren

In jener Nacht betrank ich mich wie schon seit Jahren nicht mehr. Und das letzte Mal, dass ich so viel Spaß gehabt hatte, lag noch viel länger zurück. Wir tranken Bier, alberten herum und erzählten Arman alles über Brittany Slane, ihr flaumiges Haar und ihren unablässigen grotesken, wenn auch vielleicht wahrheitsgemäßen genealogischen Anspruch. Ich bemerkte, dass es Lorrie Ann keine Probleme mehr bereitete, über Brittany Slane zu lachen. Sie schien nicht mehr annähernd ein so schlechtes Gewissen zu haben wie früher. Während die Nacht voranschritt, begannen sie und Arman, sich allmählich wie ein normales Pärchen zu verhalten, lachten über Insiderwitze, ließen ihre Hände ungezwungen auf dem Oberschenkel oder der Schulter des anderen ruhen. Da war etwas Ungebührliches an Lorrie Anns Beziehung mit Arman, das mir Mut machte: Sie würde dafür sorgen, dass sie das bekam, was sie brauchte. Vorüber waren die Tage mit Blogpostings von Auflaufrezepten und einem selbst auferlegten Heiligenschein.

Lorrie Ann wirkte glücklicher als in ihrer ganzen Ehe mit Jim. Sie war auf eine Art albern, die ich überhaupt nicht an ihr kannte: Sie imitierte Stimmen, nicht nur für Zach, sondern ganz allgemein. Sie hatte sich sogar sonderbar übertriebene Handbewegungen angewöhnt, die stark an Chris Farley erinnerten. Sie und Arman, der ebenfalls Musiker war, hatten wie besessen Adaptionen von Boys-II-Men-Liedern mit irrwitzig komplizierten Harmonien eingeübt, die sie mir bis zum Abwinken vortrugen. »Die Neunziger waren cool!«, wiederholte Arman ständig.

Arman war, wie sich herausstellte, Armenier. Ich fragte ihn, wie seine Familie fliehen konnte, wollte seine amerikanische Einwanderergeschichte hören. Lorrie Ann schien überrascht zu sein, dass es einen massiven Völkermord gegen das armenische Volk gegeben hatte. »Was?«, schrie sie. »Das wusste ich nicht! Verdammt noch mal, ihr tut alle so, als wäre ich aufs College gegangen.«

»Macht doch nichts, Baby«, sagte Arman, »wir sind hergezogen, als ich vier war. Ich bin genauso armenisch wie du.«

Es war eine verrückte Nacht. Wir wechselten uns alle ab, vor Zach zu tanzen, der unbändig lachte. Je bescheuerter wir aussahen, desto heftiger lachte er, und sein Gelächter klang so wundervoll, dass wir jede Hemmung verloren. Elvis Costello dröhnte aus überraschend guten Lautsprechern, Arman moonwalkte (ein gespenstischer Anblick auf seinen mechanischen Beinen) und fuchtelte wild mit den Armen, ich tanzte den Ententanz, Lorrie Ann vollführte eine sonderbare Mischung aus dem Macarena- und Sprinkler-Tanz, und Zach lachte manchmal so ausgelassen, dass wir eine Pause einlegen mussten, um sicherzustellen, dass er genügend Luft bekam.

Bei Zach sollte bald eine weitere Operation an seiner Wadenmuskulatur durchgeführt werden, um diese zu verlängern, und dennoch schien es, als würde niemand ernsthaft erwarten, dass diese Operation ihm das Gehen ermöglichen könnte. Sie fand um ihrer selbst willen statt oder aus irgendeinem Grund, der sich mir nicht erschloss.

Lorrie Ann schien trotz der drei Bier und der kleinen Menge Haschisch, das sie in dieser Nacht geraucht hatte, eine gute Mutter zu sein und Zach aufrichtig gernzuhaben. Ich erlebte ihr Zu-Bett-geh-Ritual hautnah mit. Er hatte jetzt eine Magensonde, weil er nicht genügend Nährstoffe aus der festen Nahrung aufnahm, und ich musste von der Stelle wegsehen, wo der Schlauch in seinen Bauch eintrat. Ich war zugleich gerührt und erschrocken, wie leicht und natürlich es ihr fiel, Zach zu kitzeln, zu streicheln, ihn auf die Stirn zu küssen und seinen armen, verkrampften Körper mit kleinen Liebkosungen zu überschütten. Er war schließlich ihr Sohn, und noch ergreifender als der Umstand, wie sehr sie ihn liebte, war die Tatsache, wie sehr er sie liebte. Jedes Mal, wenn er sie ansah, bekamen seine Augen einen verträumten Blick und schienen vor Aufregung, in ihr wunderschönes Gesicht zu schauen, zu zittern.

Ich dachte: Mir geht es genauso, Kleiner. Mir geht es genauso.

Sehr, sehr spät in jener Nacht, lange nachdem Zach im Bett war, bemerkte ich, dass Lorrie Ann ungewöhnlich lange aus dem Zimmer fort war. »Wo ist sie?«, fragte ich Arman.

»Badezimmer«, sagte er und füllte die Wasserpfeife nach.

Ich krabbelte auf Händen und Füßen dorthin. Wie viel Bier hatte ich getrunken?

»Lolola?«, rief ich und klopfte mit den Fingernägeln an die Tür.

»Was?«, kam ihre gedämpfte Stimme. Ich wusste allein von der Klangfarbe, dass sie geweint hatte.

»Bitte mach auf«, sagte ich. »Du darfst weinen, aber du solltest nicht alleine weinen.«

Die Tür ging einen Spalt auf, und ich sah sie auf der Toilette sitzen, wo sie sich im grellen gelben Licht des Badezimmers die Nase mit einem Stück Toilettenpapier putzte.

»Es ist hart«, erklärte sie und musste auf einmal hicksen.

»Es muss so hart sein.«

»Er wird niemals erwachsen werden«, zischte sie in das Stück Toilettenpapier.

Darauf gab es nichts zu sagen, rein gar nichts, weshalb ich die Badezimmertür einen Spalt weiter aufschob und hineinkrabbelte, mich vor ihre Füße kauerte und ihre Knöchel umarmte. Vor diesem Moment hatte ich nie wirklich verstanden, dass Zach niemals erwachsen werden, für immer so bleiben würde, weder gehen noch reden könnte, jedes Jahr größere Weihnachtspullover tragen würde und Windeln gewechselt bekommen müsste. Wie lange würde es so weitergehen? Wie hoch war seine Lebenserwartung? Ich hatte zu große Angst, ihr diese Frage zu stellen.

»Und ich vermisse Jim«, sagte sie. »Ich vermisse ihn so sehr, und ich bin gleichzeitig so sauer auf ihn, dass ich es nicht ertrage, auch nur über ihn nachzudenken. Musste er verdammt noch mal Krieg spielen? In die Luft gejagt werden? Was für ein Idiot! Was für ein verdammter Idiot! Wir konnte er nur? Wie konnte er uns nur so zurücklassen?«

»Ich weiß«, sagte ich und umarmte ihre Füße. »Ich weiß.«

Arman fand uns so vor: Lorrie Ann mit glitzernden blauen Augen und ich, die ausgestreckt zu Füßen der Göttin lag. Er benutzte zwei Unterarmgehstützen, um das Gleichgewicht auf seinen mechanischen Beinen zu halten. »Ich habe eine Flasche Goldschläger in meinem Apartment«, sagte er, »und bin durchaus bereit, ihn zu teilen.«

In jener Nacht erfuhr ich, dass Lorrie Ann bei der Geburt von Zach die Gebärmutter entfernt worden war. Das war lange nach dem Goldschläger. Wir alle waren rührselig betrunken.

»O ja«, sagte sie, »und es hat Jim das Herz gebrochen. Er wollte ein zweites. Es noch mal probieren.«

»Warum musste man sie entfernen?«, wollte ich wissen.

»Solches Zeug haben sie einem nicht erklärt«, sagte sie. »Sie meinten einfach nur, dass meine Gebärmutter zu stark beschädigt sei und sie sie entfernen müssten. Ich war nicht bei Bewusstsein, als es passiert ist.«

Arman und ich saßen grüblerisch da. Ich erinnerte mich an Dana und die Chili Fries. Ein Albtraum, in dem jeder versucht, höflich zu sein, ohne zu wissen, was er sagen soll. So hatte sie es beschrieben.

»Ich habe das Gefühl«, sagte Arman mit verträumt nachdenklicher Stimme, »dass der Fortschritt der Technik neue moralische Dilemmata hervorruft.«

Lorrie Ann nickte. »Ich weiß, was du meinst«, sagte sie, aber ich konnte längst nicht mehr dem folgen, worüber sie redeten. Ich lag auf dem Boden, die Wange in den rauen Teppich gepresst, blickte zu dem Magritte-Poster hoch und fragte mich verwundert, ob es ein Gesicht hinter dem Apfel gab, fragte mich verwundert, wo Lorrie Anns Gebärmutter war, wo sie genau jetzt in diesem Augenblick war. Warfen sie solche Dinge weg? Äscherten sie sie ein? Brachten sie es fertig, dass solche Körperteile gänzlich vom Erdboden verschwanden?

»Ich liebe dich«, sagte ich unvermittelt. »Ich liebe dich so sehr, Lorrie Ann!«

»Ich liebe dich auch«, sagte sie.

»Versprochen?«, fragte ich, weil es unmöglich schien, dass Lorrie Ann mich wirklich liebte. Sie war so perfekt, so wunderschön.

»Versprochen«, sagte sie.

Im Anschluss daran machte ich mir nicht mehr so viele Sorgen um Lorrie Ann. Mir schien, dass die Unglücksgeier gekommen und wieder weggeflogen waren. Sie hatten mit ihr abgeschlossen. Jims Tod war der letzte Schlag gewesen, und sie hatte überlebt, war durch diese Erfahrung vielleicht sogar ein besserer Mensch geworden. Wir telefonierten einmal im Monat, manchmal ließen wir auch längere Zeit verstreichen, doch wann immer wir miteinander sprachen, herrschte eine unbeschwerte Vertrautheit zwischen uns, die sich anfühlte, als hätten wir sie verdient. Das, genau das war, was Freundschaft ausmachte.

Ich war gerade nach Istanbul gezogen, nach der Verleihung meines Doktortitels, als ich den Anruf bekam.

»Mia«, sagte sie. Ihre Stimme war leise, vibrierte aber vor Anspannung.

»Hi Lolola«, sagte ich, gähnte und goss mir eine Tasse Kaffee aus der French Press ein. Das Fenster stand offen. Franklin mochte es, die Fenster offen zu haben, insbesondere wenn wir schliefen, und ich erinnere mich, dass die Brise, die hereinwehte, zu kalt war, aber würzig vom Salz des Bosporus.

»Ich weiß nicht, was ich tun soll. Ich erklär es dir, und dann musst du mir sagen, was ich tun soll.«

»Okay«, sagte ich und ließ mich auf einen der Küchenstühle sinken. Ich wusste sogleich, wie man in solchen Momenten immer weiß, dass es schlechte Neuigkeiten waren.

»Meine Mutter ist im Krankenhaus, und Zach hat Angst vor Krankenhäusern. Er schreit wie am Spieß, sobald wir eines betreten, und ich habe niemanden, der auf ihn aufpassen könnte. Ich erreiche einfach niemanden. Was soll ich tun?«

»Was ist mit Arman?«

»Er ist nicht da. Ich weiß nicht, wo er steckt.«

»Was ist mit deiner Mom? Geht's ihr gut?«

»Ich weiß es nicht. Ich weiß es nicht, und deshalb muss ich unbedingt hin. Es war die Polizei, die mich angerufen hat. Jemand ist in unsere Wohnung eingebrochen.«

»Ins Larkspur-Apartment?«

»Ja.«

Bei dem Gedanken, dass jemand ins Larkspur-Apartment eingebrochen war, schoss ein Schauer der Entrüstung durch mich hindurch. Ich spürte, wie sich die Härchen auf meinen Armen aufstellten.

»Jemand ist in euer Apartment eingebrochen und hat deine Mutter verletzt?«

»Das weiß ich nicht. Wahrscheinlich. Ich weiß es nicht«, sagte Lorrie Ann. »Sag mir einfach, was ich wegen Zach tun soll. Ich kann ihn nicht allein zurücklassen, oder? Ich kann ihn nicht im Auto lassen. Wenn ich ihn mit ins Krankenhaus nehme, wird er anfangen zu schreien. Er schreit und schreit. Es ist so schrecklich, wenn das passiert. Bei der letzten OP mussten sie ihm sofort ein Beruhigungsmittel spritzen.«

Franklin stellte sich hinter mich und rieb mir mit einer seiner großen, warmen Hände die linke Schulter.

»Kannst du das Krankenhaus nicht anrufen und einfach … keine Ahnung, es ihnen erklären? Hol die Krankenschwester deiner Mom ans Telefon und frag zumindest, was mit ihr los ist.«

»Ja, ja, das kann ich tun. Ich habe dort nicht angerufen. Ich habe sofort dich angerufen. Du solltest mir sagen, was ich tun soll.«

»Ich weiß. Ich weiß. Okay, na gut, ruf im Krankenhaus an.

Wo liegt sie, im Hoag? Vielleicht gibt es dort eine Kinderbetreuung oder so was in der Art...«

»Natürlich, okay, danach rufe ich dich zurück«, sagte Lorrie Ann und legte auf.

Als die Geschichte im Laufe der nächsten paar Stunden und dann der nächsten Wochen Gestalt annahm, stellte sich heraus, dass Bobby, Lorrie Anns älterer Bruder, still und heimlich in Schwierigkeiten geraten war. Wahrscheinlich hätte es niemanden überraschen dürfen, allein wegen des Umstands, dass er zweiunddreißig war und immer noch mit Dana in einem mit Zwergen überfüllten Apartment wohnte, aber dieser Zustand währte nun schon so lange, dass ihn im Grunde niemand mehr hinterfragte.

Warum hatte Bobby nie geheiratet?

War er schwul?

Nein, er schien nicht schwul zu sein. Und er hatte auch immer eine Freundin, immer ganz süß, immer Anfang zwanzig, und immer kämpfte sie sich durch die ersten Semester des Colleges, in dem Bemühen, eines Tages Lehrerin/Krankenschwester/psychologische Beraterin zu werden. Seine Freundinnen hatten meistens einen Pferdeschwanz und durchtrainierte, sonnengebräunte Beine von all den Stunden in der freien Natur. Sie waren die Sorte Mädchen, die immer noch jung und hübsch genug waren, um sie allein damit rumzukriegen, dass er in Outlet-Klamotten von Marshalls und T.J.Maxx gut aussah. In fünf Jahren würden sie langsam pummelig und ungepflegt werden, doch Bobby gelang es immer wieder, sich ihrer zu entledigen, bevor dies eintraf, und er schien über einen nicht enden wollenden Nachschub an Mädchen zu verfügen, aus denen er die freie Auswahl hatte.

Bobby selbst arbeitete bei einem kleineren Konkurrenten von *Junk to the Dump* und war die Karriereleiter gerade hoch genug geklettert, um einen eigenen Lieferwagen samt Team unter sich zu haben. Es war ein Job, den er nicht hasste, der anständig bezahlt war und es ihm ermöglichte, wundersame Dinge nach Hause mitzunehmen, die andere Menschen weggeworfen hatten: ein Stuhl in Form eines riesigen Baseballhandschuhs, eine Buddha-Statue, einen unglaublich coolen Perlenvorhang aus chinesischen Münzen, in deren Mitte ein Quadrat ausgestanzt war. Er klimperte immer noch auf seiner Fender Stratocaster, aber die Tage, in denen er in einer Band gespielt und versucht hatte, Gigs an Land zu ziehen, waren längst vorbei. (Außerdem wusste jeder, dass Lorrie Ann diejenige war, die das Talent ihres Vaters geerbt hatte.)

Doch ganz offensichtlich genügte Bobby dieses Leben nicht, oder aber er hatte völlig grundlos begonnen, mit Crystal Meth und Marihuana zu dealen. Laut Bobby traf das Letztere zu: Er hatte nie geplant, Drogendealer zu werden – es war einfach passiert. Die Partyszene, mit der er sich als Endzwanziger umgeben hatte, verwandelte sich in etwas Dunkleres, wenn auch nicht weniger Gewöhnliches. Die guten Kerle in seinem Freundeskreis hatten geheiratet, Kinder bekommen und mit dem Trinken aufgehört. Die Freunde, die unverheiratet waren, ohne Karriere und gewillt, jedes Wochenende mit Bobby um die Häuser zu ziehen, waren zwangsläufig von der dunkleren Sorte. Irgendeine Kleinigkeit stimmte nicht an ihnen. Und diese Kleinigkeit, die nicht stimmte, verleitete sie dazu, manchmal am Wochenende mit neunzehnjährigen Mädchen Haschisch zu rauchen oder vor der Arbeit zu kiffen. Und diese kleinen Freuden wurden immer regelmäßiger, sodass man sie schließlich nicht länger als spontan bezeichnen konnte, sondern nur noch als eingefleischte Routine. Bobby war nicht länger jemand, der gelegentlich die richtigen Leute kannte, sondern zu einem kleinkriminellen Drogendealer aufgestiegen.

Und so geschah es eines Tages, dass ein dumpfbackiger Siebzehnjähriger namens Carlos mit seinem Freund von Santa Ana nach Corona del Mar gefahren war und eine Menge Speed schnupfte, während sie darauf warteten, dass Bobby zur Arbeit ging. Sobald Bobby endlich aufgetaucht und in seinem Jeep weggefahren war, rannte Carlos die Treppe zum Swift-Apartment hoch, nur um beglückt festzustellen, dass das Schloss nicht einmal aufgebrochen werden musste. Die Tür war unverschlossen.

Er hatte keine Ahnung, dass Bobby bei seiner Mutter wohnte. Er hatte keine Ahnung, dass Dana zu Hause war. Elektrisiert von dem Nervenkitzel wollte er Bobby entweder um Geld oder Drogen bringen. Wie man sich lebhaft vorstellen kann, war Carlos bereits hochgradig nervös, und die Zwerge an sich mussten eine beängstigende Überraschung gewesen sein, weshalb er, als Dana unerwartet in ihrem Morgenmantel aus der Küche trat, sich den größten verfügbaren Zwerg schnappte und ihr damit eins überbriet. Wofür es keine Erklärung gab, war der Umstand, warum er, selbst nachdem dieser Zwerg (aus Keramik) zerbrach, mit einem anderen, leichteren, wenn auch ebenso großen Holzgnom weiter auf sie eindrosch. Immer weiter auf sie eindrosch, selbst als sie reglos am Boden lag.

»Keine Ahnung«, sagte Bobby später zu Lorrie Ann, »der Kleine muss völlig zugedröhnt gewesen sein.«

Und während Carlos Dana erfolgreich zu Boden gebracht hatte, führte er seine eigentliche Mission nicht mehr aus, sondern war zu verängstigt, um irgendetwas zu tun, außer die Treppe nach unten zu sprinten, in den Wagen seines Freundes zu springen und zu schreien: »Fahr los! Fahr los!«

Was ich nicht wusste, als Lorrie Ann mich zum ersten Mal wegen des Zach-Krankenhaus-Problems anrief, war, dass wenn es in Istanbul acht Uhr morgens war, und dem war so gewesen, es in Kalifornien elf Uhr nachts war, was natürlich der Grund war, weshalb Lorrie Ann von keiner Kindertagesstätte wusste, die geöffnet hatte, um Zach zu nehmen, während sie sich auf den Weg ins Krankenhaus machen konnte. Das war ebenfalls der Grund, warum es sie derart ärgerte, dass sie Arman nicht finden konnte. Wo steckte er?

Lorrie Ann war so spät in der Nacht benachrichtigt worden, da Bobby Dana erst gefunden hatte, als er an jenem Abend gegen acht nach Hause gekommen war. Ihr Kopf war fast zur doppelten Größe angeschwollen gewesen und hatte die Farbe einer Aubergine angenommen, doch sie atmete noch, flach, wenn auch gleichmäßig, die verschmierten Lippen in den pinkfarbenen Flokatiteppich im Wohnzimmer gepresst, überall um sie herum Scherben des zerbrochenen Zwergs. Bobby rief, so wie jeder das getan hätte, den Notruf. Während er allerdings auf den Krankenwagen wartete, stiegen Bedenken in ihm auf: Bullen würden gleich auftauchen, und da lag ein halbes Pfund Crystal Meth in seinem »Schlafzimmer« – beziehungsweise in der Ecke des Wohnzimmers, die Lorrie Ann als Mädchen für sich ebenfalls beansprucht hatte. Er wollte die Drogen nicht die Toilette hinunterspülen, denn Hand aufs Herz, dafür war es einfach zu viel, weshalb er nach unten lief und sie in seinem Auto versteckte, glaubte er doch, die Polizisten hätten – zumindest nicht sofort – einen

Grund, um seinen Wagen zu durchsuchen. Dann trafen die Sanitäter ein. Es herrschte ein hektisches Durcheinander. Alle waren der Meinung, es sei das Beste, wenn Bobby dem Krankenwagen in seinem eigenen Auto zum Hoag folgen würde, wohin sie seine Mutter brachten.

Sobald Bobby jedoch im Auto saß, hatte er ein ungutes Gefühl, all das Crystal Meth zu einem solch hochoffiziellen Ort wie einem Krankenhaus zu fahren. Er konnte die Drogen nicht zurück nach oben schaffen. Im Haus wimmelte es immer noch von Polizisten, die Fingerabdrücke nahmen und Beweismaterial sichteten. Es war ein Albtraum. Er entschied, es sei das Beste, einen »kleinen« Umweg zu seinem Kumpel Seth in Mission Viejo zu machen und die Drogen dort zu deponieren. Seth war, wie sich herausstellte, mehr als erfreut, den Drogen bei sich Unterschlupf zu gewähren, und erklärte, dass das, was Bobby wirklich bräuchte, um sich für das Krankenhaus zu wappnen und sich von einem derart traumatischen Erlebnis wie dem Auffinden seiner Mutter auf dem Fußboden mit einem Kopf von der Farbe einer Aubergine zu erholen, eine Nase Speed wäre. Nicht viel, nur ein bisschen. Ein klitzekleines bisschen.

Und so geschah es, dass Bobby in jener Nacht nie im Krankenhaus ankam und stattdessen sein Kumpel Seth sich als Polizist ausgab, Lorrie Ann anrief und ihr auf kryptische Art erzählte, sie solle ins Krankenhaus fahren, wo ihre Mutter in kritischem Zustand läge.

Es dauerte Tage, um Licht ins Dunkel zu bringen, zumal Bobby aus Scham in Bezug auf das Ende der Geschichte hartnäckig log. Was letztlich in jener Nacht geschah, war, dass Lorrie Ann am Telefon in groben Zügen den Zustand ihrer Mutter erzählt bekam: Schädel-Hirn-Trauma, künstliches Koma, eine Operation namens Ventrikulostomie, die bereits erfolgt war, bei der ein kleiner Schlauch durch ein Loch im Schädel in einen der Ventrikel gelegt wird, um Nervenwasser abfließen zu lassen. Es dauerte mehrere Stunden, bis Lorrie Ann verstand, dass sie über ein Loch sprachen, das die Ärzte in den Schädel gebohrt hatten, und nicht nur um ein Loch, das von Natur aus dort war, und es dauerte noch länger, bis sie realisierte, dass sie mit »in einen Ventrikel« meinten: in einen Teil des Gehirns selbst, einen Teil, von dem sie hofften, er wäre nicht besonders wichtig. Lorrie Ann erklärte der Krankenschwester, sie habe ein Kind mit einer schweren Zerebralparese und einer Phobie vor Krankenhäusern. Nein, zu dieser Uhrzeit gäbe es keine Kinderbetreuung, die sich um Zach kümmern könnte, während Lorrie Ann Dana besuchte. Aber ihre Mutter, versicherte ihr die Krankenschwester, wäre nicht bei Bewusstsein und befände sich im Moment in einem stabilen Zustand, weshalb Lorrie Ann kommen könnte, wann auch immer es ihr passte. »Selbst wenn es wirklich spät wird?«, fragte Lorrie Ann. Die Liebenswürdigkeit der Krankenschwester ließ sie weinend zusammenbrechen.

»Selbst wenn es tiefste Nacht ist«, sagte die freundliche Krankenschwester.

Und es war tiefste Nacht, im Grunde fast schon der nächste Morgen, als Lorrie Ann es ins Krankenhaus schaffte.

Gegen drei hörte sie Arman heimkommen. Mittlerweile hatte sie längst angefangen, Whiskey zu trinken. Zach war im Bett. Er schlief. Am liebsten hätte sie ihn einfach schlafend zurückgelassen, um ins Krankenhaus zu fahren, aber sie wusste, dass sie das auf keinen Fall tun konnte. Weshalb sie Lucky Charms in eine Schüssel kippte, und da sie schon dabei war, auch noch ein paar Fingerbreit Whiskey in einen Winnie-Puuh-Becher.

Obwohl sie sich fragte, wo Arman steckte, wusste sie es doch eigentlich ganz genau. Und mit jeder Stunde, die er fortblieb, wurde sie wütender und wütender, sodass ihr Blut in gefühlt doppelter Geschwindigkeit durch ihren Körper zirkulierte. Als sie ihn um drei Uhr nachts nach Hause kommen hörte, wägte sie sogar ab, ob sie überhaupt zu ihm hinübergehen und klopfen sollte. Womöglich würde sie auf ihn losgehen. Sie könnte sich andererseits auch erwachsen verhalten und einfach bis morgen abwarten.

Doch dafür war sie zu wütend, und schon nach ein paar Minuten hämmerte sie an seine Tür.

»Komm rein!«

Sie schob die Tür auf.

»Was willst du?«, fragte er sie. Seine Augen waren blutunterlaufen. Sie wusste, wenn sie in die Nähe des Sofas käme, auf dem er saß, würde sie Pot an ihm riechen und wahrscheinlich noch andere Dinge, ein fruchtiges Parfum oder den raueren, salzigen Geruch nach Sex. Sie waren, wie er ihr ständig unter die Nase rieb, »nicht in einer Beziehung«, weshalb seine Abenteuer völlig im Einklang mit den Regeln standen.

»Kannst du auf Zach aufpassen, während ich ins Krankenhaus fahre? Meine Mom liegt auf der Intensivstation.«

Augenblicklich war Armans höhnisches Grinsen wie weggewischt. »Natürlich«, sagte er, rappelte sich auf und folgte ihr mit schwingendem Gang rasch in ihr Apartment, einem Gang, der durch seine Krücken bedingt war und den Lorrie Ann längst bezaubernd fand, längst liebte.

»Er schläft«, sagte Lorrie Ann. »Du musst nicht aufbleiben

oder irgendwas, aber wenn du einfach in meinem Zimmer schlafen könntest, damit du ihn hörst, wenn er aufwacht?«

»Was ist passiert?«, wollte Arman wissen.

Lorrie Ann erzählte ihm von Danas Kopfverletzung, von dem Schlauch, der in ihrem Gehirn steckte, dem künstlichen Koma. Hätte sie Zugang zu Einzelheiten gehabt, etwa Bobbys lebhafter und anschaulicher Beschreibung der »Aubergine«, hätte sie es zweifellos gegen Arman verwendet, um ihm ein schlechtes Gewissen einzureden, doch das tat sie nicht, und so waren ihre Erklärungen sachlich und nüchtern.

»Warum sollte jemand in das Apartment deiner Mom einbrechen und sie mit einem Zwerg zu Tode prügeln wollen?«, fragte Arman.

»Keine Ahnung«, sagte Lorrie Ann.

»Das tut mir leid, Kleine. Ich weiß nicht, was ich sagen soll. Vielleicht: Das Leben ist eine Schlampe.« Lorrie wusste, dass das Soldatenjargon war und etwas in der Art hieß: »Die Welt ist scheiße, aber wir müssen das Beste daraus machen.« Sie war zu müde, um Armans Plattitüden zu akzeptieren.

»Und war das Leben da draußen für dich schon wieder eine Schlampe?«, fragte sie.

»Das Leben ist jeden Tag eine Schlampe«, sagte Arman.

»Schwachsinn«, sagte Lorrie Ann. »Teenager zu vögeln, die in deinen verdammten, blöden Coffeeshop wandern, ist nicht gleichbedeutend mit ›Das Leben ist eine Schlampe.‹«

»Nummer eins, es sind keine Teenager. Sie stehen in der vollen Blüte ihrer Mittzwanziger. Und zweitens, darf ich ein letztes Mal darauf hinweisen: Ich habe verdammt noch mal keine Beine.«

»Wäh, wäh, wäh«, sagte Lorrie Ann. »Armer Arman, dem die Beine weggeblasen wurden.«

»Das stimmt, du Miststück«, sagte Arman. »Es ist scheiße, keine Beine zu haben.«

»Heulsuse«, sagte Lorrie Ann, schnappte sich ihre Schlüssel und stolzierte aus dem Apartment. Sie knallte die Haustür nicht zu, schloss sie allerdings betont aggressiv, bevor sie zu ihrem Wagen eilte, ein kleines Stoßgebet gen Himmel schickte, dass sie nicht wegen Trunkenheit am Steuer belangt werden würde, und drehte den Schlüssel im Zündschloss.

Es war dunkel im Zimmer ihrer Mutter, und Lor näherte sich dem Bett, mit einem Mal völlig atemlos. Sie bemerkte, wie sehr ihr Mund nach Whiskey roch. Ich bin betrunken, dachte sie. Sie stand am Bettrand. War das ihre Mutter? War sie überhaupt im richtigen Zimmer? In dem Bett lag eine kleine Gestalt, deren Kopf mit Verbänden umwickelt war, unter einer dünnen Decke, mit unzähligen Schläuchen, die hinein- und wieder hinausgingen. Lor konnte das Gesicht ihrer Mutter beim besten Willen nicht ausmachen, nicht im Dunkeln, nicht mit all den Verbänden. Sie setzte sich auf den Stuhl. Gewiss, die Verbände um den Kopf schienen darauf hinzuweisen, dass es ihre Mutter war, aber was wäre, wenn es noch eine Frau von der Statur ihrer Mutter gäbe, die ebenfalls ein Schädel-Hirn-Trauma hatte? Lor ermahnte sich, nicht albern zu sein und sich einfach einzugestehen, dass dies ihre Mutter war, doch je länger sie dort saß, desto mehr quälte sie die Sorge, sie könne am Bett einer völlig Fremden sitzen.

Schließlich stand sie auf und schob langsam die Decke, die in Wirklichkeit eher ein Laken war, von den Füßen ihrer Mutter. Sie sah den neonorangen Nagellack, den dünnen weißen Bräunungsstreifen auf dem zweiten Zeh ihrer Mutter, der von dem silbernen Zehenring mit dem Kleeblatt stammte, den sie gewöhnlich trug. Was hatten sie mit dem Zehenring gemacht? Ihn durchtrennt? Etwas an den Füßen sah so verloren aus. Lors Augen hatten sich allmählich an die Dunkelheit gewöhnt, doch ihrer Sicht fehlte immer noch die Farbe, wie bei einer dieser Schwarz-Weiß-Fotografien, bei der nur gewisse Teile nachkoloriert waren: die grauen Füße ihrer Mutter, die Schatten, satt und schimmernd über ihrem hohen Spann, die Zehennägel, ein plötzliches Neonorange, das die Graustufen durchbrach.

Lorrie Ann berührte sie, strich sanft mit den Daumen über die Fußrücken, legte die warmen Hände um sie. Mit einer Hüfte saß sie auf dem Bettrand ihrer Mutter und rieb deren Füße, lang und langsam und schwermütig. Sie dachte an Zachs Füße, verkrümmt und abstehend, als wäre er mitten in einem Ballettsprung. Sie dachte an Jims Füße, tot und kalt in Abendschuhen unter der Erde. Und dann, natürlich, Arman, der überhaupt keine Füße hatte.

Sie dachte an ihre eigenen Füße, die ausnahmsweise einmal nicht schmerzten und die schwach in ihren Schuhen vibrierten, als sehnten sie sich danach, den Boden richtig zu berühren, nicht den Krankenhausboden, sondern richtige Erde, saftige dunkle Erde. Sie dachte über Affenfüße und Menschenhände und Menschenfüße nach. Mit einem Schlag, als hätte sie sich eben an einen vergessenen Termin erinnert, rief sie sich ins Gedächtnis, dass Menschen auch Tiere waren. Nichts weiter als Tiere. Und dieser Umstand war dafür verantwortlich, dass Dana vielleicht sterben würde.

Während Lor Danas Füße rieb, flüsterte sie ihrer Mutter zu: »Du wirst diese Füße noch brauchen, Mom. Du wirst aufwachen, und du wirst gehen und sogar wieder herumlaufen. Du wirst diese wunderschönen Füße noch brauchen.«

Es entsprach der Wahrheit. Danas Füße waren wunderschön, viel schöner als die von Lor. Dana war eine perfekte Schuhgröße 36, mit hohem Spann und beeindruckend gleichmäßigen Zehen, wie die einer Puppe. Lors Füße waren breiter und flacher und größer als die ihrer Mutter. Sie zog an jedem einzelnen von Danas Zehen, rieb jedes Gelenk zwischen ihren Fingern. Unvermittelt erinnerte sie sich an die Nacht, als sie sich geweigert hatte, mir den Zeh zu brechen, und das Bild meines Fußes tauchte vor ihrem geistigen Auge auf, der schrecklich zerquetschte Nagel, der gesprungene Asphalt, die plötzliche Explosion von Blut und Geschrei, doch sie schob es beiseite.

KAPITEL SIEBEN
Lasst sie Kuchen essen

Wenn überhaupt, dann lag es an Istanbul, dass Lorrie Ann und ich uns voneinander distanzierten. Die Auslandsgespräche waren sündhaft teuer, und Lorrie Anns Internetanschluss in der tristen Sozialwohnung war so langsam, dass sich Skype in eine zeitlupenhafte, avantgardistische Collage verwandelte. Lorrie Ann hatte kaum genug Geld, um mich anzurufen, und ich konnte es mir einmal im Monat für gerade einmal zwanzig Minuten leisten. Franklin und ich lebten von einem Stipendium, und die Türkei war nicht so billig, wie wir anfangs gehofft hatten. Deshalb erfuhr ich nicht allzu viel von Lors Leben nach Danas Überfall. Ich wusste nur, dass sich Dana erholte, aber dennoch als erwerbsunfähig eingestuft wurde, und sie bei Lorrie Ann und Zach einzog, was im Grunde einige von Lorrie Anns Babysitter-Problemen löste. Genau genommen schien Lorrie Ann diesem Arrangement ungewöhnlich entspannt gegenüberzustehen, zumindest die paar Mal, als ich mit ihr darüber sprach.

Und so gehörte mein Leben wieder allein mir. Die Geschichte handelte nur noch von mir, Franklin und den Wundern der alten Sumerer, und ich musste mir keine Gedanken mehr über meinen gegensätzlichen Zwilling machen, der vom Pech verfolgt war oder anderweitig für Sünden bestraft wurde, die ich nicht nachvollziehen konnte. Mir selbst überlassen, war ich unverhohlen, unsagbar, grenzenlos glücklich.

Ich hatte einen entsetzlich langweiligen Hochzeitsempfang besucht, bei dem ich eigentlich nur einen Happen zu essen mitgehen lassen wollte, bei dem ich jedoch Franklin kennenlernte. Das war damals an der UMich, während meines vorletzten Jahres. Eigentlich wollte ich bloß ein paar Käsespieße und Schoko-Erdbeeren auf meinen Mini-Pappteller häufen und mir ein Glas Wein schnappen, bevor ich mit meinen Schätzen zurück in mein Büro flitzen wollte, wo ich Queen auf meinen neuen und fabelhaften Computerlautsprechern hören und mich wieder an die Arbeit zu meinem Artikel machen würde. Doch der Lehrstuhlinhaber, ein Mann namens Dr. Wooly, den ich anbetete, der perfekt rosafarbene Wangen hatte und immer lächelte, fast als wäre er einer Illustration eines Weihnachtsmanns aus den 1950er Jahren entsprungen, beharrte darauf, mich Franklin vorzustellen.

»Es wäre gut für Sie, mit jemandem wie ihm auszugehen«, sagte Dr. Wooly, während er mich am Ellbogen führte. Die wallende Weihnachtsmannmähne fiel ihm in weichen Wellen über seine in Tweed gekleideten Schultern. Normalerweise amüsierte mich die onkelhafte Art, mit der Dr. Wooly sich befleißigte, mir in Bezug auf mein Liebesleben Ratschläge zu erteilen, doch in diesem Fall hätte er mich durch nichts, was er mir sagte, von Franklin überzeugen können. Ich hasste es, Dinge zu tun, die »gut für mich waren«. Sogar Yoga.

Franklin selbst entpuppte sich als Schlaftablette. Er war nett. Er schüttelte mir die Hand. Er war natürlich unglaublich rothaarig, ein echter Rotschopf mit Haaren von der Farbe von Cheetos und Haut, bei der absolut jeder Zentimeter mit Sommersprossen von einem eher gedeckteren Orange übersät war. Er war ein kleines bisschen größer als der Durchschnitt und ungewöhnlich athletisch gebaut. Ich bemerkte, dass er gut aussah, trotz seiner Sommersprossen, aber gutes Aussehen war für mich nicht alles, sondern nur zweitrangig. Das Interessanteste an Franklins Äußerem waren seine Augen, die von einem irisierenden Braun waren, das gefährlich nah ins Orange ging, wie bei einer Halloween-Katze. Ich habe nie, weder vorher noch danach, jemanden mit dieser Augenfarbe getroffen.

Es hätte dort geendet, wenn Franklin mich nicht aus irgendeinem unerfindlichen Grund gemocht hätte. Später sagte er: »Ich habe mich sofort in dich verliebt.« Anfangs dachte ich, seine romantische Ader würde aus ihm sprechen, dass er Lust und Liebe verwechselte. Doch später glaubte ich ihm.

(Ich bin in dieser Welt nur bei zwei Dingen gefühlsduselig: Franklin und Lorrie Ann.)

Er begann, vor meinem Büro herumzuschleichen, den Kopf hereinzustecken und mir Fragen zu stellen, arbeitete bis spät in die Nacht, wohl wissend dass ich bis spät arbeitete. Sein hündchenhaftes Nachlaufen machte ihn für mich nur noch unattraktiver. Ich musste auf der Hut sein, denn die meisten Männer, die sich für mich interessierten, waren Masochisten, die von mir gezüchtigt werden wollten, körperlich und geistig, was mir, vielleicht überraschenderweise, überhaupt nicht lag. Wenn überhaupt, suchte ich das Gegenteil: Männer, die mich bezwangen, bei denen ich mich klein und zerbrechlich und hilflos fühlte und um deren Liebe ich bitten und betteln musste, wimmernd und weinend. Normalerweise waren sie alarmierend egozentrisch, diese Männer, auf die ich mich einließ, einer ein russischer Schriftsteller mit wiederkehrenden Alkoholproblemen und gefährlichem Größenwahn, aber einem bemerkenswerten enzyklopädischen Wissen über Husserl, ein anderer, ein gequälter afroamerikanischer Maler (recht talentiert), der sein Interesse und selbst seine Liebe für mich, ein weißes Mädchen, als eine weitere Form von Erniedrigung und geistiger Kolonialisierung durch den weißen Menschen empfand. Kurz gesagt, Franklin war nicht mein Typ.

Und dann, eines Tages, lud mich Franklin zum Essen ein.

»Erinnerst du dich an den Tag, als ich dich zum Essen eingeladen habe?«, fragte er mich oft, selbst jetzt noch, viele Jahre später.

»Ja«, sagte ich.

»Ich war so nervös.«

»Das hat man dir nicht angemerkt.«

Und so war es gewesen. Er kam in mein Büro, lehnte sich lässig gegen den Türrahmen. Es war vielleicht acht Uhr abends, und er musste mich wohl überwacht haben, denn er wusste, dass ich mir noch keine Pause fürs Abendessen gegönnt hatte.

»Du wirst mit mir zu Abend essen«, verkündete er.

»Wirklich?«

»Das hoffe ich zumindest«, sagte er mit hochgezogener Augenbraue, breit grinsend.

Und so geleitete er mich mit gespielter Gleichgültigkeit, als wäre nichts von all dem geplant, aus dem Gebäude und um die Ecke zu einem nicht gerade billigen Italiener, wo Kerzen auf den Tischen standen und ich Farfalle mit Spargel in Gorgonzola-Sahnesauce bestellte und er ein Steak und wo wir eine Flasche Wein tranken.

Der Funke sprang nicht sofort über. Im Grunde passierte es mir mehrmals an diesem Abend, dass ich mit den Gedanken völlig abdriftete und mich dann wieder ins Gespräch einklinkte, ohne recht zu wissen, wovon er gerade redete. Er redete natürlich von der Keilschrift, was mich eigentlich hätte interessieren müssen, aber Franklin war so gut, so ordentlich und so höflich, dass es anfangs schwierig war zu erkennen, wie brillant er in Wirklichkeit war. Doch das war er.

Nach dem Abendessen kehrten wir zum Campus zurück. »Ich muss kurz in mein Büro«, sagte Franklin, und ohne nachzudenken, wartete ich neben ihm, während er seine Tür aufschloss. Drinnen war alles von Kerzen erleuchtet. Ein Strauß Lilien lag auf dem Schreibtisch.

»Für dich«, sagte er und reichte sie mir ohne jedes überschwängliche Gebaren.

»Für mich?«

Er nickte begierig. Auf dem Boden war eine Decke ausgebreitet, zusammen mit einer weiteren Weinflasche, einem Teller mit Käse samt Crackern und einer Schachtel Pralinen. Irgendeine Kammermusik spielte leise, was sich später als eine Sonate von Fauré herausstellte. Ich war so überrascht von allem, dass ich nicht wusste, was ich tun sollte, außer zu lachen, nicht höhnisch, sondern nervös, mädchenhaft, und das Gesicht in den Lilien zu verstecken. Noch niemand hatte sich bisher so viel Mühe wegen mir gemacht. Nicht in meinem ganzen Leben. Nicht einmal beim Abschlussball.

»Wirst du … noch etwas bleiben und dich mit mir unterhalten?«, fragte er.

Und so begann ich, Franklin ernsthaft als Liebhaber in Betracht zu ziehen. Und je mehr Zeit verstrich, desto ernster nahm ich ihn, als Liebhaber, als Wissenschaftler, als Mann.

Als wir anfingen, gemeinsam an dem Inanna-Projekt zu arbeiten, machte ich mir Sorgen, wir könnten die Sache vermasseln, indem wir zu viel Zeit miteinander verbrachten, aber wir schienen nicht imstande zu sein, uns zu enttäuschen. Wie oft hatte ich schon einem Mann gegenüber am Tisch gesessen und erkannt, in der Verschmelzung eines Augenblicks, dass er mich schrecklich enttäuschte?

Ich erinnere mich, wie ich einmal mehrere Polaroidfotos einer nackten Frau im Nachttisch meiner Mutter gefunden hatte. Ich hatte nicht den blassesten Schimmer, wer diese Frau war. Sie war eine Fremde, jemand, den ich noch nie gesehen hatte, und dennoch räkelte sie sich auf dem Bett meiner Mutter – ich erkannte die winzigen Rosenknospen auf der Tagesdecke wieder. Auf den ersten beiden Bildern war die Frau alleine zu sehen, und dann gab es noch eines von ihr und meiner Mutter, beide nackt, auf dem sie sich kunstvoll küssten, auf eine beobachtende, leidenschaftslose Weise, die streng heterosexuellen Frauen eigen ist, die sich aus Höflichkeit an einem flotten Dreier beteiligten. Der Fotograf muss mein Stiefvater Paddy gewesen sein. Ich war ungefähr elf, als ich die Fotos fand, und ich erinnere mich nicht an ein Gefühl des Schocks oder skandalösen Entsetzens, sondern einer widerlichen Erkenntnis von etwas, das ich die ganze Zeit über geahnt hatte, der Gewissheit von der Versautheit meiner Eltern. Ich steckte die Fotos zurück in die Schublade und stellte mir meine Mutter und Paddy vor, die sich in ihrer bitteren Erbärmlichkeit diese drei ausgeblichenen Polaroidfotos zeigten, nachdem die »Kids« im Bett waren: meine zwei wilden kleinen Brüder und ich, die in einem Haufen auf unseren Luftmatratzen schliefen. Dieses Gefühl von resignierter Enttäuschung, einer Art zurückhaltendem Ekel, zog sich durch mein ganzes Leben wie ein roter Faden durch fast all meine zwischenmenschlichen Beziehungen. Immer waren die Menschen ein kleines bisschen weniger als das, was sie hätten sein können, und ein bisschen mehr von dem, was man in seiner eigenen Unbarmherzigkeit von ihnen vermutet hatte. Selbst ich war weniger, als ich von mir erhofft hatte, und es war insbesondere Lorrie Ann, die mir dies bewusst machte, nicht durch ihre eigene Perfektion, sondern weil sie die einzige Zeugin dessen war, was ich in meinem Leben am meisten bereute.

Als ich zwölf war, gaben Lorrie Ann und ich vor, mit diesem anderen Mädchen, Meghan Farmer, befreundet zu sein. Mit einer Herzlosigkeit, die in vielen zwölfjährigen Mädchen steckt, bei erwachsenen Frauen jedoch schockierend wäre, kamen wir überein, unsere Freundschaft mit ihr sei »nur gespielt«. In Wahrheit stammte die Idee von mir, und Lorrie Ann hatte sich geweigert, stur wie ein Esel, bei jedem einzelnen Schritt, aber gemeinsam lockten wir Meghan in die Freundschaft, warfen unser Geld in einen Topf, um eine BFF-Kette mit drei ineinander verschlungenen Anhängern bei *Claire's* im Einkaufszentrum zu kaufen, damit Meghan Teil unserer Tanznummer wurde, die wir bei einer Talentshow aufführen wollten. Wir drei studierten einen schrecklich aufreizenden Perreo zu *TLCs* »Waterfalls« ein, der auf wundersame Weise den ersten Platz gewann.

Außerdem bewunderten wir Meghans Brüste, die schon damals riesig waren. Leider mochten wir Meghan immer weniger, je besser wir sie kennenlernten. Sie war nicht besonders gründlich, was das Zähneputzen anbelangte. Mir war ebenfalls aufgefallen, dass sie mehrere Tage hintereinander dieselbe Unterhose trug. Sie liebte es, ohne jeden ersichtlichen Grund aufzujauchzen. Anfangs hatte es fröhlich und aufregend gewirkt, ein wundervoll jubilierendes Ausrufezeichen während eines Gesprächs, doch nach einer Weile war es nur noch laut.

Wie dem auch sei, Lorrie Ann und ich hatten vereinbart, Meghan bei *Auntie Anne's Pretzels* im Einkaufszentrum zu treffen, und da Lorrie Ann und ich nur ein paar Blocks voneinander entfernt wohnten, sollte sie mich gegen zwei abholen, damit wir die knapp eineinhalb Meilen bis zum Einkaufszentrum zusammen laufen konnten.

Es war Herbst, was ehrlich gesagt in Südkalifornien praktisch bedeutungslos ist. Aber ich erinnere mich, dass es Herbst war, weil ich mich daran erinnere, dass mein kleiner Bruder Alex, der jüngere der beiden, am Wochenende zuvor Geburtstag gehabt hatte. Ich erinnere mich ebenfalls, dass es ein Sonntag war, da der Grund, weshalb wir uns alle nicht vormittags treffen konnten, der war, dass Lorrie Ann zur Kirche ging.

Normalerweise arbeitete meine Mutter sonntags nicht, weshalb ich damit gerechnet hatte, sie sei zu Hause, um auf die Jungs aufzupassen. Wir hatten eine formlose Übereinkunft: Meine Mutter nutzte mich schamlos als kostenlose Babysitterin für die Jungs aus und schob sie an sechs von sieben Tagen in meine Obhut ab, während ich im Gegenzug so vorlaut und fordernd sein durfte, wie ich wollte. Außerdem war es dadurch für mich selbstverständlich, dass sie mich mit Make-up und hübschen Klamotten versorgte oder zumindest den hübschesten, die wir uns leisten konnten. Da meine Mutter zierlich war, tauschten wir sowieso häufig Kleidung, und es ist ihr zu verdanken, dass ich Geschmack an feinen Stoffen fand. Wie dem auch sei, als meine Mutter an jenem Morgen unerwartet verkündete, dass sie und Paddy sich den Tag freinähmen, um zum Strand zu gehen und »ihre Liebe neu zu entfachen«, war ich stinksauer.

»Warum wollt ihr zum Strand?«, fragte ich. »Es ist schweinekalt! Es ist fast schon Winter!«

»Wir wollen zum Fun Zone. Wir werden Riesenrad fahren und Skee Ball spielen. Wir sehen uns in letzter Zeit kaum noch, Mia.«

»Das interessiert mich nicht!«, sagte ich. »Es interessiert mich einen Scheiß, wenn ihr zwei nie wieder miteinander vögelt!«

Meine Mutter trug im Bad ruhig ihr Make-up auf, und ich beobachtete sie vom Türrahmen aus im Spiegel. Als Letztes kümmerte sie sich um ihre Augenbrauen, dann drehte sie sich um und setzte sich zum Pinkeln aufs Klo.

»Du kannst mit deinen Freundinnen ein andermal ins Einkaufszentrum gehen.«

Ich spürte, wie sich Paddy hinter mir im Gang bewegte, schnell vorbeihuschte wie ein Luftstoß. Er und ich redeten kaum miteinander. Ich beobachtete meine Mutter beim Pinkeln und dachte im Stillen, dass sie mit jedem Jahr mehr wie ein Schwein aussah, ihre Wasserstofflocken immer mehr an Miss Piggy erinnerten.

»Weißt du, wen du nie wirklich siehst? Deine Söhne. Warum hast du sie überhaupt bekommen? Du scheinst dich einen Dreck um sie zu scheren.«

Paddy schnalzte in der Küche eine Bierdose auf. Alex und Max schauten im Wohnzimmer *Barney*. Damals schauten sie sehr viel fern, und der flimmernde Bildschirm hielt sie in einem fast immerwährenden Koma gefangen.

»Du hältst dich wohl für sehr erwachsen«, sagte meine Mutter und wischte sich den Hintern. »Aber das bist du nicht. Das bist du einfach nicht, Mia. Du hast keine Ahnung von der Erwachsenenwelt!«

Ich lachte, ein lautes gekünsteltes Lachen, ein echtes Bühnenlachen. »Herrgott«, sagte ich, »und du glaubst wirklich, *du* bist erwachsen, nicht wahr?«

»Natürlich«, sagte meine Mutter und zog die Jeans hoch. »Weil ich es bin.«

Ich beugte mich tiefer ins Bad, brachte meinen Kopf nah an ihren, sodass sie zurückschreckte. »Du armes Ding«, hauchte ich ihr ins Gesicht. »Du hast nicht den blassesten Schimmer, was du machst. Du bist wie ein Teenager, der so tut, als wäre er erwachsen.«

Ihr Mund öffnete sich, doch sie sagte nichts.

»Oder hast du etwa begriffen, dass Paddy dich überhaupt nicht liebt?«

»Das reicht, Mia«, sagte meine Mutter.

»Oh, wie süß«, sagte ich und wich zurück, damit ich nicht mehr so nah an ihrem Gesicht war. Dann lehnte ich mich gegen den Türrahmen. »Du denkst immer noch, dass er dich liebt.«

»Ich gehe jetzt«, verkündete sie und spitzte die Lippen, sodass feine Runzeln auf ihrer künstlich jung gehaltenen Haut erschienen.

»Natürlich tust du das«, sagte ich, drückte mich schwungvoll vom Türrahmen weg und marschierte über den Holzboden des Korridors, die nackten Füße fest auf den Dielen aufstampfend, bevor ich mich auf das schwarze Ledersofa mit meinen Brüdern fallen ließ.

Als meine Mutter auf ihrem Weg zur Haustür an mir vorbeistolzierte, rief sie Paddy zu: »Bist du fertig?«

Ich war froh, als sie fort waren.

Außer als ich ein paar Stunden später, als die Jungs hungrig wurden, bemerkte, dass wir kein richtiges Essen im Haus hatten. Das einzige Geld, das ich besaß, waren meine zehn Dollar Taschengeld. Der Supermarkt war nicht sonderlich weit weg, höchstens eine Meile. Aber wir hatten keinen Zwillingsbuggy, und Max und Alex irgendwo hinzubringen, war ein Riesenaufwand. Vor allem Alex hatte es sich, aufgedreht und immer noch verwirrt von seinem Geburtstag am vergangenen Wochenende, in den Kopf gesetzt, nichts weiter als Kuchen zu wollen.

»Kuchen!«, schrie er.

»Wir können keinen Kuchen haben«, sagte ich.

»KUCHEN!!!!«

»Wir können keinen Kuchen haben, weil deine Mutter eine boshafte, egoistische Alkoholikerin ist«, erklärte ich ihm. »Wie wäre es mit Essiggurken?«

»Nein«, heulte Alex. »Nein!«

Ich warf erneut einen Blick in den Kühlschrank. »Wie wäre es mit einer Scheibe Brot und leckerschmecker Ketchup drauf?«

»NEIN!!!!! KUCHEN!!!!!«

»Hör auf zu schreien«, sagte ich. »Wie wäre es …« Ich verstummte. Ich erinnerte mich, in den Kühlschrank geschaut und gesehen zu haben, dass wir gefrorene Pfirsiche hatten. Ich fragte mich, ob ich vielleicht etwas aus den gefrorenen Pfirsichen und Bisquick und Wasser zaubern könnte, was irgendwie kuchenartig wäre oder zumindest kuchenartig genug, um einen Zweijährigen zu täuschen. Doch genau in diesem Moment biss mich Alex fest in den Oberschenkel, genau unter den Saum meiner Jeansshorts, bis es blutete. Ich brüllte und begann, ihn auf den Hinterkopf zu schlagen, damit er aufhörte. Als er endlich losließ, war sein Mund mit meinem Blut verschmiert.

»Kuchen!«, schrie er.

»NEIN!«, kreischte ich, packte ihn am Arm und zerrte ihn in unser Zimmer. Rückblickend überrascht es mich, dass ich ihm nicht die Schulter ausgekugelt habe. Ich wusste nicht, was ich tat, ich hatte keinen Plan. Ich erinnere mich, dass er nichts weiter als eine Windel trug, und ich wollte ihm den Hintern versohlen, aber alles geschah so schnell, dass ich ihm nicht die Windel wegreißen konnte. Ich warf Alex mit dem Gesicht nach unten auf unsere Luftmatratze, schnappte mir einen Drahtbügel und begann, ihn damit zu verprügeln, ließ das Stück Metall auf seinen Rücken sausen, während er schrie. Max beobachtete uns daumenlutschend vom Türrahmen aus.

Es war diese Szene, in die Lorrie Ann hereinspazierte, als sie glaubte, sie würde mich zum Einkaufszentrum abholen. Als ich sie sah, erstarrte ich, den Drahtbügel in der erhobenen Hand.

Und so wusste Lorrie Ann genau, wie viel weniger ich war als das, was ich hätte sein können, wie sehr ich ihre Erwartungen enttäuschte. Lorrie Ann wusste das alles und schaffte es dennoch irgendwie, mich weiterhin zu lieben.

Wir verloren kein Wort über das, was geschehen war. Schweigend half sie mir, Neosporin auf Alex' Rücken und meinen Oberschenkel aufzutragen, und ohne jede Diskussion warfen wir unser Geld zusammen und holten für beide, Max und Alex, Pizza, die wir dann drüben bei Iris aßen. Die Jungs liebten Pizza. Das tun sie immer noch. Wir teilten Meghan Farmer die Planänderung nicht mit, und dieser Tag, an dem wir sie im Einkaufszentrum versetzten, markierte den Anfang vom Ende unserer Dreisamkeit, was später auf einen Nenner gebracht wurde, als sie mir auf dem Spielplatz ihren Teil der

Freundschaftskette vor die Füße warf und ich ihr zurief: »Zumindest wasche *ich* mir die Vagina!«

Und dennoch, egal wie oft ich mich wappnete, die Zähne zusammenbiss, mich mental darauf vorbereitete, dass sich Franklin auf einmal als egoistisch, als niederträchtig, als dumm oder kindisch herausstellen würde, sagte oder tat er nie das, was ich insgeheim befürchtete. Seine Güte überwältigte mich immer wieder aufs Neue, so wie mich auch Lorrie Anns Güte immer wieder überraschte. Ich brachte beiden eine inbrünstige und irrationale Hochachtung entgegen, die mehr der Ehrfurcht eines Sammlers entsprach als der ungezwungenen Dankbarkeit einer Freundin. Sie waren meine Trophäen, meine Preise, meine Miniaturgötter. Ich trieb meine Beziehung mit ihnen nicht aus persönlichen Gründen voran, sondern weil ich der festen Überzeugung war, dass sie die beiden besten Exemplare der Menschheit waren, denen ich jemals auf diesem Planeten begegnet war.

Ich wusste ebenfalls, dass ich ihrer nicht würdig war, aber andererseits war ich auch Yale nicht würdig gewesen, keiner einzigen meiner Leistungen. Ich wusste sehr wohl, dass ich alles gestohlen hatte, jedes Schmuckstück meines Lebens, selbst das Stipendium, und ich hatte einfach entschieden, darauf achtzugeben, dass es niemand herausfand. Selbst meinen ehrlichsten Momenten haftete ein Hauch von Künstlichkeit an, ein Zittern, das die Anspannung Lügen strafte, mit der ich vorgab, ich zu sein.

Einmal, wir waren gerade zehn Jahre alt, war Lorrie Ann in einer Imbissbude zu viel Wechselgeld herausgegeben worden: Sie hatte mit einem Zehner gezahlt, aber der Mann musste geglaubt haben, sie hätte ihm einen Zwanziger gegeben. Lorrie

Ann bemerkte es erst, als wir fünf Blocks entfernt waren, und bestand dann darauf, den ganzen langen Weg zurückzugehen, damit sie ihm den unverdienten Zehn-Dollar-Schein geben konnte, der sich in meiner Erinnerung weich und zerknittert anfühlte wie welker Salat. Ich bin sicher, Lorrie Ann erinnert sich nicht an diesen Tag, an diese unbedeutende Anekdote, doch in meinem Bewusstsein prägte sie sich als die zentrale Allegorie über den Unterschied unserer beider Wesen ein. Alles, was ich im Leben besaß, war halb gestohlen, eine versteckte, zerknüllte Zehn-Dollar-Note, für die Lorrie Ann zu gut war, um sie zu behalten, die ich wieder herzugeben jedoch nicht übers Herz brachte.

Zufälligerweise war Franklin bei mir, als ich zum allerletzten Mal meinen biologischen Vater traf. Paddy und ich sahen uns sporadisch, wann immer ich meine Halbbrüder besuchte, doch mein richtiger Vater trieb weiß Gott was in San Francisco. Es interessiert mich nicht mehr, weshalb ich sein Tun nicht länger verfolge.

Er verkaufte Jachten. Er hatte mit Autos begonnen und während meiner Teenagerzeit kurz auf Wohnwagen umgesattelt, aber jetzt verkaufte er Jachten und nichts als Jachten. Er war klein und hatte bereits einen Schnauzer getragen, als ich geboren wurde. Er half, seinen riesigen Rüssel etwas zu verdecken, der von demselben Sonnenbrandrot wie sein Gesicht war, aber eiförmig und weich aussah, als wäre er aus Schaum gemacht, wie die Nase von Bert aus der *Sesamstraße*. Ich bin dankbar, dass ich nicht seine Nase geerbt habe. Bei seinem Temperament war ich da leider nicht so sicher, das kam meinem schon ziemlich nahe.

Im Grunde war er verrückt. Das ist die Kurzversion. Während meiner gesamten Kindheit sah ich ihn ein-, vielleicht zweimal im Jahr. Ich flog nach San Francisco, und er holte mich vom Flughafen ab, normalerweise allein, manchmal in Begleitung einer der Tussis, mit der er gerade zusammen war. Sie waren allesamt blond und allesamt um die fünfundzwanzig. Mir war es schleierhaft, wie mein Vater, der weder sonderlich gut aussah noch sonderlich reich war, an solch junge Dinger kam. Als ich ein Teenager und aufmüpfig genug war, solche Fragen laut zu stellen, kratzte er sich am Ohr, starrte hinaus zum Kai und sagte: »Keine Ahnung, Süße. Es schadet wohl nicht, dass ich gut bestückt bin.«

»Wie ekelig, Dad!«

»Nun, es schadet aber nicht«, wiederholte er nur.

Ehrlich gesagt, glaube ich, dass Frauen mit meinem Vater ausgingen, weil er aufregend war. Was auch immer er tat, er tat es zu zweihundert Prozent. Was bedeutete, wenn er an einem interessiert war oder dem, was man sagte, fühlte man sich wie der einzige Mensch im Raum. Und wenn er nicht mehr an einem interessiert war? Dann hätte man ebenso gut ins Exil nach Nordsibirien geschickt worden sein können. Er steckte voller Launen und Allüren, plötzlicher Vorlieben und ebenso rasch ersterbender Abneigungen. Auf einmal war er auf dem Trip, Sojamilch mit Schokoladengeschmack zu lieben, und trank sechs Wochen lang nichts anderes. Er hatte dann vier oder fünf Kartons gleichzeitig im Kühlschank, so schnell verbrauchte er das Zeug. An einem Wochenende kurz nach Weihnachten, als ich fünfzehn war und bei ihm zu Besuch, entschied er, sich unbedingt einen neuen Look verpassen zu müssen. Ich musste ihm helfen, jedes einzelne Kleidungsstück in seinem Schrank in Abfallbeutel zu stopfen, die wir zu *Goodwill* brachten. Er weigerte sich, auch nur einen einzigen Tennissocken zu behalten. Dann fuhren wir zu *Macy's* und kauften ihm eine komplett neue Garderobe. (Das war eine bedauerliche Zeit, die ich als seine Ed-Hardy-Jahre bezeichne. Eine Weile prunkten eine Menge Schädel und Panther und Strass auf der Kleidung meines Vaters).

Und so fanden es diese jungen Frauen, von denen die meisten ihren Mangel an Zielen oder guter Bildung mit ihrer Haarfarbe und Tonnen an Make-up und nuttigen Klamotten wettmachen wollten, wohl aufregend, dass mein Vater an einem Dienstagabend um elf entschied, die restliche Woche nicht zur Arbeit zu gehen und die zwei stattdessen nach Atlantic City fuhren. Oder er unvermittelt die Entscheidung traf, dass man ihm eine Glatze rasieren sollte. (Das passierte mir einmal, als ich dreizehn war.) Oder er entschied, so wie auf der Reise, als er Franklin kennenlernte und auf der ich ihn das letzte Mal sah, dass man insgeheim feindliche Gefühle gegen ihn hegte.

An jenem Sonntag führte er Franklin und mich zum Brunch aus, wo er sich mürrisch aufführte und sich weigerte, ein Wort zu sagen oder auf unsere Fragen zu antworten. Ständig ging er nach draußen und rauchte eine seiner Swisher Sweets. Ich wusste einfach nicht, was los war oder ob es nur seine ausgefeilte Art war, mir zu sagen, dass er Franklin nicht guthieß. Ich hatte seit Jahren keinen ernstzunehmenden Freund mehr mitgebracht, doch als ich ihm während der Highschool und im College Freunde von mir vorgestellt hatte, hatte mein Dad keinen besonderen Beschützerinstinkt an den Tag gelegt. Schließlich riss mir der Geduldsfaden. »Dad, was ist los? Warum bist du heute ein solcher Griesgram?«

»Ein Griesgram, Mia?« Er stieß ein bellendes Hohngelächter aus und tunkte seinen Toast aggressiv in sein Eigelb, als würde er den Teller damit scheuern.

»Ja, und ehrlich gesagt noch dazu unhöflich«, sagte ich.

»Nun, das tut mir leid. All das ist einfach etwas schwer zu verdauen.«

»Was ist schwer zu verdauen?«

»Ich werde von meinem eigen Fleisch und Blut hintergangen, und dann muss ich wie ein Hund in, in … seiner eigenen *Scheiße* sitzen.« Er unterstrich seinen Ausbruch, indem er seine Sonnenbrille aufsetzte, obwohl wir drinnen waren.

»Ich habe nicht den leisesten Schimmer, wovon du redest«, sagte ich.

»Du tust so, als wärst du süß und harmlos«, sagte er, »aber ich weiß, was du in Wirklichkeit bist. Ich weiß, was du von mir hältst.«

»Ich bin deine Tochter«, sagte ich. »Das ist das, was ich in Wirklichkeit bin.«

»In diesem Punkt habe ich deiner Mutter nie ganz vertraut«, sagte er.

»Was ist dein Problem?« Allmählich war ich verunsichert. Manchmal steigerte sich mein Dad in eine irrationale Melancholie, die extrem viel gutes Zureden erforderte, aber das hier war sogar für ihn übertrieben.

»Du bist eine kleine Verräterin«, sagte er. »Du hättest Schauspielerin werden sollen.« Dann an Franklin gewandt: »Vertrauen Sie ihr nicht. Vertrauen Sie ihr keine Sekunde. Machen Sie die Fliege, solange Sie noch können.«

Franklin hob nur lächelnd die Augenbrauen. Obwohl ich mich zutiefst schämte und wütend war, schien Franklin weiterhin die Liebenswürdigkeit in Person zu sein. »Das werde ich mir hinter die Ohren schreiben«, sagte er.

»Selbstgefälliger Scheißer«, fauchte mein Vater.

»Daddy«, sagte ich und wrang die Serviette im Schoß, »ich verstehe wirklich nicht, worum es hier geht.«

»Warum läufst du nicht los und erzählst deiner Mutter, dass ich mich ›irrational‹ verhalte?«, höhnte er, wobei er mit den Fingern Anführungszeichen in die Luft malte.

Wie sich herausstellte, hatte mein Vater ein Posting gelesen, das ich auf der Facebook-Seite meiner Mom zum Muttertag hinterlassen hatte. Ich hatte geschrieben: »Vielen Dank, dass du meine Mutter bist. Ich konnte mich immer auf dich verlassen, selbst wenn wir nicht einer Meinung waren. Danke, dass du tagein, tagaus für mich da warst. Danke, dass du mich liebst.«

Mein Vater hatte es natürlich so gedeutet, dass wenn meine Mutter verlässlich war, er es nicht war, und wenn sie tagein, tagaus für mich da gewesen war, es eine Stichelei gegen ihn sein musste, weil er nicht da gewesen war. Und wenn ich meiner Mutter für ihre Liebe danken musste, lag es daran, dass ich glaubte, mein Vater habe mich nicht genug geliebt.

»Daddy«, sagte ich, »nichts von alldem ist wahr! Ich musste ihr dafür danken, dass sie da war, weil es alles ist, wofür ich ihr danken konnte! Du weißt, dass ich und Mom nie gut miteinander ausgekommen sind. Ich habe nur verzweifelt nach etwas Nettem gesucht, das ich sagen konnte!«

»Ich denke, Sie wissen«, warf Franklin jäh ein und steckte den Kopf in etwas, das ihn vielleicht nichts anging, »dass Mia Sie liebt und dass ihre Liebe zu ihrer Mutter nicht zwangsläufig bedeutet, dass sie Sie weniger liebt. Ich bin sicher, dass Sie das verstehen.« Ich beobachtete, wie er meinen Vater zum Wegsehen zwang. Franklins orangefarbene Katzenaugen flackerten geradezu vor Wut.

Ich verkrampfte, war ich doch sicher, mein Vater würde

einen riesigen Wutanfall bekommen. Ich wollte Franklin belehren: Man konnte meinen Vater nicht mit Brachialgewalt dazu bringen, das Richtige zu tun, man musste ihn mit Samthandschuhen manipulieren, sein Ego streicheln und ihm ununterbrochen Honig ums Maul schmieren, bis man ihn so weit hatte, dass er seine Meinung änderte. Ich hatte mein ganzes Leben damit verbracht, auf die Launen meines Vaters einzuwirken. Ich wusste, was ich tat.

»Natürlich weiß ich das«, sagte mein Vater, und ich glaubte, ich müsse mich verhört haben.

»Denn zwischen Ihnen und Mia besteht eine solch unglaubliche Bindung. Ich wusste, dass Sie das niemals anzweifeln würden.«

»Natürlich nicht!«, verkündete mein Vater.

Ich saß zwischen ihnen und starrte mit offenem Mund ins Leere.

»Ich hasse Facebook«, sagte Franklin, der völlig arglos zu sein schien.

»Ich ebenfalls!«, rief mein Vater.

Und einfach so bezwang Franklin den Drachen, der mein Vater war.

Nachdem ich an jenem Nachmittag mit ihm wieder zu Hause war, besprang ich ihn wie ein ausgehungertes Wesen: Ich konnte nicht einmal reden oder meine Dankbarkeit ausdrücken, ich übersäte ihn einfach mit unzähligen Küssen. Und von dem Tag an kümmerte es mich nicht mehr so sehr, was mein Vater von mir hielt oder was mein Vater fühlte. Wir führten noch ein paar Anstandstelefonate und E-Mails, doch nichts davon tangierte mich sonderlich. Ich war wie eine Marionette, der man das hölzerne Kreuz abgeschnitten hatte, das sie kontrollierte.

An dem Tag, an dem Lor mich anrief, hatte ich gerade einen Schwangerschaftstest gekauft. Wenn ich tatsächlich schwanger war, dann wäre es das erste Mal seit meiner unleidlichen Geschichte mit Ryan Almquist in der zehnten Klasse. Zu dem Zeitpunkt war ich achtundzwanzig, und man kann sich denken, dass es einen gewissen Grad an Gewissenhaftigkeit meinerseits bedeutete, über die Jahre so unfruchtbar gewesen zu sein, insbesondere da ich kaum jemals ohne einen Sexualpartner, im Grunde kaum ohne mehrere gleichzeitig gewesen war. Bis Franklin. Franklin liebte ich. Franklin durfte ich einfach nicht verlieren. Ich wusste nicht, was passieren würde, sollte ich schwanger sein, was wir tun würden, und so starrte ich die Verpackung des Tests mit bis zum Hals schlagendem Herzen an, als das Telefon klingelte.

»Hallo Mia, ich bin's, Lor«, sagte sie, nachdem ich mich gemeldet hatte. »Bist du immer noch in Istanbul?«

»Ja«, sagte ich. »Warum?«

»Ich bin in der Stadt! Ich wollte dich sehen!«

Mein Kopf war wie ein Computer, der sich aufgehängt hatte. Ich hatte Lorrie Ann seit zwei Jahren nicht mehr gesehen, und mit einem Mal erkannte ich, dass wir seit vielleicht sechs Monaten nicht mehr telefoniert hatten. Es fühlte sich an, als hätte ich den Handlungsfaden des Romans verloren, den ich gerade las. Wie konnte Lorrie Ann in Istanbul sein, wo Zach nicht fliegen konnte und sie obendrein kein Geld hatte? Wie zum Teufel war sie hergekommen?

»Das ist toll!«, sagte ich in dem Versuch, meine Verwirrung zu überspielen.

»Wie lange dauert es von dir bis zum Großen Basar?«, fragte sie. »Ich kenne mich hier nicht so wahnsinnig gut aus, weshalb ich mir Sorgen mache, ich könnte mich verlaufen, wenn ich versuche, den Weg zu dir zu finden. Ich rufe von einer Telefonzelle aus an.«

Es wurde immer sonderbarer. Wer benutzte heutzutage noch Telefonzellen?

»Nicht lange«, sagte ich. »Ich hole dich ab. Wir treffen uns bei den Bücherständen.«

Und einfach so spazierte Lorrie Ann in mein Leben zurück.

KAPITEL ACHT
Einen Loser lieben

Die Menschenmenge im Großen Basar war zu jeder Tageszeit einfach erdrückend, doch an den Ständen der Bücherverkäufer hatte man es zumindest ein wenig ruhiger: Uralte Männer, die aus einer anderen Zeit zu stammen schienen, thronten hoch oben auf Stühlen und überwachten das Sammelsurium an Wissen, religiösen Traktaten und vermodernden Erotikmagazinen, die man mitten zwischen veralteten Mathematikschulbüchern und billigen Schmonzetten finden konnte. Auf mich wirkten diese Männer wie die Wächter des menschlichen Wissensschatzes, jedes Teil war von Bedeutung, hatte seinen Wert, wenn es auch nur ein einziger türkischer Lira war. Als ich Lorrie Ann fand, blätterte sie durch eine Ausgabe von *Auf der Suche nach der verlorenen Zeit*. Sie trug ein halblanges gelbes Sommerkleid und eine lange blaue Strickjacke, die ihr von den Schultern rutschte. Sie hatte Gewicht verloren. Ihr Haar war zu einem nachlässigen Zopf zurückgekämmt, der aussah, als hätte sie auf ihm geschlafen.

Als sie mich erblickte, rief sie: »O mein Gott!«, und winkte mir mit beiden Armen zu, als stünde ich sehr weit weg, auf der anderen Seite eines überfüllten Flughafens anstatt nur ein paar Meter von ihr entfernt. Da bemerkte ich jäh, dass sie barfuß war und ihre Füße bluteten.

»Ist das nicht verrückt?«

»Ja«, sagte ich. »Warum trägst du keine Schuhe?«

»Ich musste sie zurücklassen«, antwortete sie, als würde dieser Satz irgendwie Sinn machen.

»Willst du in unsere Wohnung kommen? Auf eine Tasse Tee, oder wie lange wirst du in Istanbul sein?«

»Keine Ahnung«, sagte sie und lachte. Sie zeigte mit dem Buch, das sie hielt, zum Himmel, der wolkenlos war, fast glänzend blau. »Es ist toll hier! Du hast Proust und einfach alles!«

Großer Gott, dachte ich, so musste Inanna ausgesehen haben, als sie aus der Unterwelt zurückkehrte: wunderschön, aber verrückt.

Nachdem wir entschieden hatten, zum Tee in mein Apartment zu gehen, manövrierte ich sie zurück in den Großen Basar, wo ich in ein Seitengässchen tauchte und ihr ein Paar pinkfarbene Slipper kaufte, weil sie billig waren und ich groteskerweise glaubte, sie könnte sie als Souvenir wollen. Die Pantoffeln hatten den traditionellen Bommel am Zeh. Aus einem Impuls heraus kaufte ich auch ein Teeservice für Kinder, das im selben Geschäft in der Auslage lag. Es war an der Zeit, dass Bensu ein echtes bekam, dachte ich, und ich dachte ebenfalls, dass gerade dieses Teegeschirr wunderschön und auf eine besondere Art raffiniert war: knallgelbe Keramik mit einem goldenen geometrischen Muster. Es war so hübsch, dass ich am liebsten eines in Originalgröße für mich selbst gekauft hätte.

Sobald Lor in Schuhen steckte, führte ich sie durch das Straßengewirr von Beyazit zu unserer Wohnung. Wo war Zach? Mich packte das dringende Bedürfnis, diese Frage zu stellen, und gleichzeitig spürte ich, es wäre grausam, denn da Lorrie Ann allein in Istanbul aufgekreuzt war, musste etwas Schreckliches passiert sein.

»Was machst du in Istanbul?«, fragte ich stattdessen.

»Das weiß ich nicht so genau«, sagte sie.

»Das weißt du nicht?«

»Nein, tut mir leid, das hört sich so dramatisch an. Ich meine nur, es gibt keinen triftigen Grund, weshalb ich hier bin. Ich bin umhergereist.«

»Geschäftlich oder privat?«, erkundigte ich mich, obwohl ich mir nicht vorstellen konnte, aus welchem geschäftlichen Grund Lorrie Ann hier sein könnte oder überhaupt irgendwo.

»Geschäftlich, für einen Freund«, sagte sie.

»Arman?«

»Nein. Ich glaube nicht, dass er jemals die Türkei besuchen würde. Vielleicht bin ich nur hier, um ihm eins auszuwischen.« Sie lachte hell auf. Ich hatte vergessen, dass er Armenier war und natürlich niemals den Wunsch hätte, in die Türkei zu reisen.

»Wohnst du in einem Hotel?«

»Ja«, sagte sie, »aber ich kann nicht dorthin zurück.«

»Bist du auf Drogen?«, fragte ich sie mit leiser Stimme, damit uns niemand auf der Straße belauschen konnte. Wir kamen gerade bei einem Straßenhändler vorbei, der Maiskolben und Kebab grillte. Der Geruch nach verbranntem Korn war berauschend. »Bist du hungrig?«, fragte ich mit einer Handbewegung auf die Maiskolben, noch bevor Lor Zeit zum Antworten hatte. Vielleicht wollte ich ihre Antwort nicht hören. Ich wollte sie nicht in dieselbe Schublade wie meine Mutter und ihr Trinken stecken. Ich wollte nicht so von ihr denken, so, wie ich von Tieren dachte: zauberhafte Geschöpfe, die jedoch keine Kontrolle über sich hatten, unfähig, für ihr Handeln Verantwortung zu übernehmen.

»Ich bin am Verhungern«, gestand sie, und ich kaufte uns

beiden einen Maiskolben und steuerte auf eine Bank zu, auf der ich das Teeservice abstellen konnte. Ich setzte mich, doch Lorrie Ann blieb stehen, den Maiskolben in beiden Händen.

Einen Moment lang aßen wir schweigend, gierig nach dem rauchigen, verbrannten Mais.

»Das schmeckt so gut, ich könnte weinen«, sagte sie.

»Es ist mein Lieblingsessen«, entgegnete ich. »Und, dreht sich die Sache um … Drogen?«

»Natürlich nicht«, erwiderte Lorrie Ann wie aus der Pistole geschossen, weshalb ich ihr sofort glaubte. »Es wäre wahrscheinlich leichter, wenn es sich um Drogen handeln würde. Ich bin zusammen mit diesem Mädchen gereist. Dieser Frau. Egal. Und wir haben diesen Punkt erreicht, wo … du weißt schon, wie kompliziert so etwas werden kann. Mit jemandem zu reisen, und ihre Welt wird zu deiner Welt.«

Ich nickte, nagte weiter mit den Zähnen fein säuberlich die Reihen mit Maiskörnern ab, wie eine Schreibmaschine, die über eine Seite huschte. Ich wollte unbedingt, dass sie eine Antwort auf Lager hatte, die Sinn ergab.

»Es hört sich so gewöhnlich an«, sagte Lor, »aber irgendwie wurde es einfach zu viel, und ich habe auf einmal erkannt, dass sie geistesgestört ist, so wie die riesigen Dinge, an die sie geglaubt hat, völlig verquer sind, und dann haben wir uns gestritten, und sie ist ausgerastet und hat all meine Schuhe vom Balkon in den Fluss und mich aus dem Hotel geworfen.«

Das war verrückt, aber ich hörte nicht auf zu nicken. Wo war Zach? Wenn er tot war, hätte sie mich dann nicht angerufen? Hatte sie mich etwa angerufen? Hatte ich die entscheidende Nachricht auf der Mailbox nicht erhalten? Sie machte eine Pause und kaute eine Weile auf ihren Maiskörnern. Die vormittägliche Sonne war rein und schwer wie Honig.

»Es tut mir leid«, sagte sie jäh, »ich weiß nicht, warum ich dich angelogen habe. Natürlich bin ich auf Drogen. Ich hätte nicht lügen dürfen. Tut mir leid. Es ist einfach ein Reflex, aber dann habe ich mich wegen der Lüge so schlecht gefühlt, dass ich mich kaum auf das konzentrieren konnte, was ich gesagt habe.«

»Was für Drogen?«, fragte ich.

»Opiate«, sagte ich.

»Welche Opiate?«

»Was auch immer gerade da ist.« Sie zuckte mit ihren schmalen Schultern. Ihre Brüste schienen geschrumpft zu sein. Sie war dünn, richtig dünn. »Ich weiß, es hört sich schlimm an, Mia«, sagte sie, »aber es ist nicht alles wie in *Jim Carroll – In den Straßen von New York* und *Trainspotting*.«

»Wie ist es dann«, fragte ich, »wenn es das nicht ist?«

»Es ist so gewöhnlich wie die Amerikaner, die sich zu Tode fressen. So wie alles.«

Ich lauschte, kniff die Augen zusammen. Zum Teil verstand ich, was sie meinte: Der Drogenkrieg hatte uns alle getäuscht. Das erste Mal, als ich auf einer Party in Yale Kokain ausprobiert hatte, war mir durch den Kopf gegangen: Das ist es? Das ist alles? Davor hatten wir alle Angst? Aber Opiate waren eine ganz andere Sache. Man nahm nicht einfach nur so Heroin. Man nahm am Wochenende nicht bloß zum Spaß Heroin.

»Ich werde mich nicht auf deinem Sofa übergeben oder Halluzinationen haben oder sonst was«, sagte sie.

»Na schön.« Ich sah zu ihren pinkfarbenen Pantoffeln und dachte an ihre blutenden Füße, die darin steckten.

»Ich werde deinen Fernseher nicht klauen.«

»Wir haben keinen Fernseher.«

»Wir?«, fragte sie.

Ich stutzte. Mir gingen so viele Dinge im Kopf herum, die ich nicht laut sagte, dass ich Schwierigkeiten hatte, dem Gespräch zu folgen. »Wir?«, hatte sie gefragt. Was um alles in der Welt meinte sie nur? Was sollte das Wort »wir« schon bedeuten? Dann, fast ebenso rasch, verstand ich. »Franklin«, sagte ich bestürzt. Lorrie Ann wusste von Franklin. Ich hatte ihr alles von ihm erzählt.

»Herrje, natürlich«, sagte sie. »Ich hatte nicht gewusst, dass ihr zwei zusammenwohnt.«

»Seit einem Jahr«, sagte ich kurz angebunden.

»Seit einem Jahr«, wiederholte sie. Ihr halb abgenagter Maiskolben baumelte von ihrer Hand, als wäre er etwas Schmutziges oder Kaputtes, das sie nicht mehr berühren wollte.

»Wohin soll ich den tun?«, fragte sie und streckte ihn mir wie ein Kind hin. Mein Magen zog sich zusammen. Die Unglücksgeier waren noch nicht mit ihr fertig. Sie waren gekommen und würden auch noch etwas bleiben.

Wie sich herausstellte, war es der hilfsbereite Arman, der Lorrie Ann in die Welt der Opiate eingeführt hatte. Gemeinsam verbrauchten sie die Medikamente, die ihm wegen seiner Beine verschrieben wurden, oder besser gesagt wegen des Fehlens seiner Beine, nämlich Oxycodon, ein Generikum von OxyContin. Durch seine Veteranen-Connection kam er auch an Fentanyl-Lutschtabletten und -Nasensprays heran, auf die sie gelegentlich zurückgriffen, wenn sie Komödien anschauten, die sie bei Redbox ausgeliehen hatten, während Zach nebenan in seinem Rollstuhl Krampfanfälle hatte.

»Wir haben es nicht allzu wild getrieben«, sagte Lorrie Ann. Sie hätte sich niemals vorstellen können, um wie viel ekelerregender ich ihre stille Abhängigkeit fand als jedes dionysische Gelage, dem sie sich hätte hingeben können. Es machte mich wütend, wenn ich mir Lorrie Ann high vorstellte, in Jogginghosen, National-Lampoon-Filme ansehend, den Kopf in Armans Schoß, die Augen glasig. Es machte mich wütend, weil es mich so traurig stimmte. Ich stellte mir seine dunkle Hand vor, die den feinen, goldschimmernden Flaum ihrer Haare streichelte.

»Was für ein Loser«, war alles, was ich ihr sagen konnte.

»Er war kein Loser«, sagte sie. Zu diesem Zeitpunkt saßen wir bereits an meinem Küchentisch. Den Schwangerschaftstest hatte ich in der Schublade mit den Platzdeckchen versteckt.

»Er war ein echter Loser«, sagte ich und blies über meinen Tee.

»Ihr Frauen«, hatte Arman am ersten Abend verkündet, als er zu Lorrie Ann herübergekommen war. »Ihr seid wie Luthers mit Vaginas.«

»Luthers mit Vaginas? Luther wie der neutestamentliche Luther?«, fragte Lorrie Ann. Sie konnte sich nicht vorstellen, was Arman meinte, aber sie war interessiert, weil seine Aussage sie völlig überrascht hatte. Sie war bereit, Arman allein des Umstands wegen zu mögen, dass er keine Beine hatte und ihr direkter Nachbar war. Wäre er noch dazu interessant, wäre das eine angenehme Zugabe. So wenige Menschen, die sie traf, waren interessant.

»Ja, ich meine, keine Ahnung, es kommt mir einfach so vor, als wären Frauen während des Großteils der Geschichte Teil der Sklavenkaste gewesen, nicht? Aber jetzt verfügen sie über Freiheiten, von denen sie gar nicht wissen, was sie damit anstellen sollen, und es ist irgendwie wie damals zu Zeiten der Reformation. Du weißt schon, Frauen haben Zugriff auf diesen Resetknopf.«

»Resetknopf?«, fragte Lor.

Arman lehnte sich im Sofa zurück und neigte lächelnd den Kopf zur Seite. Sein langes schwarzes Haar schimmerte wie Obsidian. »Du weißt schon, ich meine, damals wurden Frauen in ihr Schicksal hineingeboren. Damit war ihr Leben natürlich vorherbestimmt. Aber jetzt sind sie gebildet und all das, und sie haben die Möglichkeit, die Welt neu zu beurteilen, und sobald sie die Welt neu beurteilen, können sie ihre Stellung darin neu beurteilen, und von dort können sie sich selbst neu erfinden, sodass sie so in die Welt passen, wie es ihnen gefällt, damit sie kontrollieren können, wie sie hineinpassen wollen. Resetknopf. Kein linearer Weg. Mehr wie bei Leibniz. Monadischer Scheiß passiert mit Frauen.«

»Was bedeutet ›monadisch‹?«, wollte Lorrie Ann wissen. Sie war aufgeregt. Es war schon so lange her, dass sie ein intellektuelles Gespräch hatte führen können, sie verstand nicht einmal genau, was sie da fühlte. Sie hörte das Klingeln des Küchenweckers, doch sie stand nicht auf. Sie hatte Zimtschnecken im Ofen, mit nach Orange schmeckendem Zuckerguss. Es war ein Dienstag, ein Uhr nachts.

»Oh, eine Monade?«, sagte er. »Monaden sind irgendwie komisch. Okay, im Grunde gab es da diesen Kerl namens Leibniz. Und auf ihn geht die Idee von metaphysischen Atomen zurück. Und Monaden sind in der metaphysischen Welt, was Atome in der physischen Welt sind. Aber das ist nur eine Art, es sich bildlich besser vorstellen zu können, denn so ist es eigentlich gar nicht. Leibniz hat im Grunde überhaupt nicht geglaubt, dass es eine Trennung zwischen dem Physikalischen und dem Metaphysikalischen gibt. Die meisten Philosophen, angefangen von Plato, haben daran geglaubt, dass es eine Unterscheidung zwischen der Welt der Ideen und der Welt der Dinge gibt. Leibniz hielt sie für eine Einheit, und ihr Aufbau bestand aus Monaden.«

»Aber was ist eine Monade?«, fragte Lorrie Ann. »Ich meine, wäre das Konzept von ›rot‹ und ›blau‹ eine Monade? Gib mir ein Beispiel.«

»Stört es dich, wenn ich …?«, fragte er und zog einen Joint aus der Tasche. Lorrie Ann winkte ab, damit er fortfuhr, und wartete ungeduldig, während er ein paar Züge nahm. »Okay, ein Beispiel für eine Monade«, sagte Arman und lehnte sich wieder im Sofa zurück. Die Zimtschnecken verbrannten. »Nun, es ist kein Konzept. Also ist es nicht rot oder blau oder hübsch oder hässlich. Es ist mehr so, dass jedes menschliche Wesen eine Monade ist, und die Existenz von Gott ist eine Monade, und die Sache mit Monaden ist, dass jede von ihnen ein winziges Spiegelbild des Universums ist und sich harmonisch in all die anderen Monaden einfügt, sodass sie sich gegenseitig widerspiegeln und beeinflussen, egal wie weit entfernt voneinander sie in Raum und Zeit sind.«

»Ist ein Baum eine Monade?«, fragte sie, regelrecht atemlos von der Schönheit dieses Konzepts.

»Ich denke schon. Ja, ich denke, alles, was existiert, wäre eine Monade, jedenfalls irgendwie. Keine Ahnung. Ich habe Leibniz seit Jahren nicht mehr gelesen.«

Lorrie Ann starrte ihn einfach an. Sie wollte ihn hochheben und so lange schütteln, bis all die unglaublichen Dinge aus ihm herauskamen und sie nach all den Gedanken grapschen konnte wie ein Kind nach den heruntergefallenen Süßigkeiten aus einer Piñata.

»Und bei Frauen scheint es so zu sein, als würde dieses monadische Konzept, also als würde sich das Universum tatsächlich verändern als Reaktion auf die Art, wie sie sich selbst verändern, und sie verändern sich im Grunde, indem sie die Art verändern, wie sie das Universum sehen. Sie sind so viel mehr im Einklang mit ihrer Intuition als Männer, und ihr Gespür für das Schicksal ist ganzheitlicher, und das zieht diese allumfassende Integration nach sich, nicht nur in die Gesellschaft, sondern mit sich selbst. Sie wollen die richtige Größe für sich finden. Damit sie zu all den anderen Monaden passen und in Harmonie sind, wie sie das sein sollten. Also wenn ich sagte, sie seien Luthers mit Vaginas, meinte ich wohl eher, sie würden die Heilige Schrift nehmen und sie neu übersetzen, von Latein in ihre eigene Sprache, und das wird die Natur des Buches an sich verändern. Voilà!«

Mit dieser Sorte Kiffer-Sophistereien, diesen exzentrischen Geistesblitzen gelang es Arman, meine Lorrie Ann für sich zu gewinnen.

Sie starrte ihn an. »Ich stimme dafür, dass du nie aufhörst zu reden«, sagte sie.

Arman lachte. »Normalerweise wollen die Mädchen, dass ich die Klappe halte.«

»Nein«, sagte Lorrie Ann, »ich würde dich fürs Reden sogar bezahlen.«

»Nun«, sagte er, »du musst mich nicht bezahlen.«

»Das trifft sich gut, denn ich habe nämlich kein Geld.«

Von diesem Moment an war sie verloren. Ein absolut hoffnungsloser Fall.

Zusammen aßen sie die verbrannten Zimtschnecken, und Lorrie Ann fragte sich die ganze Nacht über, warum er nicht versuchte, sie zu küssen.

Doch es war nicht Armans Stil, Lorrie Ann zu küssen. Stattdessen wartete er, bis sie ihn küsste. Wenn ich raten sollte, waren selbst Armans Techtelmechtel mit den jungen bekifften Tussis, die in seinen Coffeeshop in Costa Mesa spazierten, auf eine tiefgreifende Unsicherheit zurückzuführen. Immerhin hatte er seine Beine verloren. Es war für ihn nicht mehr angenehm, Sex in irgendeiner anderen Stellung zu haben als mit der Frau oben, und dadurch fühlte er sich entmannt.

»Er kann die Dinger nicht einfach ablegen und sich auf seinen Stümpfen aufstützen, als wären es Knie?«, fragte ich Lor während eines unserer seltenen transatlantischen Telefonate.

»Es tut zu weh«, sagte sie, »und außerdem stimmt dann etwas mit dem Gleichgewicht nicht. Ohne die Schienbeine zum Stabilisieren muss er sich gänzlich mit seinen Armen aufrecht halten, und seine Arme sind durch die Krücken richtig durchtrainiert, aber es ist körperlich so anstrengend, dass er dann nicht kommen kann, und ehrlich gesagt macht es keinen großen Spaß.«

»Hmm …«, sagte ich.

»Also muss ich immer oben sein«, sagte sie.

»Stört dich das?«

»Überhaupt nicht. Aber ich denke, es stört ihn.«

»Warum sollte es ihn stören?«

»Ich weiß nicht so genau«, sagte Lorrie Ann, und ich wünschte, ich könnte ihr Gesicht sehen, um zu erkennen, was sie dabei fühlte.

»Wird es ihm einfach zu langweilig?«

»Nicht wirklich«, sagte sie. »Es fällt ihm nur richtig schwer zu kommen.«

»Das ist komisch«, sagte ich.

»Normalerweise muss ich zum Schluss mit dem Mund nachhelfen.«

»Das ist wirklich komisch«, sagte ich.

»Ich weiß nicht so genau«, sagte sie. »Im Grunde habe ich bisher nur mit Jim geschlafen.«

»Hm, na ja, ich habe mit dreißig Kerlen geschlafen, und ich sage dir eines: Es ist komisch.«

»Halt den Mund!«

»Prüde Ziege!«

»Flittchen!«

»Ich liebe dich«, sagte ich lachend.

»Ich liebe dich mehr«, erwiderte sie.

Von dem, was ich aus vielen solcher Gespräche heraushören konnte, war Arman die Sorte Mann, die nur einen Orgasmus bekam, wenn die Frau in einer unterwürfigen Stellung war. Unterwerfung und Dominanz waren sein Ding, und Lorrie Ann, die rittlings auf ihm saß und sich wie ein mutiges Cowgirl zum Höhepunkt trieb, turnte ihn einfach nicht an. Ich wünschte, ich hätte Lorrie Ann die riesige Horde wundervoller Männer zeigen können, die, hätten sie das gehört, entsetzt losgeschrien hätten: »Welch eine Schande! Welch eine Verschwendung!« Denn wer würde nicht gerne von der wunderschönen vollbusigen Lorrie Ann geritten werden? Nur ein Narr, und Arman war zweifellos einer. Wenn auch ein sehr, sehr kluger Narr.

Arman war einer der seltenen wahren Autodidakten. Insgeheim habe ich solche Menschen immer beneidet, da meine eigene Bildung, wenn auch umfassend, dennoch der systematischen Natur eines englischen Gartens gleicht. Ich war auf eine völlig zielgerichtete Weise ausgebildet worden. Arman hingegen, nun ja, Arman hatte seinen Verstand mit einer chaotischen Mischung aus Schund und Schätzen gefüllt. Er hatte alle großen Philosophen von der vorsokratischen Zeit an gelesen, aber auch die Randfiguren nicht außer Acht gelassen, wie beispielsweise de Tocqueville, die längst nicht mehr in Mode waren. Er las H.P. Lovecraft mit unersättlicher Gier und hatte eine intensive Hermann-Hesse-Zeit hinter sich, die, wie leicht vorherzusehen war, im *Steppenwolf* gegipfelt hatte. Er verehrte düstere Schriftsteller wie Harry Crews und hatte einen wahrlich obskuren Geschmack, was Gedichte anbelangte. Er betete *Les Chants de Maldoror* von Comte de Lautréamont an, stellte aber gleichzeitig Milton über alles. Wenn er Liedtexte schrieb – er spielte Bass und Lorrie Ann Gitarre, und einen Großteil ihrer Beziehung verbrachten sie damit, Pot zu rauchen, gemeinsam auf ihren Instrumenten herumzuklimpern und Lieder zu komponieren, die man kaum mehr als halb fertig bezeichnen konnte –, erinnerten sein Sprechrhythmus und seine Wortwahl verstörend an Milton, während sie emotional gesehen genauso unreif waren wie jeder *Matchbox-Twenty*-Song.

Wie wohl zu erwarten war, nahm er sich schrecklich ernst.

»Ich bin ein wahrlich leidgeplagter Mann«, schrieb er Lorrie Ann einmal in einem Brief, in dem er erklärte, warum er ihr nicht treu sein konnte, obwohl er sie liebte. »Ich bin hin- und hergerissen zwischen der Vorstellung von Liebe als einem gewaltigen A-priori-Konzept und Liebe als einer lebendigen, kultivierten Realität. Du bist real, Lorrie Ann. Real wie eine Hand, real wie ein Kissen. Was genau das ist, was ich an dir nicht ertrage, und weshalb ich dir als Liebhaber nicht ausschließlich ergeben sein kann. Ich muss frei sein, um die unendlichen Möglichkeiten des Universums zu erkunden. Du kannst einfach nicht meine Muse sein. Du inspirierst mich nicht. Und dennoch liebe ich dich. Ganz ehrlich, was soll ich tun? Ich bin eine zerrissene Seele, wie Dionysos.«

Es ist unfair, ihn derart vorzuführen, so unbarmherzig nur die schlimmsten Seiten von Arman aufzuzeigen. Denn Lorrie Ann verliebte sich in ihn, und sie hatte ihre Gründe, auch wenn ich vermute, dass ein Großteil ihrer Liebe in Wirklichkeit Mitleid unter dem Deckmantel von Liebe war.

Hier zum Beispiel ist die Geschichte, wie Arman seine Beine verlor:

Er und sein »Battle Buddy« (ein Begriff, den ich bizarr und verstörend fand, als seien seine Kameraden Actionfiguren oder anderes Kinderspielzeug der Firma »My Buddy«) durchsuchten ein Gebäude. Er marschierte in ein Zimmer und sah seinen »Bruder« (einen seiner Zugführer) in direkter Konfrontation mit einem Achtjährigen, der eine Uzi hielt. Das Kind und sein Kamerad standen beide stocksteif da, während um sie herum im Haus Schreie und Schüsse hallten. Was hätte Arman tun können? Er erschoss den Jungen und rettete seinen Freund.

»Er war nur ein Kind«, schluchzte er eines Nachts vor Lorrie Ann. »Er war nur ein kleiner Junge.«

Nach diesem Vorfall war Arman immerzu betrunken. Er war bei all seinen Einsätzen betrunken. Er gab seinen gesamten Sold für Alkohol aus, der schwierig und nur unter großen Kosten beschafft werden konnte. Eine Flasche Crown Royal kostete bis zu zweihundert Dollar. Er war häufig so besoffen während der Gefechte, dass es ihm am kohärenten Verständnis für die Einsätze mangelte und er schließlich irgendwo stehen blieb und sich einfach in einer Ecke übergab. Wenn sie in Städten kämpften, versteckte er sich größtenteils hinter Gebäuden, in der Hoffnung, niemanden getötet zu haben und dass ein Iraki über ihn stolpern und seinem grotesken Leben ein Ende bereiten würde. Einmal lag er für die Dauer eines Feuergefechts mitten auf einer Straße. »Ich habe nur kurz ein Nickerchen gemacht«, erklärte er, »aber alle haben geglaubt, ich wäre tot. Selbst meine eigenen Leute waren überrascht, als ich später aufgestanden bin.« Doch Arman wurde für sein Verhalten weder zurechtgewiesen noch bestraft, so extrem es auch gewesen sein mochte. »Die Führungsspitze war selbst ins Wanken geraten«, war seine rätselhafte Erklärung.

Es war während einer dieser betrunkenen Einsätze, dass Arman versehentlich in einem Gebäude zurückgelassen wurde, das gesprengt werden sollte. Bei der Explosion fiel ein Stützbalken auf ihn und trennte ihm auf Höhe der Schienbeine die Beine ab. »Ich war so glücklich, endlich sterben zu dürfen«, erzählte er Lorrie Ann, »dass, als einer meiner Kameraden kam und versuchte, mich rauszuholen, ich ihm tatsächlich damit drohte, ihn zu erschießen. ›Ich werde keine Beine haben‹, flehte ich ihn an. ›Bitte rette mich nicht. Wenn auch nur ein Fünkchen Mitgefühl in dir steckt, dann erschieß mich, bitte. Erschieß mich, Bruder!‹« Doch sein Battle Buddy tat es nicht, brachte es letztlich nicht über sich. Sobald sie wieder zurück in den Staaten waren, kam der junge Mann zu ihm ins Krankenhaus, weinte und entschuldigte sich. Er wusste, dass Arman es ernst gemeint hatte und er Schuld daran trug, dass Arman nun den Rest seines Lebens als Krüppel und Kindsmörder fristen musste.

»Ich hätte ein glücklicher Toter sein können«, brachte es Arman auf den Punkt. »Aber stattdessen bin ich das hier.«

»Er war kein Loser«, sagte Lorrie Ann an jenem Tag an meinem Küchentisch. Ihre Augen wirkten glasig. War sie high? Oder war sie einfach nur müde? Es war schwer zu sagen. Im Grunde wusste ich nicht viel über Drogen. »Er war einfach nur eine verlorene Seele.«

»Das glaube ich dir«, sagte ich. »Ich sage ja nicht, dass er absichtlich böse war oder so was.«

»Nein, aber ich muss nur immer darüber nachdenken, was, wenn Jim nach Hause zurückgekehrt und ich nicht da gewesen wäre? Was, wenn er ganz allein mit alldem gewesen wäre, mit allem, was er getan hat? Würde ich nicht wollen, dass eine andere Frau versucht, ihn zu lieben, obwohl er so kaputt ist? Würde ich nicht selbst meine Seele für eine Frau geben, die das für ihn tut?« Sie brachte den Daumen an ihren Mund und knabberte an ihrem Nagel. Sie kaute immer noch Nägel, nach all den Jahren.

Ich wusste nicht, was ich ihr antworten sollte. Ich wollte sagen, dass Jim anders war, dass Arman nicht mal halb so gut war wie Jim, doch das konnte ich nicht, denn in Wahrheit hatte ich Jim nie gut gefunden. Natürlich, im Vergleich zu Arman war er ein Märchenprinz, aber trotzdem. Was ich wirklich sagen wollte, war, dass kein Mann Lorrie Anns Seele würdig war. Dass sie sich niemals für irgendjemanden aufgeben dürfte.

»In dieser Sache, die ich übersetze«, sagte ich schließlich, »gibt es einen Teil, wo die Göttin Inanna in die Unterwelt geht. Sie entwickelt einfach eine schreckliche Sehnsucht nach dem Tod, will den Tod erfahren. Und während sie hinabsteigt, tiefer und immer tiefer, muss sie alles aufgeben. Alle Gaben, die sie bekommen hat, jede Weisheit ihres Vaters, jegliche Waffen, alles. Und jedes Mal fragt sie nach dem Warum und ruft: ›Was ist das?‹ Und ihr wird gesagt: ›Sei ruhig, Inanna, die Wege der Unterwelt sind perfekt. Sie dürfen nicht angezweifelt werden.‹ Und letztlich ist sie nackt, und sie steht vor der Göttin der Unterwelt. Und die Richter der Unterwelt umzingeln sie und fällen ein Urteil über sie. Sie töten sie. Es heißt: ›Inanna verwandelte sich in einen Leichnam, ein Stück verwesendes Fleisch, und wurde an einem Haken in der Wand aufgehängt.‹«

»Stirbt sie dort wirklich? Das kann nicht das Ende der Geschichte sein. Geschichten enden nicht so«, erklärte Lorrie Ann.

»Sie flieht«, sagte ich, beeindruckt von Lors Gerissenheit. »Ihre Dienerin fleht die Götter um Hilfe an, damit sie losziehen und sie retten, aber jeder Gott lehnt ab. Ihr Vater sagt nein, weil sie es so gewählt hat. Er sagt: ›Meine Tochter verlangte das Große Oben, Inanna verlangte auch noch das Große Unten … Sie, die zur Dunklen Stadt geht, bleibt dort.‹ Schließlich entschließt sich ihr Onkel zu helfen.«

»Zieht er also los und holt sie?« Lorrie Ann hatte ihren Daumen blutig gebissen und lutschte nun an ihrer Wunde.

»Sonderbarerweise geht er nicht selbst. Er modelliert kleine geschlechtslose Wesen aus Erde und gibt ihnen Anweisungen, wie sie Inanna retten können. Sie sind sehr freundlich zur Königin der Unterwelt und mitfühlend, was ihren Schmerz anbelangt. Und als sie entscheidet, dass sie die Wesen mag, will sie ihnen ein Geschenk darbieten, und sie bitten um Inannas Leichnam. Dann hauchen sie ihr neues Leben ein. Lassen sie von den Toten auferstehen. Anschließend wird es kompliziert – die Dämonen verfolgen sie. Die *galla*, sie folgen ihr zurück in die Welt.«

»Sonderbar.«

»Ich weiß.«

Dann sagten wir eine Weile kein Wort. Der Tee war in der Kanne bitter geworden, und ich verzog das Gesicht, als ich einen Schluck nahm.

»Mia, findest du, ich bin ein Leichnam, der an der Wand hängt?«, fragte Lorrie Ann. »Ist es das?«

»Ein bisschen«, sagte ich. »Vielleicht.«

Ich blickte in meine Teetasse. Der Teesatz hatte am Boden ein Muster gebildet, und ich dachte an den Brauch, die Zukunft in Teeblättern zu lesen. Waren Frauen derart verzweifelt, um zu erfahren, was mit ihnen geschehen würde, dass sie sich solche Lügen erzählten, solche Märchen? Gewiss, denn während eines Großteils der Geschichte hatten Frauen keinerlei Kontrolle über das, was mit ihnen passierte, weshalb es vielleicht ebenso wirkungsvoll war wie alles andere, seine Zukunft in Teeblättern zu lesen. Das nächste Mal, als ich aufsah, weinte Lorrie Ann.

»Wo ist Zach?«, fragte ich.

»Das erzähl ich dir gleich«, sagte sie, »aber darf ich mir bitte, bitte, bitte in deiner Toilette einen Schuss setzen?«

KAPITEL NEUN
Männer, die immer wieder sterben

Natürlich sagte ich ja. In mir steckte der untrügliche Instinkt, vermutlich ein Überbleibsel aus den Jahren mit meiner Mutter und Paddy, Streitereien mit einer Person, die nicht nüchtern war, aus dem Weg zu gehen. Ein Betrunkener konnte behaupten, der Mond sei grün, und ich würde nichts weiter tun, als leutselig zu nicken. Gewiss, ich wusste genug, um nie zu versuchen, jemandem die Flasche wegzunehmen, der ihren Boden sehen wollte. Weshalb es für mich nicht in Frage kam, Lorrie Ann zu verbieten, sich in meinem Bad einen Schuss zu setzen, obwohl ich sicher war, es wäre die vernünftigere Entscheidung gewesen.

Das, was mich an der Inanna-Szene in der Unterwelt am meisten beunruhigte und was ich mit Lorrie Ann nicht in ausführlicher Tiefe besprechen wollte, war, dass, als die Dämonen ihr aus der Unterwelt folgen, sie einen Ersatz für sie fordern. Ein Leben für ein Leben. Die älteste Form der Mathematik.

Zuerst wollen sie ihre beste Freundin, aber Inanna sagt nein. »Sie ist meine unerschütterliche Stütze«, erklärt sie. »Sie ist meine *sukkal*, die mir weisen Rat gibt. Sie ist meine Kriegerin, die meine Flanke schützt.« Sie fordern ihre zwei Söhne, aber wiederum sagt Inanna nein. Sie stellt sich jenen angsteinflößenden *galla*, die mich unweigerlich an die Holzzwerge erinnern, die Lors Mutter sammelte, und während sie ihnen tief in die hölzernen, nichtmenschlichen Augen starrt, weigert sie sich, ihnen ihre Söhne auszuliefern.

Doch wen wird Inanna ihnen geben? Denn sie muss ihnen jemanden geben. Wer wird es sein?

Es ist ihr Liebhaber, ihr Gatte, ihr sterblicher Mann, Dumuzi.

»Inanna heftete den Blick des Todes auf Dumuzi. Sie erhob das Wort des Zorns gegen ihn. Sie stieß den Schrei der Schuld gegen ihn aus: Nehmt ihn! Nehmt Dumuzi!« Und die Dämonen fielen über Dumuzi her. Die sumerischen Beschreibungen von Gewalt verstörten mich – sie waren auf eine Weise obszön, die mir neu war, gerade weil sie sich so alt anfühlten. In den folgenden Absätzen wird geschildert, wie die Dämonen ihn an den Oberschenkeln packten, seinen Lebenssaft ausdrückten, ihn mit Äxten aufschlitzten.

Welche Wahl hatte sie – die Freundin, der Sohn oder der Gatte? Ich vermute, mich faszinierte Inanna deshalb so sehr, weil ich so viel von Lor in ihr wiedererkannte, oder so viel von ihr in Lor, doch jetzt, als ich die Schublade öffnete, in der ich den Schwangerschaftstest versteckt hatte, eine blaue Schachtel mit einer geschwungenen pinkfarbenen Aufschrift, hatte ich Angst vor der Inanna in mir. Ich fürchtete meine Fähigkeit, andere zu verraten – Lor zu verraten, Franklin zu verraten, das kleine Würmchen Leben zu verraten, das womöglich in mir war.

Wie war es zu entschuldigen, dass Lor Zach verraten hatte? Wenn es denn tatsächlich so gewesen war. In jener Nacht vor sechs Jahren, als ich Lorrie Ann und Zach und den Loser Arman in dieser trostlosen Sozialwohnung in Costa Mesa besucht hatte, hatte sich mir der Moment ins Gedächtnis gegraben, als sie Zach ins Bett brachte.

Sie hatte Zach aus seinem Rollstuhl gehoben und auf das Bett mit der ausgebreiteten Decke gehievt, wo sie alle Vorbereitungen traf, ihn durch seine Magensonde zu ernähren, den kleinen Beutel mit der Nahrung hochhielt, damit diese, von der Schwerkraft angezogen, durch den Schlauch in ihren Sohn fließen und ihn mit Nährstoffen versorgen konnte. »Irgendwann werde ich nicht mehr in der Lage sein, ihn zu heben, und ich habe nicht den blassesten Schimmer, was ich dann tun soll. Im wahrsten Sinne des Wortes, ich kann mir nicht vorstellen, was ich tun werde.«

War es das, was geschehen war? Buchstäblich oder metaphysisch gesprochen, war Lorrie Ann einfach nicht mehr fähig, die Last zu schultern?

Ich hörte, wie im Bad Wasser lief. Lorrie Ann war hier, war in meinem magischen Apartment, wo nichts zusammenpasste und wo alle Messer stumpf waren, und was hätte wundervoll sein sollen, war schrecklich. Sie setzte sich in meinem Bad einen Schuss, und ich war vor Schreck so gelähmt, dass ich nicht wusste, was ich tun sollte, außer vorzugeben, alles sei normal.

Obwohl der Test in meiner Hand lag, hatte ich Schwierigkeiten, den Gedanken an ein Baby lange genug festzuhalten, um ihn überhaupt in Betracht zu ziehen. Wollte ich ein Baby? Das eine Mal, als Franklin und ich über dieses Thema gesprochen hatten, war er vehement gewesen: Er wollte keine Kinder, sah sich selbst nicht als klassischen Papa-Typus. Es war bei einer Unterhaltung über seine Exfreundin Elizabeth aufgekommen. Ihr Wunsch nach Kindern war der Grund für die Trennung gewesen. Und ich wusste das, weshalb mir allein der Gedanke, das Kind womöglich zu behalten, wie ein Verrat vorkam.

Meine eigenen Gefühle glichen mehr einem wuseligen Durcheinander als einem kohärenten Entschluss. Einerseits war da das Gefühl des Wundersamen, der zärtlichen und verschlungenen, der unmöglichen und dennoch völlig normalen Zellteilung, die beschützt und gehegt werden musste. Andererseits war da Zachs kindlicher Körper, graublau und leblos, alles, was dir genommen werden konnte, wenn du das Risiko eingingst, dir etwas zu wünschen. Da war mein zerschmetterter Zeh, den es zu berücksichtigen galt, und die samtig weiche Haut meiner Brüder, die geschwollenen Augen meiner Mutter, die Möglichkeit, dass ich wie sie werden könnte oder noch schlimmer, der Kleiderbügel, der schreckliche Kleiderbügel, den ich benutzt hatte. Es war kompliziert, es war unsäglich kompliziert.

Doch ich hatte Angst, dass, egal, was passierte, es damit enden würde, dass ich jemanden verriet. Franklin oder das Würmchen Leben oder mich selbst.

Ich stelle sie mir in Lorrie Anns Küche vor, irgendwann nach der Goldschläger-Nacht, Arman am Tisch, während Lor den Abwasch machte.

»Es gab Komplikationen.«

»Ja, aber was für Komplikationen?«, mochte er gefragt haben. »Ich meine, irgendwas Konkretes muss passiert sein. Es ist doch nicht so, dass ein gewisser Prozentsatz an Kindern wahllos mit einem Gehirnschaden zur Welt kommt.«

»Es gab Probleme mit meiner Gebärmutter.«

»Was war das Problem mit deiner Gebärmutter?«, beharrte Arman, selbst als sich Lorrie Anns Schultern verkrampften.

»Du wirst wirklich nicht aufhören mit deiner Fragerei, nicht wahr?«, sagte sie und knallte die Schüssel, die sie gerade abwusch, zurück in die Spüle.

»Ich habe dir erzählt, wie ich meine Beine verloren habe«,

sagte er und saß immer noch entspannt an ihrem Küchentisch, spielte mit einer Gabel, rieb mit dem Daumen über die Zinken.

»Und ich sage dir: Es gab ein Problem mit meiner Gebärmutter.« Sie schüttelte Schaum von ihren Händen ins Waschbecken, trocknete sie dann an einem Geschirrtuch ab. Einen Moment lang starrten sie sich einfach in der kleinen Küche an.

»Bitte«, sagte er. »Bitte, vertrau mir!«

»Ich weiß es nicht. Ich weiß nicht, was mit meiner Gebärmutter nicht stimmte. Es war einfach so. Es war einfach etwas nicht in Ordnung, okay?« Lorrie Ann umklammerte das Geschirrhandtuch so fest, dass die Venen und Sehnen auf ihren Handrücken knapp unter ihrer Haut tanzten.

»Willst du, dass ich den Abwasch übernehme?«, fragte Arman. Lorrie Ann wusste, dass es ein Friedensangebot war, doch Arman brauchte Stunden für den Abwasch, weil er ihn einhändig machen musste, damit er sich mit der anderen Hand auf einer Krücke abstützen konnte.

»Nein.« Sie seufzte, drehte sich zum Spülbecken zurück.

Doch dann später im Bett:

»Erzähl mir bitte, was los war.«

»Warum willst du wissen, was los war?«

Sie waren im Dunkeln, obwohl die Tür zum hell erleuchteten Flur angelehnt war, damit sie Zach hören konnten, wenn er anfing zu weinen. Das Licht im Korridor musste angeschaltet bleiben, ansonsten bekam er Nachtangst.

»Na schön, dann erzähl es mir nicht.«

»Arman.«

Aber er sprach nicht mit ihr. Er drehte sich nicht weg, er ließ sie dort liegen, in seine Armbeuge geschmiegt, den Kopf auf seiner Brust, seine langen Haare wie eine Decke unter ihr ausgebreitet, doch durch irgendeine Art Voodoo gelang es ihm, seinen Körper unnatürlich still zu halten, bis es den Anschein hatte, als wäre er wie ein Golem aus Lehm geformt.

»Ich musste eingeleitet werden«, sagte Lorrie Ann. Ihre Stimme klang so zart, so hoch in der Dunkelheit, selbst für ihre Ohren, wie die eines Kindes oder einer Puppe.

Augenblicklich spürte sie, wie Armans Körper zum Leben erwachte. Sie konnte fast das Blut durch sein Gewebe rauschen hören. Er drückte ihren Arm.

»Ich war überfällig. Es war drei oder vier Tage nach dem berechneten Geburtstermin, und sie wiederholten andauernd, Zach wäre ein großes Baby, dass man ihn von dort rausbringen müsste. Sie meinten, er würde mindestens neun Pfund wiegen. Wie sich später herausstellte, wog er nur sieben, aber wahrscheinlich können Ultraschallgeräte nur einen ungefähren Wert angeben.« Sie hielt einen Moment inne, um sich zu zügeln. Es war so schwierig, über Schwangerschaft und Geburt und Babys zu reden, da die Einzelheiten nur diejenigen Menschen interessierten, die es selbst erlebt hatten. Arman würden ausschweifende Erzählungen über das Geburtsgewicht nicht kümmern, er würde nicht wissen, dass sie dir erzählten, dein Baby könnte schrumpelig und sonderbar werden, wenn es zu lange im Bauch blieb.

»Ich war ganz aufgeregt, eingeleitet zu werden«, sagte sie. »Ich war riesig. Ich war groß wie ein Haus. Es war mitten im Winter, aber ich habe die ganze Zeit geschwitzt. Ich dachte einfach: Holt dieses Baby aus mir raus.«

»Sicher«, sagte er und drückte wieder ihren Arm.

»Also fahren wir hin, und sie geben mir die Medikamente für die Einleitung, und die Wehen setzen richtig schnell ein.

Schon nach zwei Stunden. Und sofort bitte ich um eine PDA, weil es wehtut. Ich hatte gedacht, ich könnte es besser ertragen, weil ich normalerweise eine ziemlich hohe Schmerztoleranz habe, aber – nein.«

»Okay.«

»Jim war dabei, und er war süß, er rief: ›Holt die Drogen! Das ist der Grund, weshalb wir in Amerika leben, Baby!‹«

»Ich habe mich immer gefragt, ist eine PDA nur eine Nervenblockade oder ist da irgendwas Tolles drin?«

»Oh, da ist definitiv etwas Tolles drin. Entweder das, oder sie haben es mir intravenös verabreicht. Es könnte Fentanyl gewesen sein. Etwas in der Art.«

»Also hast du den guten Stoff bekommen!«

»Ja«, sagte Lorrie Ann in die Dunkelheit. »Ich hatte den guten Stoff.«

Einen Moment lang lag sie einfach nur da, in Armans Armen. Sie fragte sich, ob Jim vom Himmel zu ihr herabsah und ob es ihn stören würde, dass dieser Mann sie berührte, sie mitten in der Nacht hielt, während sie diese Geschichte erzählte. Ihre Instinkte verrieten ihr, dass Jim es hassen würde, dass Jim von den Toten zurückkommen und ins Zimmer stürzen würde, um der Sache einen Riegel vorzuschieben. Doch Jim sah nicht zu. Jim war fort.

»Die ersten zwei Stunden dachte ich: Das ist toll. Und dann fühlte ich mich auf einmal wirklich komisch. Ich habe Panik bekommen, als würde mein Herz wie wild rasen, es war einfach ein überwältigendes Gefühl, dass etwas völlig falsch lief. Und dann, selbst durch die PDA hindurch, setzte der Schmerz ein – ein Schmerz wie der von einem Messerstich. Es fühlte sich an, als säße jemand auf meiner Brust. Andauernd sagte ich zu Jim: Es tut weh, es tut weh. An das Nächste, was passiert ist, kann ich mich nicht mehr sehr gut erinnern, aber sie haben meine Epiduralanästhesie hochgedreht, weil ich nicht aufgehört habe zu schreien. Ich erinnere mich, dass die Krankenschwester die Augen verdreht hat, weil sie dachte, ich würde mich wie ein Baby aufführen. Ich brüllte: Etwas läuft falsch, es tut weh. Alle sagten die ganze Zeit: Ja, es tut weh – du bekommst ein Baby. Meine Wehen waren völlig zum Stillstand gekommen, und sie waren von mir genervt, daran erinnere ich mich noch. Ich konnte nicht atmen, weil diese Schwere auf meiner Brust immer schlimmer wurde, als würde ein Elefant auf mir hocken. Und dann … habe ich das Bewusstsein verloren.«

»Was ist geschehen?«

»Notkaiserschnitt.«

»Aber warum bist du ohnmächtig geworden?«

»Meine Gebärmutter ist einfach gerissen. Und das ganze Fruchtwasser ist in meine Bauchhöhle ausgetreten, und ich vermute mal, dass ich einen Krampfanfall hatte.«

»Aber warum ist deine Gebärmutter gerissen?«

»Das wissen wir nicht.«

»Eine Gebärmutter kann einfach so reißen?«

»Anscheinend.«

Ein Schweigen folgte, und dann auf einmal hörte Lorrie Ann Arman schniefen. Als sie sich zu ihm drehte, konnte sie im Lichtschein des Korridors sehen, dass er weinte. Sie war überrascht. »Es tut mir leid«, sagte sie.

»Nein!«, sagte er und wischte sich die paar Tränen mit dem Handrücken weg. »Es macht mich einfach fertig: Diese Krankenschwester, die die Augen verdreht, während deine Gebärmutter aufplatzt.«

»Das wusste sie nicht«, sagte Lorrie Ann.

»Sie hätte es wissen müssen.«

»Wie hätte sie es wissen können?«

»Sie hätten dir zuhören sollen. Sie hätten dich ernst nehmen sollen.«

»Keine Frau, die in den Wehen liegt, wird ernst genommen«, sagte sie.

Wieder Stille. Lorrie Ann war verblüfft, wie sehr sie das Krankenhaus in Schutz nahm. Sie konnte es sich emotional nicht erlauben, dass Arman in dieser Hinsicht Partei für sie ergriff. Sie konnte es sich nicht erlauben, weil Jim es nicht getan hatte. Es war Jim nie in den Sinn gekommen, dass niemand Lorrie Ann ernst genommen hatte. Dass sie versucht hatte, ihnen zu erklären, dass etwas falsch lief, dass ein Elefant auf ihrer Brust saß, dass ihr Herz raste. Jim war immer nur lieb gewesen und hatte versucht, ihr kein schlechtes Gewissen zu machen, weil sie eine fehlerhafte Gebärmutter hatte, die gerissen war. Aber er hatte niemals, nicht einmal für den allerkleinsten Moment angedeutet, dass man ihren Worten hätte Gehör schenken müssen, dass sie schlecht behandelt worden war.

»Was hat der Arzt gesagt?«, fragte Arman.

»Er meinte, ich hätte Glück gehabt«, sagte Lorrie Ann und hoffte inständig, Arman würde das Zittern in ihrer Stimme nicht hören.

Doch andererseits, wenn Arman wirklich hätte weinen wollen, hätte er einfach eine kleine Internetrecherche durchführen müssen. Das Medikament, das sie Lorrie Ann zur Einleitung der Wehen verabreicht hatten, hieß Cytotec. Hätte Arman es gegoogelt, hätte er gelesen, dass es ein oral einzunehmendes Medikament gegen Magengeschwüre war, von dem Ärzte herausgefunden hatten, dass es außerdem den sonderbaren Nebeneffekt hatte, Wehen einzuleiten, wenn man es einer Frau in die Vagina einführte. Cytotec kostete pro Dosis nur acht Dollar, das nächstbillige Mittel für eine Einleitung lag bei fast zweihundert. Es war nicht illegal, Cytotec einzusetzen, die FDA hatte es genehmigt. Für Magengeschwüre. Oral eingenommen. Niemand hatte genau erforscht, welche Auswirkungen es hatte, wenn man es in die Vagina einer Frau stopfte, aber es schien toll zu funktionieren.

Arman hätte damals, als all das mit Lorrie Ann passiert war, online nicht wirklich viel darüber gefunden. Ärzte hatten gerade erst angefangen, mit Cytotec zu experimentieren, und angeblich war es eine Wunderdroge. Das Beste an Cytotec war, dass es die Wehen so heftig und schnell einsetzen ließ, dass eine Frau um acht Uhr morgens eingeleitet werden konnte und der Arzt um drei Uhr nachmittags wieder zu Hause war. »Bringen wir die Sache hinter uns«, sagten die Ärzte gerne zu den Frauen, und die Frauen stimmten zu: Sie wollten es ebenfalls hinter sich bringen. Sie hatten Angst. Alles, was sie über Wehen wussten, war, dass Frauen schrien und in Filmen und Serien nur knapp dem Tod entrannen. Sie wollten nichts weiter als sicher sein, und Sicherheit versprach, was der Arzt sagte.

Hätte Arman seine Recherche später angestellt, als Zach sechs war und anfing, Lorrie Ann zu schlagen, wäre er über die beunruhigenden Hinweise gestolpert, dass Cytotec mit Uterusrupturen in Zusammenhang gebracht wurde, insbesondere bei Fällen, wo die Mutter früher schon einmal einen Kaiserschnitt gehabt hatte. Die Gebärmutter zog sich durch das Medikament so heftig zusammen, dass sie im Körper der Frau buchstäblich riss. Die Babys ertranken häufig in der Bauchhöhle der Mütter.

Aber Lorrie Ann hatte zuvor keinen Kaiserschnitt gehabt. Was war passiert?

Es war die Sorte Rätsel, über die Arman sich den Kopf zerbrochen hätte. Er hätte es herausfinden wollen. Weiß Gott, so wie ich.

Lag es daran, dass Lorrie Anns Arzt ihr vier Dosen von hundert Milligramm gegeben hatte statt der üblicherweise verabreichten 25 Milligramm? Oder hatte sie vielleicht eine vorzeitige Plazentaablösung gehabt, die der Arzt wegen einer Unaufmerksamkeit beim Ultraschall übersehen hatte? Wie groß waren die Risse in ihrer Gebärmutter gewesen? War die vollständige Hysterektomie, die der Arzt während des Notkaiserschnitts vorgenommen hatte, wirklich zwingend nötig gewesen? Wäre das Ergebnis tatsächlich ein anderes gewesen, hätte irgendjemand Lorrie Ann wirklich zugehört, als sie erklärte, etwas sei nicht in Ordnung, dass ein neuer Schmerz eingesetzt hatte? Wenn sich die Krankenschwester mit dem My-Little-Pony-Lidschatten ein bisschen besser mit dem Wehenschreiber angestellt hätte? Wenn sie Lorrie Ann in der Sekunde, in der sie Alarm schlug, in den OP gebracht hätten, wäre Zach dann auch blau zur Welt gekommen?

Lorrie Ann würde sagen, dass niemand die Antwort auf diese Fragen wüsste und es deshalb nicht der Mühe wert war, sie überhaupt zu stellen. Aber ich sage, fünfundsiebzig Minuten lagen zwischen dem Zeitpunkt, als Lorrie Ann ihnen zum ersten Mal erklärte, etwas sei nicht in Ordnung, und dem Notkaiserschnitt, das zumindest stand in der Krankenakte: fünfundsiebzig Minuten. Und diese fünfundsiebzig Minuten kosteten Zach sein Gehirn. Fünfundsiebzig Minuten, in denen er in Lorrie Anns Bauch ertrank. Fünfundsiebzig Minuten, von denen Lorrie Ann fünfunddreißig Minuten lang bei Bewusstsein war und sie anflehte. Fünfundsiebzig Minuten, in denen die Augen verdreht wurden. Ihr gesagt wurde, sie solle sich beruhigen. Mit ihr die Atemtechniken von Lamaze versucht wurden. Ihr gesagt wurde, sie solle sich konzentrieren. Einfach konzentrieren. Sich beruhigen. Aufhören zu schreien. Aufhören zu schreien. Fünfunddreißig Minuten.

Ich hätte Lorrie Ann geraten zu klagen und hätte angeboten, die Anwälte zu bezahlen, wenn meine anfängliche Recherche nicht bereits offenbart hätte, wie fruchtlos Cytotec-Klagen waren. Ich machte diese Recherchearbeiten während der Jahre, nachdem ich Lorrie Ann und Arman in der Sozialwohnung in Costa Mesa besucht und sie mir erzählt hatte, sie hätten eine vollständige Hysterektomie an ihr durchgeführt. Zuvor hatte ich nicht gewusst, dass ihre Gebärmutter gerissen war. War es üblich, einer Frau bei einem Notkaiserschnitt die Gebärmutter zu entfernen? Ich begann mit meinen Nachforschungen. Ich bat Lorrie Ann um ihre Krankenhausakten. Ich erzählte ihr, ich wollte sehen, ob es möglich war, eine Abfindung für Zach herauszuschlagen, mit der sie zumindest teilweise seine Physiotherapie bezahlen könnte. Und im Grunde tat ich ja auch nichts anderes.

Aber man konnte nicht beweisen, dass das Cytotec die Uterusruptur verursacht hatte. Es gab keine wissenschaftlichen Belege, um eine eindeutige Verbindung herzustellen; es waren keine Studien durchgeführt worden; es war ein Medikament gegen Magengeschwüre. Die Ärzte konnten nicht zur Rechenschaft gezogen werden, da sie ein von der FDA zugelassenes Medikament verabreicht hatten, selbst wenn die FDA-Zulassung für ein Medikament vorlag, das bei der Behandlung von Magengeschwüren oral eingesetzt wurde. In den Akten war die Gabe des Medikaments nicht protokolliert worden, da es zweckentfremdet worden war, weshalb man die Ärzte nicht einmal wegen unsachgemäßer Dosierung drankriegen konnte.

Und es stimmt: Niemand nimmt Frauen ernst, die in den Wehen liegen.

So werden Babys nun einmal geboren.

So werden Frauen nun einmal aufgehängt, wie Fleisch, an Haken an der Wand.

Als Lorrie Ann zurück ins Zimmer kam, knallte ich die Schublade zu, in der der Schwangerschaftstest versteckt lag. Ich wollte ihr nicht erzählen, dass ich womöglich schwanger war. Ich wollte den Test nicht in ihrer Gegenwart machen, ein Ja oder Nein herausfinden und dann von ihr gefragt werden, ihr sagen müssen, was ich dachte, ob ich dachte: Ja oder nein.

»Habe ich dir von den Indianern erzählt?«, fragte Lorrie Ann.

»Indianern?«

Sie rauschte an mir vorbei zum Tisch und nahm wieder ihren Platz vor ihrer Teetasse ein. Es war ungeheuerlich, wie viel besser sie nun aussah. Sie hatte ihren Zopf neu geflochten und sich Wasser ins Gesicht gespritzt. Ihre Augen glitzerten und strahlten.

»Das ist Teil eins der Geschichte«, sagte Lorrie Ann, »wie ich Zach verloren habe. Übrigens, ich liebe die Pflanzen in deinem Bad.«

»Vielen Dank«, sagte ich, während ich mich an den Tisch zu ihr setzte und mich die Erkenntnis dessen, was sie gerade gesagt hatte, wie ein schwerer Stein traf. Das also war die Geschichte, »wie ich Zach verloren habe«. Meine Lunge wollte sich nicht richtig füllen.

»Als meine Mutter endlich aus dem Koma erwacht ist, verkündete sie, sie hätte eine Vision gehabt.«

»Eine Vision?«

»Eine Vision über den Völkermord an den amerikanischen Ureinwohnern.«

»Also ein Traum? Gibt es einen Unterschied zwischen einer Vision und einem Traum?«

Lorrie Ann seufzte. »Das weiß ich nicht«, sagte sie, »aber meine Mutter hat sich völlig reingesteigert in die Ungerechtigkeit, die wir den Ureinwohnern Amerikas angetan haben. Sie hat mir einen Teil davon erzählt, von dem Traum. Sie hatte eine Art Führerin, eine Indianerin, die, keine Ahnung, ihr die ganze Geschichte gezeigt hat? Sie behauptet, in ihrem Traum vom Stamm der Blackfoot adoptiert worden zu sein. Es ist – nichts davon spielt wirklich eine Rolle, es ist nur etwas, das bei einem Schädel-Hirn-Trauma passiert. Der Druck von der Schwellung, er hat mit ihrem Gehirn einfach komische Dinge angestellt.«

»Aber nachdem sie aus dem Koma erwacht ist? War da alles in Ordnung?«

»Nun. Ja und nein. Ich meine, sie hat keine Dinge gesehen, die nicht da waren oder so, aber sie war überzeugt, der Grund für Zachs Zustand wäre der, dass unsere Vorfahren bei dem Völkermord mitgewirkt hätten. Ursache und Wirkung. Karma. Wie auch immer man es nennen mag, als wäre Geschichte eine riesige Rube-Goldberg-Maschine. Und nun mussten wir herumlaufen und gute Taten vollbringen, um den Fluch von unserer Familie aufzuheben.«

»Das ist echt abgefahren«, sagte ich.

»Tatsächlich scheinen viele, viele Menschen Visionen vom Völkermord an den Ureinwohnern Nordamerikas zu haben.

Es gibt ein eigenes Webforum. Meine Mom klickt sich andauernd dort rein. Sie ist besessen.«

»Heilige Scheiße«, sagte ich und stellte meine leere Teetasse hin.

»Ich weiß«, sagte Lorrie Ann, der ein trillerndes Lachen entschlüpfte. Die Drogen hoben ihre Stimmung, das war nicht zu übersehen. Sie genoss es zu reden und beugte sich zu mir. Ihre Pupillen waren winzig. »Sie kann nicht mehr arbeiten. Ihre alte Arbeit hat sie nach ihrem Unfall nicht mehr eingestellt.«

»Nur wegen der Indianer?«

Ihre Fröhlichkeit war gespenstisch, als würde sie sich am Unglück ihrer Mutter regelrecht ergötzen.

»Sie meinten, man könne ihr keine Kinder mehr anvertrauen«, sagte Lorrie Ann mit einer wegwerfenden Handbewegung. »Dieser Teil ist Schwachsinn. Ich denke, in Gegenwart von Kindern würde sie sich gut aufführen. Das Schlimmste, was passieren könnte, wäre, dass sie ihnen vom Abschlachten der Indianer erzählt. Aber wegen der Sache im Krankenhaus musste sie zu einem Psychiater und dann zum Sozialamt und so weiter und so fort, und jetzt gilt sie im System als geistig unzurechnungsfähig. Sie hat eine Krankenschwester gebissen.«

»Sie hat eine Krankenschwester gebissen?«

»Ja, kurz nachdem sie aufgewacht ist. Sie behauptet, sie könne sich nicht erinnern, die Krankenschwester gebissen zu haben.«

»Es ist völlig unvorstellbar, dass deine Mutter eine Krankenschwester gebissen haben könnte«, sagte ich. Unter meinem beinahe übertriebenen Aufschrei der Überraschung regte sich ein sonderbares lauerndes Gefühl des Zweifels: Was, wenn sich Lorrie Ann all das nur ausgedacht hatte?

»Ganz ehrlich, ich vermute mal, dass die Krankenschwester sie irgendwie gereizt hat.«

»Und es gibt Websites für solche Leute – für Leute, die Visionen von den Ureinwohnern Amerikas haben?«

»O ja«, sagte Lor. »Kann ich etwas Wasser haben? Oder Saft? Hast du Saft? Es gibt sie wie Sand am Meer.«

»Ich habe Selters.« Ich stand auf, um ihr ein Glas einzuschenken. Jedes Härchen auf meinen Armen hatte sich aufgestellt.

»Selbstverständlich nicht die Ureinwohner. Sondern unglaublich viele Menschen, die von ihnen besessen sind oder besser gesagt von ihnen heimgesucht werden. Ich meine, keine Bewegung im richtig großen Stil oder so. Aber mehr, als man denken würde. Zumindest ein paar hundert.«

»Und weißt du nun, warum sie die Krankenschwester gebissen hat?«

»Das ist unklar«, sagte Lorrie Ann und benutzte beide Hände, um das Glas Selters entgegenzunehmen, wie ein Kind. »Meine Mom war ziemlich verstört und rief Dinge wie dass an den Händen der Krankenschwester Blut kleben würde, und die Krankenschwester hat versucht, sie festzuhalten, damit man sie ans Bett festschnallen konnte, weil sie wild um sich geschlagen hat, und ich vermute, dass meine Mom sie daraufhin gebissen hat.«

Diese Reaktion erschien mir nicht sonderlich unangemessen. Keine desorientierte Person mag es, festgehalten und ans Bett geschnallt zu werden. »Dennoch«, sagte ich, »sollte man meinen, dass sie mit solchen Dingen Erfahrung haben. Ich hoffe, die Krankenschwester hat es nicht persönlich genommen.«

»Um ehrlich zu sein, war die Krankenschwester schwarz,

und aus irgendeinem Grund hat sie die ganze Sache total persönlich genommen. Sie schrie mich deshalb an, und am meisten hat sie aufgeregt, dass sie der Ermordung der Ureinwohner Amerikas beschuldigt wurde. Meine Mutter war im Delirium und hat die Krankenschwester wohl ständig als weißen Teufel bezeichnet, was die Krankenschwester so richtig zum Ausflippen gebracht hat. ›Meine Leute haben damit überhaupt nichts zu tun‹, sagte sie ständig. Und sie hatte das Gefühl, es wäre unfair, dass sich die Wut meiner Mutter auf den Genozid richtete statt auf die Sklaverei oder sonst eines der schrecklichen Dinge, die die Weißen getan hatten.«

»Und dann ist Dana bei dir eingezogen.«

»Genau.«

»Und wie war das?«

Lor machte eine Pause, und ihre Augenbrauen wölbten sich, während sie ihre Teetasse prüfend begutachtete. »Es war seltsam«, sagte sie schließlich. »Das ganze letzte Jahr war einfach verdammt seltsam.«

KAPITEL ZEHN
Eine schlechte Mutter

Am Frühstückstisch:

»Ich sag ja bloß«, beharrte Dana, während sie sich Aprikosenmarmelade auf ihr Brötchen schmierte, »vierhundert Verträge – jeder einzelne wurde gebrochen. Bei keinem haben wir Wort gehalten.«

»Überrascht mich nicht«, sagte Arman.

»Nun, das sollte es aber.«

»Will noch jemand Kaffee?«, fragte Lor und hielt die Kanne hoch.

»Nach Kain und Abel, wer kann es sich da noch wirklich leisten, von irgendetwas überrascht zu sein? Völkermord?« Arman lachte höhnisch. »Mein Volk war Opfer eines der erfolgreichsten Völkermorde der neueren Geschichte, und niemand weiß auch nur davon.«

»Aber Amerika stolziert herum und gibt sich den Anschein des Guten!«

»Wie auch die Türkei«, entgegnete Arman. »Und Hitler hätte es auch getan, hätte er nicht den Speer des Schicksals verloren.«

»Oh, bitte«, sagte Lor. »Lasst uns nicht vom Speer des Schicksals reden. Es ist noch nicht mal acht Uhr morgens!«

»Was ist der Speer des Schicksals?«, fragte Dana und kaute genüsslich ihr Brötchen. Aus irgendeinem Grund klickte Danas Kiefer seit dem Überfall jedes Mal, wenn sie den Mund schloss, und es war nicht nur ein leises Klicken, sondern ein lautes, tiefes Geräusch, das auf eine Knochenstruktur hindeutete, die viel größer war als Danas und sie wie eine Kuh oder ein Pferd beim Wiederkäuen klingen ließ. Es trieb Lor fast in den Wahnsinn.

Und so erklärte Arman den Speer des Schicksals, die Heilige Lanze, die Christi Leib durchbohrt hatte und die der Legende nach demjenigen, der sie besaß, die Weltherrschaft verlieh. Heutzutage gab es sechs angebliche Lanzen, doch bei welcher, wenn überhaupt einer von ihnen, es sich um das echte historische Relikt handelte, war unklar. Hitler hatte den Zweiten Weltkrieg begonnen, um die Lanze für sich zu beanspruchen, von der er geradezu besessen war, so stand es zumindest in Trevor Ravenscrofts Buch *Der Speer des Schicksals* von 1973. Gegen Kriegsende verlor Hitler die Lanze, und sie fiel in die Hände von U.S.-General George Patton. Teil der Legende über die Lanze besagte, dass es den Tod nach sich zog, sollte man sie verlieren, was vielleicht der Grund war, warum Hitler Selbstmord begangen hatte.

»Was haben die Vereinigten Staaten damit angestellt, nachdem sie den Speer von Hitler bekommen haben?«, wollte Dana wissen.

»Siehst du, was du getan hast?«, fragte Lorrie Ann Arman. »Das ist nicht gut für sie.«

»Niemand weiß das genau«, sagte Arman. »Aber die meisten glauben, dass sie sie immer noch besitzen. Seht euch doch bloß mal um. Verrückte Welt, die von verfickt fetten Amerikanern angeführt wird. Das macht einfach keinen Sinn.«

In dem Durcheinander aus Dana-Besuchen, Arztterminen und dem Versuch, eine Tagespflege für Zach zu finden, war Lorrie Ann, noch bevor Dana überhaupt aus dem Krankenhaus entlassen worden war, dreimal in Folge zu spät bei der Arbeit aufgetaucht, und musste sich dann, am vierten Tag, noch dazu freinehmen. Roberta, die Thekenkraft, hatte den Anruf entgegengenommen.

»Nein, Süße, ich kann es ihm ausrichten. Er ist im Moment angepisst, weil er die Kiste mit Besteck nicht finden kann, von der er glaubt, sie bestellt zu haben, aber ich werde es ihm sagen. Es ist unglaublich, dass du sogar reingekommen bist, obwohl die Dinge so schrecklich verrückt gewesen sind. Es ist Dienstag. Das schaffen wir schon.«

Die schmachvolle Wahrheit war, dass Lor sich nicht freinehmen musste, weil sie Dana vom Krankenhaus nach Hause brachte und den Abend brauchte, um ihr dabei zu helfen, sich wieder einzuleben, so wie sie behauptet hatte – Dana wurde frühestens Freitag entlassen –, sondern weil sie glaubte, sie könne es emotional nicht ertragen, noch eine Minute länger Menschen zu bedienen. Sie konnte nicht lächeln und sagen: »Mein Name ist Lorrie Ann, und ich bin heute Abend Ihre Bedienung. Lassen Sie mich Ihnen nur rasch etwas über unsere Spezialität des Hauses sagen.« Sie konnte nicht so tun, als würde sie über die Witze des neuen Chefkochs lachen. Stattdessen blieb sie in Jogginghose mit Arman und Zach zu Hause, dröhnte sich zu und schaute *Unten am Fluss*, einen Film, der Zach Angst einjagte und bei ihm einen hysterischen Anfall auslöste.

Roberta rief Lorrie Ann an jenem Abend nicht an, um ihr zu erzählen, dass Zipper sie gefeuert hatte. (Zipper war der Besitzer des *Fellini*. Ich hatte ihn ein- oder zweimal getroffen. Er war ein schmieriger Koksschnupfer mittleren Alters, der in seiner Jugend so ausgesehen hatte wie John Travolta und von dessen gutem Aussehen nun nichts weiter übrig geblieben war als maßlose Prahlerei.) Roberta hoffte, Zipper würde seine Meinung am Morgen ändern, sobald er nüchtern war. Immerhin hatte Lorrie Ann fast zehn Jahre dort gearbeitet. Es wäre verrückt, sie zu entlassen, nur weil sie einen Tag freigenommen hatte, während ihre Mutter im Krankenhaus lag, was alle sehr wohl wussten.

Doch das war genau die Art verrückt, wie Zipper anscheinend war. Als Lor am folgenden Tag zur Arbeit erschien, sogar noch erschöpfter als zuvor von ihrer Nachtwache bei Zach, bei der sie wie im Leerlauf hatte beteuern müssen: »Häschen sind in Wirklichkeit nicht so, Baby, versprochen. Sie tun sich nicht auf diese Art weh. Es tut mir so leid, Baby. Mommy wusste das nicht«, fragte Zipper, weshalb sie hier sei.

»Ich habe die Schicht von fünf bis zehn.«

»Du arbeitest hier nicht mehr«, sagte Zipper und tackerte kühl einen Stapel Quittungen hinter der Bar zusammen. »Oder warst du zu beschäftigt, um das Memo zu lesen?«

»War da ein Memo? Warte mal, wovon redest du, Zipper?«

»Wir hatten nur eine Kellnerin, Lor. Eine!«

»Meine Mutter liegt im Krankenhaus«, begann Lor. »Sie …«

»Das kümmert mich einen Scheißdreck«, sagte Zipper. »Ich brauche zuverlässige Bedienungen. Du bist nicht mehr zuverlässig. Ende der Geschichte. Wir finden jemand anderen, der zuverlässig ist.«

Und das war es.

Als Lor in ihr Apartment zurückkehrte, immer noch in ihrem Kellnerinnen-Outfit, war Arman überrascht, sie zu sehen. »Du konntest früher weg?«, fragte er. Er machte sich gerade ein Eiersalat-Sandwich in ihrer Küche.

»Ich wurde gefeuert«, sagte sie.

»Nein«, sagte Arman.

»Das hat Zipper aber gesagt.«

»Er ist einfach verrückt«, sagte Arman. »Gib ihm ein paar Tage, und er wird seine Meinung ändern.«

Doch das tat er nicht. Und so war Lor, als Dana schließlich bei ihr einzog, arbeitslos, und sie, Dana und Zach lebten hauptsächlich von Lors Arbeitslosengeld und waren völlig auf Armans Großzügigkeit angewiesen.

Armans finanzielle Lage war Lor bis zu einem gewissen Grad immer ein Rätsel gewesen. Ihm gehörte der Coffeeshop, wenn auch nicht richtig. Um weiterhin seine Invaliditätsrente zu bekommen, musste er arbeitsunfähig sein, weshalb seiner Familie, oder besser gesagt seinem Onkel, der Coffeeshop »gehörte« und dieser die Steuererklärung einreichte. Armans gesamte Familie besaß mehrere 7-Elevens, und sie hatten ihm einen angeboten, aber Arman wollte den Coffeeshop. »Der passt besser zu mir«, hatte er Lorrie Ann erklärt. »Oder kannst du dir vorstellen, dass ich einen 7-Eleven führe?«

Wie dem auch sei, Arman gab den Großteil seines Einkommens an seine Familie ab und behielt einen kleinen Rest für sich. Ständig gab es ein Drama um die Höhe der Summe. Manchmal frisierte Arman die Bücher und betrog seinen Onkel, ein andermal behauptete er, sein Onkel würde alles für sich beanspruchen und ihm bliebe fast nichts abgesehen von seinen Invalidenschecks, die keineswegs üppig bemessen waren. »Es lohnt sich nicht wirklich, für dein Land die Beine weggeschossen zu bekommen«, sagte Arman. »Man sollte meinen, sie könnten einen zumindest mit genügend Alkohol versorgen.«

»Sie versorgen dich mit Opiaten«, zeigte Lor auf.

»Das stimmt«, gab Arman zu.

Wie auch immer der wahre Zustand von Armans Armut

gewesen sein mochte, während dieser Krise half er Lorrie Ann wahrhaft. Er füllte ihren Kühlschrank mit Lebensmitteln. Er bezahlte ihre Autoversicherung. Eines Tages gab er zu bedenken, dass Dana wohl irgendwann eine Abfindung erhalten würde, denn immerhin war sie fast zu Tode geprügelt worden. Vielleicht war er Lorrie Ann gegenüber so großzügig, weil er annahm, er würde ein Stück vom Kuchen abbekommen.

War es denn nicht so? Wenn man fast zu Tode geprügelt wurde, bekam man dann nicht von irgendjemandem einen Batzen Geld? Lorrie Ann hatte einfach angenommen, dass es so funktionieren würde, und Arman versicherte ihr, es würde letztlich darauf hinauslaufen, aber in Wahrheit war das nicht der Fall. Einerseits zeigte Bobby, dem zugezwitschert worden war, dass Carlos der Täter war, den Jungen nicht an. Der Fall blieb unaufgeklärt. Zum anderen, selbst wenn Carlos verurteilt worden wäre, welche Unsummen hätten sie vor einem Zivilgericht aus einem Jungen herausquetschen können, der weniger als nichts hatte und nicht einmal legal in den USA lebte? Zu guter Letzt wurde Dana als erwerbsunfähig eingestuft, genau wie Arman und Zach. Sie verbrachte den lieben langen Tag an Jims altem Dell-Laptop, der so langsam lief, dass es allein Danas fanatischem Eifer zu verdanken war, dass sie die Geduld aufbrachte, in stoischer Ruhe abzuwarten, bis der Computer hochfuhr, sie an verschiedene Leute in ihren Amerikanische-Ureinwohner-Foren geschrieben und Recherche betrieben hatte zu – wie sie es nannte – »der größten Vertuschung, die je von der amerikanischen Regierung begangen worden war. Lor, das lässt Watergate wie eine Lappalie aussehen.«

Während dieser Zeit fiel Lor in eine tiefe Depression. In seiner unermesslichen Weisheit und Großzügigkeit stellte Arman Lorrie Ann all seine Rezepte zur freien Verfügung. Zweifelsohne glaubte er, ihr durch diese schwere Zeit zu helfen. Dana bemerkte es nicht einmal, als Lor anfing, ihr Vicodin zu schlucken, um ihren Drogenrausch zu steigern, da Dana aufgehört hatte, das Zeug selbst zu nehmen, sie mochte es nicht: »Die Pillen benebeln meinen Verstand. Es ist echt typisch, dass der weiße Mann ein solches Gift erfunden hat und es verteilt, als wäre es Medizin.« Lor verbrachte zu jener Zeit mehrere Tage hintereinander im selben Pyjama. Ihre Beziehung zu Arman war nun fast rein platonischer Natur. (Die Opiate beeinträchtigten seine Fähigkeit, eine Erektion zu bekommen.) Falls es ihm aufgefallen war, dass sie sich die Haare nicht mehr wusch, so sagte er nichts. Weder er noch sie gingen es an, das Geschirr zu waschen, das sich in der Spüle stapelte. Manchmal opferte sich Dana. Eines Tages entwischte die Katze und ward nie mehr gesehen.

»Sie wird schon zurückkommen«, wiederholte Arman ständig. Aber Lor wusste, dass die Katze tot war. Sie fühlte sich schrecklich, weil sie um das Tier nicht weinen konnte. Hatte sie die Katze überhaupt geliebt? Das hatte sie angenommen, doch jetzt wusste sie es nicht mehr so genau. Es war unklar. Wenn sie versuchte, sich konkrete Momente der Zweisamkeit mit der Katze ins Gedächtnis zu rufen, schaffte sie es nicht. Alles, woran sie sich erinnerte, war der Umstand, dass die Katze ihre Pfoten so unglaublich weiß gehalten hatte und ihre Ohren viel zu groß für ihren Körper gewirkt hatten. War das genug? War das Liebe?

Lor dachte lang und breit darüber nach, Selbstmord zu begehen. Aufgrund der ständigen Verfügbarkeit großer Mengen an Rauschmittel musste sie sich nicht ausmalen, wie sie vom Deckenventilator im Schlafzimmer hing oder sich in der Badewanne die Pulsschlagader aufschnitt. Sie musste nur den Ersten des Monats abwarten, wenn Arman all seine Rezepte einlöste, dann könnte sie alles auf einmal schlucken. (Genau genommen hatte sie sogar geplant, Arman den Anteil zu lassen, den, so hatte sie bestimmt, er berechtigterweise für seine Beine bräuchte. Selbst in ihrer tiefsten Verzweiflung verhielt sie sich rücksichtsvoll und überkorrekt.) Aber die Wahrheit war, egal, wie sehr Lorrie Ann den Tod herbeisehnte und egal, mit welchem friedvollen Glück diese Fantasien sie erfüllten, wusste sie, dass sie niemals etwas so Selbstsüchtiges tun könnte. Sie hatte ein Kind, um das sie sich kümmern musste.

Aber es war auch genau zu dieser Zeit, dass Lorrie Ann Probleme bekam, Zach zu bewegen. Dana hatte die strikte Anweisung, nichts Schweres zu tragen, und Arman hatte keine Beine. Es gab niemanden, den sie um Hilfe hätte bitten können. Sie konnte Zach kaum mehr von seinem Rollstuhl ins Bett hieven, und mehrere Nächte ließ sie ihn im Sitzen schlafen, weil sie schlicht und ergreifend zu müde war. Das Kind schien ebenso schlecht in seinem Rollstuhl zu schlafen wie in seinem Bett. Was spielte es dann für eine Rolle? Er schlief sowieso kaum. Er hatte permanent Schmerzen. Die Muskeln um seine Wirbelsäule und in seinen Beinen waren so gespannt, dass seine Hüften jeden Moment auskugeln konnten. Da seine Atmung ebenfalls beeinträchtigt war, wollten die Ärzte ihm keine Schmerzmittel verschreiben, die seine Lungenfunktion schwächten, weshalb ihm nichts weiter als Paracetamol gestattet war. (Selbst nach seinen vielen Operationen wurde dem Jungen nie etwas anderes als Paracetamol gegeben, was wohl eine einleuchtende Erklärung für seine Krankenhausphobie war.)

Mit anderen Worten, Zach hochzuheben bereitete auch ihm Schmerzen, und jedes Mal, wenn Lorrie Ann es tat, sorgte sie sich, sie könne ihm die Beine auskugeln, was eine Fahrt in die Notaufnahme nach sich zöge. Jedes Mal, wenn sie seine Windel wechseln musste, überkam sie diese Angst. Weshalb sie seine Windel immer seltener wechselte. Er bekam einen Ausschlag. Sie versuchte, den Ausschlag zu behandeln, doch er blieb hartnäckig. Schließlich wurde der Ausschlag zu einer nässenden Stelle, was wohl auch davon kam, dass er den ganzen Tag saß, ohne die Position zu verändern. Je schlimmer es dem Jungen ging, umso schuldiger fühlte sich Lorrie Ann und umso öfter, immer öfter, kam ihr der Gedanke, die Sache einfach zu beenden, entweder indem sie sich selbst das Leben nahm oder indem sie Zach umbrachte.

Nur fürs Protokoll, sie kam zu dem Entschluss, Zach zu töten wäre die ethischere der beiden Alternativen. Soweit sie das beurteilen konnte, war der einzige Nutzen aus Zachs fortgesetztem Leben sein fortgesetztes Leiden. Sie schien die Einzige zu sein, die hinterfragte, warum und wozu sie ihn am Leben hielten. Es war Dana, die sie mit ihren Worten zum Schweigen brachte: »Denk nicht mal darüber nach. Er ist ein wunderschöner Junge.«

Doch mit jedem Tag wurde er älter, sein Körper schwerer, und der Druck auf seine Gelenke nahm zu. Mit jedem Tag, den er lebte, steigerten sich seine Schmerzen. Während jener Zeit stöhnte er fast ununterbrochen. Lor verabreichte ihm Paracetamol, die höchste Dosis, die sie ihm geben durfte, aber sie vermutete, dass er schon längst resistent gegen das Medikament war. Sie machte sein Leben zu einem fortwährenden Kreislauf aus Dingen, die er liebte: SpongeBob, mit Autos spielen (Lor bewegte die Autos für ihn, fuhr sie an seinem Körper auf und ab und machte dazu die Geräusche), Spaziergänge um die Wohnanlage, Schokoladenpudding (eine der wenigen Speisen, die er genug liebte, um überhaupt den Versuch zu unternehmen, feste Nahrung zu sich zu nehmen). Sie versuchte, all die Dinge, die er nicht mochte, zu vermeiden oder auf ein Minimum zu beschränken: baden, Ärzte, außer Sichtweite zu sein. Aber er war nicht glücklich. Manchmal konnte er sich nicht einmal das kleinste Lachen abringen, wenn sie das Elefanten-Handpuppen-Niesen machte, das er am liebsten, wirklich am allerliebsten hatte. Er lächelte sie nur müde an, als wollte er sagen: »Ich weiß, dass du dich bemühst.« Dennoch, wenn sie Zach umbrachte, würde sie zweifellos vor Gericht landen und für schuldig erklärt und zu lebenslanger Haft verurteilt werden.

Wenn sie hingegen Selbstmord beging, würde sie die Verantwortung nur auf andere abwälzen, und Zach würde zu Menschen kommen, die ihn weiterhin in seiner Pein am Leben hielten, mit seinem Körper, der für seine Seele eine Folterkammer darstellte, nur dass diese Menschen nicht genug wüssten, um ihn zu beweinen, ihn nicht genug liebten, nicht mit ihm litten. Dann wäre er mutterseelenallein. Lorrie Ann konnte sich nichts Schlimmeres vorstellen.

Wäre sie ein guter Mensch, so glaubte Lorrie Ann, würde sie Zach auf die humanste Art umbringen, die sie sich vorstellen konnte, nämlich OxyContin zermahlen und es ihm durch die Magensonde füttern, untergemischt in seine Nahrung, und dann die Konsequenzen erdulden. Wäre ein Leben im Gefängnis nicht leichter als das hier? Würde sie sich nicht besser fühlen in dem Wissen, dass Zach im Himmel wäre?

Oder falls es gar keinen Himmel gab, was sie mehr und mehr glaubte, in dem Wissen, dass Zach zumindest ohne Schmerzen wäre?

Doch sie hatte Angst. Sie fürchtete sich, es zu tun, fürchtete sich, etwas könnte schiefgehen. Was, wenn sie Zach nicht richtig tötete und sie ins Krankenhaus müssten und die Sache aufflog und man ihr Zach wegnahm? Dann wäre alles umsonst gewesen. Das konnte sie nicht geschehen lassen. Aber was, wenn Zach mehr Unterstützung beim Sterben bräuchte? Könnte sie sich wirklich durchringen, ihm ein Kissen aufs Gesicht zu drücken? Wäre sie dazu in der Lage? Selbst wenn er stöhnte, schrie, diese Geräusche machte, die sich manchmal so schrecklich schön nach »Mommy« anhörten, dass ihr ein Schauder den Rücken hinablief?

Außerdem hatte sie Angst, dass ihre Mutter oder Arman sie dabei überraschen könnten. Würde es ihr gelingen, ihnen ihr Handeln begreiflich zu machen? Sie vermutete, wenn sie eine solche Grenze überschritt, würde sie die Realität ins Wanken bringen. Niemand wäre fähig, sie anzusehen und ihr zu vergeben. Sie wäre jenseits von Gut und Böse, völlig allein in ihrer Welt.

An meinem Küchentisch redete Lor immer weiter, ruhig und besonnen, ein stetiger Strom an Worten, während ihr dicke Tränen das Gesicht herabrannen. Noch nie hatte ich jemanden so weinen sehen: nur die Tränen, ohne jedes Schluchzen. Sie hob nicht einmal die Hand, um sie wegzuwischen, sodass sie ihr das Kinn und den Hals herabflossen und den Ausschnitt ihres Sommerkleides benetzten.

Da war ich mit einem Mal sicher, dass, egal, was nun geschähe, egal, was sie mir erzählen würde, ich in der Lage wäre, für sie Partei zu ergreifen, sie zu verstehen, ihr zuzustimmen. Ich konnte sogar nachvollziehen, wie sie von Armans Schmerzmitteln abhängig geworden war. Natürlich, dachte ich, natürlich. Ich verstand alles.

Dana, fuhr Lor mit ihrer Erklärung fort, entstammte einer anderen Zeit, und sie hatte keine Angst vor Polizisten. Sie hatte kein naives Misstrauen gegenüber Autoritäten. Genau genommen war sie der Überzeugung, solche Menschen würden diese Machtposition aus einer angeborenen Güte und dem Wunsch heraus annehmen, der Gesellschaft zu dienen. In Danas Welt wurden Menschen Gefängniswärter aufgrund christlicher Nächstenliebe für die Insassen. Und da ihr nun eine Sozialarbeiterin zugewiesen worden war, nahm Dana in Angriff, sich mit der Frau anzufreunden. Sie hielt nichts zurück, sondern war ehrlich und brutal offen. Es war im Grunde dieses Verhalten, das die Sozialarbeiterin davon überzeugte, Dana sei tatsächlich psychisch krank. Nur verrückte Menschen streckten den Arm aus und schüttelten einem Sozialarbeiter die Hand, nachdem sie ihm Tee und Pfefferminzkekse serviert hatten. Niemand gab freiwillig so viele persönliche Dinge preis. Und natürlich regte sich niemand so unverhohlen über den Völkermord an den amerikanischen Indianern auf.

Lor hatte selbst einen Sozialarbeiter wegen Zach, aber Mr Kawabata ließ sich kaum blicken. Danas Sozialarbeiterin war keine schlechte Frau, stellte Lor entschieden fest. Sie war lesbisch.

»Woher weißt du das?«, wollte ich wissen.

»Sie sah aus wie eine Lesbe«, sagte Lor. »Keine Ahnung. Vielleicht war sie es gar nicht. Vielleicht hat sie nur wie eine ausgesehen.«

Kerry McDonough, so hieß die Sozialarbeiterin, war für eine Frau nicht sonderlich groß, sondern eher gedrungen, mit kurzen graumelierten Haaren und einer Wampe. Ihre Haut war rosig, als hätte sie sie mit Stahlwolle geschrubbt, und ihre Nase leuchtete derart, man hätte sich in ihr spiegeln können. Sie trug eine Brille mit kleinen ovalen Gläsern in einem schwarzen Metallgestell. Da Dana, selbst wenn sie verrückt gewesen wäre, eine wirklich fantastische Frau war, begann McDonough sie natürlich zu mögen, und Dana, weil sie Dana war, mochte McDonough ohnehin. Die zwei hatten ein gutes Verhältnis. Dana begann sogar, McDonough Dunny zu nennen, was McDonough insgeheim gefiel.

»Oh, Dunny! Komm rein, komm rein!«, rief Dana immer, nahm McDonoughs fleischige Hände in ihre und führte die Sozialarbeiterin in die Küche, wo sie ihr Muffins anbot, die sie mit einer Fertigmischung angerührt hatte, oder eine Schale Chili con carne oder was auch immer gerade vorrätig war. McDonough, das muss man ihr zugutehalten, hörte einem ziemlich großen Teil dessen, was Dana über die Ureinwohner Amerikas schwadronierte, aufmerksam zu. Wie schade nur, dass McDonough annahm, Dana würde sich das alles nur ausdenken. Denn im Grunde entsprach so ziemlich alles, was Dana von sich gab, der Wahrheit.

»Nein, Dunny, diese erste Studie, die jeder zitiert, wurde von der Regierung in Auftrag gegeben. In der einzigen Studie, die jemals von unabhängigen Forschern erstellt wurde, geben sie ein Minimum und ein Maximum an. Das Minimum ist zehn Millionen. Das Maximum ist hundertvierzehn Millionen.«

»Das ist eine ziemliche Bandbreite«, sagte McDonough.

»Ich weiß. Nun ja, niemand hat natürlich genau mitgezählt,

nicht wahr? Man hat es nicht für wichtig gehalten. Kannst du dir das vorstellen? Aber es ist eine viel höhere Zahl als beim jüdischen Holocaust.«

»Wow«, sagte McDonough. Die Sozialarbeiterin glaubte nicht nur, dass keinesfalls hundertvierzehn Millionen Indianer getötet worden waren, sondern hatte auch Probleme, überhaupt zu glauben, dass es jemals so viele Indianer gegeben haben könnte. In Wirklichkeit hatte McDonough keine rechte Vorstellung, wie viele Juden während des Holocausts ermordet worden waren, weshalb Danas Argument sowieso müßig war.

Und so passierte es eines Tages, als McDonough bei ihr war, dass Dana sie um einen Gefallen bat. Lorrie Ann war auf Jobsuche. Genau genommen war sie bei einem Vorstellungsgespräch in einem Restaurant, das schon bald in dem seit Kurzem florierenden Stadtzentrum von Santa Ana eröffnet werden sollte. Sie hatte angenommen, das Vorstellungsgespräch würde nicht länger als eine Stunde in Anspruch nehmen, einschließlich Fahrtzeit, doch als sie dort ankam, hatte sich eine Schlange um den Block gebildet: alles junge Frauen, in Schwarz gekleidet, ihre Lebensläufe an die Brust gedrückt und Kaugummi kauend. Sie stellte sich hinten an und wartete geschlagene zwei Stunden, bevor man das Vorstellungsgespräch mit ihr führte. Das Unangenehmste war nicht die Langeweile des Wartens, sondern wie entfremdet sie sich den anderen Mädchen gegenüber fühlte, die allesamt knapp zehn Jahre jünger waren. Instinktiv ignorierten sie Lor, diese jungen Dinger, die alle kichernd miteinander tuschelten. Lor war verzweifelt. Sie machte sich Sorgen, wegen ihres Alters nicht eingestellt zu werden und dass ihr wie einem alten Gaul nur noch der Gnadenhof blieb. Sie war erst achtundzwanzig! Aber in Kellnerinnenjahren war das, als wäre sie hundert.

Zurück in ihrem Apartment bat Dana McDonough, ob sie ihr womöglich beim Wechseln von Zachs Windel helfen könne. Widerstrebend stimmte McDonough zu. Die Windel eines zehnjährigen Jungen mit Zerebralparese zu wechseln war nichts, was normalerweise in ihren Aufgabenbereich fiel. Doch für Dana hätte sie fast alles getan. Damit will ich nicht sagen, sie sei in Lorrie Anns Mutter verknallt gewesen. Wir wissen nicht einmal, ob Dunny tatsächlich lesbisch war. Aber ein Großteil von McDonoughs Fällen war deprimierend, und Dana zu besuchen war nicht deprimierend. Im Grunde fand McDonough Danas Liebe für die amerikanischen Ureinwohner und Keramikzwerge und blauen Eyeliner geradezu charmant.

Und so kam es, dass McDonough zum ersten Mal Zachs Zimmer betrat und die Haufen ungemachter Wäsche sah, die schmutzigen, mit verschütteter Sondennahrung bekleckerten Laken und heruntergelassenen Jalousien, die das ansonsten gewöhnliche Zimmer schäbig und düster erscheinen ließen. Sie half, Zach aus seinem Rollstuhl zu heben und ihm die Jogginghose herunterzuziehen, doch als sie und Dana ihm die Windel öffneten und den Kot abwischten, sah McDonough die wunden Stellen. Sie sah, dass sie eiterten. Sie sah, dass sein gesamter Hintern mit blauen Flecken übersät war vom andauernden Sitzen. Sie sah, dass er ausgemergelt war und sich sein Brustkorb abzeichnete. Sie sah, dass die Haut um seine Sonde rot war und entzündet. Sie sah etwas, das wie eine Läsion des Hodens wirkte. Das genügte, um Übelkeit in ihr aufsteigen zu lassen, und sie musste Dana den Großteil der Arbeit überlassen, während sie am Bettrand saß, den Kopf zwischen den Knien, und versuchte, das Blut zurück in ihr Gehirn fließen zu lassen.

Sie stand erst wieder auf, als Dana verkündete, dass Zach zurück in seinen Rollstuhl könne. McDonough hielt es für keine gute Idee, ihn zurück in den Rollstuhl zu heben, aber sie wusste nicht, wie sie ihre Bedenken formulieren sollte. Sie musste das Jugendamt informieren. Sie würde dort anrufen, sobald sie draußen in ihrem Auto saß, und darauf bestehen, dass sie sofort kämen. Einstweilen würde sie Dana helfen und tun, worum sie gebeten wurde.

Doch als sie Zach hochhob, renkte sie ihm ein Bein aus. Es sprang einfach aus der Gelenkpfanne, und mit einem Mal war das Zimmer mit der schrillen Sirene von Zachs Schmerzen erfüllt, gellenden Schreien, die McDonough so in ihrem ganzen Leben noch nie gehört hatte.

Und so wählte McDonough den Notruf.

Und so fuhren McDonough und Dana und Zach in die Notaufnahme.

Und so schaltete sich das Jugendamt ein, und Zach kam nie wieder nach Hause zurück.

KAPITEL ELF
Die Intervention

»Es lag wahrscheinlich nur daran, weil McDonough meine Mom so mochte, dass sie keine Anklage erhoben haben«, sagte Lor. Die ganze bis eben zur Schau gestellte Leichtfertigkeit war wie weggeblasen. Lors Augen waren glasig und abwesend.

»Weswegen?«, wollte ich schockiert wissen.

»Wegen Vernachlässigung. Verwahrlosung.«

»Das ist verrückt. Was hättest du schon tun können? Und was ist dann passiert?«

»Nichts ist passiert«, sagte Lor. »Er ist in einem Pflegeheim.«

Ich saß am Tisch mit ihr, starrte sie einfach nur an. Sie stützte sich mit den Unterarmen auf der Tischplatte ab, die Schultern bis zu den Ohren hochgezogen, während sie eine ihrer Nagelhäute bearbeitete. Sie hatte geknabbert, bis es blutete, und jetzt versuchte sie, den Schaden abzuwägen. Sie blinzelte mehrmals, als wären ihre Augäpfel ausgetrocknet. Mich beschlich das Gefühl, sie sei kaum anwesend.

»Hast du das Urteil angefochten?«

Lor schüttelte den Kopf, blickte weiterhin unverwandt auf ihre blutende Nagelhaut.

»Nun, das ist das Erste, was wir tun können«, sagte ich. »Hör mal, ich wollte sowieso zurück in die Staaten. Ich könnte vorbeischauen, ein bisschen in Kalifornien bleiben und dir bei der Sache helfen.« Natürlich hatte ich mir diese

Reise in die USA in der Sekunde ausgedacht, als ich die Worte aussprach. Irgendwie schien es mir vernünftig, wegen der Abtreibung zurück in die Staaten zu fahren. Es wäre nett, Lorrie Ann als Ausrede zu haben. Nur für den Fall, dass ich mich entschied, Franklin nichts zu erzählen. Nur für den Fall, dass ich es aus irgendeinem Grund für mich behalten musste.

»Ich will es nicht anfechten«, sagte Lorrie Ann sehr leise.

»Was meinst du?«

»Ich kann nicht. Ich kann nicht mehr. Ich kann so nicht mehr leben.«

»Natürlich. Wir besorgen dir richtige Hilfe. Vielleicht eine ambulante Krankenpflegerin oder so etwas in der Art.«

»Mia«, sagte Lorrie Ann.

»Wir schaffen das«, beharrte ich.

»Nein.«

Sie sah mich an, mit Augen so leer und blau, dass ich fast meine Teetasse fallen ließ. Jäh überkam mich Scham. Ich war wie ein Kind, das mit einer Puppe spielte und versuchte, Lorrie Ann beim Tee, der ihr kaputtes Leben darstellte, den Rücken zu stärken, nur damit ich dem Schmerz entgehen konnte und mir nicht eingestehen musste, dass es kaputt war – und dass Lorrie Ann nichts weiter war als eine schlaffe Puppe, ein Leichnam an der Wand.

Wie sich herausstellte, war Lorrie Ann nach Hause gekommen und hatte einen Zettel von Dana vorgefunden, auf dem stand, dass sie in die Notaufnahme des Hoag gefahren waren. Die Nachricht erklärte nicht genau, warum sie zur Notaufnahme gefahren waren, aber Lor wusste, dass Dana wegen ihrer Kopfverletzung der Führerschein entzogen worden war und dass, wenn sie zur Notaufnahme gefahren waren, sie in einem

Krankenwagen gefahren sein mussten. (Bobby hatte Danas alten Accord in Beschlag genommen.) Aus diesem Grund und dem Wissen, dass Dana Zach nicht heben konnte, vermutete Lor etwas viel Schlimmeres als eine ausgerenkte Hüfte.

Als Lor sie schließlich im Hoag ausfindig machte, tranken Dunny und Dana Kakao aus Pappbechern, die offensichtlich aus einer Maschine stammten. Nachdem sie ihr von Zachs Bein erzählt hatten, das aus seiner Hüftpfanne gesprungen war, stieß Lorrie Ann ein nervöses und erleichtertes Trillern von einem Lachen aus, bei dem Dunny zusammenzuckte. Lorrie Ann wollte es erklären, aber es war zu kompliziert, und sie wedelte nur abwiegelnd mit der Hand. »Ich dachte«, sagte sie, »ich dachte, etwas viel Schlimmeres wäre passiert. Okay. Tut mir leid. Okay.« Sie unterhielt sich mit dem Arzt, doch sie erinnerte sich nicht, was genau er sagte. Sie wusste nur, dass sie Zach über Nacht dortbehielten und sie am nächsten Morgen zurückkommen sollte, weshalb Dunny sie und Dana nach Hause fuhr.

»Augenblick mal«, sagte ich, »das verstehe ich nicht. Wie konntest du nicht wissen, was sie mit Zach vorhaben? Wie kannst du nicht wissen, was die Ärzte gesagt haben?«

Nichts von dem deckte sich mit dem Bild, das ich von Lorrie Ann hatte. Sie hatte fast ein Medizinstudium hinter sich gebracht, so viele Artikel, wie sie im Internet über Zerebralparese gelesen hatte. Zach war ihr Ein und Alles. Sie liebte ihn. Es machte überhaupt keinen Sinn, dass sie ihn einfach so im Krankenhaus zurückgelassen haben sollte.

»Ich war total zugedröhnt«, sagte Lorrie Ann.

»Du bist zugedröhnt zu dem Vorstellungsgespräch gegangen?«

»Nein, beim Vorstellungsgespräch war ich clean. Ich kam nach Hause, habe die Nachricht gefunden, mich zugedröhnt und bin dann in die Notaufnahme.« Sie sagte das ganz ungezwungen, ohne jedes Scham- oder Schuldgefühl, als würde sie schlicht eine Abfolge von Ereignissen nacherzählen.

»Warum hast du dich zugedröhnt, bevor du ins Krankenhaus gefahren bist?«, fragte ich.

Lorrie Ann starrte in ihr leeres Glas. Sie hatte das Wasser bis zum letzten Tropfen ausgetrunken. »Ich dachte, er wäre tot.«

»Warum wolltest du in einem solchen Moment high sein?«

»Damit ich nichts fühlen muss.«

»Würdest du es nicht fühlen wollen?«, fragte ich. »Ich meine, er ist dein Sohn. Wenn du wirklich geglaubt hast, er sei tot, wärst du dann nicht sofort aus der Tür gestürzt und den ganzen Weg dorthin gerast? Ich kann mir einfach nicht vorstellen, dass du die Nachricht tatsächlich gelesen und *nicht* ins Auto gesprungen bist.«

Lorrie Ann entgegnete nichts. Es war fast so, als hätte ich ihr keine einzige Frage gestellt. Sie sah mich auch nicht an, aber nicht so, als wolle sie Augenkontakt vermeiden – sondern als wäre ich überhaupt nicht anwesend. Sie rollte nur den Boden ihres Glases über den Tisch, ließ den Nachmittag verstreichen und die Sonne, die ihren blonden Zopf wie Pailletten zum Leuchten brachte, durch das offene Fenster auf ihre Schultern fallen.

»Lorrie Ann«, sagte ich in der Hoffnung, sie durch moralischen Druck zum Reden zu bringen. »Lolola!« Mein Tonfall hörte sich an, als würde ich einen Hund rügen.

»Nachdem du dein kleines Baby getötet hast, hast du einen Hamburger gegessen«, entgegnete Lorrie Ann einfach, schlicht und leidenschaftslos. »Untersteh dich, so mit mir zu reden, okay?«

Und es war die Wahrheit. Ich hatte ein kleines Baby getötet. Und jetzt dachte ich darüber nach, ein weiteres zu töten. Ich war eine moderne Medea. Wie konnte ich es wagen, Lorrie Ann zu verurteilen? Wie konnte das irgendjemand? Es ging weit über das Werfen von Steinen in Glashäusern hinaus. Es war nicht nur, dass niemand völlig frei von Verfehlungen war. Es war, dass es so etwas wie Beurteilen nicht gab.

Ich dachte an Inanna, die ihren Geliebten Dumuzi den *galla* ausgeliefert hatte, und dass ich sie verurteilte, ich keinen Weg fand, sie nicht zu verurteilen. Sie hatte ihn so sehr geliebt. Die Abschnitte ihres Liebeswerbens um Dumuzi waren mit das Schönste, was ich in der Literatur kannte. Sie hatten in meinem Kopf widergehallt, als ich mich in Franklin verliebte, waren Teil unserer eigenen Liebesgeschichte geworden. Der Umstand, dass sie ihn verriet, fühlte sich fast wie eine persönliche Beleidigung an.

Ich erinnere mich, wie ich zum ersten Mal Franklins Rohübersetzung des Epos in der Badewanne meines Apartments in Ann Arbor gelesen hatte. Und obwohl ich völlig allein war, mitten in der Nacht, wurde ich rot wie eine Tomate.

Die Sinnlichkeit schockierte mich. Ich hatte Sexualität noch nie in solch arboristischen Worten dargestellt gesehen. Inanna singt: »Er hat ausgetrieben; ihm erwuchsen Knospen; er ist im Wasser gebetteter Lattich; er ist der Bestgeliebte meines Schoßes.«

Während ich weiterlas, wurde ich immer schockierter. Ich konnte nicht glauben, dass solche Dinge niedergeschrieben worden waren, in einer alten Sprache, jahrtausendelang verschollen, und dann hatte Franklin sie in seiner krakeligen, kindhaften Schrift in ein Rhodes-College-Notizbuch übertragen, damit ich sie in einer alten, zerkratzten Badewanne in einer Mietswohnung in Michigan lesen konnte.

Wir gingen so vor, dass ich mir die Keilschrift ansah, die ich kaum lesen konnte, sowie eine Kopie von Franklins Übersetzung, die größtenteils mit der Hand geschrieben und dann für mich fotokopiert worden war. Meine Lesefähigkeit der Keilschrift glich der eines Drittklässlers: Drittklässler können Shakespeare im Prinzip lesen, und andererseits verstehen sie rein gar nichts. Und auch ich brauchte Franklins Worte, um dem Sinn zu verleihen, was ich las, aber ich las nicht nur Franklins Worte: Ich suchte nach dem Widerhall, den ich zwischen den beiden Versionen spürte, wenn ich sie, nebeneinandergelegt, las. Und dann versuchte ich, genau dies niederzuschreiben – dieses Magische, das zwischen beidem mitschwang. »Mach deine Milch süß und dick, mein Bräutigam«, singt Inanna. »Mein Schäfer, ich werde deine frische Milch trinken … Lass die Schafsmilch in meinen Pferch fließen.«

Ich hatte mir meine Vagina nie, kein einziges Mal in meinem ganzen Leben, als Pferch vorgestellt. Ich war zugleich entsetzt und schrecklich erregt von dieser Idee.

Ich sagte Franklin häufig, er wäre mein im Wasser gebetteter Lattich.

(Hatte ich ein kleines Baby getötet? Hatte ich das wirklich getan? War da wirklich ein kleines Baby, das gerade in mir heranwuchs?)

Ich fragte mich, ob Lorrie Ann ihren Jim ebenso geliebt hatte wie ich Franklin liebte. War er ihr im Wasser gebetteter Lattich gewesen? Hatten sie gemeinsam voll Verwunderung zugesehen, wie Lors Bauch, der dem Frühling ihres Lebens geschuldet war, anschwoll und reifte, die blutige Ernte der lebend geborenen Nachkommen? Hatte Jim etwas Unvermitteltes, Ungehöriges gesagt, während er sich zur Arbeit fertigmachte oder einen Teller abspülte, das den Korridor ihrer Einsamkeit durchschnitt? (Ich stellte mir das Innere von Lorrie Ann wie einen langen Säulengang vor, gänzlich aus poliertem Carrara-Marmor gefertigt. Jede Oberfläche glitzerte wie Milchglas oder die Zähne von Einhörnern. In meinen Gedanken gab es keine Schritte, niemanden, der in diesem Tempel lustwandelte, denn Lorrie Ann selbst war dieser Tempel und nicht seine Priesterin.) Ich erinnere mich, dass sie gemeinsam Spaß hatten, zusammen lachten. Jim konnte jeden zum Lachen bringen. Aber kannte er sie? Hatte er sie wirklich gesehen, dieses erschreckende, wundervolle, entsetzliche Ding, das Lorrie Ann war?

»Du hast dich also zugedröhnt und bist ins Krankenhaus gefahren«, fasste ich ihre Worte zusammen. »Und dann hat Dunny dich und deine Mom wieder nach Hause gebracht.«

»Und wir haben bei *Papa John's* Pizza bestellt.«

»Dunny ist zum Essen geblieben?«

»Ja«, sagte Lorrie Ann. »Ist sie.«

»War Arman da?«

»Ja«, sagte Lorrie Ann. »War er.«

»Das ist die schrägste Nacht, die ich mir vorstellen kann«, sagte ich.

»Es war die schrägste Nacht meines ganzen Lebens. Aber gleichzeitig völlig normal. Wir waren alle einfach erschöpft. Ich bin früh zu Bett gegangen, nachdem wir mit dem Essen fertig waren. Arman ist gekommen und hat mir einfach die Haare gestreichelt. Er hatte den Dreh raus, wie man Haare richtig berührt, nicht so wie die meisten anderen Männer. Er hat lange Haare verstanden, weil er selbst lange Haare hatte, und er wusste, was sich gut anfühlt. Er hat mir die Haare geflochten und kein Wort mit mir gesprochen. Er war so lieb. So nett war noch nie jemand zu mir gewesen.«

Ich war sicher, dass ich auch schon einmal so nett zu ihr gewesen war, aber ich sagte nichts. Ich konnte mir keine bestimmte Erinnerung ins Gedächtnis rufen, bei der ich nett zu ihr gewesen war. Doch das musste ich gewesen sein, oder nicht?

»Vermutlich sind Dunny und meine Mom lange aufgeblieben und haben sich unterhalten«, sagte Lor und benetzte ihre Lippen mit der Zunge. Ich konnte regelrecht hören, wie trocken ihr Mund war, wie dick ihre Spucke. »Ich nehme an, sie sind wach geblieben, um zu reden.«

Dana hatte Dunny anvertraut, dass ihr Vicodin verschwunden war und es den Anschein machte, dass Lorrie Ann es genommen haben könnte. Anfangs, erzählte sie Dunny, hatte sie Arman im Verdacht. Immerhin wirkte er wie der klassische Drogenabhängige. Aber nachdem sie ihre Tochter eine Weile beobachtet hatte, die kaum jemals ihren Schlafanzug wechselte und zufrieden zu sein schien, den lieben langen Tag SpongeBob mit ihrem behinderten Sohn anzuschauen, erkannte Dana, dass womöglich Lorrie Ann ein Problem hatte. Wusste Dunny vielleicht Rat?

Und so heckten Dunny und Dana einen Plan aus. Dunny gestand, dass sie bereits im Krankenhaus das Jugendamt informiert und empfohlen hatte, Zach aus seinem Zuhause zu nehmen. Sie hatte diese Entscheidung nur schweren Herzens getroffen, da sie nicht wusste, wie Dana darüber denken würde, doch Dana versicherte ihr, sie hielte es ebenfalls für das Beste. Sich um Zach zu kümmern überstieg in letzter Zeit Lorrie Anns Kräfte. »Es wäre etwas anderes, wenn mein Schwiegersohn noch am Leben wäre«, sagte Dana. »Er hätte ihr helfen können.«

»Das tut mir so leid«, sagte Dunny. »Ich wusste nicht, dass er gestorben ist.«

»Der Krieg«, sagte Dana. »Der Krieg entscheidet nicht darüber, wer recht hat, sondern nur darüber, wer übrig bleibt. Das stammt von Bertrand Russell.«

Dunny hatte natürlich nicht den blassesten Schimmer, wer Bertrand Russell war. Sie nickte nur und zog die Augenbrauen fest zusammen, in der Hoffnung, sie könne Dana davon abhalten, sich in eine Schimpftirade zu steigern. »Ich gebe ihr überhaupt keine Schuld. Ich denke, sie versucht wahrlich ihr Bestes. Und dafür ist dieses System doch da – ein Sicherheitsnetz. Wenn man es allein einfach nicht mehr schafft.«

»Ganz genau«, pflichtete Dana ihr bei. »Da bin ich völlig deiner Meinung. Aber was sollen wir wegen der Drogen machen?«

Dunny tendierte dazu, ihr beizupflichten, dass Lorrie Ann drogenabhängig war, und zwar aufgrund dessen, wie sie im Krankenhaus gelacht hatte und zerstreut gewesen und den ganzen Abend mit glasigem Blick dagesessen hatte. »Du könntest sie bitten, sich einem Drogentest zu unterziehen. Du könntest sie auf das Vicodin ansprechen. Eine direkte Intervention angehen.«

Und so erklärte sie Dana, was eine direkte Intervention war, und Dana war entzückt. Es schien genau das zu sein, was vonnöten war. Gleich am folgenden Morgen bat sie Arman, ihr bei der Intervention zu helfen. Und so kam es, dass Arman Lorrie Ann vorwarnte, was auf sie zukäme.

Lorrie Ann war entsetzt. »Wer wird alles bei einer Intervention dabei sein?«

»Mann«, sagte Arman, »keine Ahnung! Dunny und deine Mom, nehme ich mal an. Ich habe ihnen gesagt, dass mir nichts aufgefallen wäre, aber dass du ein bisschen depressiv gewirkt hättest. Was hast du dir nur dabei gedacht, ihre Pillen zu nehmen, Lorrie Baby?«

»Ich habe ihre Pillen nicht genommen!«, log Lorrie Ann. »Sie ist einfach senil und erinnert sich nicht, wann sie das Zeug geschluckt hat!«

Arman zuckte mit den Schultern. »Was willst du jetzt tun?«

»Ich will mich zusammenrollen und tausend Jahre schlafen.«

Arman zermahlte für sie dreißig Milligramm Oxycodon auf einem Unterteller. Damit es nicht weggeweht wurde, legte er die Pille unter einen Zwanzig-Dollar-Schein und zerrieb sie mit seinem Feuerzeug zu feinem Pulver. »Nun ja, abgesehen davon, tausend Jahre zu schlafen?«

»Kann ich nicht einfach sagen, ich hätte kein Drogenproblem? Woher wollen sie das überhaupt wissen?«

»Deine Mom hat keine Ahnung«, sagte Arman. »Aber Dunny weiß wahrscheinlich, wie man aussieht, wenn man high ist.« Er kratzte das Pulver mit seiner Blockbuster-Karte zu zwei Linien, rollte den Zwanziger zu einem Röhrchen und reichte es Lorrie Ann.

»Warum musste sich dieses verdammte Miststück auch einmischen?«, fragte Lorrie Ann, sog eine Linie in ihr rechtes Nasenloch ein, dann die andere in ihr linkes.

Arman zuckte nur die Achseln, klopfte mit dem Feuerzeug gegen seine Beinprothese und blickte aus dem Fenster.

»Das ist das Letzte, womit ich mich im Moment rumschlagen will«, sagte Lorrie Ann.

»Du hast kein Problem. Ich habe Leute gesehen, die Probleme haben. Du amüsierst dich bloß gerne.«

»Ganz genau. Und es ist nicht so, als würde ich nur Mist bauen oder so. Und dass Zipper mich entlassen hat, war höhere Gewalt, sonst nichts.«

»Natürlich«, sagte Arman.

»Vielleicht werde ich einfach hingehen und sagen: ›Mom, ich habe deine Pillen nicht genommen. Ich habe kein Drogenproblem. Das ist alles nur in deinem Kopf.‹ Ich meine, Fakt ist, bei ihr wurde eine Psychose diagnostiziert, nicht wahr?«

»Was, wenn sie wollen, dass du einen Drogentest machst?«, fragte Arman. Ihm war von Dana gesteckt worden, dass sie und Dunny vorhatten, von Lor einen Drogentest zu verlangen, sollte sie abstreiten, Pillen zu nehmen.

»Einen Drogentest wofür?«, fragte Lor. »Wo sollten die überhaupt einen herbekommen?«

»Vielleicht hat Dunny welche. Sie könnten sogar mit einem schlichten Pinkeltest herausfinden, ob du Opiate nimmst.«

»Die haben so was?«

Arman nickte, ohne sie anzusehen, und glitt weiterhin mit seinem Feuerzeug an den Titanstreben seiner Beinprothese auf und ab. Das Reiben verursachte ein dumpfes Kratzen wie beim Schleifen von Messern. »Du könntest immer noch, du weißt schon, einfach nicht auftauchen«, sagte er.

»Wohin sollte ich gehen?«

»Zu deinem Bruder?« Bobby bewohnte jetzt allein das Larkspur-Apartment.

»Das ist verrückt. Sie können mich nicht zwingen, einen Drogentest zu machen.«

»Aber was, wenn sie dir Zach wegnehmen?«, fragte Arman.

Denn natürlich wusste zu diesem Zeitpunkt keiner von ihnen, dass Zach längst fort war. Genau genommen schrieb Dunny, während sie diese Unterhaltung führten, ihr Gutachten, dass Zach aus seinem Zuhause genommen werden sollte, und faxte es dem Jugendamt zu. Zuvor hatte sie mit der Frau telefoniert, die für Zach verantwortlich war, und versucht, ein Pflegeheim zu finden, in das er verlegt werden könnte, sobald er das Krankenhaus verlassen durfte.

»Was hast du dann gemacht?«

»Ich habe getan, was jede Frau getan hätte«, sagte Lor. »Ich habe die Wahrheit gesagt. Ich habe um Vergebung gebeten. Ich habe gesagt, ich würde mich bessern. Dass ich alles tun würde, um Zach behalten zu dürfen.«

»Und was ist passiert?«

»Sie haben angeboten, mich in eine Entzugsklinik zu schicken. Aber als ich herausgefunden habe, dass Zach bereits weg war, habe ich einfach … Was hätte es gebracht? Warum hätte ich es tun sollen?«

»Und was war dann?«

»Ich war so ehrlich. Ich war sicher, wenn ich nur reinen Tisch mache, würde alles gut werden. Und dann, als ich herausfand, dass meine Mutter tatsächlich diesem Plan zugestimmt hatte, mir Zach wegzunehmen. Dass sie der neuen Sozialarbeiterin tatsächlich alles über die Zustände zu Hause erzählt hatte. O Gott, ich habe gedacht, ich müsste mich übergeben. Arman war einfach nur wütend. Ich konnte nicht mal reden, aber er schrie und kreischte: ›Ist es das, was Familie für euch bedeutet, ihr miesen Miststücke? Wo ist eure Loyalität?‹ Es war ein heilloses Durcheinander. Am Ende musste ich ihn regelrecht von dort wegzerren und habe die Nacht bei ihm verbracht.«

Ich stellte mir die beiden in der plötzlichen Stille von Armans Apartment vor. Ich stellte mir vor, wie er ihr etwas zu Essen machte – Fischstäbchen aus der Tiefkühltruhe. Ich stellte mir vor, wie sie Gatorade trank, die blaue Sorte, und Fischstäbchen aß und nicht aufhören konnte, um ihren verlorenen Sohn zu weinen. »Da kam uns diese Idee«, sagte sie, »dass wir mein Auto verkaufen und Armans Auto verkaufen und nach Indien reisen könnten.«

»Indien«, sagte ich. »Warum Indien?«

»Keine Ahnung. Ich habe schon immer *Der Geheime Garten* und *Sara, die kleine Prinzessin* geliebt. Indien wirkte wie ein magischer Ort. Es schien die Art Ort zu sein, in dem man sich verlieren kann.« Sie räkelte sich, hob die Arme über den Kopf, und ich bemerkte ein Loch in der Achselhöhle ihrer Strickjacke.

»Tiger und Affen und Männer mit Turbanen und schmachtendem Blick?«

Lor starrte mich ausdruckslos an, sagte nichts.

»Was?«, fragte ich.

»Ich versuche nur zu verstehen«, sagte Lorrie Ann langsam, als befände sie sich in einem Traum, »warum du mich in diesem Augenblick verspotten willst. Bist du sauer auf mich? Weswegen?«

»Ich verspotte dich nicht«, sagte ich. Aber ich war sauer auf sie.

»Du hast *Der Geheime Garten* auch geliebt. Das haben wir beide.« Sie streckte den Arm aus und legte ihre Hand auf meine. Ich fragte mich, ob sie Einstichnarben hatte. Ich fragte mich, wie genau Einstichnarben aussahen.

»Ja, haben wir.« Ich hörte ein Geräusch vom Gang. Für einen Moment glaubte ich, Franklin wäre nach Hause gekommen, und Panik rollte wie eine Welle über mich hinweg. Doch wer auch immer im Hausflur war, ging an unserer Tür vorbei und sperrte eine andere auf.

»Hasst du mich?«, fragte Lorrie Ann.

»Nein, ich hasse dich nicht«, sagte ich. »Aber ich verstehe nicht, warum du abgehauen bist. Zach ist also in einem Pflegeheim. Vielleicht ist das sogar eine Erleichterung, sich nicht mehr jede einzelne Sekunde um ihn kümmern zu müssen. Du hättest ihn zumindest besuchen können. Das zumindest bist du ihm schuldig.«

Lorrie Anns Gesicht nahm einen merkwürdig leeren Ausdruck an. »Ich habe ihn einmal besucht«, sagte sie.

Ich wartete, dass sie fortfuhr.

»Mia, die Pflege, die er dort bekommen hat, war schlimmer als alles bei mir zu Hause. Viel schlimmer. Sie haben ihn nur alle vier Stunden gewickelt, wenn überhaupt. Er sah so dünn aus. Erst nach zwei Wochen haben sie mich zu ihm gelassen. Und als er mich sah, o Gott, als er mich sah, hat er einfach angefangen zu weinen und nicht mehr aufgehört. Mia, es war das Allerschlimmste, was ich jemals erlebt habe. Es hat sich angefühlt, als würde man mir mein Innerstes herausreißen. Es war der schlimmste Tag meines ganzen Lebens.«

»Was genau der Grund ist, warum ich nicht verstehe, dass du abgehauen bist! Wie konntest du ihn nur zurücklassen?«

»Ich hasse diese beschissene Ansicht, die du hier von dir gibst. Die ist so weit verbreitet. Das heilige Kind, das versorgt werden muss, ganz gleich, was es kostet. Du weißt schon, wäre es vor hundert Jahren gewesen, wäre Zach irgendwo in einem Wald ausgesetzt worden. Weil sie es wussten. Sie wussten, dass es kein Baby verdient hätte, so zu leiden, und es auch keine Mutter verdient hätte, so zu leiden. Aber wir haben ihn verloren. Wir haben völlig unseren verdammten Verstand verloren, und jetzt ist es ›das Richtige‹, ihn Schmerzen erleiden zu lassen, die wir unserem ärgsten Feind nicht wünschen. Das ist es, was der zivilisierte Mensch tut. Ihn in seinem eigenen Körper zu Tode quälen, indem man sich weigert, ihn sterben zu lassen. Er kann nicht essen! Welches Tier wird am Leben gehalten, das den Punkt überschritten hat, selbständig essen zu können? Es ist widerlich. Es ist ekelhaft. Ich konnte es nicht mehr mitansehen. Ich konnte kein Teil mehr davon sein.«

»Okay«, sagte ich, überrascht von ihrer Wut, ihrem Zorn.

»Ich hätte dem ein Ende setzen müssen«, sagte sie. »Das wäre das Richtige gewesen. Es einfach richtig beenden. Wo er geliebt worden wäre und ich ihn…«, brach sie ab, und ich verstand, dass sie Schwierigkeiten hatte zu sprechen, die Worte herauszubringen. »Hätte halten können«, sagte sie schließlich.

Es folgte eine lange, gedehnte Stille. Ich musste an ihre Füße denken, die unter dem Tisch bluteten.

»Erzähl mir von Indien«, bat ich sie.

KAPITEL ZWÖLF
Von Lorrie Anns Liebe und dem Reisen

Nachdem sie ihr eigenes Auto und das von Arman verkauft, nachdem sie in einem *Sporting Goods*-Geschäft dreihundert Dollar für Rucksäcke ausgegeben, nachdem sie sich mehrmals hitzig mit ihrer Mutter gestritten und einen langen handgeschriebenen Abschiedsbrief verfasst hatte, nachdem sie mit allergrößter Vorsicht mehr als 430 Milligramm Oxycodon in einem Päckchen Kugelschreiber versteckt hatten (die Pillen passten perfekt in das Gehäuse der Stifte, sobald die Minen entfernt waren, und durch einen ihr unergründlichen Geniestreich hatte Arman es mit einem Bügeleisen geschafft, eine ganze Packung Bic-Kugelschreiber so zu verschließen, dass sie wie neu aussah), nach einem fünfzehnstündigen Flug nach Dubai und einem dreistündigen Flug nach Mumbai, nach einer Menge kleiner Ginfläschchen und nachdem sie von einer zerstreuten Flugbegleiterin mit Insektenspray eingesprüht worden waren, spazierten Lorrie Ann und Arman in einen, wie es ihnen vorkam, halb zerstörten und weitgehend verlassenen Flughafen.

Tatsächlich war eine Art immerwährende Baustelle auf dem Chhatrapati Shivaji International Airport im Gange, die, wie es Lor vorkam, von fünfzehn barfüßigen Männern gestemmt wurde. Anfangs konnte sie nicht erkennen, was die Männer taten, weil sie keine Uniformen trugen und so wenige und offensichtlich behelfsmäßige Werkzeuge bei sich hatten, aber allmählich verstand sie, dass sie das Gebäude

—reparierten, ob sie nun Schuhe trugen oder nicht. Falls sie und Arman den Zoll hätten passieren müssen, schienen sie nicht den richtigen Gang eingeschlagen zu haben, denn sie stießen auf keinen einzigen Beamten, bevor sie zur Gepäckausgabe kamen, wo es keine Koffer gab, die auf sie warteten. Sie drängten sich durch die Türen in den grellen, schwülen Mumbai-Tag, und augenblicklich heischten vierzig Taxifahrer um ihre Aufmerksamkeit.

An jenen ersten paar Tagen sorgte sich Lor, sie hätte einen schrecklichen Fehler begangen. Indien war überwältigend. Sie war auf nichts von alldem vorbereitet: auf die erdrückende Menschenmenge, auf die Armut, auf die unsägliche Schwierigkeit, ihre Grundbedürfnisse zu stillen. In dieser ersten Nacht checkten sie und Arman in ihrem Hotel ein und entschlossen sich dann, einen Spaziergang zu machen, nur einmal die Straße hinab, um zu versuchen, das Zubettgehen zumindest noch um zwei Stunden nach hinten zu verschieben, in der Hoffnung, dies würde helfen, den Jetlag schneller zu überwinden. Doch selbst dieser kurze Spaziergang ohne jedes Ziel vor Augen war unglaublich anstrengend.

»Ich weiß nicht, ob ich so viele Menschen aushalte, die mich anstarren«, flüsterte sie, als sie an einer Straßenkreuzung darauf warteten, dass die Ampel umsprang. Die Luft war schwer von Abgasen und etwas, das zugleich nach Ammoniak und Salz roch, vielleicht Katzenpisse oder verbrannte Anissamen.

»Ha«, sagte Arman. »In den Staaten bin ich von allen angestarrt worden. Aber hier – siehst du, wie sie meine Beine anschauen?«

»Wie schauen sie denn?«

»Sie schauen, als … als würden sie glauben, ich wäre jemand Wichtiges, wenn ich solch schöne Beinprothesen habe.«

»Und wenn du mit einer solch hübschen Blondine herumläufst«, sagte Lorrie Ann, während sie einen Mann ohne Beine beobachtete, der sich mutig auf die Straßenkreuzung schob auf einem kleinen Transportroller, der im Grunde nichts weiter als ein quadratisches Stück Sperrholz mit Rollen war, das er antrieb, indem er sich mit den Händen vom Bürgersteig wegdrückte.

»Oh, die denken wahrscheinlich, dass du eine Prostituierte bist«, sagte er.

»Warum!?«, empörte sich Lor. Sie bemerkte eine kleine Ziege, die vor einem Juweliergeschäft angebunden war und an einem Zierstrauch kaute. Ein Zweijähriger stand neben dem Tier und streichelte grob seinen Rücken. Kein Erwachsener war in Sicht.

»Deine Schultern sind nicht bedeckt.«

»Das ist ein Tanktop! Wir haben fast vierzig Grad!«, rief sie.

»Siehst du noch irgendwo hier draußen eine Frau in einem Tanktop?«, fragte er. Lor blickte sich um. In den Straßen wimmelte es von Frauen, die meisten von ihnen in grell leuchtenden, farbenfrohen Salwar Kamiz, ein paar in Saris, keine von ihnen mit entblößten Schultern.

»Aber wissen sie denn nicht, dass ich Amerikanerin bin?«

»Vielleicht«, sagte Arman. »Keine Ahnung. Wer weiß, vielleicht kehren sie jeden Abend in ihre Slums zurück und schauen synchronisierte Folgen von *Friends*.«

Genau in diesem Augenblick kam eine Frau auf sie zu, bettelnd, die Hände ausgestreckt, an denen keine Finger waren und die so eher an Pfoten erinnerten. Eine gefühlte Ewigkeit starrte Lor die Hände der Frau an, während sie versuchte, sich klar zu werden, was sie da sah, bevor sie verstand, dass alle zehn Finger fein säuberlich abgetrennt worden waren. Lorrie Ann sagte: »Tut mir leid, nein«, aber Arman holte ein paar Rupien heraus und ließ die Münzen in die Handflächen der Frau fallen.

»Was, glaubst du, hat sie getan?«, fragte Lor, als die Frau fort war.

»Was meinst du?«

»Was hat sie getan, dass jemand ihr alle Finger abgeschnitten hat?«

»Spielt das eine Rolle?«, fragte Arman.

»Ich sage nicht, dass du ihr kein Geld hättest geben dürfen. Ich hätte ihr auch etwas gegeben, ich konnte bloß nicht aufhören, sie anzustarren.«

»Vielleicht hat sie gestohlen.«

»Vielleicht«, sagte Lorrie Ann, blähte die Nasenlöcher und sog die Dämmerung und die Abgase tief in ihre Lunge. Erinnerte sie sich überhaupt daran, diesen Zehn-Dollar-Schein zurückgegeben zu haben? Hatte sie das Gefühl, so wie ich, dass jeder Moment ihres neuen Lebens, diese wilde Zügellosigkeit durch Indien, etwas war, das sie gestohlen hatte? Damals kam mir der Gedanke, dass Lorrie Ann womöglich niemals gut gewesen war, dass ich sie womöglich missverstanden hatte. Vielleicht war sie nur zu ängstlich gewesen, um Regeln zu brechen.

Es war purer Zufall, dass sie eines Abends ins Rotlichtviertel stolperten. Es war nicht die erste Nacht, die sie in Mumbai verbrachten (in Wahrheit nannte es niemand Mumbai, alle zogen den älteren Namen Bombay vor), aber es war in einer jener ersten Nächte, als Indien noch neu und überwältigend war, als es ihnen wie ein beispielloser Triumph vorkam, eine Flasche Wasser oder ein Päckchen Zigaretten zu kaufen. (Lor hatte mit dem Rauchen angefangen.)

Dem Rotlichtviertel fehlten überraschenderweise jegliche roten Lichter, doch es war nicht schwer zu erkennen, wo sie sich befanden, da die Frauen in Käfigen zur Schau gestellt wurden, kleine Gefängniszellen, die die Straße säumten, und in denen die Frauen wie gelangweilte Tiger in ihren Dessous herumstolzierten. Lorrie Ann beschlich das Gefühl, sie sollten verschwinden, und das sofort, aber Arman war fasziniert.

»Da sind noch andere Weiße«, zeigte er auf. »Hier ist es sicher.«

Tatsächlich, der einzige Ort, an dem sie mehr Touristen gesehen hatten, war das Leopold Café, die berühmte Auswanderer-Bar. Vor ihnen lief ein kicherndes deutsches Paar, und weiter stromabwärts im Menschenmeer konnte Lorrie Ann eine Schar Japaner ausmachen, die Kameras allzeit bereit. Und so ließen sie sich treiben, langsam, die Straße hinab, beäugten neugierig den Trubel und den Zirkus um sie herum. Die Straße war in der Tat gerammelt voll, hauptsächlich mit jungen indischen Männern, die albern grinsten und über die anderen lachten, zu den Mädchen auf den Balkons und in den Käfigen zeigten, sich gegenseitig herausforderten, näher heranzutreten. Die Prostituierten hatten deutlich weniger Elan. Einige von ihnen waren recht alt und fett, während andere höchstens neun oder zehn waren und geradezu unterernährt aussahen. Die überwiegende Mehrheit schien natürlich zwischen fünfzehn und fünfundzwanzig zu sein, mit Hautfarben, die vom dunkelsten Schwarz bis zum blassesten Schneeweiß reichten. Es gab auch Jungen im Angebot, ebenso wie Transvestiten der offensichtlichen und nicht so offensichtlichen Art. Die Straße war durchdrungen von einer bizarren Karnevalsstimmung, die Lor an das Spielzeugland in *Pinocchio* erinnerte, wo sich alle Jungen langsam in Esel verwandeln.

»Das hier ist also legal?«, fragte Lor. »Ist es deshalb so … öffentlich?«

»Wahrscheinlich«, sagte Arman, gerade als sie an einem Polizisten vorbeispazierten, der lachend den Arm um jemanden legte, der wohl ein Zuhälter war. »Willst du eine?«

»Was?«, sagte Lor, obwohl sie ihn durchaus verstanden hatte. Sie war nur überrascht, dass er die Geschmacklosigkeit besaß, sie überhaupt zu fragen. Sie wich einen Schritt zur Seite, damit ein Wasserbüffel an ihnen vorbeikam.

»Du hast noch nie mit einer Frau geschlafen«, gab er zu bedenken. »Es wäre ein Abenteuer.«

Ihre Wut war so maßlos und intensiv, dass sie nicht wusste, was sie sagen sollte. Diese Frauen befanden sich in Käfigen mit dreckigen Matratzen und trugen schmutzige Kleidung. Ganz zu schweigen von der um sich greifenden Aids-Epidemie, die in Indien wütete. Ein Abenteuer? War das sein Ernst? Sie starrte zum Bürgersteig unter ihren Füßen, während sie weiterging und um einen toten Vogel schritt.

»Ist auch egal«, sagte er, offensichtlich pikiert über ihr Schweigen. »Ich vergesse immer, was für eine Spießerin du bist.«

»Ich bin keine Spießerin«, erwiderte sie.

»Wie auch immer du es nennen willst«, sagte Arman und stupste sie sanft an der Schulter. »Ich liebe dich trotzdem, okay?«

Am folgenden Tag besuchten sie die Elephanta Insel, um die Höhlen-Skulpturen zu besichtigen. Sie wussten nicht, wer die Götter waren, die in den Skulpturen dargestellt waren, doch sie spazierten ehrfürchtig um sie herum, während sich riesige Gestalten, doppelt so groß wie Arman, im Stein krümmten, mitten im Koitus erstarrt oder sich in Schlangen aufteilten. Es gab keine Tafeln, die irgendetwas erklärten, zumindest nicht auf Englisch.

»Das ist unglaublich«, sagte Lor. »Aber was… ich wünschte, ich wüsste, was es bedeutet.«

»Ich glaube, das ist Shiva«, sagte Arman in dem Versuch, behilflich zu sein.

»Okay«, sagte Lor.

Später, als sie eine Limo kauften, beobachteten sie, wie sich ein Affe von einem Baum schwang und einer Achtjährigen eine Tüte Chips entriss. Das erschrockene Kind stürzte zu Boden, schrie jedoch nicht, sondern starrte staunend dem Affen nach, der mit der Tüte davonrannte. Lor und Arman sahen dem Affen zu, der die Chips hoch oben im Baum aß, während sie ihre Fanta tranken.

»Und Shiva ist…?«, fragte Lor schließlich.

»Der Gott der Zerstörung«, sagte Arman.

»Wie passend!«

Arman kramte in seinem Reisebeutel und reichte ihr einen Starburst. Dies war tagsüber ihre bevorzugte Darreichungsform von Drogen: Sie pressten vorsichtig jeweils eine Viertel oder eine halbe Pille Oxycodon in ihre Starbursts und verschlossen sie dann wieder. Am helllichten Tag konnte man einfach eine Süßigkeit auspacken und sie gründlich kauen, die Pille mit den Zähnen zermalmen, ohne Gefahr zu laufen, würgen zu müssen, da der Geschmack des Starburst so sauer war. Zu jenem Zeitpunkt hatten sie noch nicht angefangen zu fixen. Das kam erst später.

Als sie ihren Abstieg die tausend Stufen von den Höhlentempeln hinab zur Anlegestelle begannen, machte ein Mann hinter ihnen auf einmal Fotos von Lorrie Anns Haaren. Sie wurde nervös und stolperte, und unfähig, das Gleichgewicht wiederzufinden, fiel sie dreißig oder vierzig Stufen ziemlich brutal nach unten, während der kleine Mann ihr mit der Kamera nachjagte und ein Foto nach dem anderen schoss. Er fotografierte sogar noch, als es ihr schließlich gelang, nicht weiter zu fallen, sie keuchend auf Händen und Füßen auf einer Steinstufe innehielt und mit blutiger Nase zu ihm aufsah. Es dauerte lange, bis Arman sie auf seinen Beinen einholte, weshalb Lor den Mann fast eine volle Minute anstarrte, während er Fotos von ihrer blutenden Nase schoss.

Sie glaubte nicht, dass er des Englischen mächtig war, denn andernfalls hätte sie ihn angeschrien oder zumindest ihrer Entrüstung freien Lauf gelassen. Zu keinem Zeitpunkt bot er ihr seine Hand an, um ihr aufzuhelfen. Als Arman endlich bei ihnen war, drängelte er sich mit den Worten an dem Mann vorbei: »Die Show ist vorbei, Kumpel«, und reichte Lorrie Ann eine seiner Krücken.

Es gab Dinge in Indien, die Lorrie Ann einfach nicht verstand. Prostitution war legal, aber nicht in einer Art aufgeklärtem, liberalem, säkularem feuchten Traum, nicht wie auf der Moonlite Bunny Ranch oder in einem Amsterdamer Sex-Club. Die Frauen schienen sich in einem unverhüllten Zustand der Sklaverei zu befinden. Dennoch lief es nicht im Verborgenen ab. Vibratoren und Dildos lagen im Grunde für jeden sichtbar aus, in fein säuberlich geordneten Reihen auf

Decken im Elektromarkt in der Nähe des Victoria Terminus Bahnhofs. Indien war immerhin die Geburtsstätte des *Kamasutra*. Porno-DVDs wurden an jeder Ecke feilgeboten. Und gleichzeitig waren fast alle Hochzeiten arrangiert; die meisten Frauen gingen jungfräulich in die Ehe; sich mit freien Schultern zu zeigen war gleichbedeutend damit, eine Prostituierte zu sein. Bombay war zweifelsohne gefährlich, und dennoch gingen die Frauen ohne Angst durch die Straßen, selbst nachts, selbst ganz allein. Lor wurde einfach nicht schlau daraus.

Ihr fiel auch auf, wie sich die Frauen kleideten. Sie liebte ihre wallenden Salwar Kamizes, ihre leuchtenden Schals, ihre stolzen Lippenstifte. Sie schienen sich nicht für die Augen der Männer herauszuputzen, sondern allein für sich selbst. Sogar hässliche oder fette Frauen achteten penibel auf ihr Äußeres. Teilweise lag es an den Farben, die von knalliger Intensität waren: blaue Seidenhosen mit leuchtend orangen Oberteilen und schimmernden zitronengelben Tüchern. Lorrie Ann konnte sich an den Gewändern nicht sattsehen, und schließlich fragte sie Arman, ob er sie für töricht hielte, wenn sie sich eines kaufen würde.

»Nur zu«, sagte er. »Sie sehen bequem aus.«

Und so kam es, dass Lorrie Ann in einem eigentümlichen Gebaren jungfräulichen Feilschens ein wunderschönes olivgrünes und mangofarbenes Salwar Kamiz von einem Straßenhändler erwarb, ganz in der Nähe des Leopold Cafés in Colaba, wo es viele Weiße gab und wo sie zwar sicher war, über den Tisch gezogen zu werden, aber zumindest auf Englisch verhandeln konnte. Sie probierte es an jenem Abend in ihrem Hotelzimmer an und war verblüfft, wie leicht und luftdurchlässig der Stoff war. Die Linderung von der Hitze trat fast augenblicklich ein – die Brise blies direkt durch den Stoff hindurch.

»Ich werde nie wieder etwas anderes tragen«, verkündete Lorrie Ann und warf ihre zerknitterte Jeans in den winzigen Abfalleimer des Hotelzimmers.

»Gut«, sagte Arman. »Du siehst wunderschön aus.«

Sie drehte den Kopf hin und her wie eine tanzende Inderin. »Denkst du das wirklich?«, fragte sie und versuchte dabei, den indischen Akzent nachzuahmen.

»Wie ein Bollywoodstar«, sagte er.

»Yaar«, rief Lorrie Ann, »du lügst wie gedruckt.«

Vielleicht wären sie länger in Bombay geblieben, vielleicht auch nicht, aber sie fassten den Entschluss abzureisen, nachdem sie die Haji Ali Dargah besucht hatten.

Die Moschee war schlicht und ergreifend das schönste Bauwerk, das Lorrie Ann jemals zu Gesicht bekommen hatte. Die Moschee war draußen im Meer erbaut und mit dem Festland durch einen schmalen Dammweg verbunden, sodass sie bei Flut zu einer Insel wurde, unerreichbar, außer mit einem Boot. Bei Ebbe hingegen konnte man über den Dammwall spazieren und sie besuchen. Ihr Reiseführer legte es ihnen wärmstens ans Herz und beschrieb die Geschichte des unglaublichen Haji Ali, für den die Moschee erbaut worden war, ein Heiliger, der, wie es hieß, eine Frau in Nöten auf der Straße getroffen hatte, die ein leeres Gefäß hielt. Als er sie fragte, was passiert sei, erzählte sie ihm, dass sie gestolpert sei und das Öl verschüttet habe, das ihr Gatte sie zu holen geschickt hatte, und jetzt fürchtete sie sich, nach Hause zu gehen, weil sie wusste, ihr Mann würde sie verprügeln. Der Heilige Haji Ali bat sie, ihn zu der Stelle zu führen, wo sie das Öl vergossen hatte, und steckte den Daumen genau dort in die Erde, und das Öl begann, aus dem Boden zu sprudeln. Die Frau befüllte ihr Gefäß, dankte ihm zutiefst und ging nach Hause. Anfangs erfreute sich Haji Ali an seiner Tat, doch allmählich beschlich ihn die Sorge, er könne die Erde auf irgendeine Weise verletzt haben, indem er so brutal den Daumen hineingebohrt hatte. Voller Schuldgefühle und geplagt von ständigen Albträumen erkrankte er kurz darauf und verstarb. Sein Sarg wurde ins Meer gestoßen, doch auf wundersame Weise oder durch einen Trick der Gezeiten trieb er zurück ans Ufer, und dort, wo sein Sarg gefunden worden war, wurde zu seinen Ehren die Moschee errichtet.

Der weiß getünchte Schrein erhob sich wie eine Fata Morgana aus dem schimmernden Meer, und für Lor sahen die Minarette und Turmspitzen aus wie etwas aus ihren Träumen. Die Nachmittagssonne blendete, und es war schwierig, nicht zu glauben, sie befände sich tatsächlich in einem Traum, während sie und Arman bedächtig über den Dammwall spazierten. Bettler ohne Beine lagen auf Decken, psalmodierten, flehten um Almosen. Tiefe, surrende Geräusche drangen aus ihren Kehlen, und sie ließen ihre amputierten Gliedmaßen in langsamen, rhythmischen Kreisen rotieren. Lorrie Ann bat Arman um Geld, und er reichte ihre eine Handvoll Münzen. Sie gab jedem Bettler, an dem sie vorbeikamen, eine oder zwei Rupien. Sie wusste nicht, ob sie leprakrank oder auf eine andere Art entstellt worden waren. Einige hatten Gesichter, die an Blumenkohl erinnerten. Sie bückte sich schweigend, um das Kleingeld auf ihre Handtücher zu legen, beobachtete ihren eigenen Schatten, der hastig über ihre ausgestreckten Körper glitt.

»Bedeck deine Haare«, sagte Arman zu ihr, sehr leise und

aus dem Mundwinkel. Lor hob die Hand und berührte ihre Haare, die offen bis über ihre Schultern gingen. Sie trug ihren Salwar Kamiz, aber sie hatte keinen Gedanken an ein Kopftuch verschwendet. Sie nahm den langen, schmalen Schal, der bei dem Outfit dabei gewesen war, und versuchte, ihn sich um den Kopf zu wickeln.

»Das ist gut«, sagte Arman, obwohl er immer noch nervös wirkte. Sie gingen weiter den Damm entlang. Der Schrein lag mehr als fünfhundert Meter vom Ufer entfernt, und es schien, als würden sie ihr Ziel nie erreichen.

»Ich denke, wir sollten nicht weitergehen«, sagte Arman schließlich.

»Was meinst du?«

Sie spazierten weiter, verlangsamten jedoch ihr Tempo.

»Die Leute schauen«, sagte Arman. »Ich finde einfach, wir sollten nicht hier sein.«

»Im Reiseführer heißt es, wir können …«

»Ich weiß, aber«, setzte er an, und genau in diesem Moment spürte Lorrie Ann, wie sie etwas im Nacken traf.

»Lass uns gehen.« Arman fasste sie am Arm und drehte sie um, bevor er sie in die entgegengesetzte Richtung drängte.

»Was war das?«, fragte Lorrie Ann und brachte den Arm an ihren Nacken.

»Nicht anfassen. Nicht«, sagte Arman, doch es war zu spät. Ihre Hand hatte den riesigen Batzen schnell abkühlenden Schleim ertastet, der in ihren Haaren klebte. Lorrie Ann riss die Hand weg und starrte auf ihre Finger.

»Sie haben mich angespuckt?«

»Ja, nicht berühren«, sagte Arman. »Du willst dir keine TB einfangen.«

»Sie haben mich angespuckt?«, fragte sie erneut, vollkommen fassungslos. Sie schüttelte ihre Hand, wollte sie nicht an ihrer hübschen Kleidung abwischen, aber gleichzeitig unbedingt den Schleim von ihren Fingern wegbekommen. Sie begann zu hyperventilieren, doch sie wusste nicht genau, warum. Ein anderer Teil von ihr war absolut ruhig: Du wurdest also angespuckt, na und?

»Warum haben sie das getan?«, fragte sie Arman. Ihre Stimme zitterte wie die eines Kindes.

»Weil du eine Ungläubige bist«, sagte Arman schroff. »Lass uns zu McDonald's gehen.«

Und so gingen sie zu McDonald's, wo sie einen Mac Maharaja kauften und wo sich Lorrie Ann auf der Damentoilette den Schleim aus ihren Haaren wusch. Nachdem sie sich verzweifelt die Hände mit der blassrosafarbenen Seife geschrubbt hatte, die scheinbar in jeder McDonald's-Toilette zu finden war, egal, in welchem Land der Welt man sich befand, kehrte sie zum Tisch zurück und tat so, als wäre es lustig und Teil eines großen Abenteuers, dass sie angespuckt worden war.

Arman lachte ebenfalls. Sie kicherten, aßen ihre Curry-Pommes, nippten an ihrer Cola light. Keiner von ihnen merkte an, wie sonderbar es war, dass Arman in seinen Shorts, seinem Metallica-T-Shirt, seinen Ohrlöchern und langen, wallenden Haaren nicht angespuckt worden war. Und Lorrie Ann brachte auch die wilde Panik nicht zur Sprache, die knapp unter der Oberfläche ihres Bewusstseins brodelte, dass die Person irgendwie gewusst haben musste, was sie getan hatte, sie nicht wegen ihrer blonden Haare und ihres unangemessenen Schals angespuckt hatte, sondern wegen Zach, wegen Dana, wegen der Drogen, wegen des Umstands, wie sie Arman gestattete, nachts ihren Körper zu berühren, wie sie ihm erlaubte, ihren Hals zu halten, während sie sich küssten, eine schwache Parodie einer Strangulation, als sei es für seine erotische Fantasie unverzichtbar, dass er mit dem Gedanken spielte, sie umzubringen. In gewisser Weise glaubte sie, dass der Mann, der sie angespuckt hatte, all das gesehen hatte und es wusste, so wie Arman gesagt hatte, dass sie eine Ungläubige war.

Sie gehörte in kein Gotteshaus. So viel wusste sie mit Sicherheit, selbst als sie den Mac Maharaja aß, selbst als sie die Hand ausstreckte und sich einen von Armans riesigen braunen Fingern schnappte und drückte und ihn breit anlächelte.

Und so entschieden sie, später an jenem Abend, hinunter nach Goa zu fahren, und gleich am nächsten Morgen kauften sie Busfahrkarten. Goa: Land des unversteuerten Bieres und weißer Sandstrände, Nistplatz amerikanischer Hippies, üppiger Landstriche voller Gewürzfarmen, auf denen Elefanten mit Blumengirlanden umherstreiften, das beliebteste Spring-Break-Ziel aller jungen indischen Studenten. Goa wäre gewiss gütig zu ihnen und würde Ordnung in das bringen, was zunehmend zu einem Durcheinander aus Geschehnissen geworden war, die sie nicht erklären konnten. Die Dinge verliefen nicht mehr so, wie sie sollten. Ein Affe konnte einfach von einem Baum herabsausen und deine Tüte Chips klauen. Ein Mann konnte dich anspucken oder Fotos von dir schießen, während du blutest, und nichts geschah, außer dass man später vielleicht ins Leopold Café ging und den besten Long Island Iced Tea trank, den man je in seinem Leben bestellt hatte. Es ist kaum vorstellbar, dass man den in Indien fand. Ausgerechnet dort.

Mit anderen Worten, die Norm aller Dinge war gefährlich in Schieflage geraten, und die Realität löste sich allmählich auf. Goa sollte all dies wieder ins Lot bringen, das zumindest hoffte Lorrie Ann. Zwischen den Malariamedikamenten und dem Zustand ihres Lebens plagten sie jede Nacht Albträume. Sie war nicht die Sorte Mensch, die schreiend aufwachte, sondern schlug stattdessen nur still und erstarrt die Augen auf, weshalb sie Arman nur selten weckte und stattdessen häufig um zwei Uhr nachts zusah, wie Bombay vor ihrem Hotelfenster flackerte, eine Zigarette rauchend und die Traumsequenzen zusammensetzend, von ihrer Mutter, von den Ureinwohnern Amerikas, vom Irak und von Jim und Artilleriefeuern inmitten schwebender Minarette von unvorstellbar schönen Moscheen, von Zach und einem Geistlichen, der sich über ihn beugte und mit Schaum vor dem Mund in fremden Zungen redete.

Was auch immer die korrekte Vorgehensweise beim Einsteigen in den Bus nach Goa gewesen sein mochte, Lorrie Ann und Arman waren nicht in der Lage, sie zu durchschauen. Sie standen spät in der Nacht inmitten einer Traube aufgeregter Menschen mit Koffern, in der sie wiederholt nachfragten, ob dies der richtige Ort wäre. Ihnen wurde beteuert, dass dem so sei, aber weder Lorrie Ann noch Arman waren im Geringsten davon überzeugt, dass sie es in einen Bus schaffen würden, was wohl der Grund war, warum sie, als ein Mann ihnen zurief einzusteigen, der Aufforderung einfach folgten, obwohl der Bus, zu dem er sie schickte, nicht der Erste-Klasse-Bus mit Klimaanlage und Schlafkojen war, der ihnen versprochen worden war und für den sie bezahlt hatten, sondern ein stickiger Reisebus, in dem die Klimaanlage kaputt war und man die Sitze zum Schlafen nicht nach hinten klappen konnte. Sobald sie sich bei ihren Nachbarn vergewissert hatten, dass der Bus tatsächlich nach Goa fuhr, entschieden sie, es sei sinnvoller, einfach sitzen zu bleiben und kein Aufheben um die Sache zu machen.

Die Fahrt, wie sich bald herausstellte, führte über eine Reihe Serpentinenstraßen in den Bergen, die der Bus in einem, wie es schien, nicht gerade sicheren Tempo nahm. In Wirklichkeit war der Bus so überladen, dass die Bremsen nicht richtig funktionierten, das zumindest war Armans Interpretation der überaus hektischen Art, mit der der Busfahrer auf die Hupe drückte, sobald eine Kurve in Sicht kam, und alle anderen Autos warnte, damit sie ihm augenblicklich Platz machten. Fahrspuren waren in Indien eher optional, sodass der Busfahrer das wilde Schlingern seines Fahrzeugs mit souveräner Selbstverständlichkeit meisterte, indem er zugleich von seiner eigenen Fahrbahn als auch der für den entgegenkommenden Verkehr Gebrauch machte. Im Bus war es heiß und roch ungemein nach Abgasen. Sie waren um zehn Uhr abends in den Bus eingestiegen und sollten um sieben Uhr morgens ihren Zielbahnhof in Goa erreichen.

Während der ersten zwei Stunden kam es Lorrie Ann wie ein Abenteuer vor. Um zwei Uhr nachts fühlte es sich an, als wäre sie in einem Albtraum gefangen. Sie konnte nicht schlafen, gleichzeitig aber nicht wach bleiben. Der Boden des Busses war glühend heiß vom Motor, und sie konnte mit ihren Füßen, die in Sandalen steckten, nicht den Boden berühren, ohne dass die Haut an ihren Füßen Blasen warf. Irgendwann in der Nacht fing sie an zu weinen, stille Tränen, die ihr einfach das Gesicht herabrannen, einerseits weil sie sich unwohl fühlte und andererseits weil sie sich schämte, dass dieses Unwohlsein zu viel für sie war. Bei einer Raststätte pinkelte sie, und es gelang ihr, zwei Valium von ein paar britischen Touristen zu schnorren, jungen Männern, die ihr zustimmten, dass diese Busfahrt eines der schlimmsten Dinge war, die sie jemals erlebt hatten.

Die Valium halfen, aber es schien immer noch eine Ewigkeit zu dauern, bis sie in Goa ankamen und die Busfahrt schließlich ein Ende nahm. Lor erkannte, dass der Umstand, wie sehr sie diese schlichte zwölfstündige Unannehmlichkeit in eine solch unsägliche Verzweiflung stürzen konnte – kein echter Schmerz, nur eine Unannehmlichkeit –, ein Zeichen dafür war, wie radikal sie sich von den Indern um sie herum unterschied, die diese Widrigkeit als einen völlig normalen Teil des Lebens hinnahmen. Alle Inder lachten und waren aufgeregt, als sie aus dem Bus stiegen, sich vergnügt die Beine vertraten, bereit für eine Besichtigungstour im sonnigen Goa. Selbst Arman hatte die Fahrt etwas besser verkraftet als sie, und dieser Umstand machte ihr mit aller Deutlichkeit bewusst, wie sehr der Krieg einen Menschen prägte. Lor hatte natürlich nie in einem Krieg gekämpft. Sie hatte noch nicht einmal einen Hindernisparcours absolviert. Das Größte, was sie im Grunde jemals geleistet hatte, war eine Geburt – und selbst die hatte sie nur mit einer Epiduralanästhesie überstanden und zum Schluss bewusstlos.

Da kam ihr der Gedanke, dass Armans Gerede über verfickt fette Amerikaner, die ihrer Stellung als Mega-Weltmacht unwürdig waren, wohl gerechtfertigter war, als sie anfangs geglaubt hätte.

Trotz der höllischen Reise war Goa alles, was man ihnen versprochen hatte, wenn nicht sogar noch mehr. Ihr Hotel lag in einem winzigen und kaum von Touristen besuchten Städtchen namens Mandrem und war ein zweistöckiges, kreisrundes grünes Gebäude, das wie eine wunderschöne glasierte

Schichttorte aussah. Ihr und Arman wurde ein Zimmer im Erdgeschoss mit einem Doppelbett zugewiesen, einem kleinen Badezimmer, in dem das Wasser, das aus dem Hahn kam, von einem dunklen Umbrabraun war, und einer kleinen Nische in der Mauer, in der eine reinweiße Gipsstatue von Ganesh stand. In ihrem Zimmer roch es leicht nach Räucherstäbchen. Die Wände waren lila und grün gestrichen. Der Fliesenboden war ein Mosaik aus verschiedenfarbigem Marmor.

Die anderen Hotelgäste waren größtenteils Briten oder Australier. Die meisten waren Familien, die Eltern vielleicht Mitte dreißig, ihre Kinder nackt und braun von der Sonne, die in den terrassenförmig angelegten Gärten herumrannten wie in einer Hippiefantasie. Wenn es in Bombay tabu war, die Schultern zu entblößen, machten sich weiße Frauen in Goa keinerlei Gedanken darüber und wanderten in schockierend spärlich bekleidetem Aufzug umher, nackt unter dünnen Seidenkleidern oder oben ohne am Strand. Niemand machte sich über irgendetwas Gedanken, nicht einmal darüber, wie spät es war, und die Geschäfte hatten keine festen Öffnungszeiten. Wenn ein Laden geschlossen war, konnte man einfach an die Tür klopfen, und mit etwas Glück kam jemand, der einem half. Wenn nicht, konnte man es später noch einmal versuchen oder eben auch nicht. Man konnte ein Motorrad leihen, allein indem man sein Wort gab und das Versprechen, es irgendwann nächste Woche zurückzubringen. Man konnte einen jungen Mann in einem Musikladen bezahlen, damit er einem beibrachte, wie man eine Gitarre baute. Man bekam eine Portion in Teig ausgebackenes Gemüse für zehn amerikanische Cent. Man konnte den ganzen Nachmittag Bier trinken und am Strand in der Sonne schmoren, ohne von irgendjemandem belästigt zu werden, außer vielleicht irgendwann von einem neugierigen kleinen Kälbchen von der Farbe von Kaffee mit wunderschönen schwarzen Augen, die wie lackierte Dosen schimmerten.

Und dennoch schien die Realität hier kein bisschen klarer zu sein als die Realität in Bombay. Im Grunde hatte Lorrie Ann mit jedem Tag mehr das Gefühl, dass sie immer tiefer und tiefer in einen schrecklichen, schier endlosen Traum fiel.

KAPITEL DREIZEHN

Ein gütigeres Meer

Teil des Problems war, dass sie keinen Plan hatten. Als sie die Entscheidung getroffen hatten, nach Indien zu fahren, war es »für ein paar Monate« gewesen, »um abzuhängen«. Sie hatten angenommen, eine Art Erleuchtung zu erfahren, die ihnen aufzeigte, wie der nächste Teil ihres Lebens aussähe. Sie hatten sich darauf verlassen, dass Indien die mystische Erfahrung brächte, die sie von ihrem säkularen, westlichen Albtraum befreite und ihnen erlaubte, ihr wahres Ich zu finden, und so weiter und so fort. Und nun stellte sich heraus, dass Indien ein echter Ort war. Es war nicht nur eine Fantasie. Und sie hatten einen bestimmten Geldbetrag und eine bestimmte Menge an Drogen, von denen beides allmählich knapp wurde.

Was sollten sie tun, wenn ihnen die Pillen ausgingen? Sie waren erst seit einem Monat in Indien, und schon war mehr als die Hälfte der Drogen weg. »Wir sollten allmählich anfangen, unseren Verbrauch zurückzuschrauben«, sagte Arman, als Lorrie Ann ihn auf diesen Umstand aufmerksam machte, und dennoch hielt sich keiner von ihnen zurück. Sie nahmen sich vor, jeden Tag nur jeweils drei Pillen zu schlucken, aber fast immer wurden daraus vier. Lor fragte sich, ob sie krank werden würde, sobald sich die Drogen erschöpften. In gewisser Hinsicht freute sie sich darauf: ein paar reinigende Tage des Fiebers und dann ein Neustart, nüchtern, mit ungetrübtem Blick. Vielleicht könnte Indien dann seine ganze Wirkung auf sie ausüben. Vielleicht berührte sie Indien nur nicht, weil sie so zugedröhnt war.

Natürlich dachte sie nicht bewusst über diese Dinge nach; über solch dumme Dinge dachte man nicht bewusst nach. Nur Vermutungen, die von Natur aus ungeprüft waren, durften so dumm sein. Lor mutmaßte diese Dinge, während sie nackt auf dem Sand lagen oder nackt unter ihrem Moskitonetz, während sie mit Drogen angereicherte Starbursts aßen und lauwarme Limonade tranken, während sie sich vor einem Restaurant mit einem Hund anfreundeten oder einen Mann beobachteten, der eine riesige Mülltüte voller Eier auf dem Kopf trug: vielleicht zweihundert Eier, ausbalanciert dort oben auf seinem Schädel in einem ausgebeulten, durchsichtigen Müllsack, die auf magische Weise nicht zerbrachen.

Dass ihnen die Drogen ausgingen, war für Lor nicht so beängstigend wie der Gedanke, was passieren würde, sollte ihnen das Geld ausgehen. Sie hatten ihre Reise mit ungefähr sechstausend Dollar begonnen. Dreitausend waren auf die Flugtickets, Impfungen und Visa draufgegangen. (Sie hatten nicht wirklich alle Impfungen gemacht, aber zumindest einen Großteil, und sie hatten die Malaria-Medikamente gekauft. Wäre da nicht diese Hepatitis-B-Impfung – man musste sie über einen Zeitraum von sechs Monaten machen!) Zum Glück war Indien unglaublich billig, weshalb sie im ersten Monat nur tausend Dollar verbraucht hatten. Aber irgendwann müssten sie etwas tun, um Geld zu beschaffen, irgendwann müssten sie aufhören, Touristen zu spielen, und ihr Leben in die Hand nehmen. Es war der langsam schwindende Stand ihres Bankkontos, der Lor dies verriet.

In gewisser Hinsicht wäre es besser gewesen, hätten sie weniger Geld zur Verfügung gehabt. Dann wäre die Not zum

Handeln größer gewesen, gewissermaßen ein Ende in Sicht. Es war schlimmer, dass sie sich weiterhin so treiben lassen, ziellos Urlaub machen könnten, monatelang.

Sie schickte ihrer Mutter eine Postkarte vom Taj Mahal, obwohl sie ihn nicht gesehen hatte. Auf der Karte stand: »Liebe Mom, ich vermisse dich und Zach jeden Tag. Ich verstehe immer noch nicht, wie du zulassen konntest, dass sie ihn einfach so mitnehmen. Denn das bedeutet, dass du mich für eine Art Monster hältst. Dass ich nach Indien abgehauen bin, macht es wohl schlimmer. Vielleicht wirst du mich jetzt noch mehr hassen, aber ich bin hier glücklich. Alles Liebe, dein Monster.«

Doch sie war nicht glücklich. Kein Stück.

Und dann, eines Tages, lernten sie eine Frau kennen.

Sie wohnten schon seit zwei Wochen in dem hübschen grünen Hotel, das wie eine Schichttorte aussah, wo sie jeden Morgen auf der Veranda saßen und mit dem Mops Rosa spielten, der ein lahmes Hinterbein hatte, sich aber nicht daran zu stören schien, und wo sie eine Tasse herrlichen Espresso aus einer French Press tranken und eine Schüssel mit Mango, Kokosnuss, Papaya und Erdbeeren aßen. Von der Veranda überblickte man einen Fluss, der hinaus ins Meer führte, und Arman und Lorrie Ann beobachteten träge, wie er sich unablässig vor ihnen leerte, ein funkelnder Python von einem kupferroten Braunblau. Der Besitzer des Hotels war ein kleiner Afghane namens Rinoo, der nie Schuhe trug und der außerdem nie die Stirn runzelte. Er lächelte immer, nannte Lorrie Ann die Prinzessin des Westens und Arman Baba G, beides in scheinbar aufrichtiger Ehrlichkeit. Wenn sie etwas tun wollten, war es Rinoo, den sie fragten, wohin sie gehen sollten oder wie es arrangiert werden könnte.

Doch allmählich wussten sie nicht mehr, was sie noch tun sollten. Sie hatten viele Tage am Strand verbracht, die Stunden des Sonnenbadens nur unterbrochen von Bier und pikant scharfem Fischcurry. Mehrere Tage hatten sie ein Moped geliehen (Arman konnte es selbst ohne Beine navigieren, wohingegen ihn Motorräder nervös machten) und waren in die Nachbarstadt Arambol gefahren, um dort einzukaufen und in den verschiedenen Restaurants essen zu gehen. Sie hatten einen Jetski gemietet. Sie hatten Yogaunterricht genommen. Sie hatten überall gegessen, wo es empfehlenswert war. Sie hatten die Gewürzfarm besucht. Sie waren auf einem Elefanten geritten. Rinoo waren die Ideen ausgegangen, außer, sagte er, wenn sie nichts einzuwenden hätten, ein Taxi zu bezahlen, wäre da immer noch der Nachtclub in Anjuna, das Paradiso.

Es war ein Zeichen, wie verzweifelt sich Arman nach jeglicher Art von Unterhaltung sehnte, dass er den Vorschlag annahm, denn er hatte das Tanzen schon gehasst, bevor er seine Beine verloren hatte, und hasste es danach noch mehr. Andererseits, das wusste Lorrie Ann sehr wohl, fand er indische Frauen berauschend. Ihre Schönheit war ein Thema, über das er nie müde wurde sich in aller Ausführlichkeit auszulassen. Und die Möglichkeit, vielen jungen Inderinnen beim Tanzen in einem Club zuzusehen, war sicherlich verlockender, als mit Lorrie Ann im Hotelzimmer zu bleiben und sich einen leichten Rausch aus Wodka und Ananassaft anzutrinken. Außerdem waren sie erst einmal in Anjuna gewesen, und das tagsüber wegen des Flohmarkts (auf dem sich Lor eine wunderschöne Labradorithalskette gekauft hatte, die glitzerte, als wäre sie verzaubert).

Und so, als die Nacht anbrach, putzten sich Lorrie Ann und Arman heraus und nahmen ein Taxi für die sechzehn Kilometer nach Anjuna. (Oder treffender ausgedrückt, *das* Taxi – denn der Taxifahrer Dillip wartete Tag und Nacht vor ihrem Hotel auf sie, nachdem er erkannt hatte, dass Arman großzügig Trinkgeld gab und es ihm mehr einbrächte, ihnen rund um die Uhr als privater Chauffeur zur Verfügung zu stehen, als ziellos durch die Stadt zu fahren.) In Anjuna setzte Dillip sie ab und versicherte ihnen, er würde auf sie warten, ganz gleich, wie lange sie im Club blieben.

Lor und Arman mussten die Schotterwege der Stadt entlanggehen, um zum Paradiso zu gelangen, und während sie nun dorthin schlenderten, boten ihnen Männer, fast unsichtbar in der Dunkelheit, Drogen an. Leise, im Vorbeigehen, murmelten die Stimmen: Haschisch, Koks, MDMA. Haschisch, Koks, MDMA. Weil sie und Arman nervös waren, gingen sie einfach weiter und sagten beide: »Nein, danke«, auf dieselbe verlegene Art, wie sie es zu den bettelnden Kindern sagten, die ihnen überallhin folgten. Aber nachdem sie an ihnen vorbei waren, drehte sich Arman um und fragte: »Willst du was?«

»Was denn?« Obwohl Lor zu jenem Zeitpunkt längst völlig von Schmerzmitteln abhängig war, hatte sie außer Marihuana noch keine anderen Drogen probiert.

»Ich weiß nicht. Wie wäre es mit Ecstasy?«

»Würde ich es mögen?«, wollte sie wissen.

»Oh, du würdest es lieben«, erklärte Arman.

»Denkst du, es sind Bullen?«, fragte Lorrie Ann.

»Selbst wenn es welche wären, glaubst du nicht, wir könnten sie einfach schmieren?«

»Wahrscheinlich.«

»Versuchen wir's«, sagte Arman, und so kehrten sie zurück zu den flüsternden Männern in der Dunkelheit und erklärten ihnen, dass sie bitte etwas Ecstasy wollten. Der Mann, mit dem sie redeten, trug ein blau-weiß kariertes Hemd und lächelte so breit, dass seine Zähne im Dunkeln leuchteten, während er mit dem Kopf wackelte. »Sehr gut, Sir«, sagte er. »Bitte warten.«

Und so standen sie fast zehn Minuten betreten da. Mehrmals versuchten sie zu gehen, doch der Mann in dem Karohemd versicherte ihnen, es würde nur noch ein paar Minuten dauern. Schließlich kam ein Mann auf einem Moped. »Springt auf«, sagte er.

»Was?«

»Springt auf!«, wurde ihnen befohlen. Und so kletterten Arman und Lorrie Ann auf das Moped und klammerten sich an dem Fahrer und aneinander fest. Der Mann lachte vor Aufregung über die erschwerten Fahrtbedingungen, während er sich, massiv beladen mit Arman und Lorrie Ann, durch die kleinen Seitengässchen der Stadt schlängelte. Selbst Lorrie Ann musste bei dem Gedanken grinsen, wie töricht und lächerlich das alles war. Schließlich erreichten sie das Ende einer dunklen Sackgasse, der Mann auf dem Moped hielt an und bedeutete ihnen mit einer Handbewegung abzusteigen. Er sprang ebenfalls ab und gab ihnen ein Zeichen, ihm in eine kleine Hütte zu folgen.

In dem Bretterverschlag, der vielleicht zehn Quadratmeter maß, lagen drei schlafende Kinder und eine schnarchende Frau auf einem Haufen. Der Mann hielt einen Finger an die Lippen, um ihnen zu signalisieren, sie sollten leise sein. Er zog eine Taschenlampe heraus und begann dann, in einem Pappkarton voller Eimer und Geschirr zu wühlen, wo er schließlich einen Druckverschlussbeutel gefüllt mit Ecstasy-Tabletten herausfischte.

»Ecstasy, ja?«, fragte er.

Arman und Lorrie Ann nickten.

»Wie viele?«, flüsterte der Mann. Lorrie Ann konnte den Blick einfach nicht von einem der schlafenden Kinder wenden, dem ununterbrochen die Nase lief. Als Zach in diesem Alter gewesen war, mit ungefähr drei, hatte er fast normal gewirkt. Noch nicht abgemagert, noch nicht deformiert.

Arman zuckte mit den Schultern. »Vier?«

Und dann nannte der Mann den Preis, der absurd niedrig war, und er und Arman tauschten Geld gegen Drogen, schüttelten sich die Hände und gemeinsam verließen die drei die Hütte im Mondschein.

»Wartet hier«, sagte der Mann und stürmte die Gasse hinab.

»Sollen wir bleiben?«, fragte Lorrie Ann. »Vielleicht geht er jetzt los und holt die Bullen?«

»Weißt du, wie man von hier wegkommt?«, fragte Arman. »Denn ich habe nicht den leisesten Schimmer.«

Lorrie Ann gestand, dass sie ebenso planlos war. »Hier«, sagte Arman und reichte ihr zwei Pillen. »Lass uns die Beweise vernichten.«

»Beide?«

Arman nickte, während er seine ohne Flüssigkeit schluckte. Lorrie Ann tat es ihm gleich. Unvermittelt tauchte der Mann aus den Schatten wieder auf.

»Darf ich?«, fragte er und hielt eine Polaroidkamera hoch.

»Ich glaube, er will ein Foto von dir schießen«, sagte Arman.

»Oh«, entfuhr es Lor. Doch der Mann nahm es als Zustimmung und näherte sich ihr, legte den Arm um Lor und machte ein Foto von sich mit ihr. Das Blitzlicht war gleißend, und die Stille der Nacht wurde von dem mechanischen Surren der Polaroidkamera durchbrochen, als sie das Bild ausspuckte.

»Vielen, vielen Dank!«, rief der Mann und rannte dorthin zurück, von wo er gekommen war.

Lorrie Ann und Arman starrten sich entgeistert an.

»Und«, sagte Lorrie Ann, »sollen wir einfach in Richtung des Geräuschs der Wellen gehen?«

»Sicher«, sagte er, und gemeinsam spazierten sie Arm in Arm davon.

Nachdem sie fast eine Stunde herumgeirrt waren und endlich den Club erreichten, gab Arman zu, dass die Pillen sehr stark waren. Es wäre klüger gewesen, nur eine zu nehmen und abzuwarten, ob sie noch eine bräuchten. »Aber die waren so billig«, erklärte er, »dass ich dachte, sie wären Mist!«

Lors Zähne klapperten unkontrollierbar. Der warme Wind auf ihrer Haut war berauschend, und sie bemerkte, dass sie mit der Seide ihres Kleides spielte, sie gegen ihre Haut rieb.

»Ich habe das Gefühl, als wäre meine Haut ein warmer Schleier, der Funken sprüht«, sagte sie durch zusammengepresste Zähne.

»Ich weiß«, sagte Arman.

Sie standen beide verlegen am Rand der Tanzfläche, wo sie die blinkenden Lichter und die sich windenden Tänzer beobachteten. Das Paradiso war ein wunderschöner Club auf verschiedenen terrassenförmig angeordneten Ebenen mit Blick aufs Meer. Das gesamte Bauwerk war mit weißem Stuck verputzt, und so tauchten die Lichter die Räume in sanfte Lila- und Blau- und pulsierende Pinktöne. Die Architektur war eine Aneinanderreihung von Kurven und Kuppeln, organischen Formen, die Lorrie Ann das Gefühl gaben, als befände sie sich in der Schale eines magischen Perlboots.

»Ich werde auf keinen Fall tanzen«, sagte Arman. »Tut mir leid.«

»Ich kann auch nicht tanzen«, erwiderte Lorrie Ann.

Gemeinsam schwebten sie zu einer niedrigen Mauer und setzten sich darauf, die Tanzfläche weiterhin im Blick.

»Menschen sind so hübsch, wenn sie tanzen«, sagte Arman.

»Menschen sind immer hübsch.«

»Nein. Sie sind nicht hübsch, wenn sie sich gegenseitig umbringen.«

»Da hast du wahrscheinlich recht.«

»Da habe ich auf jeden Fall recht. Ich habe es mit eigenen Augen gesehen.«

»O ja«, sagte Lor, »das habe ich vergessen.«

Sie schwiegen eine Weile.

»Willst du was trinken?«, fragte Arman.

»Um Himmels willen. Du etwa?«

»Nein. Ich dachte nur, ich sollte dir zumindest was anbieten.«

»Nein.«

Wieder Stille. Eine ungewisse Zeitspanne verstrich.

»Findest du es falsch, dass ich Zach für wunderschön gehalten habe? Ich weiß, er muss für andere Menschen hässlich gewesen sein. Hast du es je bemerkt? Wie wunderschön er war?«

»Ja«, sagte Arman. »Es gab Zeiten, da war er wunderschön.«

»Ich vermisse die Art, wie er die Augenbrauen gehoben hat, als würde er den Witz verstehen. Als wäre alles ein großer Witz«, sagte Lorrie Ann.

»Ich weiß.«

Und just in diesem Augenblick setzte sich eine Frau genau zwischen sie. Sie hatte einen neonorangen Triangel-Bikini unter einem weit geschnittenen Overall an. An den Füßen trug sie knallrote Galoschen. »Ich muss euch um einen Gefallen bitten«, sagte die Frau mit starkem italienischen Akzent. »Sprecht ihr Englisch?«

Lorrie Ann bejahte.

»Hell und dunkel zusammen«, sagte die Frau und zuckte mit den Schultern, »kann nur bedeuten, dass ihr Amerikaner seid.«

Lor versuchte sich immer noch zu erklären, was sie mit hell und dunkel meinte, als die Frau Arman fragte, ob sie sich seine Beinprothesen ausleihen könnte.

»Nein«, sagte Lorrie Ann prompt.

»Was willst du mit meinen Beinen?«, fragte Arman amüsiert.

»Wir wollen einem Mädchen namens Cara einen Streich spielen.« Die Frau streckte die Arme aus und legte einen um Lorrie Ann und einen um Arman. Die Haut ihrer Arme brannte, als hätte sie die Hitze der Sonne gespeichert, und ihr Parfüm war würzig und scharf. Lorrie Ann war auf einmal sehr verwirrt. Hatten sie sich mit dieser Frau angefreundet? Wie lange unterhielten sie sich schon?

Der Streich, den man der armen Cara spielen wollte, schien darin zu bestehen, die Beinprothesen als Stelzen zu benutzen, damit jemand Cara filmen konnte, wie sie auf der Toilette des Clubs Sex hatte, und es dann als Videostream auf die Tanzfläche zu projizieren.

»Warum benutzt ihr nicht einfach einen Schemel oder einen Stuhl, um über die Wand zu schauen?«, fragte Lorrie Ann.

»Es ist in einer Toilettenkabine – wir müssen uns an sie heranschleichen!«, erklärte die Frau.

Arman lachte, offensichtlich angetan von der Idee. »Ich würde dir sofort meine Beine leihen, aber niemand kann auf ihnen balancieren – verstehst du, sie haben einen Schaft, der genau auf meine Stümpfe passt.« Er zog seine Dickies-Shorts hoch, damit sie sehen konnte, wo die Prothese auf Fleisch traf.

»Nein?«, fragte sie. »Schabe!«

Es dauerte einen Moment, bis Lorrie Ann »Schabe« als »schade« übersetzte. Arman kicherte wie ein kleiner Junge, und die Frau beugte sich vor und gab ihm einen Kuss auf die Wange. »Trotzdem vielen Dank, Darling«, sagte sie. »Übrigens, mein Name ist Portia.«

Lorrie Ann hörte in der Ferne die Glocken der Eifersucht läuten. Verdammt, sie hatte es so satt, eifersüchtig über Arman zu wachen.

»Und du«, sagte sie mit einem Blick auf Lorrie Ann. »Du bist eine wahre Schönheit.«

Und dann küsste sie Lorrie Ann mitten auf den Mund.

»Ich kann es nicht erklären«, sagte Lorrie Ann, »außer … hast du schon mal Ecstasy genommen?«

»Nein«, sagte ich.

»Nun, küssen fühlt sich dann unglaublich an. Einfach himmlisch.«

»Oh«, sagte ich.

»Du findest mich ekelerregend. Du hältst mich für eine Art Lesbe.«

»Nein«, sagte ich, »tue ich nicht.« Es hatte eine Zeit gegeben, damals mit ungefähr dreizehn, als ich fast ununterbrochen davon geträumt hatte, Lorrie Ann zu küssen. Zum Glück für unsere Freundschaft hatten diese Fantasien aufgehört, als ich anfing, Jungs zu küssen, und waren nie zurückgekehrt. Aber ich hielt es definitiv nicht für etwas Unnatürliches.

»Es war, als wäre ich in einem Traum.«

»Ich verstehe«, sagte ich.

»Es endete damit, dass wir sie mit in unser Hotel genommen haben.« Lorrie Ann versuchte, einen übertrieben ungezwungenen, lockeren Tonfall anzuschlagen, der nur bedeuten konnte, dass sie sich schämte. Ich nickte, als wäre es die einzig mögliche Alternative: Natürlich! Was hätte man sonst tun sollen mit einer Fremden, die einen küsste, als sie ins Hotel mitzunehmen?

Vielleicht, wenn Arman eine aktivere Rolle übernommen hätte, hätte man es als einen flotten Dreier bezeichnen können. So hingegen lagen sie matt auf dem Doppelbett, kuschelten und tranken riesige Mengen 7up. Lor war noch nie in ihrem Leben so durstig gewesen, und 7up hatte noch nie so gut geschmeckt. Sie hatten den kleinen Mann in dem blau-weiß karierten Hemd wiedergefunden und mehr Ecstasy gekauft, sodass nun auch Portia zugedröhnt war. Keiner von ihnen hatte die Energie oder die nötige Aufmerksamkeitsspanne für etwas so Sportliches wie richtigen Sex. Eine Buntglaslampe hing an einer Kette von der Decke, und die jeweiligen Glassteine waren braun und gelb und rot, weshalb das Licht warm war und allem den Anschein eines Siebziger-Jahre-Home-Videos gab. Die Statue von Ganesh warf gewaltige Schatten in ihrer kleinen Nische. Lor wusste häufig nicht, wer sie berührte oder wen sie küsste. Alles fühlte sich schrecklich gut an. Arman lachte ununterbrochen und sagte: »Unglaublich«, als wäre gerade die Venus von Milo in seinen persönlichen

Besitz übergegangen, was Lorrie Ann verlegen machte: wie armselig sein Vergnügen war, wie kümmerlich und nassgeschwitzt sein Verlangen. Er war einfach viel zu dankbar. Was ihn erbärmlich wirken ließ.

Aber andererseits, haftete der männlichen Begierde nicht immer etwas leicht Beschämendes an? Vielleicht war es auch nur, dass jede Frau einmal diese Erfahrung machte, meist sehr früh, mit einem Mann zusammen zu sein, der total angetörnt war, wenn sie es überhaupt nicht war, was ehrlich gesagt fast dasselbe war, als befände man sich nüchtern in einem Raum voller Betrunkener.

Und so spann sich ein feines Band zwischen Lorrie Ann und Portia, das auf einer sehr stillen und unausgesprochenen Verachtung für Arman beruhte. Als er zu Portia sagte: »Du bist so wunderschön«, was Lorrie Anns Gefühle hätte verletzen können (obwohl Portia tatsächlich sehr schön war, früher ein Model gewesen war und nicht nur die Ambition gehabt hatte, sondern es wirklich und wahrhaftig gewesen war – mit ihren immerhin fast einen Meter achtzig!), warf Portia ihr einen schneidenden Blick zu, als wollte sie sagen: »Was für ein Idiot«, weshalb Lorrie Ann grinsen konnte und es sich nicht zu Herzen nahm.

Schließlich glitten die drei in einen traumhaften Schlummer, aus dem Lor von Portia herausgerissen wurde, die sie an der Schulter rüttelte. »Es ist Morgen«, flüsterte Portia. »Lass uns rausgehen.«

Lor setzte sich im Bett auf. Sie trug einen BH und einen Slip. Arman war vollständig angezogen eingeschlafen, ohne seine Beinprothesen vorher abzulegen. Portia stand neben dem Bett, immer noch in ihrem orangefarbenen Triangel-Bikini, barfuß. »Lass uns gehen«, flüsterte sie erneut.

Lorrie Ann warf sich das Seidenkleid über, das sie in Arambol gekauft hatte, und folgte Portia hinaus zum Strand, wo die Sonne gerade aufging.

»Und wie hat er nun seine Beine verloren?«, fragte Portia, nahm Lorrie Anns Arm und krallte sich an ihm fest. Sie gingen barfuß über den nassen und harschen Sand genau bis zum Rand des Wassers, und als eine Welle ihre Füße umspülte, war Lor schockiert, wie warm das Wasser war. Der Indische Ozean war unglaublich. Sie war so sehr an den kalten Pazifik gewöhnt.

»Im Irak.«

»Also ein Soldat«, sagte Portia leichthin und, Lor konnte das Gefühl nicht abschütteln, auch ein wenig abschätzig.

»Ist das etwas Schlimmes?«, fragte sie.

»Nein.« Portia lachte. »Ich bin nicht politisch engagiert. Ich halte das, was dein Land tut, hauptsächlich deshalb für abscheulich, weil es gerade en vogue ist, so zu denken. In Wirklichkeit bin ich sehr oberflächlich und denke nur an mich.«

Lorrie Ann blickte zu Portia, betrachtete ihr Gesicht im Dämmerlicht, verunsichert, wie sie ihre Worte einzuordnen hatte. Es war wirklich unmöglich, Portia nicht anzusehen. Ihre Haare waren ein Durcheinander aus satten braunen Locken, ihre Augen von einem hellen, wässrigen Jadegrün, die einen Hauch zu weit auseinanderstanden, was ihr den Anschein eines fragenden Waldwesens gab.

»Ich weiß nie, ob du es ernst meinst oder nicht«, sagte Lorrie Ann.

»Ich meine es sehr ernst«, bekräftigte Portia. »Die Menschen haben so große Angst vor ihren eigenen Fehlern, aber ich nicht. Ich bin auch schrecklich faul, ich habe ein schlechtes Gedächtnis, ich will niemals Mutter werden, ich mag keine Tiere und bin überaus materialistisch veranlagt. Doch ich bin mir all dessen bewusst, und das bedeutet Macht, nicht wahr? Ich laufe nicht vor mir davon.«

»Ich laufe vor mir davon«, sagte Lor. Sie spazierten zu einem Grüppchen schlafender Kühe. Lor hatte noch nie so viele Kühe gesehen, bevor sie nach Indien gekommen war. Sie hatte noch nie bemerkt, wie wunderschön die Tiere waren. Sollte sie aufhören, sie zu essen? Sie hatte natürlich kein Rindfleisch mehr gegessen, seit sie in Indien war. Aber vielleicht würde sie diesen Vorsatz bewusst beibehalten.

»Warum?«, fragte Portia.

»Ich habe mein ganzes Leben lang versucht, ein guter Mensch zu sein, und alles ist schiefgelaufen.«

»Oh, willst du jetzt deswegen weinen?«, fragte Portia.

»Nein, ich will nicht weinen.« Lor versteifte sich.

»Du kannst dich bei mir ausheulen«, sagte Portia und streckte die Arme in einer sonderbaren Geste aus, wie Jesus am Kreuz. »Heul dich bei mir aus!«

Lor starrte sie einfach nur an.

Portia brach in schallendes Gelächter aus. »Oh, du bist so ernst! Andere können deine Gefühle so leicht verletzen! Es muss schrecklich sein, du zu sein, als wäre man mit unzähligen offenen Wunden übersät! Die sanfteste Berührung eines Liebhabers muss sich wie Folter anfühlen!«

»Ich sollte zurückgehen«, sagte Lor und wollte sich umdrehen.

»Nein!«, rief Portia und packte sie an den Händen. »Sei nicht so! Komm mit mir ins Wasser!«

»Du willst jetzt schwimmen?«

Portia ließ ihre Hände los und zog sich rasch ihr Bikinioberteil herunter. Mit einem Jauchzen riss sie es sich vom Leib.

»Zieh dich aus!«, sagte sie und streckte die Hand aus, um den Saum von Lorrie Anns Kleid hochzuschieben.

Lorrie Ann hob die Arme, gefügig wie ein Kind, damit Portia ihr das Kleid über den Kopf streifen konnte, doch sie erbleichte, als Portia begann, an ihrem Slip zu fingern.

»Schau dir das mal an«, sagte Portia und berührte mit ihrem rot lackierten Fingernagel die lange Narbe von Lorrie Anns Notkaiserschnitt.

»Ich hatte immer gehofft, sie würde weiter verblassen«, sagte Lorrie Ann. Aber das war eine Lüge. Insgeheim glaubte sie, die Narbe sei Teil eines rasch anwachsenden Kults an Frauen, die von derselben Narbe gezeichnet waren: Frauen, die zu ihrem eigenen Besten von Männern aufgeschnitten wurden.

Portia begann, Lors Slip hinunterzuschieben.

»Nein!«, sagte Lor. »Ich gehe so rein.«

Portia schüttelte den Kopf. »Nein, wirst du nicht.«

Lor packte mit beiden Händen den Bund ihres Slips und versuchte, einen finsteren Blick aufzusetzen.

Portia beugte sich vor und küsste sie stattdessen, und während Lorrie Ann abgelenkt war, hakte sie Lors BH auf, zog ihn aus und zerrte dann Lors Slip bis zu ihren Kniekehlen. Hastig versuchte Lor, ihre Brüste und ihre Scham mit bloßen Händen zu bedecken.

»Komm schon, du trauriges, trauriges Mädchen!«, rief Portia und rannte wie eine Verrückte geradewegs ins Meer.

Noch während mir Lorrie Ann in epischer Breite ihr pikantes, gewissermaßen skandalöses Abenteuer an meinem Küchentisch erzählte, stieg Ungeduld in mir auf. Zweifelsohne führte diese Portia nichts Gutes im Schilde, und keine noch so bewundernde Charakterisierung Lors konnte mich vom Gegenteil überzeugen. Sie war ein europaverliebtes Flittchen, das bedeutungslose Partys liebte und ihr Leben gemäß der Würfeltheorie lebte, als wäre es ein verfluchter Joan-Didion-Roman. Das war alles schön und gut für ein ehemaliges Model, nicht aber für Lorrie Ann.

Abgesehen davon wusste selbst ich, obwohl ich die Geschichte nur in groben Zügen kannte, was nun folgen würde: Lorrie Ann würde Arman schließlich verlassen und mit dieser Frau auf Reisen gehen, sie würden wilde Partys feiern, und Lorrie Ann würde mit ihrer nihilistischen Seite herumexperimentieren, bevor sie letztendlich erkannte, dass Portia durchgeknallt war, und sich von ihr abwandte, nur um barfuß und blutend bei mir in Istanbul zu landen. War es nicht das, was sie gesagt hatte? Dass sie mit einer Freundin herumgereist war, aber dass sich die Freundin als verrückt herausgestellt hatte? Wie lange hatte es gedauert, bis Lorrie Ann es durchschaut hatte? Jeder, der einen indischen Club mit einem Armenier ohne Beine und einer blonden Amerikanerin verließ, die so zugedröhnt war, dass sie kaum reden konnte, war mir nicht gerade sonderlich sympathisch.

Ich fragte mich natürlich auch, wann Franklin nach Hause kommen würde. Bei jedem Wort, das Lorrie Ann sprach, verkrampften sich meine Muskeln noch ein Stück weiter, und die Nerven in meiner Wirbelsäule kribbelten geradezu, während ich die Ohren spitzte, um Franklin die Treppe hochsteigen und den Gang zu unserer Wohnung herabkommen zu hören, wo er mich finden würde, wie ich Lorrie Ann Unterschlupf gewährte.

Franklin hatte so viele Stunden damit verbracht, Geschichten über Lorrie Ann zu lauschen, er hatte mir einmal gestanden, dass er sich fürchtete, sie tatsächlich kennenzulernen. Ich hatte besonders all das hervorgehoben, was unglaublich, beinahe göttlich an Lorrie Ann war: Ihre ethischen Grundsätze, die sich rätselhafterweise auf nichts gründeten und wahrscheinlich ein echtes Beispiel spontaner Schöpfung waren, ihr unvorstellbares Talent beim Schwimmen und ihre hinreißende Nase, ihre unendliche Fröhlichkeit angesichts der schrecklichen Opfer, die sie erbringen musste, ihre vermeerhafte Sinnlichkeit, ihr vergeudeter Intellekt, ihr Mut, vor allem: ihr Mut. Hier war die Göttin, für die ich mich so eingesetzt hatte, genau hier an meinem Küchentisch.

Und sie war ein Junkie.

Ich wollte sie vor seinen Augen verstecken, als wäre sie mein eigenes verdorbenes Ich.

KAPITEL VIERZEHN
Der Preis des Leidens

Nach ihrem Bad im Meer verfrachtete Lorrie Ann Portia in Dillips Taxi und kehrte dann zum Hotelzimmer zurück, wo Arman immer noch schlummerte. Etwas an seinem tiefen Schlaf und dem laut atmenden Mund widerte sie leicht an, und nachdem sie eine ganze Pille ungeteilt geschnupft hatte, ging sie hinaus auf die Veranda und frühstückte allein mit Rinoo. Sie unterhielten sich über einen möglichen Ausflug zu den Ruinen von Hampi.

»Das ist ein magischer Ort«, sagte Rinoo. »Wirklich magisch.«

Lorrie Ann wollte dorthin fahren, aber sie wusste, es wäre viel von Arman verlangt, da der Ausflug für ihn sehr anstrengend wäre. Für ihn war es das Beste, wenn er in regelmäßigen Abständen sitzen konnte, und sie hatte bemerkt, dass er am umgänglichsten war in Situationen, in denen diese Abstände natürlich folgten, damit ihn nicht das Gefühl beschlich, er wäre auf Hilfe angewiesen. Als könnte Rinoo ihre Gedanken lesen, sagte er: »Vielleicht kann Baba G hierbleiben und die Prinzessin des Westens geht allein?«

»Vielleicht«, sagte Lorrie Ann, bückte sich und hob den kleinen, bettelnden Mops auf, der auf ihren Schoß wollte. »Guten Morgen, Rosa«, sagte sie.

»Sehr schlechter Hund, der da«, sagte Rinoo. »Er ist in der Nacht in den Kühlschrank geklettert und hat fast ein halbes Kilo Butter gefressen.«

»Nein!«, rief Lorrie Ann und drehte die glücklich schnaufende Rosa zu sich um. »Hast du Butter gefressen? Hast du viel Butter gefressen?«

»Du denkst, es ist süß, aber jetzt werde ich jeden Abend Kisten vor den Kühlschrank stellen müssen!«

»Sie bekommt ihn wirklich auf?«, fragte Lorrie Ann.

»Ja! Ich weiß nicht wie, aber sie tut es!« Rinoo lächelte, sodass sie erkannte, dass er insgeheim stolz war auf den kleinen Mops mit seinem lahmen Hinterbein und seiner unersättlichen Liebe für Butter. Er war froh, dass der kleine Hund ein kleiner Hund war, was zugleich bedeutete, dass er froh war, dass das Tier zwar schwierig war, aber sich nur an der Butter vergriff.

»Wie bist du eigentlich in Indien gelandet?«, fragte Lorrie Ann.

»Ich war ein Hippie«, sagte Rinoo und lächelte wieder. »Ich habe mich einfach treiben lassen, und dann habe ich Mandrem gefunden und zu mir gesagt: Hier ist es ziemlich schön!« Er machte eine ausladende Handbewegung in Richtung des Flusses und der Palmen um sie herum.

»Hier ist es wirklich ziemlich schön«, pflichtete sie ihm bei.

Dann folgte ein Schweigen. Lor war übel. Sie war im Paradies und tat nichts weiter, als Drogen zu nehmen, um nichts fühlen zu müssen.

»Sie wird Welpen bekommen«, sagte Rinoo unvermittelt.

Lorrie Ann blickte verwundert zu Rosa, die immer noch auf ihrem Schoß saß. »Wirklich?«, fragte sie die kleine Hündin.

»Ja«, sagte Rinoo. »In vielleicht … einem Monat. Wirst du dann noch hier sein?«

»Vielleicht«, sagte Lor, hoffte jedoch inständig, es nicht zu sein.

Lorrie Ann realisierte erst, dass sie über einen Ausflug nach Hampi nachdachte, als sie es ein paar Tage später Arman gegenüber erwähnte.

»Du kannst gerne hierbleiben, wenn du willst. Hab etwas Erwachsenenspaß oder was auch immer. Fahr noch einmal nach Anjuna.« Sie war von sich selbst überrascht, dass sie es überhaupt anbot. Arman hatte immer behauptet, eine offene Beziehung sei notwendig, nicht nur für seinen eigenen Sexualtrieb, der offen gesagt nicht schwer zu befriedigen war, sondern weil es das einzig rationale Arrangement zwischen einem Mann und einer Frau sein konnte, die nicht die Absicht hegten, gemeinsam Kinder großzuziehen. Lor verstand seine Logik und stimmte ihr sogar zu, weshalb sie seine Affären mit anderen Mädchen tolerierte, auch wenn sie ihr immer einen Stich versetzten. Aber nun, stellte sie fest, störte sie der Gedanke keineswegs, dass Arman mit jemand anderem zusammen sein könnte. Sie machte die Probe aufs Exempel und zwang sich, es sich bildlich vorzustellen, konnte sich jedoch nicht dazu durchringen, dass es sie sonderlich traf.

»Was willst du in Hampi?«, wollte Arman wissen.

»Rinoo meinte, die Ruinen wären wirklich unglaublich. Dass es einfach ein ganz besonderer, uralter Ort ist.«

»Ruinen wovon?«

»Keine Ahnung«, sagte Lorrie Ann und drehte sich im Sand um. An jenem Morgen hatten sie einem hartnäckigen Kind neue Handtücher abgekauft, und die Farbe hatte den Stoff nicht richtig durchdrungen, sodass die gesamte Vorderseite von Lors Körper nun mit roten und blauen Kreisen überzogen war. »Denkst du, das wird im Wasser wieder abgehen?«, fragte sie, während sie ihre Oberschenkel rieb.

Doch Arman sagte nichts, starrte nur mit regloser Miene

zum Horizont und nahm dann einen Schluck von seinem Bier.

Später an diesem Abend betrank sich Arman schrecklich. Sie hatten in einem Restaurant gegessen, das angeblich ein chinesisches Restaurant sein sollte, wo das Essen allerdings verdächtig wie indisches Essen aus einem Wok geschmeckt hatte, und anschließend hatten sie eine Flasche Wodka gekauft und sie am Strand geleert. Lor bemerkte erst, wie tief er in die Flasche geschaut hatte, als er sie unvermittelt ins Meer schleuderte.

»Was?«, sagte er. »Sie ist leer.«

Lor seufzte. Arman bereitete es sowieso Probleme, auf Sand zu gehen, aber es fiel ihm noch viel schwerer, wenn er besoffen war. Es würde ein langer Weg zurück zu ihrem Zimmer werden, und sie war müde.

»Lass uns langsam aufbrechen«, schlug sie vor.

»Nein«, sagte er. »Hier ist es schön.«

»Baby, ich bin müde«, sagte sie. »Lass uns zurückgehen, dann können wir uns einen Schokoriegel holen oder irgendwas, falls der Laden noch offen hat.« Lorrie Ann mochte Süßigkeiten nicht sonderlich, aber Arman liebte alles Süße. Er schien sich nicht bewusst zu sein, wie häufig sie Schokolade oder Pralinen als Belohnung einsetzte, damit er etwas für sie tat. Es hatte sie immer verwundert, dass er den Trick nicht durchschaute. Doch es funktionierte wieder, und er rappelte sich auf und humpelte, auf Lor gestützt, zurück zum Pfad, der zu dem kleinen Geschäft führte.

Sie kaufte ihm im Laden zu viel Süßes, aber sie konnte nicht anders. Es bereitete ihm so viel Freude, neue Riegel auszuprobieren, und da sie keine der indischen Verpackungen lesen konnten, hatten sie eine relativ hohe Misserfolgsrate, etwas zu finden, das ihm schmeckte. »Nimm einfach von allem eins«, schlug sie vor. Arman grinste, ein bisschen einfältig, aber glücklich. Manchmal erinnerte er sie so sehr an einen kleinen Jungen, dass es ihr im Herzen wehtat, eine sonderbare Mischung aus Mitleid und Liebe. Sie dachte daran, wie Portia all ihre Fehler aufgezählt hatte. Ich mag Menschen, die schlimmere Probleme haben als ich, dachte Lorrie Ann insgeheim. Überrascht stellte sie fest, dass sie sich besser fühlte, nachdem sie sich gestattet hatte, die Worte in ihrem Kopf zu formulieren. Sie hatte das Gefühl, als könnte sie wieder richtig atmen. Ich benutze sie, um mich besser zu fühlen, fuhr sie im Stillen fort, erstaunt über die plötzliche Leichtigkeit in ihrem Herzen.

In ihrem Hotelzimmer machte es sich Arman, die Beine abgeschnallt, um seinen Berg Süßigkeiten bequem. Er versuchte, Lor zu überreden, von den Süßigkeiten zu probieren, die ihm schmeckten, aber sie wollte nicht.

»Ich mag wirklich nichts«, sagte sie.

Er starrte sie an, die Augen mit Tränen gefüllt. »Warum?«, jammerte er. »Warum willst du nicht probieren?«

Lorrie Ann erschrak. Normalerweise war er nicht die Sorte Mensch, die schnell weinte. »Was ist los?«

»Du liebst mich nicht mehr«, schluchzte er.

»Mach dich nicht lächerlich, natürlich liebe ich dich.«

»Du wirst nach Hampi fahren und mich verlassen! Verlass mich bitte nicht!« Arman heulte nun wie ein Schlosshund, verschluckte sich fast. »Du wirst fahren und einfach nicht zurückkommen, und ich wusste es, ich wusste, ich würde hier warten und warten, und du wirst nicht zurückkommen!«

»Red keinen Unsinn«, sagte Lorrie Ann, streckte die Hand

aus und strich mit sanften Kreisbewegungen den Stoff seines T-Shirts am Rücken glatt. Dann gab sie ihm einen Kuss auf den Scheitel. »So etwas würde ich niemals tun.«

Doch der Gedanke, es zu tun, blühte langsam wie eine Rose in ihr auf.

»Du hattest das gar nicht vor?«, keuchte Arman.

»Nein!«, sagte Lorrie Ann. »Versprochen! Ich würde dir das niemals antun.« Sie küsste ihn wieder, und sein Weinen ebbte ab. Sie rutschte näher an ihn heran, schob den Berg Süßigkeiten aus dem Weg.

»Mir ist schlecht«, gestand er.

»Ich weiß«, sagte sie.

Und kurze Zeit darauf hielt sie ihm den winzigen Abfalleimer aus ihrem Zimmer hin, während er die gesamte Schokolade erbrach, die er in sich hineingestopft hatte.

Lor hatte Angst, er würde im Schlaf sterben, doch das passierte nicht. Sie wusste, es war sehr gefährlich, Schmerzmittel und Alkohol zu mischen. Es war Arman selbst gewesen, der ihr das beigebracht hatte. Sie tranken die ganze Zeit über Bier oder genehmigten sich Drinks, doch er hatte immer wieder betont, wie wichtig es sei, sich nicht zu besaufen, obwohl er sich selbst nicht ernsthaft an die Regel hielt. Vielleicht hoffte ein Teil von ihr, er würde sterben. Sie wusste es nicht. Sie wusste nur, dass sie, als sie erwachte und feststellte, dass er immer noch gleichmäßig atmete, das überwältigende Verlangen überfiel, aus dem Zimmer zu verschwinden. Sie packte eine Tasche mit Zigaretten, präparierten Starbursts und ihrer Sonnenbrille, kritzelte ihm eine Notiz auf die Rückseite einer Broschüre und ließ ihn schlafend im Zimmer zurück. Sie nahm sich nicht einmal die Zeit, mit Rinoo zu frühstücken, sondern ging einfach hinaus auf die Hauptstraße, mietete ein Moped und fuhr nach Arambol.

Sie parkte in einer Seitenstraße in der Nähe des Strandes, und nachdem sie abgewartet hatte, bis ihr eine Gruppe Hühner ausgewichen war, bahnte sie sich einen Weg zur Haupteinkaufsstraße, wo sie bei einem Chai-Wallah auf einem Fahrrad einen Chai kaufte und gemächlich durch die Läden schlenderte. Sobald sie den STD-ISD-Laden sah, eine nur in Indien zu findende Institution, nämlich ein Geschäft voller internationaler Telefonkabinen, wusste sie, dass sie nach Arambol gekommen war, um ihre Mutter anzurufen. Sie war erst einmal in einem STD-ISD-Geschäft gewesen, um ihre Bank wegen einer Überweisung anzurufen, weshalb sie beim Eintreten nervös war. Doch der Junge hinter dem Tresen zeigte einfach auf einen Apparat.

»Wie viel?«, wollte sie wissen.

»Du zahlen später«, sagte er. »Du zahlen später.«

»Kennst du die Vorwahl der USA?«, fragte sie ihn.

»Null, eins, eins.«

»Vielen Dank.«

Im Laden roch es nach warmem Plastik und Lakritze und schwitzenden Körpern. In einer Ecke waren Ananas aufeinandergestapelt, und eine Katze saß obendrauf und leckte sich die Pfoten. Lorrie Ann wählte die 011, dann eine 1 und dann die Handynummer ihrer Mutter, und es klingelte eine schier endlos lange Zeit. Lorrie Ann entschied, ihrer Mutter zu verkünden, dass sie nach Hause käme. Es war vorbei. Es war dumm gewesen, und jetzt war es vorbei. Diese Entscheidung erfüllte sie mit fast unsäglicher Erleichterung.

Als sich Danas Mailbox einschaltete, lauschte Lorrie Ann gebannt der Stimme ihrer Mutter, voll der Absicht, eine Nachricht zu hinterlassen, aber dann, als der Piepston kam, stellte sich heraus, dass sie es nicht konnte. Sie öffnete den Mund, doch nichts kam heraus. Einen Moment war sie wie erstarrt, dann knallte sie den Hörer auf die Gabel, als wäre sie wütend.

Etwas verlegen glitt sie aus der Kabine und holte ihr Geld heraus, um den Jungen zu bezahlen.

»Nein, nein«, sagte der Junge mit einer wegwerfenden Handbewegung. »Du kommen zurück und versuchen später noch mal. Jetzt nicht zahlen.«

Er wackelte mit dem Kopf und lächelte.

»Okay«, sagte Lorrie Ann benommen, dann taumelte sie aus dem Laden und in die grelle Sonne der Hauptstraße, wo sie jäh mit Portia zusammenstieß.

»Meine Freundin«, rief Portia, »ich hatte gehofft, dich wiederzusehen! Hast du Hunger?«

»Ich weiß nicht«, sagte Lorrie Ann. »Vielleicht.«

»Du weißt nicht?« Portia lachte und zerrte Lorrie Ann die Straße hinab und in ein Café, wo sie ihnen Dosas bestellte, riesige, dünne, zusammengeklappte Fladen aus einem Teig, dessen Konsistenz irgendwo zwischen einem Glückskeks und einem Pfannkuchen lag.

»Wo ist der Krüppel?«, fragte Portia, brach ein Stück Dosa ab und tauchte es in eine kleine Schüssel mit Tomaten-Chutney.

»Im Hotel und schläft seinen Rausch aus«, sagte Lorrie Ann.

»Du sagst das, als käme es zu oft vor.«

»Vielleicht«, antwortete Lorrie Ann, aber das war nicht wirklich die Wahrheit. Arman schlief nicht häufig einen Rausch aus. Er war nicht zu oft betrunken. Sie experimentierte nur mit ihrer eigenen Illoyalität.

»Ich hatte mir überlegt«, sagte Portia, »dass ich dich zu einer Reise einladen wollte. Ein paar meiner Freunde fahren nach Dubai. Willst du mitkommen?«

»Was wirst du in Dubai tun?«, fragte Lorrie Ann. »Ich hatte mir überlegt, dich zu fragen, ob du mit nach Hampi willst.«

»Wo ist das?«, wollte Portia wissen.

»Eine berühmte Ruine. Südlich von hier.«

»Ich komme mit«, sagte sie, »aber nur, wenn du im Gegenzug mit nach Dubai kommst.«

Lor winkte den Kellner herbei und bestellte eine Zitronenlimonade. »Ich müsste Arman fragen.«

»Oh«, sagte Portia. »Ich kann nur dich mitnehmen. Das hätte ich wohl vorher sagen sollen. Meine Freunde haben ein unglaubliches Apartment in Dubai. Wenn ich eine Freundin mitbringe, die bei mir schläft, ist das okay. Aber kein sonderbares amerikanisches Pärchen. Niemand würde das verstehen.«

»Hmm …«, sagte Lorrie Ann.

»Bitte, komm mit!«, rief Portia. »Es würde so viel mehr Spaß machen, wenn du dabei bist! Es sind alles Models, und sie essen nie. Willst du nicht mit mir essen?«

»Lass mich darüber nachdenken«, sagte Lorrie Ann.

»Das bedeutet, du willst mitkommen, aber du musst noch überlegen, wie du ihn loswirst?«

Lorrie Ann hatte einen Schluck von ihrer Limo genommen und musste prusten.

Portia lachte. »Ist schon okay. Ich werde dir helfen. Wir hecken einen Plan aus.«

Der Plan sah in groben Zügen so aus, dass Lorrie Ann zur Bank gehen und Arman einen Scheck über tausend Dollar ausstellen würde, die Hälfte dessen, was von ihrem Geld noch übrig war. Sie würde ihm einen Brief schreiben. Dann würde sie nach Hause fahren, den Rest des Tages mit ihm verbringen und sich mitten in der Nacht hinausschleichen, den Brief zurücklassen sowie den Bankscheck, aber die Hälfte der Pillen mitnehmen und Portia in ihrem Hotel in Arambol treffen. Dillip würde sie fahren. Sie würde ihn extra dafür bezahlen, Baba G nicht zu verraten, wohin sie ging. Am nächsten Morgen säßen sie und Portia im Bus Richtung Hampi.

Nach Hampi fuhren sie nach Dubai. Dort feierten sie mit einem ganzen Zirkus, es war tatsächlich ein Zirkus, und Lorrie Ann knutschte mit einem Akrobaten, während Portia mit einem Zwerg schlief. Anschließend fuhren sie nach Bangkok, dann nach Barcelona und Ibiza. Sie liefen Leonardo DiCaprio in Tel Aviv über den Weg, wo sie mit Portias Modelfreunden Partys feierten. Kurzzeitig landeten sie in Berlin hinter Gittern, aber nur für eine Nacht, und es war alles ein großes Missverständnis.

Lorrie Anns Geld war natürlich längst aufgebraucht, aber Portia war steinreich, und Portia war großzügig. Außerdem mussten die beiden fast nie für Drinks oder Essen oder Hotelsuiten bezahlen. Häufig flogen sie mit Privatjets, die von der jeweiligen Gruppe gechartert waren, mit der sie gerade reisten. Lorrie Ann stellte fest, dass sie unbemerkt sehr viel Gewicht verloren hatte und ohne Probleme in Portias kostspielige Garderobe in Größe 34 passte. Das Einzige, das sie sich nicht ausleihen konnte, waren Schuhe, und sie kaufte ein Paar schwarze Sandalen, die man zu fast allem tragen konnte. Portia war grün vor Neid wegen Lorrie Anns winziger Füße, aber Lorrie Ann zeigte auf, dass Portia fast einen Meter achtzig groß war und dass wenn ihre Füße auch nur einen Tick kleiner wären, die Proportionen einfach nicht stimmen würden. »Du solltest die Füße meiner Mutter sehen«, sagte Lorrie Ann. »Sie ist diejenige mit den wirklich perfekten Füßen.«

Auf Hvar hielt ein Graf, auch ein Multimillionär, eines Abends um Lorrie Anns Hand an, und sie willigte sogar ein, aber am nächsten Morgen schien er sich nicht erinnern zu können, und sie brachte die Angelegenheit nicht zur Sprache, was auch daran lag, dass ein extra für die Party aus dem Zoo ausgeliehenes Faultier während der Nacht gestorben war und der gesamte Morgen einer erweiterten Version von Cluedo glich, bei dem sie alle versuchten, die Puzzleteile zusammenzusetzen, wie das Faultier letztlich mit eingeschlagenem Kopf im Pool gelandet sein könnte. Eines der Mädchen, ein ehemaliges Playboy-Bunny, erlitt einen emotionalen Zusammenbruch wegen des Faultiers und tat nichts weiter, als den ganzen Vormittag auf einem Liegestuhl zu liegen und den nassen toten Körper zu halten, während sie in sein Fell weinte. Schließlich musste man ihr das Tier regelrecht entreißen.

»Tut mir leid«, sagte ich. »Ich kann mir dieses Zeug einfach nicht länger anhören.«

Lorrie Ann verstummte jäh. Sie hatte es genossen, mir all diese Geschichten zu erzählen. Bei der Erwähnung von Leonardo DiCaprio und dem Grafen und den Namen der exotischen Städte hatte sie gestrahlt. Dies waren ihre Abenteuer, und ich befahl ihr aufzuhören.

»Ist etwas los?«, fragte sie.

Ihre Hände lagen gefaltet vor ihr auf dem Tisch, als wäre sie ein Kind in der Schule. Was dachte sie sich nur? Wie um alles in der Welt rechtfertigte sie all das vor sich selbst?

»Sag schon«, meinte sie.

»Nichts«, meinte ich nur. Ich wollte nichts zu Lorrie Ann sagen, das ich nicht zurücknehmen konnte. Ich wollte erst noch alles durchdenken.

»Ich weiß, was du denkst – sag es einfach. Sag schon!«

»Er ist ganz allein!«, rief ich. »Er hockt allein in einem Pflegeheim, und du ziehst dir in Nachtclubs überall in Europa Koks rein!«

Lorrie Ann lächelte, als hätte ich genau das gesagt, was sie erwartet hatte. »Und es widert dich an«, sagte sie. »Es widert dich an, dass er leidet, während ich mich amüsiere.«

»Ja. Tut mir leid, aber so ist es.«

»Sag schon, wie viel meines Lebens wäre genug? Wie viel soll ich bereit sein aufzugeben? Alles?«

»Nein, natürlich nicht – das meinte ich gar nicht«, sagte ich, unsicher, was genau ich von ihr erwartete.

»Willst du, dass ich eine Märtyrerin bin? Ist es das? Mutterschaft gleich Märtyrertum? Es soll keine Höchstgrenze an Leid geben, das man freiwillig ertragen kann?«

Ich hatte das Gefühl, sie würde mir das Wort im Mund umdrehen, als ginge es auf einmal um etwas ganz anderes. »Nein, aber du kannst nicht auf diese frivole, abstoßende Art feiern, während er leidet. Bedeutet dir sein Leiden denn überhaupt nichts?«

»Wo ist der Unterschied, wenn du dein Leben mit Franklin hier in Istanbul genießt und die Frechheit besitzt, etwas so Nutzloses zu tun wie ein altes, bescheuertes Gedicht zu übersetzen, wenn es Frauen gibt, die an jedem einzelnen verdammten Tag im Kongo vergewaltigt werden und sterben, Männer, die einander abschlachten, Kinder, die Soldaten werden? Sie vergewaltigen die Frauen mit Gewehren. Wusstest du das? Nachdem sie damit fertig sind, sie eigenhändig zu vergewaltigen, stecken sie manchmal ein Gewehr in sie hinein und drücken ab. Nun sag schon, wo ist der Unterschied?«

»Er ist dein Sohn!«, sagte ich.

Lor seufzte, als hätte ich ihr das einfältigste und langweiligste Argument der Welt geliefert.

»Wir sind alle Brüder und Schwestern, Mia. Jedes Gramm menschlichen Leids wiegt gleich. Zachs Leiden bedeutet nicht mehr als das eines Kindes im Kongo, nur weil wir genetisch miteinander verwandt sind. Das ist einfach … so unsäglich abstrus.«

Wann hatte Lorrie Ann angefangen, Wörter wie »abstrus« zu benutzen? Waren Arman und seine Sammlung sonderbarer Bücher dafür verantwortlich? Wann hatte es eingesetzt, dass sie gemäß allgemeingültiger Prinzipien lebte, die so schrecklich realitätsfern waren? Es wirkte fast so, als wäre Zach eine Idee und keine Person. Aber andererseits, so erkannte ich nun, war sie die Entscheidung, ob sie ihn behalten sollte oder nicht, auf dieselbe abstrakte Art und Weise angegangen. Ich spürte vage, dass Lors gesamtes Leben genau diesem zermürbenden Marsch zur Chevron-Tankstelle glich, um den zerknitterten Zehn-Dollar-Schein zurückzubringen. Es war eine mathematische Tugendhaftigkeit ohne jegliche Spontanität oder Herz.

Einen Moment lang barg sie das Gesicht in den Händen, dann seufzte sie und setzte sich am Tisch wieder auf. Sie sprach, als würde sie ernsthaft versuchen, mir die einfachste aller unumstößlichen Wahrheiten zu erklären: »Wenn der Grundkonsens ist, menschliches Leiden zu verringern, dann ist es unethisch von mir, Leiden zu suchen. Würde ich glauben, ich könnte Zachs Leiden lindern, dann würde ich es tun, denn dann würde sich das Leid ausgleichen. Aber meine Wahl ist, dass entweder wir beide unvorstellbar leiden müssen oder er unvorstellbar leiden muss. Würde ich die Entscheidung hinsichtlich eines anderen Menschen fällen, wäre die Antwort eindeutig. Müsste ich entscheiden: Entweder Mia und Zach müssen beide unerträglich leiden oder nur Zach muss unerträglich leiden, dann würde die richtige Entscheidung natürlich lauten, dass nur er leiden soll. Aber wenn ich dieselbe Entscheidung für mich treffe, wird mein Handeln als egoistisch und nicht als vernünftig angesehen.«

Für sie war es nichts weiter als ein mathematisches Problem. Ich dachte an die Art, wie Zach sie angesehen hatte, von Staunen erfüllt, mit solch ehrfurchtsvoller Liebe.

»Aber natürlich«, sagte ich, »würde es sein Leiden verringern, wenn er dich sieht! Das weißt du. Du weißt, dass er dich liebt und er Angst hat und er ganz allein an einem fremden Ort ist.«

Lorrie Ann seufzte. »Ich bin zu dem Entschluss gekommen«, sagte sie, als würde sie endlich mit der Wahrheit herausrücken, einer Wahrheit, vor der sie mich hatte schützen wollen, nun jedoch keine andere Wahl sah, als sie mir zu offenbaren, »dass das, was sie tun, moralisch gesehen falsch ist.«

»Sie?«

»Die Ärzte. Die Krankenhäuser. Die Sozialarbeiter.«

»Inwiefern?«

»Sie halten ihn am Leben – das ist die einzige Definition von Gut und Böse, die sie kennen, weshalb es sie nicht kümmert, was der Preis für dieses Leben ist, denn sie wollen das Leben, das Leben um jeden Preis. Sie berücksichtigen sein Leiden nicht, sie berücksichtigen sein Elend nicht. Sie weigern sich sogar, ihm Schmerzmittel zu geben, weil sie wollen, dass er länger lebt. Allmählich kommt es mir vor wie bei Josef Mengele. Wie Wissenschaft ohne jedes menschliche Gefühl. So würden Roboter die Dinge angehen, Geschöpfe ohne jedes Mitgefühl.«

»Aber …«

»Sie tun es bei Hunden, Mia. Bei Hunden. Bei Hunden glauben wir an Gnade vor Leben. Erlösen sie aus ihrem Leiden. Sobald ihr Leben zur Höllenqual wird, beenden wir es.«

»Aber wer hat die Macht, das für ein anderes menschliches Wesen zu entscheiden? Zach kann nicht entscheiden. Du kannst nicht entscheiden.«

»Ich sollte diese Entscheidung treffen dürfen. Ich liebe ihn mehr als jeder andere auf der Welt. Ich sollte diese Entscheidung treffen dürfen. Jetzt ist es ein Arzt, der entscheidet. Ein Arzt, der sich überhaupt nichts aus ihm macht.«

Ich konnte ihre Entrüstung wirklich nachvollziehen. Ich wusste genau, wie sehr die Medizin Lorrie Ann betrogen hatte: die My-Little-Pony-Lidschatten-Krankenschwester, die Ärzte, die ihr ohne jedes Bedenken ein Medikament gegen Magengeschwüre verabreicht hatten. Sie vertraute diesen Menschen nicht, und warum sollte sie auch?

»In deinem speziellen Fall«, sagte ich, »stimme ich dir zu. Es wäre mir lieber, wenn du und nicht irgendein Arzt die Kontrolle darüber hätte, ob Zach leben oder sterben soll. Aber würdest du tatsächlich wollen, dass jeder Mutter dieses Recht zugesprochen wird?«

»Ja«, sagte Lorrie Ann wie aus der Pistole geschossen. Offensichtlich hatte sie gründlich über dieses Thema nachgedacht. »Ich finde, Mütter sollten das Recht haben, ihre Kinder zu töten.«

»Ohne Ausnahme?«

»Ohne Ausnahme. Von der Empfängnis bis, keine Ahnung, bis sie achtzehn sind?«

»Achtzehn!«

»Na schön, vielleicht zwölf. Bis sie die Entscheidung selbst treffen können. Falls sie in der Lage sind, die Entscheidung selbst zu treffen. Falls das Kind geistig nicht fähig ist, ist es die Aufgabe der Mutter, eine Entscheidung zu fällen.«

»Was ist mit dem Vater?«

»Scheiß auf den Vater«, sagte Lor.

»Meinst du das ernst?« Ich war fassungslos. Und dennoch, wenn ich ganz ehrlich war, genoss ich diese Diskussion. Ich liebte es zu argumentieren, ich liebte die Beschäftigung an sich, Einwände zu formulieren und sie dann zu widerlegen, Löcher in der Logik meines Gegenübers zu finden.

»Jim hatte nie dieselbe Art Bindung zu Zach, die ich hatte. Ich konnte spüren, was Zach brauchte. Ich wusste, wann er eine schmutzige Windel hatte, wann er hungrig war, wann er einfach nur übermüdet war. Jim hat ihn geliebt, aber er hat Zach nicht in seinem eigenen Bewusstsein gespürt – er hatte nie diese intuitive Verbindung mit ihm.«

Ich stellte den Kessel für eine weitere Kanne Tee auf, doch dann fiel mir ein, dass es eigentlich viel wichtiger wäre, Lorrie Anns blutige Füße zu waschen. Ich ließ den Wasserkessel auf dem Herd, holte dann eine große Plastikschüssel vom Kühlschrank herunter und füllte sie mit heißer Seifenlauge. »Aber«, sagte ich, »ich hätte es nie, einfach nie gewollt, dass meiner Mutter das Recht zugesprochen worden wäre, meine Brüder umzubringen. Ich habe das Gefühl, dieses Recht hätte mir zugestanden – nicht ihr! Kannst du dir das vorstellen?«

»Deine Mom war schlimm«, sagte Lor, »aber sie hätte deine Brüder nie getötet.«

»Aber was, wenn sie es getan hätte?«

»Das hätte sie nicht. Du musst Frauen vertrauen. Wir töten fast nie, außer wir haben keine andere Wahl. Wir sind sehr vernünftig.«

»Du benutzt das Wort ›wir‹, als wären Frauen eine Art amorphe Masse.«

»Das sind wir«, sagte sie. Ich stellte das Tablett mit der Seifenlauge vor ihr ab und kniete mich hin. Ich hatte Spülmittel benutzt, weshalb es nach Zitrone roch. Lor zischte vor Schmerz, als sie einen Fuß nach dem anderen in die Schüssel tauchte.

»Menschen sind Menschen. Manche sind verrückt, die meisten nicht. Aber Frauen sind nicht alle gleich, und Männer auch nicht.«

»Natürlich sind sie das«, sagte Lor. »Frauen haben Vaginas, und Männer haben Penisse. Ich habe die Schnauze voll von Leuten, die behaupten, sie wären Feministinnen, und damit argumentieren, dass Frauen und Männer völlig gleich sind. Das sind sie nicht. Ihnen sollte derselbe Respekt wie Männern entgegengebracht werden, aber Frauen und Männer sind nicht völlig gleich. Und wie die Geschichte beweist, neigen Männer dazu, andere Menschen fast ohne jeden Grund zu töten. Frauen tun so etwas fast nie.«

Ich hatte das Gefühl, wir waren vom Thema abgewichen. Das sollte keine Diskussion über den Unterschied zwischen Männern und Frauen sein. Hier ging es um Zach. Hier ging es um die Ungeheuerlichkeit von Playboy-Bunnys, die tote Faultiere im Arm hielten, und Heiratsanträge, die am nächsten Morgen schon wieder vergessen waren. Ich rieb mit dem Waschlappen sanft über ihr Fußsohlen.

»Ich glaube, da steckt eine Glasscherbe drin«, sagte Lor.

»Soll ich eine Pinzette holen?«

Sie nickte, biss sich auf die Lippe, und ich rannte ins Bad, um eine Pinzette zu holen. Als ich zurückkam, pfiff der Wasserkessel, und ich schaltete die Kochplatte aus. »Willst du überhaupt noch einen Tee?«, fragte ich.

»Nein.«

Ich ließ den Kessel dampfend auf dem Herd stehen und kniete mich wieder vor Lor. »Welcher?«

Sie hielt den linken Fuß hoch. »In der Ferse.«

Ich glitt mit dem Finger an der Haut ihrer Ferse auf und ab, bis ich die Ausbuchtung und die scharfe Spitze der Glasscherbe gefunden hatte. »Was ich sagen will«, erklärte ich, »ist, dass das gegenwärtige System meistens funktioniert. Es funktioniert nicht in deinem speziellen Fall, aber für den Großteil der Menschen ist es so am besten. Es ist nicht perfekt, aber es geht nicht besser!«

»Nun«, sagte Lor, »es ist nicht gut genug. Und es tut mir leid, aber ich finde nicht, dass es nicht besser geht. Es ist, als würde man behaupten, besser als ein Paddelboot geht nicht!«

Ich bekam das winzige Stück Glas mit der Pinzette zu fassen – am Kratzen des Glases und dem metallischen Geräusch konnte ich hören, dass ich es gefunden hatte, doch ich rutschte immer wieder ab, während ich versuchte, die Scherbe herauszuziehen.

Lor fuhr fort: »Warum soll man auf Erden nicht nach perfekter Gerechtigkeit streben? Warum soll man nicht versuchen, etwas zu finden, das absolut perfekt funktioniert für alle Zeit? Ich meine, es kommt mir vor, als hätten wir Gerechtigkeit einfach an den Nagel gehängt. Niemand versucht es auch nur. Wir haben diese beschissenen, blöden Gesetze, und die

Leute sagen immer: ›Nun, besser geht's nicht!‹ Scheiß drauf. Scheiß auf alle. Oh, aua, das tut weh!«

»Er ist draußen«, sagte ich und hielt ihr den Splitter grünen Glases, den ich aus ihrer Ferse entfernt hatte, zur Begutachtung hin.

»Hör mal«, sagte Lor, als sie mir das Glasstück aus der Hand nahm, um es sich genauer anzusehen, »wir wissen alle, dass die gegenwärtige Rechtfertigung für eine Abtreibung einfach Bullshit ist. Es soll noch kein Leben sein? *Komm schon!* Das ist nicht der Punkt! Das ist doch nur eine Frage der Auslegung! Es würde zu einem Leben heranwachsen, wenn man es in Ruhe ließe, und jeder, einfach jeder weiß das. Frauen, die eine Abtreibung durchführen lassen, machen das nicht leichtfertig oder gedankenlos – aber sie wissen es, sie wissen tief in ihrem Innersten, dass es ihr Recht ist, ihr Kind zu töten.«

Ihre Argumentation hinterließ ein ungutes Gefühl in mir. Bei meiner Abtreibung hatte ich es nicht als »Ansammlung von Zellen« betrachtet. Ich hatte es als Baby angesehen, und ich hatte entschieden, es sei mein Recht, es zu töten.

»Das ist nicht der Punkt. Das ist nicht der Punkt«, wiederholte ich. »Der Punkt ist, selbst wenn das, was sie tun, moralisch verwerflich ist, es nicht automatisch bedeutet, dass es Zach verdient, ganz allein zu sein.«

»Du willst, dass ich an Taten beteiligt bin, die ich für unethisch halte, doch das kann ich nicht. Du willst, dass ich dort sitze und untätig zusehe, wie sie meinen Jungen quälen. Nun, so tapfer bin ich nicht. Tut mir leid, dich enttäuschen zu müssen.«

»Ich erwarte nicht von dir, dass du tapfer bist«, sagte ich völlig durcheinander.

»Aber es wäre dir lieber, wenn ich nüchtern bin«, sagte sie. »Und es verlangt viel Mut, nüchtern zu sein. Ein Grund, warum ich Drogen nehme, ist der, dass ich mit alldem nicht umgehen kann, und du willst, dass ich damit umgehen kann, weil du dich dann besser fühlen würdest. Aber, Mia, ich treffe in meinem Leben keine Entscheidungen auf der Grundlage dessen, wie du dich dabei fühlst.«

Ich stammelte, weil es natürlich absurd klang, diese Idee, sie könne wichtige, lebensverändernde Entscheidungen abhängig davon fällen, wie ich mich dabei fühlte, und dennoch war es genau das, was ich mir von ihr erhoffte. »Aber du weißt, dass das grauenhaft ist. Das weißt du.«

»Ganz genau«, sagte Lor, »und das ist der Grund, warum ich immer zugedröhnt bin.«

»Ich glaube, ich bin vielleicht schwanger«, platzte es aus mir heraus. Es war fast so, als hätte ihre Ehrlichkeit die Worte aus mir herausgezogen, wie ein Metallstück, das von einem Magneten angezogen wird.

Lor blickte zu mir auf, als hätte ich einen Gong geschlagen. »Das ist so aufregend«, sagte sie.

Genau in diesem Moment kam Franklin mit Bensu auf den Schultern durch die Tür spaziert.

KAPITEL FÜNFZEHN
Ja oder Nein

Franklin stand einen Moment reglos da, die Hände an Bensus Knöcheln, und nahm die Szene in sich auf. Bensu trug kleine schwarze Lackschuhe. Mit einem Schlag erinnerte ich mich an das Teeservice, das ich ihr gekauft hatte. Ich war nicht vollkommen sicher, wie viel Franklin gehört hatte. Er konnte mich ebenso leicht lesen, wie er Inanna lesen konnte, und er wusste, dass er in irgendetwas hineingeplatzt war, aber hatte er das Wort »schwanger« verstanden? Hatte er gehört, dass es meine Stimme war, die es gesagt hatte?

»Hi, Baby«, sagte ich. Ich fing seinen Blick auf, doch in seinem Gesicht spiegelte sich nichts als Freundlichkeit.

»Sieh mal, wen ich draußen auf dem Gang gefunden habe«, sagte Franklin.

»Ich weigere mich, mein Land zu verraten«, sagte Bensu. »Tu, was auch immer du mir antun willst.«

»Sie ist eine Spionin«, erklärte Franklin. »Und Sie sind …?« Er beugte sich vor, um Lorrie Ann die Hand zu schütteln, und Bensu musste sich an seinen Haaren festkrallen, um nicht das Gleichgewicht zu verlieren. Wenn es ihm wehtat, wie sie seinen Schopf grob packte, ließ er sich nichts anmerken. Mein Puls begann sich allmählich zu beruhigen, während es immer mehr den Anschein machte, als hätte Franklin nichts gehört.

»Lorrie Ann«, sagte sie.

Die Veränderung in Franklin kam so plötzlich und wahrhaftig, dass es mir fast das Herz brach. »O mein Gott!«, rief er.

»Warum hast du mich nicht angerufen und es mir erzählt?«, fragte er an mich gewandt. »Wir sind so, so glücklich, dass du hier bist. Ich bin so froh, dich kennenzulernen!«

Hinter ihm verschloss ich für Lorrie Ann pantomimisch meinen Mund wie einen Reißverschluss und formte mit den Lippen die Worte: »Er weiß es nicht.«

Lorrie Ann war offensichtlich durcheinander, versuchte gleichzeitig, Franklin zu begrüßen und meine panische Zeichensprache zu begreifen. »Es war eine Überraschung«, sagte sie und lächelte ihn einladend an. Mir fiel auf, dass sie nicht sagte: »Ich habe Mia um Hilfe gebeten, als ich barfuß und blutend auf dem Großen Basar stand.«

»Wie verrückt!«, rief Franklin. »Trotzdem hättest du mich anrufen müssen, Mia. Ich hätte etwas Besonderes zum Essen mitgebracht.«

»Ich mache Hühnchen«, sagte ich.

»Hühnchen ist fein«, sagte Lorrie Ann. »Mehr als fein.«

Ihr Blick huschte zu mir, und ich wusste, was sie sagen wollte: »Er hat nichts gehört. Es ist okay.« Abermals waren wir Mitverschwörerinnen, so wie damals als Mädchen. Es zeigte, wie einfach es war: Ein Geheimnis, und plötzlich waren wir wieder ein Team.

»Du musst zusehen, wie sie Hühnchen zubereitet«, sagte Franklin. »Sie reibt es mit Zimt und all diesen verrückten Gewürzen ein – unglaublich.«

»Wenn du mich töten willst«, sagte Bensu von hoch oben, »hab bitte Mitleid mit mir und bring es schnell hinter dich.«

»Oh, okay.« Franklin schleuderte sie von seinen Schultern. »Wo soll ich dich töten?«

»Im Wohnzimmer«, rief Bensu.

»Dann bitte hier entlang«, sagte Franklin. »Ich bin gleich

zurück«, versicherte er uns, aber Lorrie Ann und ich waren beide zu neugierig und wollten sehen, wie er Bensu im Wohnzimmer umbringen würde, deshalb folgten wir ihnen.

»Jetzt musst du dich tapfer an die Wand stellen«, sagte er, »und die Augen schließen, und dann werde ich dich mit dieser Waffe erschießen.« Er deutete mit den Fingern und formte sie zu einer Pistole. »Und dann musst du sterben, okay?«

Bensu nickte ernst und baute sich vor der Wand auf.

»Irgendwelche letzten Worte, Spionin?«, fragte Franklin.

»Ich will nur sagen«, sagte Bensu, »dass ich lieber sterbe, als mein Land zu verraten. Und außerdem dass ich sehr eifersüchtig bin, weil sie Leonardo DiCaprio getroffen hat.« Bensu versuchte, auf Lorrie Ann zu zeigen, aber ihre Augen waren geschlossen, und so deutete sie stattdessen auf den Schemel vor dem roten Sessel. Das also war der Grund, warum ich ständig jemanden draußen auf dem Gang gehört hatte: Bensu hatte spioniert. Hatte sie uns belauscht, als ich sagte, ich könnte womöglich schwanger sein?

»Ich verstehe«, sagte Franklin und sah mich und Lorrie Ann mit hochgezogenen Augenbrauen an. »Bereite dich auf den Tod vor!«

Bensu glättete die Stirn, die Augen immer noch geschlossen, und wartete furchtlos auf ihr Schicksal.

»Peng, peng, peng!«, sagte Franklin und erschoss sie mit seinen Fingern. »Peng, peng!«

Bensus Augen, diese smaragdgrünen Augen, flogen mit einem Ausdruck tiefsten Verrats auf. Sie griff sich an die Brust, während sie langsam an der Wand herabglitt und ihre Beine schließlich unter ihr nachgaben. »Du solltest dich schämen«, sagte sie. »Ich bin doch noch ein Kind!«

Franklin zuckte einfach mit den Schultern, immer noch lächelnd, während Bensu ihren Todeskampf vollführte. Sie stöhnte und zuckte lange. Nachdem es schließlich den Anschein machte, sie sei fertig, ging er zu ihr und bot ihr seine Hand an. »Sehr gutes Sterben.«

»Vielen Dank«, sagte sie.

»Hey, Bensu«, rief ich. »Ich habe ein Geschenk für dich.«

»Was ist es?« Bensu sah etwas skeptisch aus.

»Warum kommst du nicht in die Küche und siehst es dir an?«

Franklin und Lorrie Ann beobachteten vom Türrahmen aus, wie ich Bensu das Teeservice überreichte. Ich war mir undeutlich bewusst, dass ich ein wenig theatralisch war in dem Versuch, Lorrie Ann zu beweisen, was für ein guter Mensch ich war, und Franklin zu beweisen, wie gut ich im Umgang mit Kindern war. Meine Gedanken schossen kurzzeitig zu dem Schnelltest dort in der Küchenschublade, der neben den Tischsets lag. Spielte ich ihnen etwas vor?

»Ist es nicht hübsch?«, fragte ich und zeigte auf das Muster goldener Dreiecke am Rand der Teetassen.

Bensu roch die Verlogenheit eine Meile gegen den Wind. »Warum hast du sie angeschrien?«, fragte sie mich, ohne das Teeservice entgegenzunehmen.

»Wen?«, wollte ich wissen.

»Die da«, sagte Bensu und zeigte mit einem Kopfnicken auf Lorrie Ann.

»Das war nur ein Missverständnis«, beschwichtigte ich.

»Du solltest nicht schreien«, sagte Bensu. »Das gehört sich nicht für eine Dame.«

»Nimm schon«, sagte ich und versuchte, ihr das Teeservice in die Hand zu drücken. Hatte ich Lorrie Ann angeschrien?

Hatte es so gewirkt? Für mich hatte es sich nur angefühlt, als würden wir diskutieren.

»Ich sollte heim zu meiner Mutter.« Bensu machte ein paar Schritte rückwärts, bis sie gegen Franklins Beine stieß.

»Du willst das Teeservice nicht?«, fragte ich.

»Ich habe schon eins«, sagte Bensu.

»Nein, hast du nicht«, erwiderte ich. »Du tust immer so, als würdest du aus einem Puppenschuh trinken!«

»Wirst du ein Baby haben?«, fragte sie, und es fühlte sich an, als hätte sie mir einen Spieß in den Bauch gerammt.

»Nein.« Ich lachte. »Wie kommst du auf so etwas?«

»Dann sie?«, fragte sie.

»Nein«, sagte ich und versuchte, so zu tun, als sei ich von ihrer Frage vollkommen überrascht. Kinder! Sie sagen die komischsten Dinge! Ich lächelte sie an, doch meine Wangen waren taub, als wären sie mit Novocain vollgepumpt.

»Das ist ein sehr hübsches Teeservice«, sagte Bensu, da sie es wohl wiedergutmachen wollte. »Wie schade, dass ich schon eines habe.«

»Wie schade«, wiederholte ich.

»Ich bringe dich runter«, schaltete Franklin sich ein, und Bensu nickte, hielt ihre winzige Hand hoch, um sie in seine große zu legen, bevor sie ihm bedächtig aus der Tür folgte.

»Nun, das war verdammt seltsam«, sagte Lorrie Ann, sobald sie draußen und außer Hörweite waren.

»Ich weiß«, zischte ich.

»Weißt du es denn mit Sicherheit?«

»Nein, ich habe den Test noch nicht gemacht … ich … es fühlt sich einfach nur an, als wäre ich es.«

Lorrie Ann nickte erwartungsvoll. »Bist du jetzt fertig, sauer auf mich zu sein?«, fragte sie.

»Natürlich«, sagte ich, obwohl ich keineswegs fertig war, sauer auf sie zu sein. Es lief eher darauf hinaus, dass meine Liebe für sie alles andere übertrumpfte.

»Gott sei Dank!«, sagte Lorrie Ann. »Es gibt nichts Schlimmeres, als wenn du sauer auf mich bist.« Sie nahm mir das Teeservice aus den Händen und umarmte mich, lang und fest.

Ihre Haare rochen nach Lavendel, der etwas Fettiges und Unsauberes überdeckte, so wie ranziges Speiseöl.

Eine von Franklins eindrucksvollsten Gaben war seine Unbeschwertheit im sozialen Miteinander. Ich hielt mich im Grunde nicht für sonderlich linkisch, was den Umgang mit andern Menschen anbelangte, aber ich hatte eine unnachgiebige Steifheit an mir, gepaart mit dem Hang, grausame, wenn auch zumeist wahre Dinge zu sagen, Dinge, die andere Menschen als peinlich empfanden, wohingegen jeder, absolut jeder Franklin liebte. Ich war nicht neidisch auf ihn, ich war zutiefst dankbar.

Als er *sans* Bensu zurückkehrte, brachte er einen solchen Schwall guter Laune mit sich, dass ich in dem Moment, als er einen Fuß ins Apartment setzte, spürte, wie sich die Muskeln in meinen Schultern vor Erleichterung entspannten. Er öffnete eine Flasche Wein und begann fast sofort, als er durch die Tür war, Lorrie Ann mit Fragen zu bombardieren. Er hatte jedes Detail ihres Lebens abgespeichert und erkundigte sich namentlich nach Dana und Zach.

Er erkundigte sich, ob sie immer noch im *Fellini* arbeitete.

Er erkundigte sich nach Arman.

Er erkundigte sich sogar nach ihrer Katze.

Ich war geschockt und überrascht, wie viel er von ihr

wusste, und Lorrie Ann war ganz offensichtlich zugleich geschmeichelt und erschrocken, da sie sich an absolut gar nichts von ihm erinnern konnte und ihm deshalb im Gegenzug keinerlei Fragen stellen konnte. Doch sogar noch mehr als Franklins enzyklopädisches Wissen über Lors Leben verblüfften mich die Antworten, die seine Fragen ihr entlockten.

Über Zach sagte Lorrie Ann schlicht: »Seine Erkrankung hatte den Punkt erreicht, dass eine häusliche Betreuung nicht mehr in Frage kam. Er ist in einem Pflegeheim, und ich vermisse ihn jeden einzelnen Tag. Jeden Tag.«

Über das *Fellini* sagte sie: »Vielleicht war ich einfach zu alt, um als Kellnerin zu arbeiten. Ich habe mich mit meiner Mom im Krankenhaus und Zach abgemüht, und obwohl ich zehn Jahre dort gearbeitet hatte, waren sie für keinerlei Zugeständnisse bereit. Sie haben mich behandelt, als wäre ich ein Teenager, der zu spät zur Arbeit kommt, weil er verschlafen hat. Die ganze Erfahrung hat mich, ehrlich gesagt, irgendwie sprachlos gemacht.«

Über Arman und die Reise nach Indien sagte sie: »Wir wollten beide schon immer die Welt sehen, und zum ersten Mal in meinem Leben war ich frei. Also sind wir in Indien herumgereist. Letzten Endes bin ich mit einem anderen Mädchen weitergereist, das ich dort kennengelernt habe, und er ist zurück in die Staaten. Ihm gehört dort ein Coffeeshop, und er hat dieses ganze Leben, wohingegen ich nichts hatte, zu dem ich zurückkehren konnte, also hat es Sinn gemacht, dass ich weitergereist bin.«

Die ganze Zeit, während sich die beiden unterhielten, viertelte ich das Hühnchen, rieb die Haut mit Gewürzen ein, legte die Stücke in eine Auflaufform und schob sie in den Ofen. Ich bereitete einen Salat aus Rettich, Zwiebeln und Petersilie vor, während ich wartete, dass das Wasser für den Couscous kochte. Ich konnte Lor nicht als Lügnerin abstempeln. Alles, was sie sagte, entsprach der Wahrheit, auch wenn ihre Worte zutiefst irreführend waren. Und selbst wenn sie ihm eine glatte Lüge aufgetischt hätte, gebot es der Anstand, dass ich nichts sagte. Allerdings schnitt ich den Rettich in so dünne Scheiben, dass sie fast durchsichtig waren.

Irgendwann entschuldigte sich Lorrie Ann natürlich, um auf die Toilette zu gehen. Ich war sicher, dass sie sich dort einen Schuss setzen würde. Sobald sie das Zimmer verlassen hatte, war Franklin hinter mir am Herd, schmiegte sich an mich und sog tief die Luft an meinem Hals und meinen Haaren ein. Er mochte es, an mir zu riechen. Das entlockte ihm Kenntnisse über mich, ob es mir gut ging oder nicht. Er rieb sein Gesicht an meiner Halsbeuge hin und her, atmete einfach nur ein und aus.

»Sie ist nicht so, wie ich sie mir vorgestellt habe«, sagte er sanft. »Geht's dir gut?«

»Mir geht's gut«, sagte ich. »Sie nimmt Drogen. Sie ist heroinabhängig.«

»Ah«, sagte Franklin.

»Ich bin so durcheinander«, sagte ich. »Ich weiß nicht, wie ich ihr helfen soll. Ich weiß nicht, wie ich es richten kann.« Während ich redete, wurde meine Stimme immer leiser und immer angespannter, bis ich zum Schluss wie eine Cartoon-Maus redete. Ich hatte die Augen fest zugekniffen, rührte jedoch ununterbrochen den Couscous und streuselte geschnittene Oliven und Datteln in den zerriebenen Grieß. Franklin sagte nichts, atmete aber weiterhin an meinem Hals, sog meinen Geruch ein und stieß seinen heißen Atem an meiner Haut aus.

»Ich denke, ich habe ihr angeboten, sie könnte hier übernachten«, sagte ich.

»Das ist okay«, meinte Franklin. »Wir finden einen Weg. Alles wird gut.«

»Es fühlt sich an, als hätte ich gerade herausgefunden, dass sie Krebs hat und sterben wird. Das geht mir andauernd im Kopf herum, jedes Mal, wenn ich sie ansehe: Du wirst sterben, du wirst sterben, du wirst sterben.« Das war die Wahrheit, obwohl ich sie mir erst jetzt eingestanden hatte. Den ganzen Nachmittag, von dem Moment an, als ich sie zum ersten Mal gesehen und sie eine Ausgabe von Proust in den Himmel gestreckt hatte, war eine gewisse Verzweiflung in meinen Augenwinkeln aufgeflackert. Lorrie Ann hatte das Land der Toten betreten, und ich hatte nicht die leiseste Ahnung, wie wir sie von dort zurückholen sollten.

»Schsch ...«, machte Franklin.

»Sie wird noch eine Weile im Bad bleiben«, sagte ich. »Sie setzt sich dort drinnen einen Schuss.«

»Oh«, sagte Franklin, und ich spürte, wie er sich ein wenig entspannte, während er mich fester an sich presste. »Willst du versuchen, sie in eine Entzugsklinik oder etwas in der Art zu bringen?«

»Vielleicht«, sagte ich. Aber ich ahnte, dass Lor sich weigern würde. Meine Gebärmutter fühlte sich anders an: geschwollen, empfindlich, lebendig. Es gab Dinge, die man nicht ungeschehen machen konnte, Orte, von denen man nicht zurückkehrte.

»Alles wird gut«, sagte Franklin. Und obwohl ich glaubte, dass er viel zu optimistisch war, vermutete ich gleichzeitig eine Prise Weisheit in seinem Optimismus. Franklins Skala für »gut« umfasste Tausende von Jahren. Er zerbrach sich nicht den Kopf, wenn jemand ein paar Stunden am Tag unglücklich war. Im Grunde zerbrach er sich wegen Traurigkeit überhaupt nie den Kopf. Ich denke, er sorgte sich um Tiere und das Sonnenlicht und wahrscheinlich das Getreide. Er sorgte sich um die Zunahme menschlichen Wissens im Sinne eines großen, gemeinschaftlichen Bestrebens, das ihn zu einem Mitstreiter mit jedem Einzelnen machte, angefangen von Proust bis Einstein und dem Verfasser von Inanna.

»Wusstest du«, fragte er mich, »dass du die schönste Frau der Welt bist?«

»Nein«, sagte ich. Meine Augen waren immer noch geschlossen, doch mein Löffel hatte das mechanische Rühren des Couscous eingestellt.

»Das ist die Wahrheit«, sagte er, und ich lächelte. Ich hatte mich niemals als die Hübsche gesehen.

Als Lorrie Ann zurückkehrte, hielt mich Franklin immer noch von hinten umschlungen, während ich so tat, als würde ich kochen.

»Oh!«, rief sie. »Wie süß ihr beiden ausseht!«

»Abendessen ist fertig«, sagte ich.

»Ich decke den Tisch«, sagte Franklin und drehte sich von mir weg.

Es mussten drei oder vier Sekunden verstrichen sein, bevor er die Schublade öffnete, während denen ich das verarbeitete, was er sagte, und ich ihm hätte Einhalt gebieten können, aber es schien unsäglich lange zu dauern, bis seine Worte in mein Bewusstsein drangen. Als ich schließlich hörte, was er sagte, und erkannte, dass, sollte er die Schublade öffnen, er den Schwangerschaftstest finden würde, wirbelte ich herum, den Mund zum Sprechen aufgerissen. Er stand da, vollkommen still, die Faltschachtel mit dem Test in Händen. Lorrie Ann saß am Tisch, beäugte uns, als würden wir ein Theaterstück aufführen.

»Ich …« Aber es war mir unmöglich, den Satz zu beenden.

»Wahrscheinlich«, sagte Franklin und drehte sich zu mir, die Augenbrauen hochgezogen, als würde er mich um etwas bitten, »habe ich einen schlimmen Fehler begangen. Wahrscheinlich wolltest du warten und den hier machen, ohne dass wir dir zusehen, und ich hätte so tun müssen, als hätte ich nichts bemerkt. Aber jetzt kann ich das einfach nicht mehr.«

Unvermittelt vollführten Lorrie Anns Finger einen Trommelwirbel auf dem Küchentisch, und wir beide, Franklin und ich, blickten erschrocken zu ihr hinüber. »Tut mir leid«, sagte sie, »aber das ist so aufregend! Und, wirst du ihn jetzt machen?« Sie hatte sich im Bad eindeutig einen Schuss gesetzt. Ihre Pupillen waren winzig wie die einer Schlange.

»Jetzt sofort?«, fragte ich.

»Warum nicht?«, erwiderte sie.

Ich sah zu Franklin, doch er hielt einfach den Test und starrte mich an. »Das musst du nicht«, sagte er.

»Komm schon! Komm schon, tu es!« Lorrie Ann haute in ihrer Erregung erneut auf den Tisch.

Ich ließ den Blick zwischen ihnen hin- und hergleiten. Mein Mund stand offen wie das aufgerissene Maul eines Fisches, der plötzlich aus dem Meer gerissen wird und Sauerstoff atmet.

Franklin streckte den Arm aus, zog mich an sich, presste mich an seine Brust. »Ich liebe dich«, sagte er in mein Haar. Als er mich wegschob, erkannte ich, dass es ihm irgendwie gelungen war, mir die Pappschachtel in die Hand zu drücken.

»Geh und mach ihn einfach«, sagte er.

Wie war ihnen das gelungen? Wie hatte ich das zulassen können? Ich warf Franklin einen flehentlichen Blick zu.

»Es tut mir leid, Baby«, sagte er. »Willst du, dass ich mit reingehe?«

»Nein«, sagte ich. Würde mir Franklin dabei zusehen, wie ich auf den Teststreifen pinkelte, würde es die Sache nur noch schlimmer machen. Zumindest wollte ich die Privatsphäre des Bads, die Zeit für mich, um das Ergebnis abzulesen, bevor ich hinauskäme und es ihnen verkünden müsste.

»Wie lange habt ihr zwei es schon probiert?«, fragte Lorrie Ann.

»Ich liebe dich«, wiederholte Franklin, ohne auf die Frage einzugehen, und gab mir einen sanften Schubs hinaus auf den Flur in Richtung Bad.

Im Badezimmer setzte ich mich auf den Rand der Wanne und versuchte zu atmen. In Wahrheit war ich fast vollkommen sicher, dass ich schwanger war. Meine Periode war drei Wochen überfällig, und ich nahm die Pille. Ich war gerade dabei gewesen, eine andere Marke auszuprobieren, da meine hier in der Türkei nicht verfügbar war. Ich hatte die neue Packung angefangen, und dann, als ich bei den hübschen rosafarbenen Pillen angekommen war, die bedeuteten, dass meine Blutung bald einsetzen würde, war nichts passiert. Ich nahm alle sieben, und trotzdem geschah nichts. Ich begann mit der glänzenden Reihe weißer Pillen des nächsten Monats, doch nach einer Woche entschied ich, sie nicht mehr zu schlucken.

Aber warum? Warum hatte ich sie nicht mehr genommen?

(Weil ich mir Sorgen machte, sie könnten dem Baby schaden!)

Aber hatte ich denn nicht vor, das Baby abzutreiben?

(…)

Und deshalb war ich sicher, sollte ich den Test machen, würde er positiv ausfallen, und ich müsste dort hinausgehen und es ihnen sagen und dann … was würde dann passieren?

Ich wusste natürlich, dass, was auch immer passieren würde, sich Franklin anständig benehmen würde. Es wäre ihm unmöglich, anders zu handeln. Im Grunde war es seine unbeirrbare »Ritterlichkeit«, die mir am meisten Sorgen bereitete. Ich wusste von allem, was er mir über Elizabeth erzählt hatte, dass er keine Kinder wollte, zumindest noch nicht. Ich nahm nicht an, dass er mich verlassen würde – dafür war er ein zu guter Mensch. Wenn ich eine Abtreibung wollte, würde er mich unterstützen. Aber was wäre, wenn er sich gezwungen fühlte, das Richtige zu tun, und mich heiratete, obwohl er weder mich noch das Kind wollte? Mir schien, die Gefahr einer solchen Heuchelei wäre sogar noch größer mit einem Publikum, mit der toten Göttin Lorrie Ann, die uns zusah, uns gewöhnliche Sterbliche beurteilte.

Noch schlimmer, ein Teil dessen, was Franklin wissen wollen würde und wissen wollen müsste, wäre, ob ich das Kind wollte, und darauf hatte ich keine Antwort. Ich brachte es nicht einmal über mich, die Frage an sich tatsächlich in Betracht zu ziehen. Ich konnte es mir nicht erlauben, auch nur anzufangen, mir das Kind zu wünschen, für den Fall, dass ich es dann abtreiben müsste.

Was ich mir am meisten wünschte, war, Franklin nicht zu verlieren, und ich hatte Angst, dass, egal, wie die Sache ausging, ob Ja oder Nein, ich ihn dennoch verlieren würde. Wenn wir das Baby behielten und er das Gefühl hatte, in der Falle zu sitzen, dann würde ich ihn über die Jahre oder Monate hinweg verlieren. Ich konnte mir nicht einmal ansatzweise vorstellen, was es finanziell oder karrieretechnisch für uns bedeuten würde, ein Baby zu haben. Es war zu erschreckend.

Und wenn wir das Baby nicht behielten, war ich nicht sicher, ob ich jemals vergessen könnte, dass wir gemeinsam eine solche Entscheidung getroffen hatten. Ich wusste, würde Franklin einwilligen, unser Baby töten zu lassen, würde das einen Teil meiner Gefühle für ihn auslöschen. Was der Grund war, weshalb es mir lieber wäre, Franklin wüsste nichts davon, sollte ich das Baby abtreiben. Ich könnte es ertragen, Medea zu sein, ein Monster zu sein, aber ich könnte es nicht ertragen, Franklin zu bitten, mir dabei zu helfen, mir zuzustimmen, mir beizupflichten.

Es war unbequem, auf dem Badewannenrand zu sitzen, da er so schmal war, Teil einer hypermodernen Badewannen/Dusch-Kombination, die aussah, als würde sie gleich ins All abheben, weshalb ich aufstand und geistesabwesend anfing, die Pflanzen zu gießen. Abgesehen von der wundervoll zusammengewürfelten Wohnzimmereinrichtung war es das sonderbare Übermaß an Pflanzen im Badezimmer, das ich an unserem Apartment am meisten liebte. Es gab mehrere Geldbäume, einen Drachenbaum, ein paar Usambaraveilchen, eine herabhängende Grünlilie und zwei Farne. Ich liebte es, am Morgen dort zu baden. Es kam mir vor, als wäre man in einem Gewächshaus. Ein Teil von mir spielte mit dem Gedanken, den Test einfach nicht zu machen. Wenn ich den Test nicht machen würde, käme es weniger einer Lüge gleich, aus der Tür zu treten und zu behaupten, ich sei nicht schwanger, denn dann wüsste ich nicht, dass ich es war, und dann blieben mir noch einige kostbare Tage, um herauszufinden, was die beste Entscheidung wäre.

Da ertönte ein Klopfen. Ich drehte mich um, als ich die Tür aufgehen hörte, in dem sicheren Glauben, es wäre Franklin, der es wagte, mich zu stören. Doch es war Lorrie Ann.

Wie viele unzählige Stunden hatten Lorrie Ann und ich gemeinsam hinter verschlossenen Badezimmertüren verbracht? Die Zeit selbst schien sich zu verschieben und neu zusammenzusetzen, als Lor die Tür hinter sich zuzog und sich in diesem Moment die Vergangenheit und Zukunft wie das klackernde Mischen eines Kartenspiels überlappten.

»Ich bin schwanger«, sagte ich. »Ich bin mir ganz sicher.«

Lorrie Ann nickte bereits, die Lippen zusammengepresst, während sie die kurze Distanz zwischen uns überwand und mir die Schachtel aus der Hand nahm. »Warum machst du den Test nicht trotzdem?«, schlug sie fast im Flüsterton vor.

»Ich versuche zu entscheiden, was zu tun ist«, sagte ich. »Wie trifft man die Entscheidung, was zu tun ist?«

»Mach den Test«, wiederholte sie und glitt mit dem Fingernagel unter den Pappkartonfalz am Rand der Schachtel.

»Welche möglichen Kriterien kann man überhaupt heranziehen, um lebensverändernde Entscheidungen zu treffen?«, fragte ich, doch Lorrie Ann reagierte nicht. Ich erkannte, teilweise, weil das schwache metallische Summen der Glühbirne überwältigend laut war, und andererseits, weil Lorrie Ann mir nicht antwortete, dass ich irgendwie von der Realität abgekoppelt war. Ich hatte versagt, angemessen auf die anstehende Aufgabe zu reagieren.

Lorrie Ann reichte mir das Plastikstäbchen. »Pinkeln«, sagte sie.

Gehorsam zog ich meine Jeans und meinen Slip herunter und hockte mich auf die Toilette. »Ich hasse es, auf diese Stäbchen zu pinkeln. Es spritzt immer so.«

»Warte nur ab – falls du schwanger sein solltest, wirst du in ungefähr tausend winzige Becher pinkeln müssen, und bis dahin wird dein Bauch so riesig sein, dass deine Sicht quasi null ist. Jedes einzelne Mal habe ich mir beide Hände vollgepisst.«

»Ich werde es wohl nicht … Falls ich schwanger sein sollte, werde ich es wohl nicht behalten.« Ich schob den Teststreifen unter mich, aber ich konnte mich nicht überwinden zu pinkeln.

»Sicher«, sagte sie, »aber über all das kannst du später nachdenken.«

»Nein, ich muss mich jetzt entscheiden.« Ich konnte immer noch nicht pinkeln.

»Warum?«, fragte sie und kniete sich hin, um mir in die Augen zu schauen. Ihr Atem roch nach fruchtigem Kaugummi oder anderen Süßigkeiten.

»Weil ich mich entscheiden muss, was ich wegen Franklin tun will.«

»Was willst du wegen ihm tun?«

»Ich muss mir überlegen, wie …« Ich wusste nicht genau, wie ich den nächsten Teil formulieren sollte. Ich musste mir überlegen, wie ich seine Reaktion kontrollieren könnte. Ich musste mir überlegen, was ich wollte, damit ich ihm kleine Zeichen geben konnte und er mir nicht wehtat. Ich könnte hinausstürzen, dabei munter über den Termin für eine Abtreibung reden oder mit einem schüchternen Lächeln hinaustreten oder so tun, als wäre ich peinlich berührt, um ihn aus der Reserve zu locken und zu sehen, was er fühlte. All diese Taktiken wirbelten gleichzeitig in meinem Kopf herum.

»Warum lässt du es nicht Franklins Sorge sein, wie Franklin reagiert?«, fragte Lorrie Ann. Sie streckte sich und drehte den Wasserhahn auf.

»Wer bist du«, fragte ich, »Dr. phil.?«
»Pinkeln«, befahl sie.
»Denkst du, das Hühnchen brennt an?«
»Pinkeln!«, sagte sie.
Und das tat ich.

Ich erinnere mich, als Lorrie Ann ihren Schwangerschaftstest machte, damals im Sommer nach unserem Highschoolabschluss, damals als Zach nur das Versprechen eines Babys war und kein echtes Baby, damals bevor Jim Soldat war und dann, später, ein Leichnam, damals bevor Lor ein Junkie war, noch bevor Arman seine Beine verlor. Es war Wochenende, ihre Eltern waren zu Hause, und meine Eltern waren zu Hause, weshalb wir logischerweise ins Einkaufszentrum gingen.

Wir hatten einen Doppelpack Schwangerschaftstests bei *Rite Aid* gleich neben *Fashion Island* gekauft. Wir hatten ebenfalls eine Packung Red Vines und zwei Dr Pepper gekauft. Es war perfekt, man konnte die beiden Enden eines Red Vines abbeißen und als Strohhalm für das Dr Pepper benutzen. Der Weg zum Einkaufszentrum führte über eine lange, mühsame Steigung in der prallen Sonne die Avocado Avenue hinauf, und der Zucker von der Limo zusammen mit dem glühend weißen Bürgersteig und der schimmernden Hitze versetzte uns beide in eine Art kicherndes Delirium, das wir nicht mehr abschütteln konnten. Als wir endlich die Toiletten bei *Barnes & Noble* erreichten (die hübschesten, luxuriösesten Toiletten, die wir im Einkaufszentrum kannten), waren wir längst hilflos, sinnlos hysterisch.

Ich wünschte zutiefst, ich könnte mich erinnern, worüber wir lachten. Machten wir uns über einen Lehrer lustig? Ein anderes Mädchen? Was war so lustig gewesen? Aber man erinnert sich nie, weshalb man einen Lachanfall hatte, und selbst wenn man es könnte, bezweifle ich, dass es dann immer noch lustig wäre.

Wir konnten nicht aufhören zu lachen, selbst als der erste Test positiv ausfiel. Ich schob Lor mit dem zweiten Test zurück in die Kabine. Wir beide lachten so heftig, dass wir fast erstickten. Lorrie Ann prustete lautstark und lachte dann über ihr eigenes Prusten. »Ich kann nicht glauben, dass du schwanger bist«, hörte ich mich immer wieder sagen.

»Das ist fürchterlich!«, sagte Lorrie Ann ununterbrochen, selbst als ihr Zwerchfell Gelächter aus ihr herauspresste wie ein verrückter Drehorgelspieler.

Eine alte Dame kam irgendwann herein (eine alte Dame – die Frau war vielleicht Mitte vierzig!) und bedachte uns mit einem verächtlichen Blick, doch das kümmerte uns nicht: Wir konnten nicht aufhören.

Nachdem auch der zweite Test positiv ausgefallen war, hing Lorrie Ann halb über dem Waschbecken und lachte so unsäglich, dass es fast einem Schluchzen glich. »Willst du die behalten?«, fragte ich und fuchtelte mit den Tests herum. Lorrie Ann stand auf, riss sie mir aus den Händen und hielt sie sich wie Ohrringe links und rechts neben ihren Kopf. »Vermutlich«, sagte sie. »Was meinst du? Denkst du, Jim gefallen sie?«

»O mein Gott«, sagte ich mit einem hohen Zischen, »sind das echte Designerohrringe?«

Lorrie kreischte auf und schnaubte: »Designerohrringe!«

Als ich den Schwangerschaftstest nach der Sache mit Ryan Almquist machte, war Lorrie Ann nicht bei mir. Ich war allein, hatte auf meine kleinen Brüder aufgepasst. Ich machte den Test, fand heraus, dass ich schwanger war, versteckte ihn dann in einer leeren Schachtel Alpha-Bits im Küchenabfall und schaute mir mit meinen Brüdern *Die unendliche Geschichte* an. Ich schmiegte mich an Alex und atmete seinen süßen Keksgeruch ein, während ich versuchte, meinen Herzschlag auf ein normales Niveau zu bekommen. Wir blieben alle an jenem Abend zu lange wach, mit unseren nackten Beinen, die an dem schwarzen Ledersofa klebten und bei jeder Veränderung unserer Sitzposition ein schmatzendes Geräusch von sich gaben, während wir *Die unendliche Geschichte* sahen und dann *Teenage Mutant Ninja Turtles* und dann noch einmal *Die unendliche Geschichte.* Ich glaube, ich erzählte Lorrie Ann nichts von der Schwangerschaft, bis ich den Termin für die Abtreibung vereinbart hatte.

Spielte es eine Rolle? Für mich hatte uns die Vergangenheit so zusammengeschweißt, dass Teile von mir einfach mit Teilen von Lorrie Ann verbunden waren. Doch als ich mit ihr im Badezimmer darauf wartete, dass der Urin absorbiert wurde und der Teststreifen die Farbe änderte, verspürte ich ein Reißen und dann eine plötzliche Freiheit, als hätten wir uns endlich voneinander gelöst und die Vergangenheit wäre nicht mehr von Bedeutung. Lor war nichts weiter als ein anderes weibliches Wesen, das gemeinsam mit mir im Badezimmer atmete.

Wir beide beobachteten den Test, der am Waschbeckenrand lag. Langsam formte sich das Plus-Zeichen. Lorrie Ann hielt hilflos die Rückseite der Schachtel hoch: Plus für Ja, Minus für Nein.

Grinsend zuckte sie mit den Schultern. »Wie aufregend!«, sagte sie und rieb mir den Arm.

»Nein«, sagte ich und schlug ihre Hand weg. »Nicht aufregend.«

»Ich verstehe das nicht«, sagte Lorrie Ann. »Du bist achtundzwanzig. Du und Franklin, ihr liebt euch ganz offensichtlich. Was ist das Problem?«

»Er hat mit seiner letzten Freundin Schluss gemacht, weil sie Kinder wollte.«

Lor verzog das Gesicht, als hätte sie in eine Zitrone gebissen. »Oh, das ist nicht gut.«

»Ich weiß. Sie wollte heiraten. Er hatte das Gefühl, noch nicht an dem Punkt seiner Karriere angelangt zu sein, um diese Art von Verpflichtung eingehen zu können.«

»Ist er jetzt an diesem Punkt angelangt?«, fragte Lor.

»Nein. Es ist ein Zweikörperproblem«, zischte ich. »Wir beide suchen nach festen Dozentenstellen, und es ist quasi ein Ding der Unmöglichkeit, dass wir jemals am selben Ort Stellen bekommen. Es ist ein weit verbreitetes akademisches Problem: das Zweikörperproblem.«

»Aber sicherlich gibt es irgendwo dort draußen auf der Welt eine Universität, die einen Experten für Keilschrift und einen für Latein braucht?«

Da ertönte ein Hämmern an der Badezimmertür, und Lorrie Ann und ich fuhren beide erschrocken hoch. »Wie geht's da drinnen?«, schrie Franklin durch das Holz.

»Gut«, rief ich. »Nur noch eine Minute.«

Lorrie Ann wartete einen Moment, dann flüsterte sie: »Aber hast du mit ihm darüber gesprochen?«

»Es ist eines der Themen, die wir tunlichst vermeiden. Die Altphilologie ist eine absterbende Disziplin. Diese Institute wachsen nicht. Selbst wenn es uns gelänge, zwei Stellen gleichzeitig zu besetzen, wäre es keine Spitzen-Uni, und wir sind beide richtig, richtig gut. Mindestens einer von uns müsste also zurückstecken. Die zwei Jahre dieses Stipendiums waren – wie eine magische Auszeit von der Realität.«

»Wie kann es sein, dass ihr zwei nie darüber gesprochen habt?« Lorrie Ann klopfte sanft mit dem Schwangerschaftstest gegen den Waschbeckenrand.

»Weil«, sagte ich, »wenn wir dieses Buch veröffentlichen und es ein Riesenerfolg wird – was nicht ganz auszuschließen ist –, könnte sich das Zweikörperproblem einfach in Luft auflösen. Wir hätten dann eine stärkere Verhandlungsposition. Wir könnten sagen: ›Wir arbeiten als Team, man bekommt den einen nicht ohne den anderen.‹«

»Ich verstehe«, sagte Lorrie Ann.

»Können wir nicht einfach … Ich meine, natürlich werde ich es ihm sagen, aber das zieht ein paar richtig intensive Gespräche nach sich. Es ist nicht bloß ein ›Juhuu, ich bin schwanger‹-Ding. Können wir ihm nicht einfach sagen, dass der Test negativ ausgefallen ist?«

»Und dann was?«, wollte Lorrie Ann wissen.

»Dann werde ich ihm nächste Woche erzählen, oder wann auch immer du fort bist, dass meine Periode weiterhin ausgeblieben ist, und ich werde einen weiteren Test machen, der positiv ausfallen wird, und dann werden wir weitersehen.«

Franklin stöhnte durch die Tür: »Ich sterbe hier draußen. Wie lautet das Ergebnis?«

»Bitte«, flüsterte ich.

Ihr gepeinigt zögerlicher Gesichtsausdruck verriet mir, dass ich bereits gewonnen hatte. Ich wickelte den Test in Toilettenpapier ein und machte daraus eine Miniaturmumie, die ich zurück in die Schachtel schob und in den Abfalleimer stopfte.

»Mir gefällt das ganz und gar nicht«, sagte Lorrie Ann.

Franklin fing wieder an zu klopfen, diesmal leiser und rhythmischer, und ich erkannte, dass es die Melodie von »Pop Goes the Weasel« war.

Ich schob die Tür auf. »Fehlalarm«, sagte ich.

»Wirklich?«, fragte Franklin, die erhobene Hand mitten in der Klopfbewegung erstarrt. »Er ist also negativ?«

Ich nickte. »Was für eine Erleichterung, nicht?«

Er wich zurück, um uns aus dem Badezimmer zu lassen, und ich schlich hastig an ihm vorbei in die Küche. Wenn ihm irgendetwas in Lorrie Anns Gesicht aufgefallen war, erwähnte er es nicht. Beide folgten einfach dem kleinen Windstoß, den ich in unserem Gang hinterlassen hatte, um zur Rettung meines angebrannten Hühnchens zu eilen, während in meinem Inneren das Plus-Zeichen detonierte und in mir ein riesiger Atompilz aufstieg.

KAPITEL SECHZEHN
Die *galla*, die keine Geschenke annehmen

»Ich muss gestehen«, sagte Lorrie Ann, »ich habe keine Ahnung, wann oder wo Sumer war, und ich kann dieser Unterhaltung keine verflixte Sekunde länger folgen, ohne nachzufragen.«

Franklin lachte sein breites Grinsekatzenlachen, bei dem seine Zahnreihen zum Vorschein kamen, die so weiß waren, dass sie fast bläulich schimmerten. Sein Zahnarzt jammerte immer, dass es bei Rothaarigen unmöglich wäre, passende Kronen anzupassen: Ihre Zähne hatten einen anderen Farbton von Weiß als die anderer Menschen. »Sumer ist, was Irak war, bevor Irak Babylon war«, sagte er.

»Irak war Babylon? Wie kann es sein, dass ich das nicht weiß?«

»Weil die US-amerikanische Schulbildung Mist ist«, sagte ich. Seitdem ich zu unterrichten begonnen hatte, empfand ich schreckliche Verachtung für das US-amerikanische Bildungssystem. Meine Studenten kamen sonderbar ungeformt zu mir, zähflüssig wie ungebackene Brötchen.

»Ist sie wirklich schlimmer als woanders?«

»Ja«, antworteten Franklin und ich wie aus einem Munde.

»Ich habe meine Schüler gefragt, wie lange Englisch bereits als Sprache existiert. Die Antworten reichten von zweitausend bis zehntausend Jahren«, sagte ich.

»Ich nehme demnach an, dass Englisch noch nicht so lange gesprochen wird«, sagte Lorrie Ann. Ich hatte Kerzen auf dem

Tisch entzündet, und Lor beugte sich vor, um eine Fingerkuppe in einen herabgelaufenen Wachsfleck zu drücken. Sie hatte ihre Strickjacke ausgezogen, und die goldene Haut ihrer Schultern war entblößt.

»Oh, das weißt du«, sagte Franklin. »Du weißt, dass Jesus vor zweitausend Jahren gelebt und er nicht Englisch gesprochen hat. Das weißt du doch.«

»Ich will damit nur sagen«, fuhr Lorrie Ann fort, »niemand hat mir bisher eine solche Frage gestellt, weshalb es schwierig wäre, die richtige Antwort zu wissen. Ich gebe nicht den Kindern die Schuld, dass sie dumme Sachen sagen. Man kann dumme Sachen sagen, ohne selbst wirklich dumm zu sein. Das wisst ihr, oder?«

»Ich gebe auch nicht den Kindern die Schuld«, sagte ich, obwohl ich mich verwundert fragte, ob das tatsächlich der Wahrheit entsprach. Ich machte ihnen Vorwürfe – dass sie so wenig zu wollen schienen. Es kam mir so vor, als würden sie alle in einer Art Dämmerzustand leben. Es war ein weit verbreitetes Gesprächsthema zwischen Akademikern: Was lief falsch mit der Jugend, was war der Grund, wie konnte dem entgegengesteuert werden? Wir wurden nie müde, darüber zu reden, und konnten uns regelrecht hineinsteigern, obwohl wir gebetsmühlenartig Argumente wiederholten, die wir schon hundertmal aufgesagt hatten. »Ich gebe dem Schulsystem die Schuld. Wie, um alles in der Welt, kann es sein, dass sie es schaffen, den Kindern absolut nichts Wichtiges beizubringen, und sie sich dann umdrehen und ausgefeilte Sexskandale einfädeln? Hast du von dem Neuesten gehört in Kalifornien, wo den Kindern allesamt die Augen verbunden wurden und sie dann das Sperma des Lehrers trinken mussten?«

»Nein, der muss mir wohl entgangen sein«, sagte Lorrie Ann.

»Da waren Fotos – der Kerl hat von ihnen Fotos geschossen, während ihnen die Augen verbunden waren«, krächzte Franklin. »Und das über *Jahre* hinweg! Jahre!« Er griff nach der Flasche und goss sich nach. Ich bemerkte, dass Franklin kurz davorstand, betrunken zu sein. Ich hielt ihm mein Glas hin, und er schenkte mir ein, doch Lorrie Ann durchbohrte mich mit bösen Blicken. Ich hob das Glas an meine Lippen, als wollte ich sie herausfordern, brachte es dann aber nicht über mich, tatsächlich zu trinken, sondern tat nur so, als würde ich nippen, wie Bensu, die an ihrem Puppenschuh nippte. Ich konnte nicht widerstehen, die Hand auf die kleine Wölbung meines Bauches zu legen. Es machte den Anschein, als wäre ich voll, als hätte ich zu viel gegessen, aber es beruhigte mich, die Hand dort zu wissen.

Der Tod war furchterregend, aber das Leben ebenso. Das Leben hatte mich gepackt, und noch während wir uns unterhielten, noch während wir uns einredeten, den Verlauf unseres Lebens durch bewusste Entscheidungen und das unglaubliche Vermögen unseres menschlichen Vorderhirns steuern zu können, noch während wir an Wortspielen in unserer menschlichen Sprache feilten und uns Schlagabtäusche lieferten, mit einem Symbol nach dem anderen aufwarteten, vollbrachte das Leben ein verästeltes Netz aus Adern in meinem Abdomen und erschuf in der Dunkelheit aus dem Nichts ein neues Wesen.

Mir war bewusst, dass ich diejenige gewesen war, die darauf bestanden hatte, Franklin das Plus-Zeichen zu verheimlichen, das selbst in diesem Moment in meinem Innern rumorte, und die Tatsache, dass ich für all dies verantwortlich war, machte es nicht leichter. Es fühlte sich an, als versuchte ich den Umstand zu verbergen, dass man mir in den Bauch geschossen hatte. Noch schlimmer war nur, wie sehr mir meine Täuschung glückte: Franklin bemerkte nicht einmal, dass etwas mit mir nicht in Ordnung war. Das Blut sickerte unaufhaltsam aus mir heraus, unsichtbar. Nur Lorrie Ann sah es: das vorgetäuschte Nippen an dem Puppenschuh meines Weinglases, meine Hand, die auf dem zarten Gespinst meiner Gebärmutter lag.

»Aber zurück zu Babylon«, beharrte Lorrie Ann.

»Richtig«, sagte Franklin. »Also zuerst hieß es Sumer. Dann das Reich von Akkade. Dann Babylon. Dann Assyrien. Dann befinden wir uns im antiken Irak – es folgt ein ganzer Haufen verschiedener Perioden, bevor man in den mittelalterlichen Irak gelangt, und dort haben wir das Osmanische Reich und anschließend etwas später den modernen Irak.«

»Mir sind so ziemlich all diese Namen bekannt«, sagte Lorrie Ann, »aber ich hatte nicht den blassesten Schimmer, dass sie alle dasselbe Gebiet bezeichnen.«

»Es ist ein langer Zeitraum«, sagte ich.

»Und jedes dieser Königreiche war größer als der Irak«, stellte Franklin klar, »in ihnen allen lag nur zufällig auch der Irak.«

»Nun gut, dann erklär mir Sumer in drei Sätzen oder weniger.«

Bei Lorrie Anns Bitte verdrehte ich die Augen. Sie hatte einen der weltweit versiertesten Experten zum Thema Keilschrift vor sich, und sie wollte die Touristenversion, als müsste sich Franklins Spezialgebiet ihrer kurzen Aufmerksamkeitsspanne anpassen.

»Drei Sätze? O mein Gott, das ist schwer!«, sagte Franklin, stützte den Kopf in die Hände und nahm die Herausforderung als eine Art Spiel an. »Okay«, sagte er, »Sumer ist das, was passiert, wenn man ein fruchtbares Delta hat, zwei Flüsse und die Fähigkeit, Metall und Holz aus Asien zu importieren, die Erfindung von Bronze, um besseres Werkzeug herstellen zu können, die Erfindung der Töpferscheibe und die Domestikation des Ochsen. Und wenn man all diese Dinge zusammenführt, erhält man die Erfindung der Städte, die Erfindung der Schrift, das Aufblühen von Kunst und Religion, wohltätige Könige – alles, was man sich nur wünschen kann. Die erste große Zivilisation der Welt. Waren das drei Sätze?«

»Kommt darauf an, wie du die Satzzeichen setzt«, sagte ich, doch er überging meinen Einwand. Ich begann, die Teller zu stapeln und sie zurück zum Spülbecken zu bringen. Lorrie Ann hatte ihr Essen kaum angerührt.

»Sumer war also vor Griechenland und Rom und allem?«, fragte Lorrie Ann. Ich kratzte ihr Abendessen in den Mülleimer.

»Lange davor. Wir reden von 3000 vor Christus als Startpunkt des proto-literaten Sumer.«

»Das Zeug, das ihr übersetzt, ist also die erste richtige Schrift?«

»So in etwa«, sagte Franklin.

»Sogar noch älter als Hieroglyphen?« Sie musterte nun ihren eigenen Finger, der mit geschmolzenem Wachs überzogen war von der Kerze, mit der sie die ganze Zeit herumgespielt hatte. »Ich dachte, die Ägypter hätten die Schrift erfunden.«

»Nein, die Keilschrift war zuerst da. Nicht sehr weit davor, aber sie kam zuerst.«

»Das ist total cool!«, sagte Lorrie Ann. »Also ihr zwei übersetzt das älteste Zeug, das es überhaupt gibt!«

Am liebsten hätte ich ihr eine Ohrfeige verpasst. Es war fast so, als spielte sie das Dummchen, indem sie den Tonfall einer oberflächlichen kalifornischen Blondine überspitzte. Ich hatte Lorrie Ann das antike Sumer schon mehrmals im Laufe der vergangenen Jahre am Telefon erklärt. Seit Arman war sie immer belesener geworden. Weshalb die Beteuerung ihrer Ignoranz in meinen Ohren unglaubwürdig klang, und ich konnte nur vermuten, dass sie entweder darauf abzielte, Franklin zu schmeicheln, oder mich zu verletzen und in mir die selbstgefällige Pedantin herauszukitzeln, vielleicht als abstruse Bestrafung dafür, dass ich sie gezwungen hatte, für mich zu lügen.

Ich wollte nicht über Sumer nachdenken. Ich wollte mit Lorrie Ann nicht über Sumer reden, über all das, was Sumer für mich geworden war, ein Königreich der Fantasie, ein Ort, an dem ich in Gedanken spazieren gehen konnte, ein Weg, um meine eigenen irdischen Gefühle für Franklin zu verstehen. Lorrie Ann verdiente nicht, etwas über Sumer zu erfahren. Aus irgendeinem unerfindlichen Grund wollte ich insbesondere nicht, dass sie und Franklin zusammen über Sumer sprachen.

Es gab ein uraltes sumerisches Sprichwort: Was auch immer dich verletzt, rede mit niemandem darüber. Das war die Sorte guter Rat, den Sumer zu bieten hatte. Dort in dem Delta, zwischen den Ochsen und der ersten Poesie, die jemals niedergeschrieben worden war, dort, wo Männer im Wasser gebetteter Lattich waren und wo Göttinnen baten, dass ihre heiligen Urnen mit Honigkäse gefüllt wurden, dort, wo die Zivilisation ihren Ursprung hatte. Was würden sie jetzt von uns denken?

Ich blickte aus dem Fenster zu den glühenden Lichtern von Istanbul. Ich hatte das Gefühl, sie wären stolz. Trotz des Holocausts, trotz des Völkermords an den Ureinwohnern Amerikas und der Sklaverei, sogar trotz Hiroshima und Nagasaki. Ich sah zu Franklin mit seinen vor Gesundheit strotzenden weißen Zähnen, seiner makellosen Haut, seinen langen, starken Knochen und in seinem Inneren: die Architektur seines Geistes, die Schatzkammer seines Wissens. Menschen wussten heutzutage viel mehr als jemals zuvor. Sie verstanden die physikalischen Gesetze, die Erdumdrehung, die Evolution. Manchmal, wenn ich darüber nachdachte, was aus uns wurde, verschlug es mir den Atem, so heftig hoffte ich, wünschte ich, dass die Menschheit zu all dem werden würde, was wir sein könnten. Ja, ich war überzeugt, dass das Volk der alten Sumerer verdammt noch mal hin und weg wäre, könnten sie meinen Freund Franklin sehen.

»Also ist Jim in Sumer gestorben«, sagte Lorrie Ann nachdenklich.

Mit einem Mal erkannte ich, dass das, was sie sagte, der Wahrheit entsprach, und ich schämte mich zutiefst, weil ich ihr Sumer hatte vorenthalten wollen.

»Jim ist in Sumer gestorben«, stimmte ich zu, und für einen Moment blickten wir alle auf die Tischdecke, als könnte man Jim im Muster des Stoffs erkennen. Als wäre er dorthin verschwunden.

»Ich will«, sagte Lorrie Ann jäh, »bald einen Entzug machen.«

Franklin und ich richteten uns beide leicht auf. »Oh?« Das war das erste Mal, dass Lorrie Ann ihre Drogensucht vor Franklin erwähnte, und ich bemerkte voll Interesse, dass sie gerissen genug war zu verstehen, dass ich sie verpfiffen hatte, während sie im Bad gewesen war.

»Ich hatte mich gefragt, ob ich es hier tun könnte.«

»Natürlich«, sagte Franklin, dann suchte er meinen Blick. »Oder?«

»Natürlich«, sagte ich. »Ist das … ich meine, was genau bedeutet das?«

»Es wird so sein, als hätte ich drei Tage lang Grippe. Vielleicht weniger. Keine Tobsuchtsanfälle. Kein Halluzinieren. Nur eine Menge Durchfall und Fieber.«

Franklin lachte, ein wenig nervös wegen ihrer Ehrlichkeit oder aber amüsiert – das war schwer zu sagen.

»Du kannst gerne bei uns bleiben«, sagte er.

»Vielen Dank.« Sie strahlte ihn an, bevor sie zu mir blickte und meine Hand nahm. Sie drückte sie und sah mir in die Augen. »Ich hatte großes Glück, dass du dich bereit erklärt hast, dich heute mit mir zu treffen.«

»Sei nicht albern«, entgegnete ich.

»Aber«, sagte sie, »gibt es hier einen kleinen Laden um die Ecke, wo ich ein paar Vorräte kaufen könnte?«

»Vorräte?«

»Was auch immer das Äquivalent von Imodium akut ist? Und vielleicht ein paar Schokoriegel? Und Saft?«

»Es gibt einen Laden drei Straßen von hier«, erklärte Franklin.

»Perfekt. Dann mache ich mich mal auf den Weg. Kann ich mir nur ein Paar Schuhe von dir leihen, Mia?«, fragte sie.

»Dir gefallen die Slipper mit dem Bommel nicht?«, fragte ich lachend.

»Ich dachte nur …«

»Nein, ich weiß, keine Ahnung, warum ich sie gekauft habe. Aber ich glaube kaum, dass dir irgendwelche Schuhe von mir passen würden – die sind viel zu groß für dich.«

»Hast du keine Sandalen oder so was in der Art?«, fragte

Lor, schlüpfte in ihre Strickjacke und stand vom Tisch auf. »Flip-Flops?«

Ich wusste kurz nicht, was ich sagen sollte. »Du weißt doch, dass ich keine Sandalen trage«, sagte ich. Mein kleiner Zeh war nie wieder zu etwas geworden, das auch nur annähernd einem Zeh ähnelte. Er war nur ein Klumpen Fleisch, wie Kaugummi, der an meinem Fuß klebte. Selbst der kleine Nagel war abgefallen und hatte sich geweigert nachzuwachsen.

»O Gott, das habe ich vergessen – dein Zeh!«

Franklin stand da und ließ den Blick über die Spüle gleiten, in der sich das Geschirr stapelte, die Arme hinter dem Kopf verschränkt. »Ja, das werde ich Paddy niemals verzeihen.«

»Paddy?«, fragte Lorrie Ann.

Und mit einem Schlag sah ich alles kommen, was nun folgen würde.

»Weil er ihr über den Zeh gefahren ist. Ich meine«, sagte Franklin, »ich weiß, es war ein Unfall, aber trotzdem. Der Kerl ist ein Säufer.«

Lorrie Ann starrte mich eindringlich an. »Du hast ihm gesagt, Paddy wäre dir über den Zeh gefahren?«

»Ich begleite dich zum Laden«, sagte ich und streckte die Hand nach ihrem Ellbogen aus, in dem verzweifelten Versuch, ihr mental zu verstehen zu geben, dass sie die Sache auf sich beruhen lassen sollte.

»Nein«, sagte Lorrie Ann und schlug meine Hand weg. »Was, Mia, hast du ihn bei allem belogen?«

»Mich angelogen?«, fragte Franklin und riss den Blick jetzt gänzlich vom Spülbecken. Da ich Lorrie Ann zugewandt war, stand ich mit dem Rücken zu ihm, doch ich konnte spüren, wie er hinter mich trat und mir die Hand auf die Taille legte. Das war sein erster Impuls: mich vor ihr zu beschützen.

»Ehrlich, Mia, ich dachte, du wüsstest, was du da tust«, sagte Lorrie Ann, »aber dann, den ganzen Abend haben wir uns unterhalten und – er ist toll! Er ist scheißfantastisch! Er ist einer der tollsten Kerle, die ich je in meinem Leben getroffen habe, und du versaust es!«

»Ich weiß nicht, worum es hier geht«, sagte Franklin und machte bei dem Wort »hier« mit der Hand eine kreisförmige Bewegung in der Luft zwischen mir und Lorrie Ann, »aber sie versaut überhaupt nichts.«

Ich konnte nichts sagen. Lorrie Anns Haare schimmerten im Kerzenschein wie Gold. Sie war so wunderschön.

»Sie hat sich den Zeh selbst mit einem Hammer gebrochen. Sie hatte in der Highschool eine Abtreibung, und sie konnte keinen anderen Termin bekommen als den Tag, bevor wir ein Meisterschaftsspiel im Softball hatten, weshalb sie sich eigenhändig den Zeh gebrochen hat, damit sie nicht mitspielen musste.«

Ich schloss die Augen.

»Ich weiß von der Abtreibung«, sagte Franklin. Er kniff mir in die Taille.

Wir warteten beide, ob er noch etwas hinzufügen würde, doch das tat er nicht. Draußen hörte ich eine Horde lachender Teenager, die sich auf Türkisch unterhielten. Es war Samstagabend. Unvermittelt traf es mich: Wie es sich anfühlte, jung zu sein und an einem Samstagabend auszugehen, mit beschleunigtem Puls und dem Verlangen, dass etwas, irgendetwas passieren möge.

»Sie ist schwanger. Der Test war positiv. Aber sie wollte es dir nicht erzählen«, sagte Lorrie Ann.

Ich spürte, wie Franklins Hand jäh von meiner Hüfte glitt, und ich drehte mich zu ihm um. »Es tut mir leid, Baby. Es tut mir leid«, sagte ich. »Ich wollte bloß etwas Zeit, um über alles nachdenken zu können.«

»Du bist schwanger?«, fragte er, und seine Stimme überschlug sich fast. Er sah verwirrt aus, wie ein Hund, der grundlos geschlagen worden war.

Aber ich konnte mich nicht zurückhalten, ein endloser Strom an Wörtern quoll aus meinem Mund: »Und wir haben doch Witze gemacht über das Zweikörperproblem, aber ich dachte einfach, wenn es passiert, nachdem das Buch erschienen ist, dann läge die Sache ganz anders, und es macht mir nichts aus, meine Karriere aufzugeben, doch wie könnte ich von dir verlangen, dass du deine aufgibst?«

»Das geht alles zu schnell für mich«, sagte Franklin. »Bist du nun schwanger?«

Ich nickte.

Sein Gesicht legte sich in Falten, und er versteckte sich hinter seinen Händen. Nach einem Moment rieb er sich sein Gesicht, als wollte er den Ausdruck dort wegwischen. Seine Augen waren weit aufgerissen und starr. Er war wutentbrannt.

»Es tut mir leid«, sagte ich.

»Du hast mich also wirklich belogen?«

»Sie wollte nächste Woche einen weiteren Test machen und dir dann die Wahrheit sagen«, erklärte Lorrie Ann.

»Halt den Mund, Lolola!«, fauchte ich.

»Ich gehe spazieren«, sagte Franklin und schleuderte das Geschirrtuch weg, das er in Händen gehalten hatte, sodass es in der Spüle landete.

Ich beließ mein Gesicht so ausdruckslos wie möglich und blickte zu Boden.

Und dann war er fort.

Ja oder Nein, Plus oder Minus, Leben oder Tod. Wie sollten wir diese Dinge entscheiden? Indem wir Gespräche führten? Türen knallten?

Ich hatte Spaces Leichnam für die Einäscherung zum Tierarzt gebracht, aber dann, durch irgendeinen Voodoo oder Zauber, war es mir schlicht unmöglich gewesen, seine Asche an mich zu nehmen. Ich weiß nicht, was sie mit der nicht abgeholten Asche verstorbener Hunde tun. Wahrscheinlich werfen sie sie in den Müll.

Als sie Jim zurückschickten, waren es nur Teile von ihm, und Lorrie Ann durfte sie nicht sehen. Es hätten Körperteile von sonst wem sein können. Jim hatte ihr tatsächlich einmal den Ablauf beschrieben, bei dem häufig Einheimische angeheuert wurden, damit sie durch die Straßen der Stadt streiften und nach menschlichen Überresten suchten. Manchmal fanden sie ein Stück, das groß genug war, um zu erkennen, zu welchem Körperteil es gehörte: ein Stück Schädel, ein Ohr, ein Teil einer Hand. Aber häufig waren es nur Fleischstücke wie das Rinderhack, das man im Supermarkt kaufen konnte. Irakische Männer gingen umher, die rechte Hand mit einer Plastiktüte geschützt, in ihrer linken ein Müllsack, um die Leichenteile aufzusammeln, mit gebücktem Rücken, den Boden absuchend wie Hühner, die nach Futter pickten.

Sie sammelten ein, was auch immer zu finden war, und teilten es dann durch die Anzahl an Soldaten, die gestorben waren. Sie schickten die kleinen Klumpen Hackfleisch in metallenen Särgen zurück in die Staaten, als entspräche das Hackfleisch in irgendeiner zufriedenstellenden mathematischen Gleichung dem menschlichen Äquivalent.

Wie winzig war das Wesen in mir? Von der Größe einer Erbse? Oder einer Kidneybohne?

Wie konnte sich etwas so Kleines für mich anfühlen, als hätte es einen eigenen Willen? Als wollte es leben?

»Es tut mir leid«, sagte Lorrie Ann in die nachhallende Stille, die dem Zuknallen der Haustür und dem Verschwinden der Liebe meines Lebens folgte.

»Du bist der selbstsüchtigste Mensch, den ich kenne«, sagte ich.

»Mia.«

»Verschwinde aus meiner Wohnung!«

Sie stand einfach da, hielt sich steif an der Rückenlehne ihres Stuhls fest, als würde sie auf den Oberkellner warten, der ihn ihr vom Tisch schieben sollte. »Verschwinde!«, wiederholte ich.

»In einer Minute, wenn du nicht mehr ganz so wütend bist, wäre es vielleicht besser, wenn ich hier bin.«

Ich schritt zum Tisch, goss den letzten Rest aus der Weinflasche in mein bereits gefülltes Glas, hob es an die Lippen und stürzte es hinunter.

»Vielleicht brauchst du eine Freundin«, sagte sie und betrachtete mich.

»Du bist keine Freundin. Wir leben, seit wir achtzehn sind, nicht mehr im selben Bundesstaat, ganz zu schweigen in derselben Stadt. Der Gedanke, wir könnten Freundinnen sein, war ein Trugbild. Ich verstehe dich nicht. Ich kann deine Entscheidungen nicht gutheißen. Ich kann dich nicht wieder zu meiner Freundin machen, nur indem ich dir ein Geheimnis anvertraue, okay? Weil du mich verdammt noch mal hintergehst und es einfach ausplauderst!«

»In gewisser Hinsicht«, sagte Lorrie Ann vorsichtig, als würde sie um eine Mine treten, »sind wir Freundinnen. Wir kennen uns schon seit so langer Zeit. Das muss doch etwas bedeuten. Und vielleicht habe ich es Franklin erzählt, *weil* ich deine Freundin bin.«

»Das bedeutet nicht genug«, sagte ich und kippte den Rest Wein hinunter. »Du hast es Franklin erzählt, weil du so zugedröhnt bist, dass du denkst, du wüsstest am besten, was gut für andere ist, obwohl du in Wirklichkeit überhaupt keine Ahnung hast. Und weißt du was, du hast dich schon immer für besser als alle anderen gehalten. Verdammt, ich habe geglaubt, du wärst besser als alle anderen! Ich hatte diese ganze Mythologie um dich gesponnen und wie unglaublich perfekt du bist. Aber hat dir das geholfen? Kein bisschen. Es hat keine Rolle gespielt, wie sehr ich dich geliebt habe – meine Liebe war nichts weiter als selbstsüchtige Nachsicht, etwas, das ich für mich getan habe. Als ich nach Hause geflogen bin, um dir bei Zachs Geburt zu helfen, habe ich nur im Weg gestanden. Ich war dir immer nur im Weg. Das ist der Grund, warum du glaubst, es wäre eine solche Nichtigkeit, mich zu hintergehen.«

Draußen konnte ich immer noch das Lärmen der lachenden Grüppchen von Mädchen und Jungen hören, die von einer Bar zur anderen wanderten. Istanbul war zu einem angesagten Ort geworden. Einem hippen Reiseziel. Einer Partystadt. Immerhin war Lorrie Ann deshalb hier gestrandet.

»Ich weiß, es mag im Moment nicht so wirken«, sagte Lorrie Ann in die Stille der Küche, denn es war eine gewisse Zeit her, dass einer von uns geredet hatte, »aber es ist ein unbeschreibliches Glück, wenn ein Kind gezeugt wird. Komme, was wolle. Es ist ein freudiges Ereignis.«

Ich starrte sie an.

Sie steckte sich ein paar lose Strähnen hinter die Ohren. »Vielleicht sollten wir feiern.«

»Ich habe gerade die Liebe meines Lebens verloren«, sagte ich.

»Sei nicht so melodramatisch«, erwiderte Lorrie Ann. »Er macht bloß einen Spaziergang. Er wird zurückkommen. Und sobald er zurück ist, wird er dich ebenso sehr lieben wie vor dem Spaziergang.«

»Himmel, du bist so vernünftig – das ist schrecklich!« Ich sank auf einem Stuhl zusammen. Lorrie Ann lachte nur. »Aber ehrlich«, sagte ich, »wenn es eine Zeit in meinem Leben gibt, in der ich melodramatisch sein darf, dann doch wohl jetzt?«

»Nein«, sagte Lorrie Ann und setzte sich zu mir, »du wirst nie mehr wieder melodramatisch sein.«

»Wie das?«

»Weil«, sagte sie, streckte die Hand aus und drückte ihre Handinnenfläche auf meinen Bauch, »du ein Baby bekommst.«

»Das weißt du nicht.«

»Du bist schwanger, Mia«, wiederholte sie und lächelte mich an.

»Er hat nicht gelächelt. Nicht mal für eine Sekunde. Ich weiß, es ist zu viel verlangt, aber ich dachte, es würde ihn vielleicht freuen.«

»Du hast ihm keine Gelegenheit gegeben.«

»Ich weiß«, sagte ich. »Ich will doch nur so unbedingt, dass er glücklich ist.«

So wie Jim glücklich gewesen war.

So wie Dumuzi glücklich gewesen war.

Ich wollte – das erkannte ich jetzt – mehr als alles andere auf der Welt, dass Franklin mich erstaunt anblickte, überrascht, so wie der erste Mensch ausgesehen haben mochte, der jemals in einen Pfirsich gebissen hatte: Erschrocken, als die Erkenntnis ihn traf, dass das Leben so gut, so süß, so opulent sein konnte. Ich wollte dieser magische Moment für Franklin sein.

Wir hatten nie darüber gesprochen, selbst Kinder zu bekommen. Ich hatte einmal einen Witz gemacht, dass, falls wir jemals Kinder hätten, wir mit ihnen Latein sprechen sollten, so wie Montaigne, und ich hatte gespürt, dass ihn meine Worte mit Unbehagen erfüllten: Vielleicht hatte er zu laut gelacht oder nicht genug, aber wie dem auch sei, mich hatte das Gefühl beschlichen, dass er glaubte, ich würde ein gemeinsames Kind vorschlagen, was ich natürlich nie getan, nie gewagt hätte. Nicht mit dem Wissen, dass die Vorstellung von Kindern einen Keil zwischen ihn und Elizabeth getrieben hatte, Elizabeth mit ihren dunklen Haaren, die sie zurückgebunden trug wie die ersten Siedlerinnen in den USA, und ihrem unnatürlich großen und perfekten Mund wie Julia Roberts.

Was auch immer dich verletzt, rede mit niemandem darüber.

Ich sah im Kerzenlicht, das nun heruntergebrannt war und flackerte, zu Lorrie Ann, und ihr Gesicht war fast ein Spiegelbild von Zach. Das war im Grunde das Schlimmste an Zach: wie sehr er ihr glich. Ein entstellter, brüllender *galla*, erschaffen aus Lorrie Anns eigenem wunderschönen Gesicht. Wo war er jetzt? Wessen Hände strichen ihm über die Stirn? Es war zu schrecklich, um darüber nachzudenken, geschweige denn davon zu sprechen.

In diesem Moment spürte ich, dass ich töten würde, um die kleine Bohne in mir zu beschützen, das Plus-Zeichen, die Zygote. Ich wusste nicht, warum – es war nicht so, dass ich Mutter werden oder ein Kind wollte. Es hatte nichts mit den

Babys aus der Werbung zu tun oder damit, wie der Kopf eines Säuglings roch, oder mit den winzigen Schühchen. Es war nichts, was ich benennen konnte.

»Ich habe einfach das Gefühl«, krächzte ich Lorrie Ann an, »dass es leben will.«

Sie nickte rasch, als wüsste sie genau, wovon ich sprach, und plötzlich bemerkte ich, dass ich wie ein tödlich verletztes Tier heulte und Lorrie Anns Arme um mich waren und ich wieder sechzehn war und sie meine Freundin.

KAPITEL SIEBZEHN
Amor Fati

Kurze Zeit später machte sich Lorrie Ann auf den Weg zum Laden um die Ecke, um sich ihre Vorräte zu besorgen. Abgesehen von ihrem Imodium akut, Süßigkeiten und Säften brachte sie eine kleine Plastikschale Baklava mit, die angeblich für das Baby sei, und ein Päckchen Zigaretten, von dem sie versprach, es nur auf dem Balkon zu rauchen. Gemeinsam saßen wir auf dem überdimensional großen, roten Chenillesofa, die Beine im Schneidersitz, das Plastikschälchen Baklava zwischen uns.

»Schon bei dem Gedanken an den Muttertag bin ich zusammengezuckt«, sagte Lorrie Ann. »Ich hatte das Gefühl, als würde ich als Mensch Einbußen machen, sobald ich Mutter geworden war, als wäre ich weniger wert, als wäre ich weniger interessant.«

»Der Mutterschaft haftet im kulturellen Zeitgeist etwas schrecklich Uncooles an«, pflichtete ich ihr bei.

»Aber was war es dann wirklich? Eine Mom zu sein? Nun, es schien nicht nur das Wichtigste zu sein, was ich jemals getan hatte, sondern das Wichtigste, was irgendjemand vollbringen könnte. Was ist schon wichtiger? Imaginäres Geld zu kaufen und zu verkaufen? Autos zu bauen? Alles, was Menschen in dieser Welt herstellen, ist für Menschen. Und Frauen sind die Einzigen, die Menschen produzieren können.«

»Männer sind zu diesem Prozess ebenfalls irgendwie erforderlich«, gab ich zu bedenken. Lorrie Ann stopfte sich ein weiteres Stück Baklava in den Mund. Sie schien wie ausgehungert zu sein. Allmählich verstand ich, dass es eine Nebenwirkung der Drogen war, dass ihr nur süße Dinge schmeckten. Es war seltsam, wie normal und fügsam Lor mit Heroin plötzlich geworden war.

»Natürlich, und die Vaterschaft ist auch superwichtig. Ich will die Sache auf keinen Fall zu einem exklusiven Frauen-Club stilisieren. Nur dass die Männer selbst ihre Rolle bei der Kindererziehung selten als das Wichtigste erachten, was sie tun, wenn es in Wirklichkeit ganz offensichtlich das Allerwichtigste ist, was überhaupt irgendjemand tun kann.«

»Da kann ich nicht mitreden«, sagte ich.

»Was ist wichtiger?«, wollte Lorrie Ann wissen.

»Forschung? Kunst? Politik?« Ich biss in ein Baklava und verstand jäh, warum Lor nicht aufhören konnte zu essen – sie waren vollgesogen mit Butter und Honig. Ich musste mich mit Händen und Füßen wehren, mir nicht das ganze Stück auf einmal in den Mund zu schieben.

»Politik!? Politik ist so überflüssig wie ein Kropf!«, krächzte Lorrie Ann. »Weißt du, was Arman in seinem Leben erreicht hat? Er hat Menschen getötet. Genau genommen fünf Menschen, einer davon ein Kind. Er hat das für George W. Bush getan. Weißt du, wie viel Zeit Frauen darauf verwendet haben, diese fünf Menschen großzuziehen, die er umgebracht hat? Und wofür das alles? Ideen, Weltanschauungen, Politik. Es sind immerhin Frauen, die Kindern Werte und Weltanschauungen mit auf den Weg geben!«

Lorrie Anns Fanatismus hatte etwas an sich, das mich ermüdete. »Frauen werden unterschätzt«, sagte ich. »Hab ich verstanden.«

»Nein«, sagte Lorrie Ann, »ich will damit nicht sagen, dass

Frauen mehr geschätzt werden sollten. Das wäre schrecklich. Dann würden die Leute anfangen, dem Aufmerksamkeit zu schenken, was wir tun.«

»Was meinst du mit: Was wir tun? Was tun wir denn?«

»Ich sage nur, wenn ein Mädchen noch Jungfrau ist, steht es im Rampenlicht. Jeden kümmert es, was eine hübsche, junge Frau tut und sagt. Und sie hat ein paar hübsche, klare Archetypen, an denen sie sich orientieren kann: Dornröschen oder Aschenputtel oder Britney Spears. Man hat die Qual der Wahl. Aber wenn man zu einer jungen Mutter wird? Dann kümmert es die Leute einen Scheißdreck, was man tut. Ihre Blicke gleiten an einem vorbei, noch bevor sie fertig sind, ihre Frage zu stellen. Sobald eine Frau anfängt, die wichtigste Arbeit ihres Lebens zu vollbringen, will auf einmal niemand mehr etwas davon wissen.«

»Da hast du schon recht«, sagte ich. Selbst mir fiel es schwer, mich weiterhin für meine Freundinnen aus der Doktorandenzeit zu interessieren, sobald sie Mütter geworden waren. »Die Menschen sollten die Mutterschaft als wichtiger erachten.«

»Um Himmels willen, nein! Ich finde, dass dieser Deckmantel an Uncoolness, der über der Mutterschaft liegt, uns Frauen eine unglaubliche Freiheit verschafft.«

Ich leckte mir den Honig von den Fingern. »Aber Freiheit wofür?«

»Freiheit, so zu sein, wie man will«, sagte Lorrie Ann.

Ihre Worte hatten etwas Erhabenes an sich, dass ich sie auf der Stelle liebte und ihnen zugleich mit Skepsis gegenübertrat.

Lorrie Ann fuhr fort, während sie Brösel des Blätterteigs mit ihrer klebrigen Fingerspitze aufsammelte und dann abknabberte. »Außerdem ist die Erfahrung, tatsächlich Kinder zu haben, so viel mehr als das, worauf man uns vorbereitet hat, so viel realer als die Realität jemals sein könnte – diese Erfahrung wirft sämtliche Klischees vom Mutterdasein völlig über den Haufen.«

»Wirklich?«, fragte ich. »Dieses Gefühl hast du mir nie vermittelt.« Ich hatte Lor gesehen, wie sie Zach bemuttert hatte, und ich hatte sogar darüber gestaunt, welch eine gute Mutter sie war, aber ich hatte immer angenommen, dass, wenn sie mit mir tauschen könnte, sie es tun würde.

»Frauen, die Kinder haben, reden über solche Dinge nicht mit Frauen, die keine haben.« Sie zuckte mit den Schultern.

»Eine Art Geheimclub?«, fragte ich.

»Ich glaube, es ist ein Beschützerinstinkt. Genauso, wie ein religiöser Mensch niemals mit einem Atheisten über seine Beziehung zu Gott sprechen würde.« Unvermittelt hatte ich das Gefühl, Lorrie Ann wäre mir ethisch und spirituell weit überlegen, nachdem sie schon vor Jahren Zutritt zu einer geheimen Welt der Mutterschaft bekommen hatte, während ich den falschen Idolen des kulturellen Elitedenkens nachgeeifert hatte, und gleichzeitig dachte ich: Sie ist verdammt noch mal ein Junkie! Ihre tiefen Erkenntnisse sind nichts weiter als Größenwahn. Soll sie doch diesem Irrglauben nachhängen. Soll sie doch denken, sie sei Teil eines geheimen Kults der Mutterschaft.

»Im Moment kann ich ehrlich gesagt nicht einmal über das Muttersein nachdenken«, sagte ich. Ich spitzte die Ohren, um Franklin im Gang zu hören, seine Füße auf der Treppe, aber da war nichts, nicht einmal das leiseste Geräusch von Bensu, die uns nachspionierte.

»Natürlich.« Lor nickte.

»Ich bin in Franklin verliebt. Ich meine, richtig verliebt«, sagte ich.

Sie nickte.

»Und die ganze Zeit über habe ich mich so angestrengt, perfekt zu sein, keinen falschen Schritt zu machen, den Zauber nicht zu brechen, denn das ist das Beste, was mir jemals widerfahren ist, und ich weiß, dass ich ihn nicht verdiene, aber ...«

Lorrie Ann stieß ein Schnauben aus. »Ihn verdienen? Wer verdient schon irgendetwas?«

»Du weißt, was ich meine«, sagte ich.

»Nein«, erwiderte sie, »sag schon, verdienen wir den Frühling? Geht die Sonne jeden Tag auf, weil wir nett und gut waren? Was zum Teufel denkst du da nur?«

Mir verschlug es die Sprache.

»Er liebt dich«, sagte sie. »Er liebt dich.«

Nach ein paar Stunden wollte ich unbedingt ins Bett. Wie Lorrie Ann so lange wach und aufgekratzt sein konnte, war mir ein Rätsel. Es machte den Anschein, als könnte sie die ganze Nacht aufbleiben. Aber ich wollte ins Bett, damit, wenn Franklin nach Hause kam, ich im Schlafzimmer wäre, wo wir unter vier Augen flüstern könnten, wo er vielleicht seine Kleidung abstreifen würde, nach Bier und Zigaretten riechend, in welcher Spelunke auch immer er versumpft war, und wo er mich in der Verletzlichkeit der Nacktheit im trüben Licht des Mondes unter der Decke finden könnte. Dieses nachgiebigere, womöglich sogar nonverbale Aufeinandertreffen wäre mir lieber, als dass er ins Wohnzimmer platzen würde, wo Lorrie Ann und ich uns mit Baklava vollstopften, über unsere Leben lästerten und diesen hexenhaften Stunk von uns gaben, sobald Frauen unter sich waren.

Und so klappte ich das Sofa für Lorrie Ann aus und lieh ihr eines meiner Nachthemden. In dem Augenblick, als sie sich aus ihrem Sommerkleid und ihrem unglaublich winzigen blauen Seiden-BH geschält hatte (sie war jetzt so dürr, dass ihre Brüste sogar noch kleiner waren als meine), fiel mir das Tattoo über ihrem Schulterblatt auf: *Amor Fati*.

Man könnte es mit »Liebe zum Schicksal« oder »Liebe des eigenen Schicksals« übersetzen. Nietzsche war von dieser Idee besessen gewesen, auch wenn er sie von den Stoikern übernommen hatte. Er schrieb in *Ecce Homo*: »Meine Formel für die Größe am Menschen ist *amor fati*: dass man nichts anders haben will, vorwärts nicht, rückwärts nicht, in alle Ewigkeit nicht. Das Notwendige nicht bloß ertragen, noch weniger verhehlen – aller Idealismus ist Verlogenheit vor dem Notwendigen –, sondern es lieben.«

Im Grunde war es nichts weiter als eine geschwollene Version von »Das Leben ist eine Schlampe«.

»Ich hätte dich nicht für einen Nietzsche-Fan gehalten«, sagte ich.

»Portia«, sagte Lorrie Ann, als würde das alles erklären.

»Wirst du zu ihr zurückgehen?«, fragte ich. Es passte, dass Portia Nietzsche liebte. Im Grunde schätzte ich Nietzsche nur ein kleines bisschen mehr als seine Bewunderer, was nichts weiter hieß, als dass ich Nietzsche nicht allein um seiner selbst willen hasste.

Lorrie Ann zog sich mein altes blau-weiß gestreiftes Nachthemd über den Kopf und schob es nach unten. Es sah riesig aus und bauschte sich um ihren Körper. »Ich habe dich angelogen«, gestand sie.

Beinahe hätte ich laut aufgelacht. Wie um alles in der Welt konnte es noch mehr Lügen geben? Aber natürlich gab es mehr. Es gab immer mehr. Ich rieb mir mit dem Handballen die Stirn.

»Portia hat nicht all unsere Schuhe vom Balkon geworfen. Ich habe all unsere Schuhe von unserem Balkon geworfen. Sie ist nicht diejenige, die verrückt geworden ist – ich bin es. Wir haben uns gestritten.«

»Weswegen?«

Lorrie Ann schürzte die Lippen, seufzte und setzte sich dann auf die ausgezogene Couch. Sie erinnerte mich so sehr an das kleine Mädchen, das unzählige Male bei mir übernachtet hatte. »Da war dieses Mädchen. Sie war jung. Sie hatte ein paar Nächte hintereinander mit uns gefeiert, und eines Abends hat sie im Badezimmer unserer Hotelsuite geweint. Sie hatte richtig schlimmen Sex gehabt. Ich meine, eigentlich hatte sie diesen Kerl gemocht, und sie ist mit ihm nach Hause gefahren, aber dann hat er sie grob behandelt, und sie wollte gehen. Sie hatte riesige Blutergüsse in Form eines geröteten Handabdrucks und eine aufgeplatzte Lippe. Ich meinte, es wäre eine Vergewaltigung gewesen. Doch Portia war der Meinung, es wäre das Mädchen, das kläglich gescheitert war, der Realität ins Auge zu sehen.«

»O Gott«, sagte ich.

»Sie sagte: ›Männer sind Männer, Hunde sind Hunde, ein Hund wird dich beißen, wenn du ihm den Knochen aus dem Mund ziehst. Warum überrascht es dich?‹«

»Wie widerlich!«

»Nein, es ist seltsam – Portia, sie sagt diese Dinge, und das Grauen trifft dich nicht sofort. Sie hat dem Mädchen diese Dinge gesagt und es *nett* gemeint. Sie hat ihr wie eine Mentorin Ratschläge erteilt. ›Es war eine Fehleinschätzung‹, meinte sie zu dem Mädchen, ›und das Beste, was du bei so etwas tun kannst, ist Schadensbegrenzung zu betreiben und es über dich ergehen zu lassen. Hättest du einfach getan, was er wollte, hätte er dich nicht so heftig verprügeln müssen.‹«

»Wie ekelhaft«, sagte ich.

»Aber kannst du verstehen, wie es möglich ist, dass, wenn man alles Schöne in seinem Leben verloren hat, dies wahr erscheinen mag?«, fragte Lor. Sie blickte mich mit einer Ernsthaftigkeit an, die ich nicht mehr in ihr gesehen hatte, seit sie fünfzehn war.

»Ja.« Ich nickte.

»Das Schlimmste ist, dass ich in diesem Moment nicht sofort sauer auf sie war. Das kam erst Tage später. Ich konnte dieses Mädchen nicht vergessen. Sie hat ausgesehen wie du. Ich meine, nicht wirklich wie du, aber sie hatte etwas an sich, das mich an dich erinnert hat, und sie wollte mir nicht mehr aus dem Kopf gehen, und dann sagte Portia etwas darüber, wie viel Glück ich hätte, solch hübsche Füße zu haben, und – ich meine, dir muss ich ja nicht sagen, dass ich in meinem Leben niemals Glück gehabt habe, kein einziges Mal, einfach nie – da bin ich ausgerastet. Wir haben uns in ein groteskes Schreiduell hineingesteigert, immerzu habe ich nur gebrüllt: ›Glück sind keine Füße!‹, und sie dann: ›Glück ist nichts weiter als Füße! Alles andere ist das, was du daraus machst!‹ Und dann habe ich all unsere Schuhe vom Balkon und in den Fluss geworfen und bin hinausgestürmt.«

Einen Moment lang folgte ein Schweigen, in dem wir uns beide all diese schicken Schuhe vorstellten: einige auf dem Gehsteig verstreut, andere auf dem Bosporus treibend wie fantastisch anmutende Miniaturboote.

»Du musst nach Hause fahren«, sagte ich. Ich hatte nicht vorgehabt, es zu sagen, doch es war mir entschlüpft. Ohne

Fanfare oder theatralisches Gehabe war es einfach aus mir herausgeplatzt – so dringend musste es gesagt werden.

Lor nickte langsam, und ihr Gesicht zuckte, als sie mich ansah.

»Du musst nach Hause zu deinem Jungen«, wiederholte ich.

»Ich weiß«, sagte sie. »Aber da ist … eine Art Mauer.«

»Eine Mauer?«

»Eine riesige emporragende Mauer zwischen mir und Amerika.«

»Das wird schon werden«, sagte ich. »Versprochen.«

»Ich weiß, aber wie überwinde ich diese Mauer?«

»Ist die Mauer deine Angst?«

»Nein«, sagte sie mit unheimlicher Nüchternheit. »Die Mauer ist, wie sehr ich nicht über ihn nachgedacht habe. Ich habe sie gebaut, aber wenn ich zurückgehe, muss ich sie einreißen.«

Ich saß neben ihr auf dem Sofa. Die Schale Baklava war leer.

»Kann ich helfen?«, wollte ich wissen.

»Ich denke nicht«, erwiderte sie. »Aber vielen Dank, dass du mir gesagt hast, ich soll nach Hause fahren. Das ist das Einzige, was noch zu tun ist.«

Diesen Worten haftete ein bitterer Beigeschmack an: das Einzige, was noch zu tun ist. Mit einem Schlag machte ich mir Sorgen, Lor könnte Selbstmord begehen. Als ich wieder zu ihr sah, schluchzte sie, die Hände vors Gesicht geschlagen.

»Ich habe schreckliche Angst«, sagte sie. »Ich vermisse ihn so sehr.«

Ich schlang die Arme um sie. Weinend verstand ich sie.

Mit Weinen konnte ich umgehen. »Ich weiß«, sagte ich. »Ich weiß.«

»Es tut mir so leid«, sagte sie, immer und immer wieder. »Es tut mir so leid.«

»Ist schon okay«, sagte ich, und in diesem Augenblick war ihr Leiden realer als alles andere auf der Welt. Ich wiegte sie vor und zurück, bis sie mit Weinen aufhörte, und dann deckte ich sie auf dem Sofa zu, während ich jeden Moment damit rechnete, dass Franklin durch die Tür spazierte.

Ich wartete stundenlang im Dunkeln. In meinem Kopf hatte ich mir ausgemalt, dass ich die Haustür hören würde, dann Franklins Schritte, die sich einen Weg durch das verdunkelte Wohnzimmer zurück in unser Schlafzimmer bahnten, und dann, lauter, knarzend und plötzlich nah, das Geräusch unserer Schlafzimmertür, die sich öffnete, das Geräusch seiner Sandalen, die über den Vinylboden schlurften, seine Schlüssel, die auf die Kommode gelegt wurden. Ich rechnete nicht damit, dass Lorrie Ann noch wach wäre und Franklin stehen bleiben würde, um sich fast eine halbe Stunde mit ihr zu unterhalten, in der Annahme, die beide teilten, ich würde längst schlafen.

»Sie schläft?«, hörte ich ihn fragen.

»Ich denke schon. Ihr Licht ist seit Stunden aus.«

»Sind das deine Zigaretten?«

»Ja.«

»Kann ich eine schnorren?«

»Willst du auf den Balkon?«, fragte sie.

»Scheiß drauf«, sagte er, und ich hörte, wie beide ihre Zigaretten anzündeten. Dann hörte ich seine schweren Schritte, als er in die Küche stolperte und laut polternd nach dem

Aschenbecher suchte, der im Inventar des Apartments inbegriffen gewesen war: ein sonderbares kleines, orangefarbenes Keramikteil mit einem schwarzen geometrischen Muster, das mit plumpen Strichen darauf gemalt worden war.

»Dieses blöde Teeservice«, sagte Franklin, als er zurück ins Wohnzimmer kam.

»Was hat es damit auf sich?«

Ich konnte die Zigaretten riechen. Sie machten sich nicht einmal die Mühe, den Rauch aus dem Fenster zu blasen. Ich war etwas angefressen, dass sie mich dem aussetzten, eine arglose schlafende, schwangere Frau, die ihren Passivrauch einatmen musste, und gleichzeitig wusste ich, dass dies völlig verrückt war.

»Sie wollte Bensu etwas Nettes tun. Sie weiß nur nicht, wie man sich normal verhält. Es ist schade, wirklich! Sie strengt sich so sehr an, aber es ist immer offensichtlich, dass sie sich anstrengt.«

»Du hättest sie sehen sollen, wie sie versucht hat, in der Highschool mit Jungs auszugehen.« Lorrie Ann lachte. »Sie ist auf sie zumarschiert und hat ihnen erklärt, sie möchte mit ihnen ausgehen. Oder sie vögeln.«

Ich hatte das Gefühl, mich gleich übergeben zu müssen. Ich spürte, dass es keinem von ihnen vorkam, als würden sie etwas Gemeines über mich sagen. Wenn überhaupt, lag ein liebevoller Ton in ihren Stimmen. Und es war nicht so, als wären mir meine Schwächen nicht bewusst – in Wirklichkeit waren sie mir nur allzu bewusst. Es war bloß so, dass ich geglaubt hatte, Franklin und Lorrie Ann wären diese Fehler auf irgendeine magische Weise nicht aufgefallen.

Franklin lachte. »Sie ist so schrecklich energisch«, sagte er. Dann in einem anderen Tonfall: »Und verrückt! Gütiger

Himmel, ich kann nicht aufhören, darüber nachzudenken. Warum hat sie mich angelogen?«

»Oh«, sagte Lor und stieß Rauch aus, »warum lügt irgendjemand? Sie hatte Angst.«

»Ich weiß. Ich weiß, dass sie Angst hatte. Aber es nervt trotzdem.«

»Es ist furchteinflößend, wenn man herausfindet, dass man schwanger ist«, sagte Lor.

»Echt?«

»Na klar. Und es ist – keine Ahnung, es ist einfach keine faire Entscheidung. Es ist nichts völlig Rationales.«

»Ich bin vielleicht zu betrunken, um darüber zu reden«, sagte Franklin.

»Ich will nur sagen, dass es etwas Emotionales ist. Du kannst das Baby in dir spüren.«

»Jetzt schon?«

»Jetzt schon«, sagte sie. »Nicht die Tritte und die Bewegungen, aber du bist dir seiner Gegenwart bewusst.«

»Aber du hast dich gegen eine Abtreibung entschieden. Richtig?«, sagte Franklin. »Ich meine, läuft das nicht auf genau diese Dichotomie hinaus, ihr beide wurdet schwanger, Mia hatte eine Abtreibung und du nicht.«

»Ich hatte eine Abtreibung«, sagte sie.

Ich erstarrte. Ich lauschte ihnen gebannt, dass mein Rückgrat so gespannt war, als könnte ich meine eigenen Wirbel einsetzen, um ihre Stimmen zu verstärken.

Warum log sie? Ihr war die verdammte Gebärmutter entfernt worden!

»Das wusste ich nicht«, sagte Franklin. »Tut mir leid.«

»Nein. Das muss dir nicht leidtun. Du hast mich doch gerade erst kennengelernt! Ich hatte nicht angenommen, dass du jede Fußnote meiner Lebensgeschichte kennen würdest.«

Daraufhin folgte eine drückende Stille.

»Aber das hier muss keine Diskussion über Abtreibungen werden«, sagte Franklin. »Ich meine, will sie überhaupt eine Abtreibung?«

»Ich glaube nicht«, sagte Lorrie Ann. »Ich glaube nicht, dass sie es töten will, aber ich glaube, dass sie gleichzeitig Riesenangst hat, es zu bekommen. Was der Grund ist, warum sie so besessen davon ist, sich zu überlegen, ob du es nun willst oder nicht. Solltest du es wollen, könnte sie sich wohl durchringen, es zu bekommen, sich ihrer Angst zu stellen. Doch sie denkt, dass du es nicht willst.«

»Himmel, sie ist eine Vollidiotin!«, rief er. »Ich liebe sie! Ich wollte sie heiraten!«

»Aber ist das nicht der Grund, weshalb du mit deiner Exfreundin Schluss gemacht hast?«, fragte Lorrie Ann.

Ich hörte, wie das Feuerzeug wieder klickte, und wusste, dass Franklin sich eine weitere Zigarette angezündet hatte. Er rauchte Kette, wenn er betrunken war. Er hatte mich heiraten wollen. Ein plötzlicher Wechsel in die Vergangenheitsform. Bedeutete das, dass er es nicht mehr wollte?

»Ja, aber das war, weil ich keine Kinder mit *Elizabeth* wollte. Nicht, dass ich niemals Kinder will. Und das war vor fünf Jahren! Hat sie dir überhaupt den Kontext erzählt, in dem das Gespräch stattgefunden hat?«

»Nein.«

Was war noch mal gleich der Kontext gewesen? Ich konnte mich nicht erinnern.

»Sie hat mir groß und breit erklärt, dass, nachdem sie ihre Brüder großgezogen hat, sie nicht sicher sei, ob sie jemals

Kinder haben wollte, dass sie nicht bereit sei, noch einmal so uneigennützig zu sein, so viel Verantwortung zu haben, und sie wollte sichergehen, dass das für mich in Ordnung sei.«

Lorrie Ann lachte wie ein Esel. »Tut mir leid«, sagte sie. »Ich weiß, das ist nicht lustig, aber irgendwie ist es zum Totlachen.«

»Ja, ich weiß«, sagte er. »Ich bin sicher, dass sie es in diesem Augenblick auch so gemeint hat. Aber jetzt, ich meine, will sie es? Ist das der Grund, warum sie so komisch ist? Sie will es?«

»Willst du es?«, fragte Lorrie Ann.

Franklin gab lange Zeit keine Antwort. »Ich weiß es nicht«, sagte er. Ich hörte, wie das Feuerzeug wieder klickte. Vielleicht war seine Zigarette ausgegangen, oder vielleicht steckte sich Lorrie Ann ebenfalls eine an. »Es fühlt sich nicht real an. Ich muss mit ihr darüber reden.«

»Es wird sich erst real anfühlen, wenn das Baby geboren ist«, erklärte Lor.

»Verstehst du, ich hatte es mir fast schon gedacht, als Bensu sie gefragt hat. Ich dachte: Vielleicht ist sie schwanger. Vielleicht hat Bensu etwas mitbekommen. Ich war ganz aufgeregt. Verdammt, ich komme mir wie ein Idiot vor.«

»Du darfst dich nicht wie ein Idiot fühlen. Sie liebt dich. Sie ist die Sache nur völlig falsch angegangen. Aber so ist Mia, nicht wahr? Du hast es selbst gesagt – sie weiß nicht, wie man sich normal verhält. Alles ist ein bisschen gezwungen. Sie grübelt zu viel nach. Harte Schale, weicher Kern.«

»Ja, aber … kann man wirklich eine Familie gründen und ein Leben mit jemandem anfangen, der sich so verhält? Kann man jemandem vertrauen, der einem selbst nicht vertraut?«

Ich hatte das Gefühl, ins Unendliche zu fallen, während ich dort im Dunkeln auf unserer Matratze saß, während Franklins Stimme Dinge sagte, die ich niemals erwartet hätte zu hören, von denen ich niemals auch nur gedacht hätte, sie könnten ihm durch den Kopf gehen.

»Keine Ahnung«, sagte Lorrie Ann.

Es folgte ein langes Schweigen, und dann sagte Franklin: »Wie machst du das? Ich wollte schon immer Rauchringe blasen können. Ein paar Leute haben sogar versucht, es mir beizubringen, aber es hat nie geklappt.«

»Du musst eine Art Unterdruck erzeugen, indem du die Lippen richtig formst, während du ausatmest«, sagte sie.

Stille.

»Das war gut!«, sagte sie.

Wie um alles in der Welt konnten sie in diesem Moment Rauchringe blasen?

»Ich muss mal«, sagte Franklin.

»Kann ich mir etwas Geld borgen?«, fragte Lor.

Meine Augen flogen jäh auf. Dieser Schachzug hatte etwas so Räuberisches an sich – Franklin zu fragen anstatt mich. Aber natürlich bräuchte sie Geld, um nach Hause zu fliegen, den endlosen Party-Kreislauf zu durchbrechen.

»Wie viel?«

»Ich weiß nicht«, sagte Lor. »Vielleicht einen Riesen?«

»Und ich nehme an, du willst nicht, dass ich ihr davon erzähle«, sagte er.

»Nein«, erklärte sie nachdenklich, »du kannst es ihr ruhig sagen.«

»Schön«, sagte er. »Ich gehe morgen früh zur Bank.«

»Schreib mir einfach einen Scheck«, sagte sie.

»Morgen früh«, sagte er. »Ich bin todmüde.«

Dann hörte ich, wie er in Richtung Bad schlurfte, und das Knarzen, als er sich zum Pinkeln mit all den Pflanzen einschloss. Hatten wir tausend Dollar? Natürlich war das Stipendium mit Geld verbunden, aber es wurde scharf kontrolliert.

Während ich darauf wartete, dass Franklin mit pinkeln fertig war und unser Zimmer betrat, versuchte ich, meinen Herzschlag zu beruhigen. All die Versatzstücke des Gesprächs, das ich belauscht hatte, schwirrten in meinem Blutkreislauf: das Geld, Franklins plötzliche Vergangenheitsform von »Ich wollte sie heiraten!«, Lors sonderbare Lüge, eine Abtreibung hinter sich zu haben. Er war aufgeregt gewesen! Als ihm zum ersten Mal der Gedanke durch den Kopf geschossen war, war er aufgeregt gewesen! Doch dann die schreckliche Frage: Kann man jemandem vertrauen, der einem selbst nicht vertraut? Ein neues kaltes und durchdringendes Gefühl traf mich. Die Antwort lautete: Nein. Man konnte jemandem nicht vertrauen, der sich so verhielt, wie ich mich verhielt. Ich setzte mich in unserem Bett auf und wartete.

Als er endlich hereinkam, hörte ich ihn die Schlüssel hinlegen. Ich hörte das Tapsen seiner Füße, nackt auf dem Vinylboden. Dann hörte ich, wie seine Hose auf den Boden glitt, das Klappern seines Gürtels, der noch in den Schlaufen steckte, und den kurzen Ringkampf mit seinem Button-down-Hemd samt Unterhemd. Dann spürte ich, wie er langsam das Bett heraufkroch.

»Franklin«, sagte ich. »Ich muss mit dir reden.«

Ich spürte, wie er auf allen vieren innehielt.

»Du musst nichts erklären«, sagte er. »Ich verstehe das. Ich meine – es ist dein Körper. Ich kann verstehen, warum du ein paar Tage Zeit wolltest, um herauszufinden, wie es um deine Gefühle bestellt ist, bevor du herausfinden musst, wie es um meine bestellt ist.«

»Ich muss das hier sagen«, sagte ich und klopfte auf das Bett neben mir. Franklin krabbelte weiter und rutschte neben mir unter die Decke. Er roch unverkennbar nach Zigaretten und Alkohol. »Es tut mir so schrecklich leid«, sagte ich. »Ich habe mich wie ein Teenager aufgeführt, der versucht, seine Mutter an der Nase herumzuführen. Du bist immer offen und ehrlich und lieb zu mir, und im Gegenzug habe ich versucht, dich zu manipulieren, als wollte ich dich durch einen Trick dazu bringen, dass du mich liebst. Es tut mir so leid. Du verdienst etwas Besseres. Und wenn du mich lässt, würde ich es gerne besser machen. Ich werde mich bessern.«

Das Licht der Straßenlaterne legte sich wie ein Schrägstrich über sein Gesicht. »Vielen Dank«, sagte er.

Ich streckte den Arm aus und packte sein Knie, rieb die Sehnen, die es mit seinem Oberschenkel verbanden.

»Und was denkst du?«, fragte er. »Über die – Schwangerschaft?«

Mir fiel auf, dass er das Wort »Baby« mied.

»Nun«, sagte ich, während die Ehrlichkeit wie Winterluft in meiner Lunge stach, »ich habe große Angst, dass ein Baby unsere Leben zerstören könnte. Ich weiß nicht, wie wir das mit unseren Unilaufbahnen hinbekommen sollen, wo wir am gleichen Ort einen Job bekommen könnten. Aber noch mehr als das habe ich Angst, dass dich dieses Baby zwingen würde, mich zu heiraten, weil du das Richtige tun willst. Ich will nicht, dass du dir Fesseln anlegst, nur um das Richtige zu tun. Ich will, dass du das tust, was wirklich und wahrhaftig das Beste für dich ist. Und ich weiß, mit Elizabeth war es nicht richtig, und deshalb hatte ich Sorge, es wäre auch mit mir nicht richtig.«

Franklin grunzte.

»Und natürlich«, fuhr ich fort, »hatte ich schon einmal eine Abtreibung. Also ist es nicht so, als wäre ich grundsätzlich gegen Abtreibungen. Das bin ich nicht.« Ich dachte an Lorrie Ann und ihre Worte, Frauen hätten das Recht, ihre Kinder zu töten. »Aber ich habe das Gefühl, eine Abtreibung mit achtundzwanzig ist etwas ganz anderes als eine mit fünfzehn. Und ... wenn du es willst, würde ich noch mal darüber nachdenken, aber ich fühle mich nicht gut dabei. Wenn ich darüber nachdenke, graut es mir.«

Er grunzte wieder.

»Was denkst du?«, fragte ich mit zitternder Stimme.

»Ich weiß es nicht«, sagte er. »Ich weiß nicht, was ich denke. Ich habe Kopfschmerzen, ich bin immer noch ein bisschen betrunken und will nichts Falsches sagen.«

Mir wurde schwer ums Herz. Ich biss die Kiefer aufeinander und ließ die Muskeln in meinem Gesicht erstarren. Ich wollte ihm kein schlechtes Gewissen machen, indem ich weinte. Ich wollte, dass er eine echte Wahlfreiheit hatte.

»Ich meine, ich weiß, ganz rational gesehen ist alles, was du über unsere Jobs und das Geld gesagt hast – all das ist richtig. Aber ich denke trotzdem ... keine Ahnung. Denkst du nicht, wir könnten es schaffen?«

Das war nicht im Entferntesten das, was ich von ihm erwartet hatte.

»Und selbst wenn«, fuhr er fort, »Worst-Case-Szenario, wir enden beide als Lateinlehrer in einem geisteswissenschaftlichen College oder so? Trotzdem – was für ein Leben! Ich weiß nicht. Ich meine bloß ... Ich weiß, du hast Angst, und ich weiß, wir sollten gründlich darüber nachdenken, aber ich glaube, meine spontane Reaktion, mein Bauchgefühl sagt mir, dass ich verdammt überglücklich bin.«

»Wirklich?« Meine Augen brannten, und ich konnte nicht richtig atmen, so ausgelassen war ich vor Glück.

»Ja. Ist das okay? Ich meine, ist das für dich okay?«

»Das ist mehr als okay«, krächzte ich.

Ich konnte das Lächeln in seiner Stimme hören. »Gut.«

»Ich … Franklin, ich spüre nur so stark, dass es leben will.«

»Wir haben ein Baby gemacht«, sagte er. »Wir haben einen Menschen gemacht.«

»Ich weiß«, sagte ich, doch im Stillen flehte ich verzweifelt zu Gott, einem Gott, an den ich nicht wirklich glaubte, dass ich dies hier behalten dürfte, dass ich all das behalten dürfte, was er mir geschenkt hatte. Ich wusste nicht, warum mir so viel vergönnt war. Es erschien mir nicht richtig, dass ich noch mehr bekommen sollte. Auch wenn alles nur reiner Zufall war und ich nichts davon verdient hatte, würde ich es mir schnappen. Was hatte Lorrie Ann gesagt? Verdienen wir den Frühling? Niemand, dachte ich, könnte jemals die Art von Glück verdienen oder nicht verdienen, die mich durchflutete, während ich dort in dem Bett mit Franklin lag, mit dem winzigen Leben, das in meiner Gebärmutter zuckte, während die Straßen von Istanbul schließlich erstarben und der Nebel über den Bosporus rollte.

»Ich habe gehört, dass Lorrie Ann dich um Geld gebeten hat.«

»Wirklich? Ja, ich meine, es interessiert mich nicht, ich gebe ihr das Geld. Aber lautet die Regel eigentlich nicht: Kein Geld für Junkies?«

»Nein. Sie will nach Hause. Sie wird die Dinge in Ordnung bringen.«

»Das ist wundervoll«, sagte Franklin. »Mia?«

»Was?«

»Wirst du mich heiraten? Im Ernst? Wird das morgen früh immer noch wahr sein?«

»Es wird jeden Morgen für den Rest unseres Lebens wahr sein«, sagte ich und fühlte wirklich, fast als wäre es eine physische Realität, dass sich alles finden würde. Alles würde gut werden.

Aber natürlich, als wir am nächsten Morgen erwachten, war Lorrie Ann verschwunden, und rätselhafterweise hatte sie das Teeservice mitgenommen.

KAPITEL ACHTZEHN
Was nach oben steigt

Fast drei Jahre später, als ich zurück in Kalifornien war, traf ich mich mit Arman.

Im Grunde war es ein Segen gewesen, dass Lorrie Ann an jenem Morgen verschwunden war. So konnten wir alleine in dem Apartment erwachen, in dem wir zur Untermiete wohnten, mit den knallbunten Farben seiner durcheinandergewürfelten Möbel, die uns im grauen Licht des nebligen Istanbuler Morgens fröhlich begrüßten. So konnten wir sie und alles, was in ihrem Leben vorgefallen war, aus unseren Köpfen verdrängen und uns in Unterwäsche Eier und Toast und Kaffee machen und über unser Glück kichern: weil wir uns liebten, heiraten würden, ein Kind bekämen. Und in der Heuchelei, die dem täglichen Leben entspringt, redete ich mir ein, es wäre trotzdem möglich, dass Lorrie Ann nach Hause gefahren war. Sie hatte gesagt, sie würde nach Hause fahren. Ich wollte glauben, dass sie es vielleicht getan hatte, obwohl sie ohne das Geld von Franklin verschwunden war, obwohl sie meines Wissens so keine Möglichkeit hatte, zurück in die Staaten zu kommen. In der Nachricht, die sie uns dagelassen hatte, stand nur: »Vermasselt es nicht, ihr beiden. Franklin, du bist ein Schatz, und ich liebe dich. Ich wünschte, ich könnte bleiben, aber ich muss los. Sei nicht sauer, Mia. Wir waren wirklich Freundinnen, das weißt du. XOXO, Lola«.

Zu jenem Zeitpunkt dachte ich, es wäre ihr Leben und sosehr ich es auch für sie leben wollte, müsste sie es doch selbst tun.

Aber als Wochen und dann Monate verstrichen, erkannte ich, dass ich nicht wusste, wie ich sie erreichen konnte. Keine meiner alten Telefonnummern von ihr funktionierte. Sie hatte keinen Facebook-Account. Ich hatte nicht den blassesten Schimmer, wie Portias Nachname war, und könnte sie auch auf diesem Weg nicht ausfindig machen, selbst wenn sie zu Portia zurückgekehrt wäre, was ich nach dem Fenstersturz der Schuhe für fraglich hielt. Ich versuchte, Dana anzurufen, die lieb war, doch seit über einem Jahr nichts mehr von Lor gehört hatte. Als Franklin und ich später in diesem Jahr heirateten, schickte ich ihr eine Einladung via E-Mail an ihre alte Yahoo-Adresse. Gewiss hatte sie einen E-Mail-Account, den sie regelmäßig checkte, ich kannte ihn bloß nicht, und ich vermutete, es war nicht ihre sonderbare Adresse aus Teenagerzeiten: MistressOCatsBaby@yahoo.com.

Als Grant auf die Welt kam, schickte ich ihr an denselben E-Mail-Account Geburtsfotos und einen Entschuldigungsbrief. Sie hatte recht, schrieb ich: Selbst Mutter zu sein wirft wirklich alles über den Haufen. Sie hatte recht: Es gab nichts Wichtigeres.

Natürlich hatte ich erwartet, ein kleines Mädchen zu bekommen, eine hinterlistige kleine Inanna, ein Abziehbild von Lorrie Ann und mir. Ich ahnte nicht, was es bedeutete, sich in einen kleinen Jungen zu verlieben. Ich ahnte nicht, dass seine Haare die Farbe von Apfelmus mit Zimt hätten und er auf all seinen Babyfotos schrecklich besorgt aussähe: mit gerunzelter Stirn, während er müde in die Kamera blickte, und einem pummeligen Gesicht mit Hängebacken wie das eines in die Jahre gekommenen Politikers.

Und so kam es, dass Franklin und Grant und ich zurück nach Südkalifornien zogen, als Grant zwei war. Wir hatten den Inanna-Zyklus veröffentlicht, der mit überschwänglichen Kritiken bedacht wurde. Wir hatten sogar Geld damit verdient. Außerdem waren uns zwei Stellen an der UCSD angeboten worden, die wir dankbar annahmen. Es war ein Kinderspiel, Arman aufzuspüren, und hätte ich tatsächlich geglaubt, er hätte Neuigkeiten von Lorrie Ann, hätte ich ihn längst kontaktiert. Aber vielleicht lag es daran, dass ich wieder zurück in Kalifornien war, warum er mir in den Sinn gekommen war. Eines Tages googelte ich einfach die Telefonnummer seines Coffeeshops, der *Pipe Dreams* hieß, rief an und fragte nach Arman.

Der Mann am anderen Ende der Leitung gab keine Antwort, sondern schien darauf zu warten, dass ich noch mehr sagte.

»Arman?«

»Wer ist da?«

»Hier spricht Mia«, sagte ich. »Lorrie Anns Freundin.«

»Was zum Teufel willst du?«

Allem Anschein nach war es Arman. Ich war froh, dass ihm seine Familie zumindest den Coffeeshop zurückgegeben hatte.

»Ich weiß nicht, was ich will«, sagte ich. »Ich habe seit Jahren nichts von Lorrie Ann gehört, und wahrscheinlich habe ich mich nur gefragt, ob du weißt, wie es ihr geht.«

»Nein.« Arman seufzte und sagte dann etwas zu jemandem im Hintergrund.

»Wie schade«, sagte ich.

»Ich wünsche ihr das Beste«, sagte er, »wirklich. Aber es überrascht mich nicht, dass sie mich nie angerufen hat. Ich meine, würdest du das tun? Du weißt sicher, dass sie mich in Indien sitzen gelassen hat, oder? Ohne einen verdammten Penny in der Tasche, und das in einem fremden Land.«

»Sie hat mir gesagt, sie hätte dir tausend Dollar dagelassen.«

Einen Herzschlag lang war es still, dann sagte Arman: »Ja, in Form eines Schecks, den ich *nirgendwo* einlösen konnte. Ich meine, einfach niemand wollte diesen Scheißscheck nehmen. Es war ein Albtraum.«

»Das hört sich schrecklich an«, sagte ich. »Es tut mir leid, dass dir das passiert ist.«

»Ist lange her«, sagte er. »Aber hey, sollen wir uns mal auf einen Kaffee treffen und über alte Zeiten quatschen?«

Es überraschte mich, dass er mich sehen wollte. Später erkannte ich, dass ich, indem ich ihn bei der Lüge ertappt hatte, dass Lorrie Ann ihn angeblich mittellos in Indien zurückgelassen hatte, ihm gleichzeitig offenbart hatte, dass ich noch nach ihm mit ihr in Kontakt gewesen war. Wie konnte er widerstehen herauszufinden, was ich wusste?

»Äh, sicher«, sagte ich.

»Es gibt einen Starbucks beim Coffeeshop, gleich hier um die Ecke. Könntest du heute vorbeikommen?«

»Heute nicht«, sagte ich. »Grant ist bei mir. Mein kleiner Sohn.«

»Oh Mann, Glückwunsch. Dann Samstag? Drei Uhr?«

Während ich am Samstag letzte Vorbereitungen für die Fahrt in den Norden machte, fiel mir auf, dass ich alt geworden war. Nicht auf eine schlechte Art. Ich trug vor dem Spiegel im Gang eine getönte Feuchtigkeitscreme auf und ging in Gedanken den Tagesplan durch. Mein jüngster Bruder Alex und sein neuer Freund waren in der Stadt. Ich war nicht sonderlich angetan von seinem Freund, einem Hipster mit schicken Dreadlocks, der Rion hieß, »mit einem ›i‹ wie in ›lion‹«, wie er mir stolz erklärte. Wir wollten sie und meine Mutter im Einkaufszentrum in der Nähe unserer alten Wohnung in Corona del Mar treffen, aber ich fuhr schon früher hoch, um Arman zu sehen.

»Es gefällt mir ganz und gar nicht, dass du allein fährst«, sagte Franklin. Er aß Leinsamenpfannkuchen und Joghurt am Tisch, während Grant in seinem Hochstuhl saß und Erdbeeren zu Brei zermalmte.

»Ich treffe einen Mann ohne Beine in einem Starbucks. Was glaubst du eigentlich, was dort passieren könnte?«

»Keine Ahnung, ich wünschte bloß, ich könnte dabei sein.«

»Geh mit Grant in den Park«, sagte ich und steckte den Stift eines Ohrrings durch mein Ohr. Ich warf einen Blick in den Spiegel und erkannte, dass ich aussah wie eine Erwachsene mit einem Kind. Ich sah gebildet aus. Ich sah umsorgt aus. Ich sah weich aus.

»Du siehst toll aus«, sagte Franklin, der mir zusah, wie ich mich still begutachtete. »Wir treffen uns am großen Springbrunnen im Einkaufszentrum um fünf?«

»Um fünf«, sagte ich.

Arman saß bei meiner Ankunft mit gekrümmtem Rücken an einem Tisch. Ich winkte ihm zu und gab ihm mit einer Geste zu verstehen, dass ich mir etwas zu trinken holen würde. Es war komisch, ihn zu sehen – im Grunde hatte ich ihn nur ein paarmal getroffen, doch ich hatte so viele Geschichten über ihn gehört und so häufig an ihn gedacht, dass der echte Arman in meinem Kopf allmählich von einem fiktionalen Arman ersetzt worden war. Fast erschrocken erkannte ich die geschwungene Breite seiner Oberlippe wieder, die mopsartige Rundung seiner Augäpfel. Vor allem jedoch stiegen bei seinem Anblick tiefsitzende Erinnerungen an Lorrie Ann in mir auf, die zugleich aufregend und schmerzhaft waren.

Als ich mit meinem Kamillentee an den Tisch trat, lächelte er mich mit einer aufrichtigen Offenheit und Dankbarkeit an, die mich überraschten. »Vielen, vielen Dank, dass du gekommen bist«, sagte er.

»Es ist eigenartig, dich zu sehen«, sagte ich.

»Ich weiß – es ist fast so, als würde man sie sehen.«

»Ich weiß.«

»Als du vor ein paar Tagen angerufen hast, habe ich bemerkt«, sagte er, »dass ich im Laufe der Zeit die Dinge in meinem Kopf verändert habe. Dass ich meine Erinnerung an sie redigiert habe. Ich meine, ich hatte mich so daran gewöhnt, den Leuten zu erzählen, sie hätte mich völlig mittellos in Indien zurückgelassen, weil ich wollte, dass meine Familie mir den Coffeeshop zurückgibt. Ich wollte ihnen nicht eingestehen, dass ich Geld gehabt hatte. Also wurde das zur offiziellen Version, und es war erst, als du den Scheck erwähnt hast, dass ich mich überhaupt erinnert habe, dass es anders gewesen ist. Ich hatte das Gefühl, ich würde sie verlieren, weil ich sie in meinen Gedanken immer verändert habe, verstehst du?«

»Ich weiß genau, was du meinst«, pflichtete ich ihm bei. »Ich bin dieselben Erinnerungen so viele Male in meinem Geist durchgegangen, dass sie ganz abgenutzt sind.«

»Wann war das letzte Mal, dass du mit ihr gesprochen hast?«, wollte er wissen. Seine Haare fielen ihm offen über die

Schultern, und er steckte sie sich hinter die Ohren, während er mich fragte. Die Geste machte ihn ernst und jung.

Ich erzählte ihm, wie ich Lorrie Ann in Istanbul getroffen hatte, von ihrer plötzlichen Abreise mitten in der Nacht, ihrer etwas geheimnisvollen Notiz – dem Wechsel in die Vergangenheitsform: Wir waren wirklich Freundinnen.

»Ja, das sieht ihr verdammt noch mal ähnlich«, sagte Arman. »Mitten in der Nacht abzuhauen und eine Nachricht zu hinterlassen.«

Erst jetzt, bei seinen Worten, erkannte ich, dass sie uns beiden das angetan hatte.

»Ich verstehe es nicht«, sagte ich. »Manchmal kommt sie mir wie der beste Mensch der Welt vor. Und dann wieder wie ein echtes Miststück.«

»Nun, sie war ziemlich abgefuckt«, sagte er.

»Mir gefällt das nicht – es einfach auf die Drogen zu schieben.«

»Nein, ich meinte das nicht in Bezug auf Drogen. Sie war einer der zutiefst gestörtesten Menschen, die ich je kennengelernt habe«, sagte Arman und ließ den Kopf wie ein Huhn in einer Abfolge rascher Nickbewegungen auf- und absausen.

»Wirklich?«, fragte ich. Sie kam aus einer so glücklichen Familie. Sie war immer so wunderschön gewesen, in ihrer zwanglosen Unbekümmertheit wie für diese Welt geschaffen, so eine geschickte Schwimmerin, selbst im kalten Pazifik. Auf mich hatte sie nie wirklich den Eindruck gemacht, als wäre sie gestört.

»Ich habe mich immer gefragt«, sagte Arman, »ob ihr Dad sich vielleicht, na ja, an ihr vergangen hat.«

»Terry? Nein.«

»Jemand hat sich aber an ihr vergriffen«, beharrte Arman.

»Niemand hat sich an ihr vergriffen! Ich war da – ich habe Terry gekannt. So war er nicht. Ihre Familie war unglaublich glücklich. Ein Herz und eine Seele.«

»Niemand kennt irgendjemanden wirklich, wenn es um so einen Scheiß geht«, sagte Arman.

»Wie kommst du überhaupt darauf?«

»Zeug, das sie gesagt hat, ihre Art, wie sie war. Sie hatte immer richtig schlimme Blasenentzündungen. Einfach tonnenweise Probleme mit ihrer Vagina. Manchmal war sie so verkrampft, dass sie überhaupt keinen Sex haben konnte.«

»Das könnte auch einfach an der schlimmen Geburt von Zach gelegen haben, oder?«

»Aber er ist nicht mal vaginal entbunden worden, also warum sollte das ihre Vagina, keine Ahnung, hysterisch empfindlich machen?«

»Hysterisch empfindlich?«

»Sie konnte nicht mal Tampons tragen. Meinte, die würden irrsinnig wehtun.«

»Vielleicht war sie nur richtig eng«, sagte ich.

»Nein, es war etwas Emotionales. Es kam und ging, je nachdem, wie sie sich gefühlt hat. Das ist der Grund, warum ich glaube, dass Terry sie vielleicht missbraucht hat.«

»Aber sie hat nie etwas zu dir gesagt, oder?«

Arman schüttelte den Kopf, und seine schwarzen Haare glitzerten im Licht des Deckenbogens. »Na ja«, fuhr er fort, »sie hat ständig darüber gesprochen, wie schuldig sie sich wegen Terrys Tod gefühlt hat, weil sie ihn sich herbeigewünscht hat, und dann kam der Unfall.«

Warum sollte sich Lor Terrys Tod herbeigewünscht haben? Plötzlich erweckte die eigentümliche Deutlichkeit, mit der ich jede einzelne Strähne als Teil des schimmernden Ganzen von Armans Haaren sehen konnte, den Eindruck in mir, ich würde träumen.

»Aber ich war da!«, rief ich. »Sie hat sich nicht gewünscht, dass Terry stirbt. Ich meine, vielleicht war ihr einmal flüchtig dieser Gedanke gekommen, weil er ihr Hausarrest aufgebrummt hat oder irgendetwas in der Art. Aber mir gegenüber hat sie nie so etwas erwähnt.« Ich fummelte an der raschelnden Verpackung der Madeleines herum, die ich gekauft hatte. Ich erinnerte mich, wie sich Lor nach Terrys Tod zurückgezogen hatte. Der plötzliche Vegetarismus, die Weigerung, sich über Brittany Slane lustig zu machen.

»Ich weiß, ich weiß«, beschwichtigte Arman. »Und wer könnte es schon mit Gewissheit sagen? Vielleicht liege ich falsch. Aber ich würde alles daraufsetzen, dass sich irgendjemand an ihr vergangen hat, selbst wenn es nicht Terry war.«

Gegen meinen Willen bewirkten Armans Worte, dass sich meine Sicht auf die Vergangenheit in eklatanter Weise änderte. Die Familie war so verschlossen gewesen, so unnahbar, eine Einheit – ich hatte angenommen, ihre Liebe füreinander hätte sie zusammengeschweißt. Ich hatte Terry für cool gehalten! Auf einmal schien mir sein Beharren, Zylinder und große Goldohrringe bis weit in seine Vierziger zu tragen, sonderbar, fast schon unheilvoll pubertär. Ich fragte mich, ob es Dana peinlich gewesen war, wenn er zu Elternsprechabenden in einem solchen Aufzug kam. Was wenn er sich *wirklich* an Lor vergangen hatte?

»Das ist nie passiert«, sagte ich.

»Nun, wie erklärst du es dir dann, dass ihre Gebärmutter einfach aufgeplatzt ist, als sie in den Wehen lag?«

»Das Cytotec …«, begann ich.

»Komm schon«, sagte er, »ist das dein Ernst? Du glaubst, es war nur das Cytotec?«

Es stimmte, die meisten Frauen mit einer Uterusruptur nach der Einnahme von Cytotec hatten bereits einen Kaiserschnitt hinter sich. Es war eines der Details in Bezug auf Zachs Geburt, das nicht ins Bild passte. »Was? Denkst du etwa, sie war in emotionaler Hinsicht so mitgenommen von ihrem Vater, dass es das Gewebe ihrer Gebärmutter angegriffen hat?«

»Nein«, sagte Arman, riss den Kopf zurück und sah mich, die Nasenlöcher gebläht, unnachgiebig an. »Ich denke, sie hatte eine lausige Ausschabung, irgendwann als Kind. Er hätte sie nicht zu einer richtigen Abtreibungsklinik bringen können.«

»Das ist verrückt«, sagte ich und versteckte mein Gesicht, indem ich einen Schluck von meinem Tee nahm. War es das, was sie meinte, als sie Franklin erzählt hatte, sie hätte eine Abtreibung gehabt? Hatte sie von etwas geredet, das vor Zach passiert war?

Obwohl die Lampen im Starbucks hell waren, hatte ich das Gefühl, als könnte ich nichts sehen, und gleichzeitig, als würde ich zu viel sehen. Jedes Mal, wenn ich in Armans Gesicht blickte, konnte ich jede einzelne Pore erkennen, und ich musste wegschauen. Ich hatte immer angenommen, Lorrie Ann wäre ein Opfer Gottes gewesen. Die Vorstellung, sie wäre das Opfer eines Mannes gewesen, war irgendwie viel schlimmer.

»Das ist verrückt«, sagte ich.

»Es passiert tagtäglich.«

»Aber ich war da!«

»Wie sonst erklärst du es dir?«

»Die Uterusruptur?«

»Nein. Wie schrecklich abgefuckt sie gewesen ist.«

Ich starrte ihn einfach an. Schon wieder diese Vergangenheitsform.

»Ja.« Ich schluckte. »Sie war wohl wirklich ziemlich abgefuckt.«

Den ganzen Abend mit meiner Familie glichen meine Gedanken einer Möwe, die in einem Sturm gegen den Wind flog. Armans Theorie wohnte eine solch zwingende Logik inne – sie erklärte all die winzigen Details in Lors Leben, die ansonsten keinen Sinn ergaben: die Uterusruptur, die sonderbare Lüge, eine Abtreibung hinter sich zu haben, selbst den Umstand, dass sie sich Partner gesucht hatte, die so ungefährlich und zugleich solche Loser wie Jim und Arman waren. Und dennoch schien es unmöglich, dass etwas in der Art geschehen war. Wie oft hatte ich bei ihr zu Hause übernachtet? Wie oft hatte sie bei mir übernachtet? Wir hatten uns alles anvertraut.

Doch ich hatte nicht die Zeit, darüber nachzudenken. Ich saß in einem Restaurant, das Zwanzig-Dollar-Sandwiches verkaufte, und stieß mit Alex auf seinen neuen Job an, während ich meine Mutter beobachtete, die in ihrer Rolle als Großmutter auf eine Weise aufblühte, die ich niemals erwartet hätte, und Grant beibrachte, wie man die Papierverpackung eines Strohhalms zusammendrückte und sie mit ein paar Wassertropfen wie einen Wurm wachsen ließ. Ich hielt mit Franklin unter dem Tisch Händchen, ich lachte, ich fragte Rion, auf welchem College er gewesen war, ich bestand darauf, dass wir alle eine Nachspeise bestellten, und redete so lange auf meine Mutter ein, bis sie einen Käsekuchen mit mir teilte, während sie mir von meinem anderen Bruder Max und seiner Freundin erzählte, die Staubsauger der Marke Kirby verkaufte und eine Wicca war. Wir kamen alle überein, dass dies etwas Gutes war: Maxie war einfach zu ernst. Nach dem Jurastudium hatte er einen Job bei einer großen Firma in New York angenommen, neunzig Stunden die Woche gearbeitet und war nie nach Hause geflogen. Wir hegten die Hoffnung, seine schrille Freundin könne ihn etwas lockerer werden lassen.

Nach dem Abendessen wollten wir alle einen Spaziergang in dem nicht überdachten Einkaufszentrum machen, einem kuppelförmigen Terrakottabauwerk mit Säulengängen voller Pflanzenkübel und Palmen. Es gab auch einen Koi-Teich, weshalb wir Grant dorthin brachten und uns mit Metallstühlen um das Becken setzten, während er am Rand des Wassers herumsauste und dem größten Koi folgte, einem dicken, fetten rotorangen Fisch mit trüben silbernen Augen.

»Du bist eine gute Mutter«, sagte meine Mom. Franklin und Alex und Rion unterhielten sich ausgelassen über einen neuen Superheldenfilm, der bald im Kino anlief.

»Vielen Dank«, sagte ich. »Das bedeutet mir viel, dass du das sagst. Ich will unbedingt eine gute Mutter sein.«

»Und Franklin ist der beste Dad, den ich jemals gesehen habe.«

»Ich weiß.« Ich dachte darüber nach, welche Ängste meine Mutter ausgestanden haben musste, als sie meinen Vater verlor. Sie war bei meiner Geburt so jung gewesen, erst zwanzig, und mein Vater war ein Vertreter gewesen, der einen Haufen Geld verdiente. Unverzüglich hatte er ihnen ein großes Haus gekauft, ihr einen BMW geschenkt, eine Rolex. Es war ein Traum gewesen, wie ein Märchen. Als sie herausfand, dass er sie betrog – ich war erst zwei –, hatte sie ihn damit konfrontiert, und er hatte augenblicklich vorgeschlagen auszuziehen, doch es dauerte Jahre, bis sie die Scheidung bekam. Er war verschlagen und wusste, wenn er dem Gericht beweisen konnte, dass sie seit vier Jahren getrennt, wenn auch immer noch verheiratet waren und meine Mutter sich selbst versorgen konnte, er keinen Unterhalt zahlen müsste. Und das war genau das, was er dann tat. Ich erinnere mich noch lebhaft an diese Jahre, in denen es nur meine Mutter und ich waren und es nichts weiter als Pfannkuchen zum Abendessen gab. Kein Wunder, dass sie sich auf Paddy gestürzt hatte, sobald die Scheidung rechtskräftig war. Kein Wunder, dass sie spät am Abend ein Glas Wein wollte.

»Du warst auch eine gute Mutter«, sagte ich.

»Ich wünschte, ich wäre eine bessere gewesen«, sagte sie, ohne mich anzusehen. Stattdessen beobachtete sie Grant, der flach auf dem Bauch neben dem Bassin auf dem Betonboden lag, mit der Hand im Wasser, um die Fische zu streicheln.

»Ich denke, ich hätte es nicht besser machen können«, sagte ich, »wäre ich in deiner Lage gewesen.«

Meine Mutter zuckte mit den Achseln. »Man muss das Blatt spielen, das man bekommt.«

Hatte Lor einen Entzug gemacht oder war sie immer noch abhängig? Rammte sie sich, genau in diesem Augenblick, auf einer Pariser Toilette eine stumpfe Nadel in eine Vene, während die Frau, die als Nächstes an der Reihe war, gegen ihre Tür hämmerte? Mädchen kamen nicht aus perfekt glücklichen Familien und wurden dann ohne jeden ersichtlichen Grund zu einem sich selbst verachtenden Junkie. Oder?

Am erschreckendsten war letztlich das schwindelerregende Gefühl, dass ich Lorrie Ann nicht kannte und sie im

Grunde niemals gekannt hatte. Ich konnte in meinem Kopf nicht klären, wer sie war. »Wir waren wirklich Freundinnen«, hatte sie mir geschrieben.

Wie um alles in der Welt, dachte ich, hatte sie Zach zurücklassen können? Nachdem ich jetzt selbst ein Baby hatte, war es für mich noch unverständlicher. Ich griff nach der Hand meiner Mutter und drückte sie.

»MOMMY!«, schrie Grant. »Ich habe ihn berührt! Ich habe sein AUGE berührt!«

In jener Nacht, als Franklin und ich im Bett waren, drehte ich mich zu ihm. »Denkst du, jemand könnte Lorrie Ann sexuell belästigt haben?«, fragte ich. »Als wir Mädchen waren?«

»Ich kenne Lor nicht«, sagte Franklin. »Also kann ich dazu nichts sagen. Ist das etwas, das Arman gesagt hat?«

»Ja. Das ist das, was er denkt.« Die Schwärze vor unserem Schlafzimmerfenster schien unendlich. Es gab Ratten, das wusste ich, die in den Palmen wohnten und in der Dunkelheit kreuz und quer in alle Richtungen sprangen. »Was, wenn ich sie in Wirklichkeit nie richtig gekannt habe? Was, wenn ich all die Jahre nur das gesehen habe, was ich erwartet habe, was ich sehen wollte?«

»Doch, das hast du«, sagte er. »Du hast sie gekannt.«

»Kann irgendjemand einen anderen Menschen überhaupt richtig kennen? Kennst du mich?«

»Falls ich dich nicht kennen sollte«, sagte Franklin und rollte sich auf mich, »dann werde ich es mir zur Lebensaufgabe machen, dich richtig kennenzulernen.«

»Und was, wenn es dir nie gelingt?«, fragte ich.

»Dann werde ich nicht aufgeben, es zu versuchen«, sagte Franklin und blickte in Großaufnahme zu mir herab.

»Was, wenn ich dich den Dämonen opfere? So wie Inanna Dumuzi verraten hat?«

»Dann komme ich zurück.«

»Selbst von den Toten?«

Franklin nickte und zog eine Spur an Küssen über meine Wange. »Selbst von den Toten.«

Am nächsten Morgen, als ich mit verschlafenen Augen Kaffee aufsetzte und Grant sich an meiner Pyjamahose festklammerte, bemerkte ich, dass jeder einzelne Apfel in der Tüte angebissen war. Ich hielt sie hoch.

»Grant, hast du das gemacht?«

»O ja!«, sagte er glücklich.

Wann und wie hatte er das geschafft? Ich hatte die Äpfel erst am Vortag gekauft, und irgendwie musste er sich im Laufe des Nachmittags heimlich in die Küche geschlichen, höchstwahrscheinlich sogar mehrmals, einmal in jeden Apfel gebissen und sie dann fein säuberlich in die Tüte zurückgelegt haben. Er hatte sogar den Clip wieder geschlossen.

»Warum?«, wollte ich wissen.

»Ich weiß es nicht«, sagte er kichernd.

Da kam mir in den Sinn, dass ich Grant ebenso wenig kannte wie jeden anderen Menschen und dass mich das überhaupt nicht störte. Nein, ganz im Gegenteil, ich empfand seine nie enden wollende Fremdartigkeit als wahren Trost. Es gäbe immer neue Facetten an Grant, die es kennenzulernen galt. Es war das größte Glück auf Erden, ihn kennenzulernen.

Später an diesem Tag schrieb ich Lorrie Ann an MistressO-CatsBaby@yahoo.com:

Lolola,
wahrscheinlich bekommst du die E-Mails überhaupt nicht, die ich dir schicke, aber ich kann einfach nicht aufhören, dir trotzdem zu schreiben. Ich habe mich mit Arman zum Kaffee getroffen. Er denkt, dein Vater hat dich missbraucht. Ist das der Grund, warum dein Bruder auf dem Balkon geschlafen hat? Ist das der Grund, warum alles einen solch beschissen Lauf genommen hat? Ist das der Grund, warum deine Mutter die Wohnung mit wachsamen, stillen Zwergen vollgestopft hat? War alles insgeheim Teil eines Albtraums, und ich habe es bloß nicht gemerkt?
Jedes Mal, wenn ich über dich nachdenke, bist du anders. Du gleichst einem gottverdammten endlosen Prisma. Sehr häufig scheint mir die Tragödie deines Lebens Jim gewesen zu sein oder dass du pleite gewesen oder laut Arman von deinem Vater missbraucht worden bist. Aber heute scheint es mir, als sei die echte Tragödie deine Liebe zu Zach gewesen. Du musst ihn so sehr geliebt haben, und er konnte nie mit dir reden. Er konnte dir nie sagen, wie es war, Zach zu sein. Er konnte dir nie sagen, dass er dich ebenfalls geliebt hat. Er konnte dich nur durch die Maske seines Gesichts anblicken, die Augen trüb vor Schmerz. Wie viel hat er verstanden? Ich denke daran, wie du ihn durch diese schreckliche Sonde gefüttert hast. Ich denke an diese schier unendlichen Operationen, die Genesung mit nichts weiter als Paracetamol. Ich denke an die vielen Jahre, die du darauf verwendet hast, ihn zu halten, versucht hast, seinen Schmerz allein mit deiner Berührung zu lindern. Ihm versucht hast zu verstehen

zu geben, dass er geliebt wird und sicher ist, auch wenn du ihn nicht beschützen konntest, egal, wie sehr du ihn geliebt hast. Nun, da ich selbst Mutter bin, kann ich mir die Qualen ausmalen, die du durchlitten hast. Heute Morgen erscheint es mir eine schier unmenschliche Leistung zu sein, die der von Christus am Kreuz gleicht. Es wird behauptet, er habe für unsere Sünden bezahlt. Ist das nicht eine sonderbare Vorstellung? Eine Art spiritueller Kredit.

Früher dachte ich, es gäbe eine bestimmte Menge Mist, die jedem Menschen einfach widerfährt, und dass er normalerweise ziemlich gleichmäßig verteilt ist, dir es aber irgendwie gelungen ist, die Dinge zu manipulieren und meinen Anteil auf dich zu nehmen. Schreckliche Dinge, die du nicht verdient hast, sind dir ständig widerfahren, und gute Dinge, die ich nicht in tausend Jahren verdient habe, sind mir widerfahren. Ich wünschte, ich könnte mit dir den Platz tauschen oder dir zumindest die unablässigen mentalen Rituale beibringen, mit denen ich das Unglück in Schach halte. Auf irgendeine Art habe ich wirklich geglaubt, dass meine obsessiven Gedanken, ich würde mein Glück nicht verdienen, der Schlüssel dazu waren, dass das Glück immer weiter zu mir kam.

Wie verrückt! Du hattest recht: Wir verdienen weder den Frühling, noch verdienen wir den Winter. Sie sind einfach da. Ich wünschte, ich hätte dir eine bessere Freundin sein können. Der Gedanke, dass ich dich selbst damals in unserer Kindheit nicht als die Person gesehen habe, die du in Wirklichkeit bist, sondern von der Vorstellung von dir geblendet war, sodass mir nicht

aufgefallen ist, was du durchleben musstest, falls Terry sich tatsächlich an dir vergangen haben sollte – dieser Gedanke bricht mir verdammt noch mal das Herz.
Es tut mir so leid.
Wo steckst du?

Deine Freundin
Mia

KAPITEL NEUNZEHN

Kommt auch wieder herunter

Einen Monat später schrieb sie zurück:

> Mia,
> ich checke fast nie diesen Account, und jetzt tut es mir leid, dass ich es getan habe. Du scheinst immer noch zu glauben, dass sich mein Leben allein um dich dreht. Du wunderst dich über mein Pech? Ist es eine Strafe für eine Sünde, die ich begangen habe? Oder ist es Gott, der mich prüft? Hat er mir ein beschissenes Blatt ausgeteilt, weil er weiß, dass ich es ertragen kann? Oder ist es, abstrus, wie es klingen mag, deine Schuld, dass ich Pech hatte? Du fragst: Hat dich dein Vater vergewaltigt? Aber du stellst diese Frage, weil du glaubst, sie könnte dir etwas über dich selbst verraten. Wie du weißt, gehört mein Leben mir.
>
> Alles Gute,
> Lolola

Ihre Worte trafen mich derart, dass ich nicht wusste, wie ich reagieren sollte. Ich hatte angenommen, mein letzter Brief an sie wäre voll Liebe gewesen. Ich hatte nicht erwartet, dass sie so wütend auf mich sein könnte. Rasch scrollte ich zurück und las meine Zeilen erneut durch. Dem Tonfall haftete ein Hauch unbedachter Überheblichkeit an, das stimmte, was jedoch dem Umstand geschuldet war, dass ich nicht wirklich geglaubt hatte, sie würde die E-Mails jemals lesen. Mein Brief litt an der Eigentümlichkeit eines reflektierten Tagebucheintrags, der keine Leserschaft zu fürchten hatte.

Dennoch hatte ich nicht das Gefühl, als stünde etwas in dem Brief an sich, das so schrecklich wäre. »Mein Leben gehört mir«, hatte sie geschrieben. Glaubte sie, ich versuchte, ihr Leben zu meinem Leben zu machen? Hatte ich das getan? War ich wirklich ein solch grässlicher, Leben aussaugender kleiner Gremlin, der herumstolzierte und andere Menschen als Spiegel missbrauchte, um sich selbst in ihnen zu bewundern? Diese Vorstellung käme dem Wahrwerden all meiner schlimmsten Ängste gleich.

Ich konnte mir aber auch vorstellen, dass Lor gezwungen war, dieselbe Art Mauer zwischen sich und mir zu erbauen, die sie zwischen Zach und sich hatte errichten müssen. War das der Grund, weshalb sie mich hasste? Weil ich gewagt hatte, es laut auszusprechen? Du musst nach Hause fahren.

Du musst nach Hause zu deinem Jungen fahren.

Und das war sie nicht. Stattdessen hatte sie mein Teeservice gestohlen und war verschwunden.

Sie hatte mir ohne jeden Zweifel mitgeteilt, ich solle mich um meinen eigenen Kram kümmern, und dennoch brachte ich es nicht über mich.

Dana war überrascht, aber nicht unglücklich, von mir zu hören. Wir vereinbarten für einen Sonntag ein Treffen im *Coco's*, das auf wundersame Weise die Veränderungen in Corona del Mar überlebt hatte, an der Ecke Narcissus und California State Route. Ich erinnerte mich, wie ich als Kind mit meiner Mom und Paddy und Max und Alex zu diesem *Coco's* gegangen war. Ich hatte immer Spaghetti bestellt. Die Inneneinrichtung war vollständig renoviert worden, und die riesigen Leinwände mit Backwaren zusammen mit den überdimensional großen Nischen und Stühlen, auf denen die Gäste wie Kinder aussahen, die auf Erwachsenenmöbeln saßen, verliehen dem Interieur etwas leicht Halluzinogenes. Dana saß bereits an einem Tisch im hinteren Teil des Raums und winkte mir.

Sobald ich sie sah, erkannte ich, dass ich mir ein völlig falsches Bild von ihr gemacht hatte. Als Lor mir die Geschichten ihres Lebens erzählt hatte, von Zach und den Ureinwohnern Amerikas und Dunny, hatte ich mir die Dana vorgestellt, die ich aus unserer Kindheit kannte: der marineblaue Eyeliner, die gekräuselten braunen Haare, die vorzeitigen Falten. Aber etwas Wunderliches war mit Dana geschehen.

Verschwunden war der blaue Eyeliner. Im Grunde glaube ich, dass sie überhaupt kein Make-up trug, und dennoch strotzte ihr Gesicht vor Gesundheit, und ihre Haut schimmerte und sah weich aus. Im Laufe ihres Alterungsprozesses hatten sich ihre Wangenknochen, die schon immer hoch gewesen waren, noch deutlicher abgezeichnet, ebenso wie ihre ausgeprägten Schlupflider. Ihre Haare waren vollständig weiß geworden, und sie trug sie offen und wallend um ihre Schultern. Dana hatte eine einfache cremefarbene Tunika an, und als sie sich erhob, um mich zu begrüßen, bemerkte ich eine lohfarbene Leggings und perlenbesetzte Mokassins. Sie trug keine Ohrringe, keinen Ehering, nicht das allerkleinste Schmuckstück. Während wir uns setzten, warf sie mir ein derart strahlendes Lächeln zu, man hätte es fast schon als selig bezeichnen können.

»Es ist so schön, dich zu sehen, Mia«, sagte sie mit einer Stimme, die viel sanfter als in meiner Erinnerung war. »Du siehst wunderschön aus!«

Hatte sich Dana in eine Art Heilige verwandelt? Oder war das der abgeklärte Gleichmut einer wahrhaft Verrückten? »Vielen Dank«, sagte ich. »Du auch – dein Haar! Es ist toll.«

Schüchtern berührte sie mit der Hand ihre Haare, dann beugte sie sich vor und flüsterte vernehmlich: »Ich finde es auch toll! Die Haare meiner Mutter waren weiß. Ich hätte nie gedacht, dass meine schlohweiß werden, aber dann ist es passiert.« Sie zuckte lächelnd mit den Achseln.

Wir bestellten. Beide bekamen wir das Spinatomelett. Eine ganze Weile hielt mich Dana in Trab, und ich musste ihr unzählige Fragen beantworten: über meinen Beruf, Franklin, Grant. Ich wusste nicht, wie ich sie über Lor befragen sollte. Wahrscheinlich nahm ich an, dass Dana ebenso wenig von Lor gehört hatte wie ich. Stattdessen löcherte ich sie zu ihrem eigenen Leben. Wie sich herausstellte, war sie weiterhin mit Dunny befreundet, und gemeinsam hatten die beiden eine Selbsthilfegruppe für Eltern mit schwerbehinderten Kindern gegründet. Außerdem arbeitete sie zweimal pro Woche ehrenamtlich in der Bücherei und hatte ein Programm für Kinder ins Leben gerufen, das *Native World* hieß und in dem sie etwas über die Ureinwohner Amerikas und die Pflanzen- und Tierwelt Kaliforniens lernten. Sie und Dunny besuchten beide Zach im Pflegeheim, für gewöhnlich zweimal die Woche.

Sie wirkte keinesfalls psychotisch. War es möglich, dass sie immer noch eine Erwerbsunfähigkeitsrente vom Staat erhielt? Es war ein Thema, das ich nur ungern ansprechen wollte, weshalb ich es sein ließ, obgleich ich mich besser fühlte, als ich erfuhr, dass zumindest irgendjemand Zach besuchte. Zumindest war er nicht ganz allein. Da fing Dana so unbefangen an über Lor zu sprechen, dass ich es einen Moment nicht verstand und dann jäh auffuhr.

»Und Lor geht's gut«, sagte sie, »mit ihrer Band. Ich bin sicher, sie hat dir ihr erstes Album geschickt. Joachim geht's auch gut. Ich denke, sie ist endlich richtig glücklich, was sie ja auch verdient hat.«

»Was?«, platzte es aus mir heraus.

»Nach all den Jahren«, sagte Dana, »obwohl Jim ein Heiliger war und ich auch Arman für einen guten Jungen gehalten habe.«

»Sie hat eine Band?«

»Ja.« Dana war offensichtlich verwirrt. »Das wusstest du nicht?«

»Nein. Nein, ich habe abgesehen von einer E-Mail in den letzten drei Jahren nichts von ihr gehört. Und sie hat nichts von einer Band geschrieben.«

»Nun« – Dana lachte –, »es ist nicht so, als würde man sie im Radio hören oder so.«

»Ist sie clean?«

»Oh, sie ist schon seit einer Ewigkeit clean. Das war nur eine Phase.« Dana machte eine verächtliche Handbewegung, als hätte Lor nie ein ernstes Drogenproblem gehabt.

»Wo wohnt sie?«, fragte ich.

»Island. Sie und Joachim reisen mit der Band in ganz Europa herum, aber Island ist ihr Wohnsitz.«

»Joachim?«

»Ihr Freund«, sagte sie. »Ein wirklich wundervoller Mann. Sehr groß.«

»Bist du hingeflogen?«, wollte ich wissen. »Hast du sie in Island besucht?«

»Nein, noch nicht!«, rief Dana. »Obwohl ich es ihnen ständig androhe.«

Aber sie hatte gesagt, er wäre groß. Warum sollte ihr diese

Bemerkung in den Sinn kommen, wenn sie ihn nicht persönlich kennengelernt hätte? Was bedeutete, dass sie hierher zurückgekommen sein mussten, zurück nach Kalifornien.

»Wann waren sie das letzte Mal hier?«, fragte ich.

»Weihnachten«, sagte Dana. »Sie waren zwei Wochen hier. Es scheint ihnen prächtig zu gehen, und so sind sie hergeflogen und haben uns besucht und haben dann mich und Dunny nach Hawaii eingeladen!«

»Das ist wundervoll!«, sagte ich und starrte auf das glitzernde Bild eines riesigen Croissants hinter ihr. Es musste gut einen Meter fünfzig lang sein. Ein Bild von einem Croissant, das fast so groß war wie ich selbst. Mir wurde schwindlig. Also war Lor doch nach Hause zurückgekehrt. »Es freut mich sehr, dass es ihr prächtig geht«, sagte ich. »Sie singt?«

»Ja, sie singt. Terry wäre so stolz auf sie. So unglaublich stolz. Ich wünschte, er wäre am Leben, um sie zu sehen.«

Mit einem Schlag schien es unwahrscheinlich, dass Terry sich an ihr vergangen haben könnte. Genau genommen schämte ich mich nun, dass ich Lor diese Frage überhaupt gestellt hatte. Und dennoch, gab es eine andere Erklärung?

»Ich hatte nicht den blassesten Schimmer«, sagte ich in dem Versuch, irgendetwas zu finden, das ich sagen könnte. »Ich habe vor ein paar Monaten mit Arman gesprochen, aber anscheinend hat er auch kein Wort von ihr gehört.«

»Der Junge ist ein solcher Schatz«, sagte sie, was ich als eine zutiefst sonderbare Beschreibung von Arman empfand.

»Wie ist der Name ihrer Band?«, wollte ich wissen.

»Amor Fati«, sagte sie. »Das bedeutet – nun, ich habe vergessen, was es bedeutet. Sie hat es mir mal erklärt, aber ich kann mich nicht erinnern. Ich bin sicher, das kannst du nachschlagen, oder sie kann es dir erklären oder was auch immer.«

Amor Fati. Island. Joachim. Mit einem Mal hatte Lor in meinem Leben wieder ihre alte Rolle eingenommen: die Göttin, unfassbar, unerreichbar schön und perfekt. Sie war eine verdammte Musikerin im verdammten Island. Ihr Leiden hatte sich letztendlich als eine Illusion herausgestellt, ein Fehler, lediglich eine Phase, die Lors Reiz nur noch steigerte. Es hatte nie eine echte Gefahr gedroht, wie auch Aschenputtel nie Gefahr gelaufen war, auf ewig ein Dienstmädchen zu bleiben.

»Ich weiß, was es bedeutet«, sagte ich, obwohl mir ein Frosch im Hals steckte und ich die Worte nur haspelnd herausbrachte.

»Was?«

»Ich weiß, was *amor fati* bedeutet«, sagte ich.

Verdienen wir den Frühling?, hatte Lor gefragt. Und ich hatte geglaubt, Lor womöglich endlich verstanden zu haben, ihre Weltsicht nachvollziehen zu können. Doch dem war nicht so. Ich wollte immer noch, dass es irgendeinen Zusammenhang gab zwischen dem, was wir taten, und dem, was wir bekamen. Genau wie ich nicht glauben konnte, dass sie den Horror von Zachs Geburt oder das Leiden von Jims Tod verdiente, glaubte ich nicht, dass sie es nun verdiente, eine erfolgreiche Musikerin in Island mit einem Freund namens Joachim zu sein. Ich glaubte nicht, dass sie es verdiente, Urlaub auf Hawaii zu machen, während Zach in einem Pflegeheim dahinvegetierte. Bedeutete er ihr denn nichts? War es wirklich in Ordnung, dieser Art von Liebe einfach den Rücken zu kehren, dieser Art von Zugehörigkeit? Gab es keinen strafenden Gott, der das als Bockmist bezeichnete?

Mit einem Mal schien es auch eindeutig, dass Lorrie Ann

mich nie auf dieselbe Weise geliebt hatte, wie ich sie geliebt hatte. Ich hatte angenommen, sie hätte mich aus Scham gemieden: Sie wusste, dass ich mit den Drogen, mit ihrem Lebensstil nicht einverstanden war, weshalb sie einen Bogen um mich gemacht hatte. Die Vorstellung, dass sie clean war, dass sie glücklich war, dass sie verliebt war, dass sie sang und nicht mit mir reden wollte, mir ihre guten Neuigkeiten nicht erzählen wollte, nicht wollte, dass ich ihre Musik hörte – nun, das alles gab mir das Gefühl, eine Idiotin zu sein, weil ich sie liebte. Weil ich an sie dachte. Weil ich zugelassen hatte, dass ihr Leben in meinem wie ein Geist weiterlebte. Sie war nach Kalifornien gekommen und hatte mich nicht einmal angerufen.

In Gedanken spielte ich den Moment immer wieder durch, als wir uns auf dem Großen Basar in Istanbul getroffen hatten. Damals hatte ich angenommen, sie hätte mich angerufen, weil sie mich sehen wollte, mich in ihrer Not brauchte, aber jetzt fragte ich mich, ob sie mich vielleicht nur angerufen hatte, weil sie schlicht und ergreifend keine andere Wahl gehabt hatte. Womöglich hatte es ihr davor gegraut, mich zu sehen. Womöglich hatte sie den ganzen Abend den Plan im Kopf gehabt, sich nur Geld zu leihen und dann zu verschwinden.

Und das Teeservice mitzunehmen! Warum das verdammte Teeservice!?!

Es war noch nicht einmal mit Sicherheit bewiesen, dass Lorrie Ann tatsächlich so glücklich war, wie Dana behauptete. Dana beharrte darauf, dass Jim ein Heiliger, dass Arman ein Schatz war. Vielleicht sah sie das Leben nur unentwegt durch eine rosarote Brille. Woher wollte Dana überhaupt wissen, dass Lor clean war?

Und war diese Band wirklich eine so große Sache? Hatten sie einfach nur in ihrem Apartment eine CD zusammengeschustert oder standen sie wirklich bei einem großen Label unter Vertrag? Und selbst wenn sie bei einem Label unter Vertrag standen, wie schwer konnte das schon in so einem kleinen Land wie Island sein? Es könnte ebenso gut sein, dass Lor und ihr Junkie-Freund Joachim einmal die Woche in einer versifften Kneipe in Reykjavik spielten und die Sache bei Dana aufbauschten, damit die sich besser fühlte.

Was würden wir in unserem Alter nicht alles sagen, damit sich unsere Mütter besser fühlten?

Als Franklin an jenem Nachmittag mit Grant nach Hause kam, hatte ich bereits beide Amor-Fati-Alben heruntergeladen und angehört. Sie waren auf iTunes erhältlich. Das zweite Album war besser als das erste, aber sie waren beide ziemlich gut. Ich war gleichermaßen verzweifelt und wütend und traurig. Die Alben waren von einem echten Label. Amor Fati hatte sogar eine Website, eine gute, auf der Tourdaten gepostet waren. Alles ging mit rechten Dingen zu.

»Lorrie Ann ist ein Rockstar«, sagte ich, sobald Franklin sich ein Bier geholt und es sich auf dem Sofa bequem gemacht hatte, um Fußball zu schauen.

»Ach du liebe Güte«, sagte er.

»Ich meine – ein Rockstar! Kannst du dir das vorstellen? Ein Rockstar?«

»Sie ist kein Rockstar«, sagte Franklin. »Oder? Ich meine, sie ist in einer Band oder so was?«

»Sieh dir das an«, sagte ich, klickte auf eines ihrer Videos auf YouTube und spielte es für ihn ab. Es war ein Live-Auftritt auf einem hügeligen Feld in Island. Lor trug ein cremefarbenes Kleid aus Rohseide und balancierte auf einem Stuhl mit ihrer Gitarre, die riesig aussah, im Vergleich zu ihr wie ein Boot, und die sie sich an die Brust gedrückt hatte. Sie sang mit geschlossenen Augen. Das ganze Lied hindurch hatte sie die Augen geschlossen. Bei einer Nahaufnahme bemerkte ich, dass sie immer noch an den Nägeln kaute. Tausende von Fans waren zu sehen. Sie füllten das gesamte Tal aus, wiegten sich verzückt hin und her, während sie sang.

»Okay«, sagte Franklin. »Dann ist sie also ein Rockstar.«

»Ich weiß, ich sollte mich für sie freuen.« Grant spürte meine Unruhe und versuchte ununterbrochen, mir Clown Puppy zu geben, einen entsetzlichen Plüschhund, dessen Fell mich an das Blackface-Make-up der Minstrel Shows erinnerte und der aufleuchtete und die Farben Rot, Blau und Gelb in drei verschiedenen Sprachen aufzählte.

»Ich will Clown Puppy nicht«, sagte ich.

»Und, lebt Zach noch?«, wollte Franklin wissen.

»Ja, und Dana und Dunny besuchen ihn regelmäßig.«

»Nun, das ist gut.«

»Da stimme ich dir zu«, sagte ich, »aber sie war hier. Sie war in Kalifornien! Sie hat Dana und Dunny nach Hawaii eingeladen! Was ist mit der Mauer passiert, die sie um sich gebaut und die sie abgehalten hat, über Zach nachzudenken, und die es ihr unmöglich gemacht hat, jemals wieder in das Land ihrer Kindheit zurückzukehren oder was auch immer dieser ganze Bullshit gewesen sein mag?«

»Keine Ahnung. Ich weiß nicht, wie sie das vor sich selbst rechtfertigt.« Franklin zuckte mit den Schultern. »Aber das Eine kann ich dir sagen, egal wie es funktioniert, egal wie sie es anstellt, ich bezweifle, dass es gut ist. Ich meine, auf eine spirituelle, ideelle Art.«

»Und …?«

»Was, und?«

»Was tue ich nun?«, fragte ich.

»Hier, Daddy«, sagte Grant und reichte ihm einen kleinen Lastwagen aus Plastik. Franklin nahm ihn wortlos entgegen.

»Nun«, sagte Franklin zu mir, »was kannst du schon tun? Du kannst sie nicht zu der machen, die sie nicht sein will. Sie will Musikerin sein. Schön, sie ist Musikerin. Im Grunde ist es das Beste, was eintreten konnte. Jetzt dient ihre gequälte Seele einem Zweck. Auf der Bühne kann sie so abgefahren und Emo sein, wie sie will.«

»Das ist kein Witz«, sagte ich.

»Ich weiß – ich weiß. Aber ganz ehrlich, wie, glaubst du, passiert es überhaupt, dass Leute Musiker werden? Vielleicht funktioniert es genau so – sie treffen eine Reihe zunehmend verheerender Entscheidungen, aber dann kommt es zu einer Art Umwandlungsprozess, und es endet damit, dass sie dafür geeignet sind, ein Rockstar zu sein.«

Seine Hypothese war eigentlich gar nicht so schlecht. »Ich weiß nicht so recht«, sagte ich. »Ich will nicht länger darüber nachdenken. Lass uns einfach einen schönen Sonntag verbringen.«

Dana war hocherfreut, mir Namen und Adresse des Pflegeheims zu geben, in dem Zach gelandet war. »Er liebt Besucher«, sagte sie.

Sie fragte mich nicht, warum ich dorthin wollte. Es machte nicht einmal den Anschein, als wäre sie überrascht. Ich hatte mich gesorgt, sie könnte nachfragen, denn ich hatte nicht den leisesten Schimmer, was ich hätte erwidern sollen. Die beste Antwort war im Grunde die, die Lor selbst gegeben hatte: Es war das Einzige, was noch zu tun war.

Ich traf auf einen völlig fertig aussehenden Mann mit schulterlangen Haaren in einem sehr ausgewaschenen grauen Anzug, der vor Zachs Bett kniete und leise betete. Er fuhr erschrocken hoch, als er merkte, dass ich das Zimmer betreten hatte, und beendete rasch seine Fürbitte.

»Heiliger Vater«, sagte er leise, »vertreib den Teufel aus diesem Körper. Entwirr seine Gliedmaßen von den bösen Dämonen, die sie erwürgen. Erfüll ihn mit Licht und Frieden. Amen.« Seine Stimme war heiser und rau.

Er warf mir einen verstohlenen Blick zu, als er das Zimmer verließ. Seine Augen waren von einem frappierenden und womöglich betrunkenen Türkis, das sich stark von dem Rot seines sonnenverbrannten Gesichts abhob. Er sah verrückt aus. War er womöglich obdachlos? Eine Art umherziehender, obdachloser Prediger? Und dennoch schien er harmlos zu sein. Wie konnten diese sonderbaren Gebete jemandem schaden?

Ich trat zu Zachs Bett. Im Kopf hatte ich ausgerechnet, dass er nun zwölf sein müsste. Er war immer noch schrecklich dünn und schien in seinem Bett zusammengekauert zu sein, weshalb es schwierig war, ein Gefühl für seine volle Größe zu bekommen. Seine Augen waren offen und blickten mich an. Es war nicht schwierig, sich vorzustellen, dass es Dämonen waren, die ihm das angetan hatten. Aber natürlich, dachte ich bei der Erinnerung an Lor, waren es Ärzte gewesen, die ihm das angetan hatten.

»Hi. Ich weiß nicht, ob du dich an mich erinnerst«, sagte ich. »Ich war eine Freundin deiner Mutter.«

Er hatte eine solch frappierende Ähnlichkeit mit Lorrie Ann, dass es mir fast den Atem verschlug. Er hatte sogar das gleiche helle Gesprenkel an Sommersprossen auf der Stupsnase, die gleiche schmale Kieferpartie, die seinem Gesicht eine Herzform verlieh. Der Ausdruck in seinen Augen veränderte sich, als hätte er mich erkannt oder gehört, was ich gesagt hatte.

»Deine Mom?«, wiederholte ich.

Er drehte das Gesicht weg.

»Deine Mom vermisst dich so sehr«, sagte ich, obwohl ich nicht wusste, warum ich das gesagt hatte oder ob es überhaupt der Wahrheit entsprach.

Er stieß einen gurgelnden Schrei aus und heftete den Blick fest an die Wand.

»Du willst nicht über sie reden?«, fragte ich. Ich hatte das Gefühl, als hätte man mir in den Magen getreten. Während all der Zeit hatte ich mich kein einziges Mal gefragt, was Zach über Lor dachte. Falls sie zurückgekommen war, dann zu einem Sohn, der sie hasste, der ihr wahrscheinlich nie vergeben könnte.

»Ich werde nicht von ihr reden«, sagte ich. »Versprochen.«

Er drehte sich zu mir zurück, abwartend, vielleicht sogar neugierig, warum ich da war, wenn ich ihn nicht mit Erinnerungen an seine Mutter quälen wollte.

»Ich wäre gern deine Freundin«, sagte ich.

Stille, während er mich beäugte.

»Ich würde gern herkommen und bei dir sitzen und dich kennenlernen. Vielleicht einmal die Woche. Wäre das okay?«

Auf einmal verwandelte sich sein Gesichtsausdruck unverkennbar zu einem Grinsen, einem wilden, asymmetrischen Grinsen. Er machte ein glückliches Geräusch, das ich augenblicklich als ein Kichern verstand.

»Tanzt du immer noch so gern?«, fragte ich.

Zach und ich schusterten an jenem Morgen ein paar Gesprächsfetzen zusammen, und ich tanzte ungeniert zu frühen Michael-Jackson-Liedern, die ich über die winzigen Lautsprecher meines iPhones abspielte. Ich las ihm auch ein Babar-Buch vor, das auf seinem Nachttisch lag. Ich wunderte mich ein wenig, ob Zach Babar mittlerweile nicht etwas langweilig fand.

Ich fragte ihn das, und er rief etwas, das ich als ein Ja interpretierte. Ich sagte ihm, ich würde ihm ein Buch für größere Jungs mit dem Titel *Der Hobbit* mitbringen. Er sah mich mit einem Ausdruck sonderbarer Konzentration an, als müsste er Kacka machen, und mit einem Mal erkannte ich, dass er langsam, minutiös nickte. Es kostete ihn unsägliche Anstrengung, eine solch kleine Bewegung zu wiederholen, aber er versuchte es, um mir zu zeigen, dass ihm die Idee gefiel. »Es ist ein richtig gutes Buch«, sprudelte es aus mir heraus. »Es wird dir gefallen.«

Irgendwann kam eine Krankenschwester herein, die ausgesprochen munter und fröhlich war und mich bat, in den Korridor zu gehen, während sie Zach wickelte, und das tat ich auch, für den Fall, dass es Zach ansonsten peinlich wäre, doch ich beobachtete sie heimlich von der Tür aus. Sie behandelte ihn sanft und voller Respekt. Da war kein Ausschlag auf Zachs schmalem Hintern. Es war mir ein Rätsel, was an diesem Ort so schrecklich war, dass Lor gezwungen gewesen war, die Flucht zu ergreifen.

Die meiste Zeit über saßen wir einfach beisammen und genossen die Morgensonne, die in sein Zimmer fiel und sich über den Boden ergoss, als wollte sie mit ihrem Überfluss angeben. Draußen sah man eine einzelne Palme, die durch den Wind oder aus irgendeinem anderen Grund leicht krumm war. Zeit mit Zach zu verbringen glich einem unscharfen, menschlichen Zen, einer Ehrlichkeit, die in seiner Unfähigkeit zu sprechen begründet war.

»Ich halte dich für mutig«, sagte ich nach einem langen Schweigen.

Zach machte eine Bewegung, die sehr an ein Schulterzucken erinnerte.

Auf einmal bemerkte ich hinter einem Bilderrahmen auf Zachs Kommode eine kleine gelbe Teekanne. Ich stand auf und ging langsam auf sie zu, als wäre sie ein Kaninchen, das vor mir davonlaufen könnte. Sie stammte aus dem Service, das ich Bensu gekauft hatte: Ich erkannte die niedlichen, kleinen goldenen Triangel auf der knallgelben Keramik wieder. Warum hatte sie Zach das Teeservice gegeben?

Sobald ich die Kanne hochhob, begann er zu schreien. Eine Krankenschwester rannte herein. »Oh«, sagte sie, »stellen Sie sie bitte wieder hin. Das ist ein besonderes Geschenk von seiner Mutter. Sie hat es ihm mit der Post geschickt. Es ist so traurig. All die anderen Teile hat er schon zerbrochen, weshalb wir dieses eine Teil für ihn aufheben und es ihn nicht halten lassen.«

Ich stellte die Kanne zurück, und Zach verstummte. Er keuchte, atemlos, funkelte mich finster an. Anfangs glaubte ich, er wolle nicht, dass ich sie anfasse, dieses besondere Relikt seiner Mutter. »Bitte nicht berühren«, sagte die Krankenschwester, bevor sie uns wieder allein ließ. Zach hörte nicht auf, mich anzustarren, blinzelte kein einziges Mal. Ich hob die Teekanne hoch, und er beobachtete mich.

Langsam brachte ich sie zu ihm und legte sie ihm in die hohle Hand. Seine Finger verkrampften sich so sehr, dass er sie fast fallen gelassen hätte, aber ich schob sie zurück in seine Hand. Seine Bewegungen waren zugleich unbeholfen und sonderbar präzise, und sie erinnerten mich an die Frustration, einen dieser Greifautomaten zu bedienen, bei denen man nach Spielzeug angelt. Ich sah Zach zu, wie er die kleine Teekanne hinter den Kopf hob, dann den Ellbogen nach unten riss und sie gegen die Wand schmetterte, wo sie in unzählige gelbe Scherben zersplitterte und sich über den Boden verstreute.

»Ups«, sagte ich, und ich schwöre bei Gott, er lachte.

Ich wollte ihn unbedingt über seine Mutter befragen, versuchen, sie durch seine Augen zu verstehen, eine Art Parallaxe zu erreichen, doch ich hatte ihm das Versprechen gegeben, ihm beteuert, sie mit keinem Wort zu erwähnen.

Und tatsächlich, dachte ich, es gab nichts, was noch hätte gesagt werden können.

Als ich an jenem Tag nach Hause fuhr, war ich ganz aufgeregt. Ein neues Kapitel meines Lebens hatte begonnen, hier, eingebettet in den kleinen Buchten des Pazifiks. Wenn mich die Idee von Lorrie Ann so blind gemacht hatte, dass ich nicht sehen wollte, wer sie in Wirklichkeit war, war ich ebenso blind mir selbst gegenüber gewesen, der Vorstellung, die ich von mir hatte. Ich musste nicht länger die Böse sein, die Sexbombe, die Niederträchtige. Nicht einmal die Kluge, die Gute, die Hübsche. Stattdessen war ich eine junge Mutter, und kaum jemanden kümmerte es einen feuchten Kehricht, was ich tat oder wer ich war. Ich war vollkommen frei. Frei, mich mit einem Jungen anzufreunden, der nicht sprechen konnte. Frei, den Pacific Coast Highway entlangzudüsen, ohne irgendetwas zu denken. Frei, mir die Haare abzuschneiden. Frei, meinen Ehemann zu lieben, der im Wasser gebetteter Lattich war. Frei, Zwerge zu sammeln. Frei, meinen Kindern jedwede Werte und Weltanschauungen mit auf den Weg zu geben, die ich für richtig hielt. Frei, alles zu sagen, was ich dachte. Frei, grundlos glücklich zu sein. Frei, darauf zu vertrauen, geliebt zu werden. Aber hauptsächlich frei, um selbst zu lieben.

Als Zach in jenem Winter an einer Lungenentzündung starb, blieb Lor der Beerdigung fern. Dana gab eine lahme Entschuldigung, indem sie erklärte: »Sie sind auf Tour und können die Berlin-Konzerte nicht absagen. Das ist einfach nicht möglich. Es tut ihr so furchtbar leid, dass sie nicht kommen kann.«

»Hmhm«, sagte ich mit einem Kopfnicken.

»So furchtbar leid«, wiederholte Dana.

Ich lächelte sie an, berührte sie an der Schulter durch das dicke schwarze Zopfmuster ihres Wollpullovers. »Aber wir sind hier«, sagte ich. »Es ist eine gute Beerdigung, Dana. Du hast alles so wunderbar geplant.«

»Vielen Dank«, sagte sie, nickte und schob ihre schimmernden weißen Haare hinter ihre kleinen rosafarbenen Ohren. Zach war eingeäschert worden, und Dana hatte ein Boot gemietet, das unsere kleine Gruppe weit genug vom Ufer brachte, damit wir seine Überreste ins Meer streuen durften. An Bord waren ich, Franklin und Grant; Dunny und Dunnys Freundin, eine pferdegesichtige, gutmütige Frau, groß und dürr wie eine Bohnenstange; dann noch Dana und Bobby.

Als wir über die Wellen glitten, schaukelte unsere kleine Jacht mit dem hübschen Namen *The Quiet Place* in der Dünung auf und ab. Es war kalt, aber Franklin und Grant blieben bei mir auf dem Achterdeck, wohingegen sich der Rest der Gruppe in der Hauptkabine mit ihren langen, cremeweißen

Ledersofas zusammendrängte. Ich freute mich für Zach, dass er gestorben war und sich seines Körpers entledigt hatte. Ich machte mir keine Sorgen um ihn, aber ein eigenartiger Stachel der Traurigkeit bohrte sich in mich, weil wir die Trilogie nicht beendet hatten, sondern mitten in *Die zwei Türme* stecken geblieben waren. Er hatte die Bücher so sehr geliebt, es war ein Jammer, dass er nicht hatte erfahren dürfen, wie sie endeten.

Während wir weitersegelten, die Gesichter in den Wind gepresst, dachte ich vor allem an Lorrie Ann. Gegen meinen Willen vermisste ich sie. Ich hoffte, sie hatte sich davon befreit, die Gute sein zu wollen, die Unberührbare, die Göttin, so wie ich aufgehört hatte, sie in diese Rolle zu drängen. Ich wünschte mir, sie könnte meine Liebe spüren, irgendwie, so wie Grant und Franklin und ich die Sonne auf unseren Gesichtern spüren konnten, trotz des Windes.

EINE ANMERKUNG ZU INANNA

Während Mia und Lorrie Ann völlig fiktiv sind, ist das sumerische Epos über die Göttin Inanna sehr real. Um mehr darüber zu erfahren, wie Inanna übersetzt wurde, und um die vollständigen Gedichte zu lesen, verweise ich auf das Buch *Inanna, Queen of Heaven and Earth: Her Stories and Hymns from Sumer* von Diane Wolkstein und Samuel Noah Kramer. Es ist ein unglaubliches Werk, und ich hätte dieses Buch nicht geschrieben, gäbe es diese Übersetzung nicht, die mich in ihren Bann gezogen und dafür gesorgt hat, dass ich mich in Inanna mit all ihrer uralten Fremdartigkeit verliebte.

DANKSAGUNG

Mein Dank geht an die brillante Molly Friedrich, die so verrückt war, meinen Roman überhaupt zu lesen, ihn dann zu dem gemacht hat, was er heute ist, und mir in diesem Prozess viel über das Schreiben, das Muttersein und Freundschaft beigebracht hat. Ich danke meiner Lektorin Jennifer Jackson, die immer alles besser wusste, mir diese Erkenntnis jedoch nie aufgezwungen hat, und deren Anmut, Stärke und Einsicht eine immerwährende Inspiration waren. Ich danke auch meinen Lesern: Lucy Carson, Matthew Ducker, Simone Gorrindo, David Isaak, Joe Kertes, Nichole LeFevre und Molly Schulman. Ich danke Erinn Hartman und allen bei Knopf, die diesen Schaffensprozess zu einem echten Traum gemacht haben. Mein Dank gilt meinem Ehemann Sam, der mein im Wasser gebetteter Lattich ist, mein Leser, wenn die Tinte auf den Seiten noch nicht trocken war, mein bester Freund und Miturheber sonderbarer Küchentänze, die Liebe meines Lebens, mein Löwe, mein Dumuzi. Mein allergrößter Dank geht an meine Mutter Kimberly, die mir mit ihrem Blut und Schweiß die Möglichkeit eröffnete, Schriftstellerin zu sein, die so sehr an mich glaubte, dass sie mich dazu verführte, an mich selbst zu glauben. Du hast mir beigebracht, was Liebe ist und wie man ein Leben lebt, das der Wahrheit und Schönheit verpflichtet ist. Du hast mir Hartnäckigkeit und das Lachen beigebracht. Als kleines Mädchen habe ich dich für die schönste Frau der Welt gehalten, und daran hat sich nichts geändert. Vielen Dank für all das, was du mir gegeben hast.

Audur Jónsdóttir

Wege, die das Leben geht

Roman

480 Seiten, btb 71487
Aus dem Isländischen von Kristof Magnusson

Eyja muss Schluss machen mit dem Chaos in ihrem Leben. Das denken vor allem ihre Großmutter, ihre Mutter und deren beste Freundin Runa. Deshalb verbringt sie den Sommer mit Runa im idyllischen Schweden. Dort soll sie zu sich selbst finden und Zeit zum Schreiben haben, denn Eyja hat einen Traum: Sie möchte Schriftstellerin werden, wie ihr berühmter Großvater. Doch ganz so friedlich verläuft der Sommer nicht. Das war eigentlich auch nicht wirklich zu erwarten, schließlich mischt sich nicht nur die energische Runa ständig in ihr Leben ein, auch Eyjas eigensinnige Mutter und ihre dominante Großmutter haben immer ein Wörtchen mitzureden. Nicht zu vergessen, die Stimmen ihrer Urahninnen, die ihr noch aus dem Jenseits gute Ratschläge erteilen …

Audur Jonsdottir ist in ihrem neuen Roman das vielschichtige Porträt einer Frau gelungen, der es gelingt, zwischen den so starken wie unterschiedlichen Frauen ihrer Familie einen eigenen Platz zu finden.